Dictionnaire de la prononciation française dans son usage réel (en collaboration avec André MARTINET), Paris, Champion — Genève, Droz,
1973, 932 p.

La Dynamique des phonèmes dans le lexique français contemporain (Préface d'André Martinet), Paris, Champion — Genève, Droz, 1976, 481 p.

La Phonologie du français, Paris, P.U.F., 1977, 162 p.

Phonologie et société (sous la direction d'Henriette WALTER), Montréal,
« Studia Phonetica » 13, Didier, 1977, 146 p. Cet ouvrage a bénéficié
d'une subvention du Conseil canadien de Recherches sur les Humanités.

Les Mauges. Présentation de la région et étude de la prononciation (sous
la direction d'Henriette WALTER), Centre de recherches en littérature
et en linguistique sur l'Anjou et le Bocage, Angers, 1980, 238 p.

Dynamique, diachronie, panchronie en phonologie (sous la direction
d'Henriette WALTER), Journée d'Étude du 15 mars 1980, Paris, Université René Descartes, 1980, 78 p.

Enquête phonologique et variétés régionales du français (Préface d'André
Martinet), Paris, P.U.F., « Le linguiste », 1982, 253 p.

Diversité du français (sous la direction d'Henriette WALTER), Paris,
S.I.L.F., École pratique des Hautes Études (4ᵉ Section), 1982, 75 p.

Phonologie des usages du français (sous la direction d'Henriette WAL-
TER), **Langue française**, nᵒ 60, Paris, Larousse, déc. 1983, 124 p.

Graphie — Phonie (sous la direction d'Henriette WALTER), Journée d'étude
du Laboratoire de Phonologie de l'École pratique des Hautes Études (4ᵉ Section), Paris, 1985, 82 p.

Mots nouveaux du français (sous la direction d'Henriette WALTER), Journée d'étude du Laboratoire de Phonologie de l'École pratique des Hautes
Études (4ᵉ Section), Paris, 1985, 75 p.

Cours de gallo, Centre national d'enseignement à distance (C.N.E.D.),
ministère de l'Éducation nationale, Rennes, 1ᵉʳ niveau, 1985-1986, 130 p.
et 2ᵉ niveau, 1986-1987, 150 p.

Le Français dans tous les sens, Paris, Robert Laffont, 1988, 384 p. Préface
d'André Martinet (Grand Prix de l'Académie française 1988).

   Traduction anglaise : **French inside out**, par Peter Fawcett, London,
Routledge, 1994, 279 p.

   Traduction tchèque : **Francouzština známá i neznámá**, par Marie
Dohalská et Olga Schulzová, Prague, Jan Kanzelsberger, 1994, 323 p.

   Traduction roumaine : **Limba franceză în timp şi spaţiu**, par Maria
Pavel, Iaşi, Demiurg, 1988, 269 p.

   Traduction italienne : **L'avventura delle lingue in Occidente**, par
Sabina de Mauro, Roma-Bari, Laterza, 1999, 506 p.

   Traduction japonaise (à paraître en 2001).

Bibliographie d'André Martinet et comptes rendus de ses œuvres (en collaboration avec Gérard WALTER), Louvain-Paris, Peeters, 1988, 114 p.

Des mots sans-culottes, Paris, Robert Laffont, 1989, 248 p.

Dictionnaire des mots d'origine étrangère (en collaboration avec Gérard
WALTER), Paris, Larousse, 1991, 413 p. (Nouvelle édition revue et
augmentée 1998, 427 p.)

*L'Aventure des langues en Occident. Leur origine, leur histoire, leur géo-
graphie,* Paris, Robert Laffont, 1994, 498 p. Préface d'André Martinet.

(Prix spécial du Comité de la Société des Gens de Lettres et Grand Prix des lectrices de *Elle*, 1995).

Traduction portugaise : **A Aventura das línguas do Ocidente**, par Manuel Ramos, Lisbonne, Terramar, 1996, 496 p.

Traduction espagnole : **La Aventura de las lenguas en Occidente**, par Maria Antonia Marti, Madrid, Espasa, 1997, 531 p.

Traduction brésilienne : **A Aventura das línguas no Ocidente**, par Sérgio Cunha dos Santos, São Paulo, Mandarim, 1997, 427 p.

L'Aventure des mots français venus d'ailleurs, Paris, Robert Laffont, 1997, 344 p. (Prix Louis Pauwels, 1998).

Le français d'ici, de là, de là-bas, Paris, J.-C. Lattès, 1999, 416 p.

Dictionnaire du français régional de Haute-Bretagne (en collaboration avec Philippe BLANCHET), Paris, Christine Bonneton, 1999, 157 p.

HENRIETTE WALTER

Le français d'ici, de là, de là-bas

JC LATTÈS

À mon « Parisien de province » préféré

SOMMAIRE

Préface d'André Martinet

PRÉAMBULE

I
LA LANGUE FRANÇAISE
ET L'ESPACE GÉOGRAPHIQUE
(en France et hors de France)

II
LA LANGUE FRANÇAISE, PRODUIT DE L'HISTOIRE

III
LA LANGUE FRANÇAISE :
SPÉCIALITÉS RÉGIONALES

« L'accent » qui se promène

Les mots des régions
Côté francoprovençal (avec Suisse et Italie)
Côté sud
Côté ouest (avec Canada et Louisiane)
Côté nord (avec Belgique)
Côté est
La zone centrale

IV
LA DIVERSITÉ SOUS UN AUTRE ANGLE

ÉCARTS ET CONVERGENCES

Notes
Index et lexique
Solutions des récréations

(Voir en fin d'ouvrage la table des matières détaillée)

PRÉFACE

par André Martinet

Une langue est, tout ensemble, le support de la pensée — une façon d'ordonner sa représentation du monde — et un instrument de communication qui permet aux gens de s'entendre. Selon son éducation, selon ses goûts, chacun mettra l'accent sur la priorité de l'une ou l'autre de ces fonctions. Peu importe, en fait. L'enfant qui crée son premier mot, c'est-à-dire identifie une certaine production vocale et un objet ou une circonstance, réalise tout ensemble une opération intellectuelle et un acte social. Il restera, par la répétition, à rapprocher cette identification de celle que réalise l'entourage de l'enfant et, finalement, la communauté linguistique tout entière. Mais jusqu'où s'étend cette communauté ? D'abord, le mot peut rester, pour l'enfant, teinté par les circonstances particulières de son acquisition, ce qu'on a pu désigner comme ses connotations. Mais l'intégration à la communauté n'en sera guère affectée.

Plus sérieuses sont, en la matière, les divergences entre les membres de la nation, d'une région, d'une province à une autre. Même s'ils s'entendent parfaitement, les Français ne s'accordent pas, par exemple, sur la façon de désigner l'opération qui consiste à mêler la salade : les uns la touillent, d'autres la brassent ou la fatiguent. Dans ce cas, les circonstances sont telles qu'une fois présents le saladier, la verdure en cause et les instruments, une invitation à agir suffit, quelle qu'en soit la forme. Mais ne va-t-on pas, dans bien des situations, se heurter à des

divergences d'un bout à l'autre du domaine de la langue ?
Dans le cas du français, on pense aux incompréhensions
possibles lorsqu'on passe de l'Hexagone aux pays voisins, aux autres continents ou aux îles lointaines. Le
recours aux formes parisiennes pourrait sembler s'imposer. Chacun sait que c'est à partir de Paris que s'est diffusé le français. Mais c'est là que nous allons trouver
des résistances. C'est là qu'il convient, dans les termes
d'Henriette Walter, de distinguer entre Paris-terroir et
Paris-creuset. Toute langue change à tout instant, et non
seulement parce qu'il s'y crée sans cesse des formes nouvelles pour des objets nouveaux ou des notions fraîche-
ment dégagées, mais aussi parce que la langue elle-même
est un réseau de structures qui se conditionnent les unes
les autres. Pendant longtemps, par exemple, le terroir
parisien a maintenu la différence entre le *a* d'avant de
Montmartre, et le *â* d'arrière de *câline,* tantôt en repous-
sant le premier vers l'avant, tantôt en accentuant la profondeur du second. Mais, finalement, dans Paris-creuset,
la masse des nouveaux venus ne s'y retrouvait plus, soit
parce que, Méridionaux, ils ne connaissaient pas la différence, ou que, fidèles à une tradition, ils opposaient la
brève de *patte* à la longue de *pâte,* plutôt que deux
timbres nettement distincts. La solution se trouve dans la
progressive désaffection pour une des formes en conflit :
face à *tache, tâche* a reculé, cédant sa place à l'argotique
boulot, ailleurs que dans les emplois littéraires ou les
expressions figées comme (*un travail payé*) *à la tâche.*

Tout ceci devait inciter les linguistes à chercher à
localiser les divergences, à déterminer, en France et hors
de France, les zones où se maintiennent les formes particulières sur les deux plans des sons et du sens. Doit-on
distinguer entre des provinces, ou, plutôt, entre ce que
l'on désigne comme des pays ? La tâche est longue et
ardue, et Henriette Walter l'avait amorcée dans un
ouvrage antérieur. Elle rappelle ici l'existence de ces
zones du terroir, comme la Bresse et le Bugey, dont les
limites ne se laissent pas cerner comme celles des dépar-

tements, mais qui peuvent guider le linguiste dans sa recherche des variétés de la langue.

C'est surtout dans son développement à travers les siècles et dans sa diffusion dans ce que nous appelons l'Hexagone et au-delà, qu'il convient de suivre le français comme se singularisant parmi les parlers issus du latin et s'imposant graduellement comme la langue à tous usages, aussi bien quotidiens que littéraires ou administratifs. Le français apparaît pour la première fois dans les *Serments de Strasbourg*, en 842, distinct du latin qu'utilise Nithard pour nous le présenter. Il s'étend lentement à la fiction, mais il faut plus de deux siècles pour qu'il s'impose dans l'œuvre majeure qu'est la *Chanson de Roland*. D'autres siècles s'écouleront avant qu'on s'enhardisse à l'employer dans des actes administratifs. Si, dans la présentation de sa diffusion géographique, Henriette Walter part de la Savoie, c'est que c'est là que le comte Amédée VI décide d'adopter le français comme langue officielle, près de deux siècles avant que François Ier en fasse autant, en France, par l'ordonnance de Villers-Cotterêts, en 1539. Il va sans dire que le bon peuple continuera jusqu'à nos jours à utiliser des parlers locaux.

Ces parlers, dans la mesure où ils sont d'origine romane, sont, aujourd'hui, en voie de disparition et remplacés par la langue nationale sous des formes qui ont été influencées par les habitudes locales. Leurs caractéristiques retiennent l'attention de l'auteur. On ne peut, en effet, exclure qu'ils finissent par influencer, dans une certaine mesure, la norme de la langue, comme on l'a signalé ci-dessus à propos du sort de *a*.

Ce panorama de l'expansion du français comporte naturellement celle qui va atteindre, avec la colonisation, d'autres régions du globe. Elle commence avec Jacques Cartier à une date qui coïncide à peu près avec celle de l'ordonnance de Villers-Cotterêts. Elle s'étend hors de France, en Belgique, en Suisse et, plus difficilement, dans le Val d'Aoste, c'est-à-dire dans les domaines de la langue d'oïl et du francoprovençal. Au-delà de la frontière, on relève des entorses à la norme parisienne, dans la numération notamment, et, plus récemment, dans l'extension des formes féminines de profession. Mais la mondialisation qui se manifeste aujourd'hui freinerait sans doute les tendances centrifuges, et les innovations que l'on relève hors de France n'ont guère de chances de s'y implanter. Le creuset parisien ne peut finalement imposer que des formes qui ont l'appui de l'ensemble de l'Hexagone : un Savoyard, votre serviteur, a éliminé ses *septante* et *nonante* à la minute où il a pénétré dans la classe de mathématiques au lycée qui porte aujourd'hui le nom de Vaugelas.

PRÉAMBULE

265 fromages et autant de façons de parler

La boutade du général de Gaulle[1] selon laquelle il est impossible de « rassembler un pays qui compte 265 spécialités de fromages » pourrait aussi s'appliquer à ce qu'on nomme communément la langue française, car la langue française présente aussi des « spécialités ».

La conception du français la plus largement répandue est aussi la plus floue : c'est celle d'une langue plus imaginaire que réelle, que l'on identifie vaguement avec la langue qu'on enseigne, la langue française telle qu'on la rêve. Elle se veut consensuelle et uniforme, et elle n'existe peut-être que dans les manuels. On la confond souvent avec la langue écrite, qui devient de ce fait un modèle et tout un programme. Mais parle-t-on et écrit-on comme dans un livre ?

En face de cette langue idéalisée et presque mythique, la langue quotidienne telle qu'on la manie sans trop y penser est loin de connaître l'uniformité. Elle change avec les individus et les circonstances de la vie et, surtout, elle varie insensiblement d'un point à l'autre du territoire : la diversité du français ne peut se comprendre que si on la replace d'abord dans son cadre géographique.

Paris et « la Province »

Cela revient à apporter une attention toute particulière aux usages régionaux du français, qui ont longtemps souffert d'être confondus un peu vite avec les usages populaires, familiers ou argotiques, tandis que les usages parisiens s'identifiaient au « bon usage ».

Or il faudrait rappeler que si Paris a effectivement joué un rôle primordial dans l'histoire de la langue française, qui y a pris son essor et y a puisé son dynamisme, ce n'est pas pour des raisons de supériorité linguistique, mais essentiellement par volonté politique. Devenue la langue du roi, elle s'est répandue avec succès hors de ses limites d'origine à mesure que le royaume s'agrandissait, en faisant de l'ombre aux autres langues qui s'étaient développées sur le territoire.

Ne pas confondre « Paris-terroir » et « Paris-creuset »

Les observateurs ont toujours souligné le rôle de locomotive des usages linguistiques de Paris, vers lesquels se sont dirigés et se dirigent depuis des siècles ceux des autres régions, parfois de bonne grâce mais le plus souvent à leur corps défendant, et c'est effectivement une réalité dont l'importance ne saurait être négligée.

Il ne faudrait pourtant pas croire qu'il existe deux blocs face à face : d'un côté la façon de parler de Paris et de l'autre celle de toute la France. Car Paris est essentiellement peuplé de Provinciaux, tandis que les Parisiens de souche, largement minoritaires, même à Paris, constituent en fait les rares représentants de la « région » Paris au sens étroit du terme, tout comme les habitants de Toulouse ou de Bourges représentent la « région » Toulouse ou la « région » Bourges.

Il en résulte que Paris apparaît comme le lieu où deux réalités coexistent sans véritablement s'affronter : Paris en tant que terroir, riche des usages linguistiques traditionnels de la région parisienne, et Paris en tant que

lieu de rencontre, où se mêlent et s'amalgament avec bonheur depuis des siècles des usages venus de toutes les
parties du territoire. Pour rendre justice à cette dualité, il
faudra certainement inclure dans les usages régionaux
ceux de « Paris-terroir » — qui est aussi une « province »
comme les autres —, et les confronter à ceux de la langue
commune en train de se faire.

La difficulté, c'est que cette langue commune s'éla-
bore principalement dans le creuset parisien, d'où l'idée
reçue selon laquelle le bon français est celui de Paris.

« Paris-terroir » ne l'emporte pas toujours

Or, ce que l'on constate, lorsqu'on examine l'évolution linguistique du français commun, c'est que la langue
qui a le vent en poupe et qui se forme et se déforme dans
la région parisienne ne donne pas toujours la préférence
aux usages de « Paris-terroir ». On peut le constater de
façon très nette en observant l'évolution actuelle de la
prononciation.

Ainsi, par exemple, il est une distinction orale qui
est encore très vivante dans de nombreuses régions, en
France et hors de France : celle qui différencie la prononciation des mots *brin* et *brun,* alors que cette distinction
a tendance à se perdre depuis au moins deux siècles dans
« Paris-terroir »[2]. Sous l'influence parisienne, la tendance
à l'élimination de cette distinction commence aussi à se
répandre hors de la capitale.

Mais il existe une autre distinction orale qui, traditionnellement, à Paris (« Paris-terroir »), permet de différencier la voyelle de *pâtes* (alimentaires) de celle de
pattes (du chien). Et quoique cette distinction soit bien
implantée à Paris, cela n'a pas empêché l'évolution générale de se faire depuis le début du siècle dans le sens de
l'élimination de cette distinction.

Dans ce cas, ce n'est pas la prononciation parisienne
qui a prévalu, mais celle des usages venus d'autres
régions.

Ces deux exemples permettent de nuancer l'idée largement répandue selon laquelle c'est Paris qui impose toujours sa loi. L'histoire de la langue montre au contraire que, parallèlement et en contrepoint au français commun qui tend vers une certaine uniformisation, elle-même favorisée par Paris devenu « Paris-creuset » et agissant comme un aimant, des spécificités régionales manifestent leur différence et se maintiennent, dans la forme des mots, leur prononciation, leur signification et leur agencement grammatical.

Ces caractéristiques régionales sont les produits de l'histoire des peuples qui se sont côtoyés et croisés sur le territoire, une histoire profondément ancrée dans la géographie, et qui témoigne du rôle des dialectes et des patois dans l'évolution du français.

Un voyage en langue française

Le parcours proposé dans cet ouvrage s'inscrit dans le cadre géographique qui a vu naître la langue française (cf. « LA LANGUE FRANÇAISE ET L'ESPACE GÉOGRAPHIQUE » p. 23-80).

Héritière de la grande famille indo-européenne à la fois par sa descendance directe du latin et par ses nombreux emprunts au grec et aux langues germaniques, elle s'est aussi enrichie au contact des langues régionales de France et des langues de diverses autres familles linguistiques avant d'étendre elle-même sa domination hors de son lieu d'origine, en France et hors de France (cf. « LA LANGUE FRANÇAISE, PRODUIT DE L'HISTOIRE » p. 81-148).

Cet exposé historique permettra de rappeler les circonstances qui ont favorisé la diversité des usages du français telle qu'elle se manifeste aujourd'hui (cf. « LA LANGUE FRANÇAISE : SES SPÉCIALITÉS RÉGIONALES » p. 149-334).

Un tracé fait de courbes et de détours, avec çà et là

des flèches indiquant des mouvements latéraux font de ce *voyage en langue française* une aventure peu commune.

Un tracé en lignes courbes

L'itinéraire représenté sur la carte p. 20 est en fait celui des sections successives de la troisième partie de ce livre, où Paris est à la fois centre de diffusion et lieu de rencontre des formes linguistiques venues d'ailleurs.

Le grand voyage en langue française auquel est invité le lecteur commence par la Savoie, qui fait figure de symbole parce que le duché de Savoie a été le premier pays à avoir adopté officiellement la langue française (dès le XIVe siècle, c'est-à-dire plus de cinq siècles avant son annexion à la France en 1860).

L'étape suivante sera la Suisse romande et le Val d'Aoste, détour obligé sur le chemin du midi de la France. C'est alors que commencera dans l'Hexagone un voyage au long cours dans le sens des aiguilles d'une montre, qui sera interrompu, ici et là, par des mots et des expressions à découvrir et par une extension du circuit en Méditerranée, vers la Corse, qui n'est française que depuis 1768.

Chemin faisant, on fera d'autres excursions, en partant de Saintonge, de Bretagne ou de Normandie, pour plonger dans l'Atlantique et prendre le large : destination Acadie, Québec et tous les lieux d'Amérique où le français s'est implanté à partir du XVIIe siècle.

D'autres extensions seront proposées, en direction de la Belgique et du Luxembourg, tandis que le voyage se poursuivra vers le nord et l'est de la France pour se terminer à Paris, qui est bien depuis des siècles le creuset linguistique qui reçoit et qui redistribue les mots et les expressions en pluie fine mais ininterrompue.

On pourrait s'étonner de ne pas trouver représentés sur cette carte les mouvements vers d'autres destinations : Afrique, Asie, Océanie. C'est que les points de départ vers ces continents ont été divers et trop nombreux pour figurer sur la carte. Ces variétés du français d'au-delà

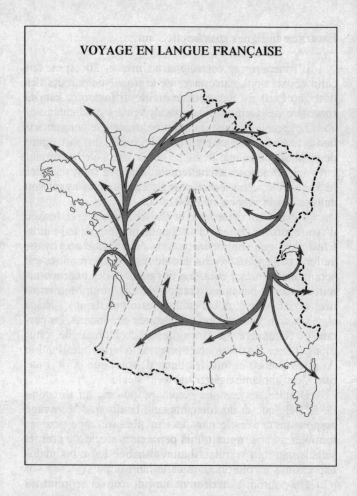

VOYAGE EN LANGUE FRANÇAISE

des mers ont trouvé leur place dans le chapitre historique consacré à l'expansion du français.

Pour une lecture superficielle... ou approfondie

Tout au long de cet itinéraire s'incrustent comme des cartes postales linguistiques les accents et les mots des divers lieux visités, avec, çà et là, de petites et de grandes cartes de géographie aidant à s'orienter, des anecdotes amusantes ou érudites, ou encore des devinettes permettant de se distraire et peut-être de sourire un peu entre deux passages plus arides.

Après avoir lu attentivement, ou seulement feuilleté ce livre — qui peut en effet se lire aussi en s'arrêtant au détour d'une page sur un mot jamais entendu, une expression un peu piquante ou une étymologie un peu choquante — on pourra se reporter aux quatre index rédigés à l'intention de ceux qui souhaiteraient retrouver leurs découvertes dans cet amoncellement de régionalismes insolites.

Enfin, si leur curiosité a été piquée au point de vouloir en savoir plus, les vrais amateurs pourront encore trouver du plaisir en consultant les ouvrages spécialisés signalés dans les quelque 500 notes et références qui terminent cet ouvrage.

Sous le signe de la géographie

Le grand nombre de cartes qui illustrent cet ouvrage pourrait décontenancer un lecteur plus intéressé par les mots que par les lieux où ils prennent naissance et où ils s'épanouissent. Pourtant, il aura toujours du mal à imaginer les prolongements dont cette langue est porteuse s'il n'accepte pas de s'aventurer hors du cercle restreint où elle égrène sa petite musique sur un air connu.

Mais insister sur la géographie pour caractériser l'aventure de la langue française ne suffit pas. Encore faut-il montrer cette réalité qui est omniprésente bien qu'elle se manifeste dans des limites mouvantes. C'est donc à dessein que la première partie de cet ouvrage s'ouvre sur une série de cartes illustrant chaque fois une notion différente et qui permet de le placer d'emblée sous le signe de la géographie, cadre indispensable à la compréhension de sa diversité.

I

LA LANGUE FRANÇAISE
ET L'ESPACE GÉOGRAPHIQUE

En survolant la France et la langue française

Avant de partir à la découverte des mots et des accents qui font la personnalité des régions où le français s'est acclimaté et développé, parcourons rapidement la carte de France en cherchant à découvrir les relations privilégiées qui peuvent exister entre des mots de la langue française et certains noms de lieux : dans le domaine de l'alimentation (cf. la carte « UN LIEU ⇔ UNE NOURRITURE »), dans celui des produits de la terre ou de l'artisanat (cf. la carte « UN LIEU ⇔ UN PRODUIT »), dans celui de personnages historiques ou légendaires (cf. la carte « UN LIEU ⇔ UN PERSONNAGE ») ou encore dans celui des citations connues de tous (cf. la carte « UN LIEU ⇔ UN BOUT DE PHRASE »).

Les associations d'idées proposées dans les récréations qui suivent, sous forme de cartes, ne seront sans doute pas considérées comme évidentes par tout le monde mais, qu'elles le soient par un grand nombre de personnes ayant en partage la langue française conforte l'idée que les régionalismes font aussi partie de l'héritage commun. Chacune de ces cartes sera suivie d'un commentaire justifiant le choix de ces différentes localités comme représentant à leur manière une partie du patrimoine commun.

Ces associations géographico-linguistiques ne se limitent d'ailleurs pas à la France, car on peut évoquer avec autant d'à-propos les *choux de Bruxelles*, le *chocolat suisse*, le *jambon d'Aoste* ou... *ma cabane au Canada*.

Récréation

UN LIEU ⇔ UNE NOURRITURE

Certaines nourritures étant souvent associées à des noms de lieux bien précis, on pourra découvrir ces derniers en prenant appui sur leur emplacement et sur le nombre de lettres qui les composent. Attention ! Lorsqu'il n'y a pas de ♦ sur la carte, c'est qu'il s'agit de toute une région et non pas d'une simple commune.

C...... bêtises

C........ madeleines

A.......... ♦asperges

P......... fraises

A...... haricots blancs

N.... bergamotes

G....... sel

L. M... rillettes

C....... canards

D.... moutarde

C..... l'eau-de-vie la plus célèbre

G........ noix

A... pruneaux

A.......... marrons

M.......... nougat

B...... jambon

C........ melons

A..-en-P........ calissons

C............ cassoulet

Réponses p. 461.

Produits alimentaires et noms de lieux

Bien sûr, le lieu de production des *noix* n'est pas une exclusivité de GRENOBLE (il y a aussi, par exemple, COLLONGES-LA-ROUGE, en Corrèze, dont les noix sont réputées), les meilleures *fraises* ne sont pas celles de PLOUGASTEL (car, aujourd'hui, on apprécie également beaucoup la *garriguette*, cultivée dans le Midi), les *melons* les plus savoureux ne se trouvent pas uniquement à CAVAILLON, les *marrons* en ARDÈCHE, les *asperges* à ARGENTEUIL (en Alsace, elles sont d'une qualité exceptionnelle) ou encore les *haricots blancs* à ARPAJON. Il n'empêche que ces associations d'idées restent très usuelles parce qu'elles se sont répétées comme des refrains de génération en génération.

Il faut aussi remarquer que les *canards* de CHALLANS sont depuis longtemps réputés auprès des gastronomes et que GUÉRANDE a récemment accaparé (avec NOIRMOUTIER) toutes les références à la production de *sel*. Cela a eu pour effet de rejeter dans l'ombre la très fameuse saline royale D'ARC-ET-SENANS, près de Besançon, aujourd'hui transformée en musée, mais qui avait été construite par l'architecte visionnaire Claude-Nicolas Ledoux au XVIIIe siècle et qui reste un modèle d'architecture fonctionnelle aux visées hautement symboliques. Si l'exploitation du sel des fontaines de SALIES-DE-BÉARN[3] remonte à plus de seize siècles avant J.-C. et si SALIN-DE-GIRAUD (Bouches-du-Rhône) est probablement aujourd'hui le plus grand producteur de sel en France, c'est néanmoins le joli nom de GUÉRANDE qui vient tout naturellement à l'esprit dès qu'on cite la *fleur de sel*.

L'association d'un produit avec un toponyme précis est encore plus évidente lorsqu'il s'agit d'une spécialité régionale résultant d'un savoir-faire particulier, par exemple dans le domaine des friandises, comme les *bêtises* de CAMBRAI, les *madeleines* de COMMERCY, les *bergamotes* de NANCY, les *berlingots* de CARPENTRAS, les *calissons* d'AIX-EN-PROVENCE, les *nougats* de MONTÉLIMAR ou même les *pruneaux* d'AGEN.

BERLINGOTS : DE CARPENTRAS OU D'AILLEURS ?

Le **berlingot** semble être une très vieille friandise qui existe depuis le Moyen Âge. Carpentras en revendique la paternité avec Nantes, qui en a fait également une de ses spécialités, tout comme Cauterets (Hautes-Pyrénées), Montpellier et Aigues-Mortes (Gard)[4].

Il faudrait aussi faire une belle place aux produits salés, comme le *cassoulet* de CASTELNAUDARY, le *jambon* de BAYONNE ou les *rillettes* du MANS, pourtant concurrencées par celles de CONNERRÉ ou de TOURS. Enfin, pour faire accepter que c'est à COGNAC que l'on distille « l'eau-de-vie la plus célèbre », il suffit de savoir que le nom de cette ville est devenu un nom commun dans d'autres langues de l'Europe pour désigner l'eau-de-vie en général, par exemple *coñac* en espagnol ou *Kognak* en allemand[5].

La nature, l'histoire, l'artisanat (Cf. CARTE p. 29.)

Il n'est pas question de prétendre que la CORSE évoque uniquement le *maquis*, mais il y a deux bonnes raisons pour relier ces deux mots : tout d'abord le *maquis* forme un des paysages typiques de l'île de Beauté, et surtout, le mot français lui-même a pour origine un mot corse, *macchia*.

Certains diront peut-être que le nom de TOULOUSE appelle l'expression *la ville rose* plutôt que les *violettes*, mais ces fleurs sont tout de même l'emblème de la ville.

Le consensus serait sans doute plus grand pour LASCAUX, qui fait surtout penser à sa *grotte* rendue célèbre par ses peintures rupestres, et également pour CARNAC dont le nom est toujours associé aux *alignements* de pierres levées. La contestation serait certainement encore moins âpre avec les *images* d'ÉPINAL, le *cristal* de BACCARAT, les

Récréation

UN LIEU ⇔ UN PRODUIT
(de l'homme ou de la nature)

Les indications figurant au-dessous des noms de lieux devraient vous permettre de retrouver leur forme complète grâce au nombre de lettres qui les composent et à leur emplacement sur la carte.

B..... la "tapisserie"

C.... alignements

C..... mouchoirs

J... toile

B....... cristal

É..... images

A....... les tapisseries

L...... porcelaine

L...... grotte

L....... couteaux

M..... gants

G..... parfums

T....... violettes

C.... maquis

Réponses p. 461.

parfums de GRASSE, la *porcelaine* de LIMOGES, les *gants* de MILLAU, la *toile* de JOUY ou encore les *couteaux* de LAGUIOLE (si l'on veut prononcer à la manière régionale, il faut dire *laïol*).

Arrêtons-nous un peu plus longtemps sur BAYEUX et AUBUSSON, pour faire remarquer la nuance entre *les tapisseries* d'AUBUSSON, qui existent depuis le xvᵉ siècle et qui sont de véritables tapisseries tissées, et ce que l'on nomme improprement « *la tapisserie* de BAYEUX », qui n'est pas du tout une tapisserie mais une toile brodée de fils de laine de huit couleurs, et qui raconte, comme le ferait une bande dessinée de 70 mètres, la conquête de l'Angleterre par les Normands.

Des références humaines et moins humaines
(Cf. CARTE p. 31.)

C'est près des EYZIES-DE-TAYAC (Dordogne) que l'on peut évoquer le souvenir de notre très lointain ancêtre, *l'homme de* CRO-MAGNON, *homo sapiens*, dolicocéphale de forte stature et dont le squelette fut découvert en 1868. Plus proche de nous, mais en même temps beaucoup plus émouvant, *l'ange* de la cathédrale de REIMS dont le sourire semble venu d'ailleurs fait contrepoint avec *la bête* du GÉVAUDAN, cet animal inconnu — était-ce tout simplement un loup vorace ? — qui, au xviiiᵉ siècle, terrorisa le peuple des campagnes de France et fut à l'origine d'une abondante littérature [6].

C'est aussi la littérature que l'on doit solliciter pour mieux connaître *Merlin l'enchanteur*, personnage étonnant des légendes celtiques, tour à tour magicien et prophète, amoureux fou de la fée Viviane ou vivant en solitaire dans la mystérieuse forêt de BROCÉLIANDE, qui est probablement l'actuelle forêt de Paimpont, en Ille-et-Vilaine. De son côté, la légende de *Mélusine*, femme-serpent et fée malheureuse, est connue depuis la fin du xivᵉ siècle par le *Roman de Mélusine* de Jean d'Arras et son souvenir se trouve perpétué par les descendants de la maison de Lusignan, qui voient en elle la fondatrice de leur dynastie.

Nous quittons à peine le domaine du surnaturel avec *la Pucelle* d'ORLÉANS puisque Jeanne d'Arc, tout comme *Bernadette* Soubirous, à LOURDES, a aussi entendu des voix.

Récréation

UN LIEU ⇔ DES PERSONNAGES
(vivants ou mythiques)

On peut retrouver les noms de lieux suggérés sur la carte par leurs initiales suivies de points de suspension grâce aux noms des personnages qui sont inscrits au-dessous.

C.....
les bourgeois

R.....
l'ange

C.....
les filles

V.....
le Roi Soleil

B.....
l'enchanteur Merlin

O.....
la Pucelle

L.....
la fée Mélusine

N.....
la bonne dame

C..-M.....
l'homme

G.....
la bête

A.....
les demoiselles

L.....
Bernadette

Réponses p. 461.

Mais c'est surtout un grand moment de l'histoire de France qui est évoqué, et toute une époque que fait revivre le *Roi Soleil* à VERSAILLES. Avec les six *bourgeois* de CALAIS, on se souviendra de leur geste héroïque et émouvant qui se situe en 1347 lorsqu'ils offrent leur vie au roi d'Angleterre afin qu'il épargne, grâce à leur sacrifice, leur ville assiégée. Cinq cents ans plus tard, une sculpture de Rodin rappellera avec force ce triste épisode de l'histoire vraie du siège de la ville de CALAIS.

Picasso, en revanche, nous induit en erreur avec le tableau qu'il a peint à Paris en 1906-1907 et qu'il a intitulé *Les demoiselles d*'AVIGNON. En effet, ce tableau, célèbre à juste titre car il marque le début du cubisme, ne représente pas des jeunes filles de la ville d'Avignon mais évoque le souvenir d'une maison publique de la rue d'Avignon, à Barcelone[7].

Quant aux *filles de* CAMARET (tout comme celles de LA ROCHELLE), elles sont les personnages d'une chanson leste qu'entonnent en riant les conscrits ou les internes des hôpitaux en salle de garde.

Quelques citations archi-connues (Cf. CARTE p. 33.)

Tronquées comme elles le sont sur la carte, ces citations peuvent rester sans écho, mais elles s'imposeront sûrement si on les replace dans leur contexte, que voici :

AVIGNON
(ronde enfantine)
Sur **le pont d'Avignon**
On y danse, on y danse
Sur **le pont d'Avignon**
On y danse tous en rond.

BESANÇON
(Victor Hugo évoque les circonstances de sa naissance)
Ce siècle avait deux ans ! Rome remplaçait Sparte
Déjà Napoléon perçait sous Bonaparte [...]
Alors dans **Besançon**, **vieille ville espagnole** [...]
Naquit d'un sang breton et lorrain à la fois
Un enfant [...]
Cet enfant [...]
C'est moi [...]

Victor HUGO, *Les Feuilles d'automne*

Récréation

UN NOM ⇔ UN BOUT DE PHRASE

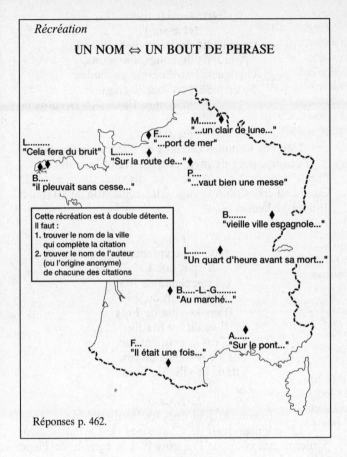

M....... "...un clair de lune..."

F..... "...port de mer"

L......... "Cela fera du bruit"

L...... "Sur la route de..."

B.... "il pleuvait sans cesse..."

P.... "...vaut bien une messe"

B....... "vieille ville espagnole..."

L....... "Un quart d'heure avant sa mort..."

Cette récréation est à double détente.
Il faut :
1. trouver le nom de la ville qui complète la citation
2. trouver le nom de l'auteur (ou l'origine anonyme) de chacune des citations

B.....-L.-G......... "Au marché..."

F... "Il était une fois..."

A...... "Sur le pont..."

Réponses p. 462.

BREST
(poème)
Rappelle-toi Barbara
Il pleuvait sans cesse sur Brest ce jour-là
Et tu marchais souriante
Épanouie ravie ruisselante
Sous la pluie
Jacques PRÉVERT, *Paroles*

BRIVE-LA-GAILLARDE
(chanson)
Au marché de Brive-la-Gaillarde
À propos de bottes d'oignons,
Quelques douzaines de gaillardes
Se crêpaient un jour le chignon...
Georges BRASSENS, *Hécatombe*

FÉCAMP
(Une des formules célèbres du général de Gaulle)
Fécamp, port de mer, et qui entend le rester...
Phrase mémorable extraite d'un discours du général de
Gaulle au cours d'un voyage dans cette ville, le 10 juillet
1960 à 12 heures 50.

FOIX
(comptine enfantine)
Il était une fois
Un marchand de foie
Qui vendait du foie
Dans la ville de Foix
Il se dit : « Ma foi,
C'est la dernière fois
Que je vends du foie
dans la ville de Foix. »

LAPALISSE
(comment sont nées les lapalissades)
Le seigneur Jean de Chabannes de La Palisse, qui
participa aux côtés de François Ier à la bataille de Pavie
(1524), devait y trouver la mort. Son corps fut ramené en
France par ses soldats qui, pour tromper leur tristesse,
chantaient une complainte évoquant la belle prestance de
cet homme avant la bataille :
Monsieur de La Palisse est mort,
Il est mort devant Pavie.
Hélas ! S'il n'était mort,
Il ferait encore envie.
Chemin faisant, les couplets se multiplient, les

paroles se transforment et se déforment, d'où la première prétendue « **vérité de La Palisse** » qui deviendra, avec les siècles :

Monsieur de La Palisse est mort
En perdant la vie.
**Un quart d'heure avant sa mort
Il était encore en vie**[8].

La première lapalissade venait de voir le jour.

LANDERNEAU
Cela fera du bruit dans Landerneau

Cette phrase est tirée de la comédie en un acte d'Alexandre Duval, *Les héritiers ou le naufrage*, représentée pour la première fois en 1796. La scène se passe à LANDERNEAU, petite ville du Finistère. L'un des personnages apprend l'arrivée inopinée d'un homme que l'on croyait naufragé et s'écrie : « Oh ! le bon tour ! Je ne dirai rien, mais **cela fera du bruit dans Landerneau**[9]. »

Depuis deux siècles, on emploie cette expression pour parler d'un événement peu important mais qui devient un sujet de conversation incontournable.

LOUVIERS
(chanson de marche)
Sur la route de Louviers,
Il y avait un cantonnier...

MAUBEUGE
(chanson humoristique)
Tout ça ne vaut pas
un clair de lune à Maubeuge...
(Chanson lancée par Bourvil dans les années 50)

PARIS
(phrase « historique »)
Paris vaut bien une messe

Phrase attribuée à Henri IV, à l'occasion de sa conversion au catholicisme. En fait, la phrase historique, adressée à Sully en mai 1593 à Mantes, au cours d'une réunion destinée à préparer la cérémonie de l'abjuration, avait été bien moins lapidaire :

> **« Que veux-tu, si je refusais d'abjurer, il n'y aurait**
> **plus de France [10]. »**

On a le droit de préférer la phrase fausse et son élégante concision.

Le parcours de la langue française

Ces associations d'idées en réveillent bien d'autres, qui seront dispersées dans les chapitres de ce livre et qui rappelleront chemin faisant la progression de la langue française sur l'ensemble du territoire.

Partie de la région parisienne, où elle était née du latin et diffusée d'abord dans le milieu des clercs [11] sous la forme de ce qu'on appelle « le plus ancien français », cette langue verra son domaine s'étendre avec l'expansion du royaume : dès le XIIe siècle, les régions du Centre ainsi que le Languedoc y sont rattachés, tandis que l'Aquitaine et la Provence ne le seront qu'au XVe siècle, et la Bretagne au XVIe siècle. C'est au XVIIe siècle que la presque totalité des provinces du Midi seront annexées (Navarre, Béarn, pays Basque, Roussillon, Cerdagne), en même temps que la Franche-Comté, ainsi qu'une partie de l'Alsace et de la Flandre française. Au XVIIIe siècle, le duché de Lorraine, la Corse et le Comtat Venaissin viendront se joindre au royaume, bien avant Nice et la Savoie, qui ne deviendront françaises qu'en 1860 [12].

Des régions aux limites floues

Les noms de provinces qui viennent d'être cités ne constituent qu'une partie de ceux qui, depuis des siècles, désignent de façon assez impressionniste les régions qui composent la géographie historique de la France. Mais si leurs noms ont survécu à l'épreuve de la Révolution, chercher à établir les frontières de ces provinces demeure une entreprise vouée à l'échec, ce qui n'est pas le cas pour les anciens « pays ».

Les « pays » étaient bien délimités

Les Romains avaient divisé la Gaule romanisée en PAGI, pluriel de PAGUS, et le mot se retrouve aujourd'hui sous la forme *pays*. Il avait à l'origine le sens de « borne fichée en terre », d'où « territoire rural délimité par des bornes ». Les rois francs avaient par la suite respecté ces divisions héritées des Romains et avaient placé à leur tête un fonctionnaire appelé *comes* (d'où le mot français *comte*).

COMTES, DUCS ET MARQUIS

Le **comte** est à l'origine un fonctionnaire placé par les Francs à la tête d'un *pagus* (un « pays », dont les limites étaient fixées). Un **duc** (du latin **dux** « chef ») exerçait son pouvoir sur plusieurs **pagi**, généralement frontaliers et nommés pour cette raison des **marches** (du germanique **marka* « frontière »). Sous Charlemagne, les ducs porteront le titre de **comites marchae** « comtes de la marche » et deviendront plus tard des **marquis** [13].

Le mystère des noms de « pays »

Cette acception du mot *pays* transparaît encore dans des appellations comme *pays de Retz*, dans le département de la Loire-Atlantique, ou encore *pays d'Auge*, *pays de Caux* ou *pays de Bray* en Normandie. Jusqu'en 1387, l'Île-de-France a été appelée *pays de France*, et, encore de nos jours, le mot *pays* renvoie très souvent au village natal plutôt qu'au territoire national [14].

À lire les centaines de noms qui figurent sur *La carte*

des terroirs et pays de France publiée par l'Institut Géographique National[15], on constate qu'en France, vers l'an 1000, il existait des pays aux noms parfois surprenants, par exemple :

— un pays dit **Albanais**, au nord de la Savoie (pays d'Albens)

— un pays d'**Artaban** dans le Périgord : y aurait-il un rapport avec l'expression « fier comme Artaban » ?

— un pays de **cocagne** (ou du **pastel**) près de Toulouse (apparemment, ni *cocagne* ni *pastel* ne sont des noms propres)

— un pays de **Gosse** dans les Landes

— un pays de **Vertus** aux abords de la Champagne

— un pays de **Lyons**... mais en Normandie.

Les « pays »

Les noms des « terroirs » et « pays »

Aux environs de l'an mil, les pays se comptaient par centaines, mais la liste qui suit ne comprend qu'environ trois cents d'entre eux[16].

Dans cette néanmoins longue liste[17], on reconnaîtra des noms familiers, comme *Berry, Anjou, Auvergne* ou *Forez*, et d'autres qui le sont moins mais que l'on retrouve inchangés dans des noms de communes. Ainsi le nom du pays *d'Ardres*, par exemple, complète le nom de la commune *Bois-en-Ardres* (Pas-de-Calais).

Le regroupement des communes par nom de pays montre que ce dernier peut aussi exister ailleurs sans désigner le pays en question mais une autre région de France. Ainsi, *Bourgneuf-en-Retz* ou *Fresnay-en-Retz* se trouvent bien dans le pays de Retz en Loire-Atlantique, mais *Puiseux-en-Retz* est une commune de la forêt domaniale de Retz (ou forêt de Villers-Cotterêts) dans l'Aisne, et il y a aussi un *Saint-Genès-en-Retz* dans le Puy-de-Dôme. On ne s'étonnera pas non plus de trouver dans l'Aude une commune nommée *Labastide-d'Anjou*, ou encore *Saint-Grégoire-d'Ardennes* en Charente-Maritime.

PAYS D'AUGE, PAYS HUMIDE

Le nom de ce pays est attesté dès le IXe siècle sous la forme latinisée **Algia**, mais il remonte à une racine prélatine **alg**, évoquant l'humidité : cette région porte fort bien son nom car, en plus de son climat habituellement pluvieux, elle est en effet bien arrosée par le Touques, la Dive et leurs affluents [18].

LISTE ABRÉGÉE DES NOMS DE « PAYS »

Cette longue liste, qui n'est pourtant pas exhaustive, a été conçue comme un simple répertoire à consulter éventuellement avec, çà et là, des indications historiques sur les noms de certains des pays cités.

Les noms inscrits à la suite des flèches sont ceux des communes où l'on a pu retrouver, en deuxième position, le nom du pays traditionnel. On remarquera pour certains d'entre eux l'absence de nom de commune alors que certains autres, comme la **Bresse** ou la **Brie** en comportent une grande quantité. Peut-être des villages ou des lieux-dits en ont-ils par ailleurs maintenu le souvenir.

ACH (**Pays d'**) — AGADÈS — AGENAIS → Mas-d'A. (Lot-et-Garonne), Penne-d'A. (Lot-et-Garonne), Puch-d'A. (Lot-et-Garonne), Tournon-d'A. (Lot-et-Garonne) — AGUAIS — AIGUÈS → Cabrières-d'A. (Vaucluse), Motte-d'A. (Vaucluse) — AILLAS — AIRAIS — AJOYE — ALBANAIS — ALBE (**Pays d'**) — ALBIGEOIS → Lescure-d'A. (Tarn), Valence-d'A. (Tarn), Villefranche-d'A. (Tarn) — ALETH (**Pays d'**) — AMIÉNOIS → Acheux-en-A. (Somme), Camps-en-A. (Somme), Sains-en-A. (Somme), Vaux-en-A. (Somme) — AMOUS — ANGOUMOIS — ANJOU → Chaumont-d'A. (Maine-et-Loire), Cossé-d'A. (Maine-et-Loire), Faye-d'A. (Maine-et-Loire), Labastide-d'A. (Aude),

Sceaux-d'A. (Maine-et-Loire), St-Barthélemy-d'A. (Maine-et-Loire), Faye-d'A. (Maine-et-Loire), St-Denis-d'A. (Mayenne), Thorigné-d'A. (Maine-et-Loire) — **ANTIBÈS** — **ARCESAIS** — **ARDENNES** ➙ Montcornet-en-A. (Ardennes), St-Grégoire-d'A. (Charente-Maritime) — **ARDRES** ➙ Bois-en-A. (Pas-de-Calais) — **ARGONNE** ➙ Beaufort-en-A. (Meuse), Beaumont-en-A. (Ardennes), Beaulieu-en-A. (Meuse), Belval-en-A. (Marne), Brabant-en-A. (Meuse), Clermont-en-A. (Meuse), Dombasle-en-A. (Meuse), Esnes-en-A. (Meuse), Florent-en-A. (Marne), Givry-en-A. (Marne), Jouy-en-A. (Meuse), Neuvilly-en-A. (Meuse), Passavant-en-A. (Marne), Seuil-d'A. (Meuse), St-Thomas-en-A. (Meuse), Varennes-en-A. (Meuse), Villers-en-A. (Marne) — **ARLETÈS** — **ARLON (Pays d')** — **ARMAGNAC** ➙ Bretagne-d'A. (Gers), Campagne-d'A. (Gers), Créon-d'A. (Landes), Labastide-d'A. (Landes), Lias-d'A. (Gers), Mauléon-d'A. (Gers), Mauvezin-d'A. (Landes), Monle-zun-d'A. (Gers), St-Julien-d'A. (Landes), St-Martin-d'A. (Gers), Ste-Christie-d'A. (Gers), Salles-d'A. (Gers), Termes-d'A. (Gers) — **ARROUAISE** ➙ Mesnil-en-A. (Somme), Montigny-en-A. (Aisne) — **ARTHIES** ➙ St-Cyr-en-A. (Val-d'Oise), Vienne-en-A. (Val-d'Oise), Villers-en-A. (Val-d'Oise) — **ARTOIS** ➙ Aubigny-en-A. (Pas-de-Calais), Broussais-en-A. (Pas-de-Calais), Bruay-en-A. (Pas-de-Calais), Fortel-en-A. (Pas-de-Calais), Gouy-en-A. (Pas-de-Calais), Ham-en-A. (Pas-de-Calais), Inchy-en-A. (Pas-de-Calais), Pas-en-A. (Pas-de-Calais), Quesnoy-en-A. (Pas-de-Calais), Vis-en-A. (Pas-de-Calais), Vitry-en-A. (Pas-de-Calais) — **ARZACQ** ➙ Géus-d'A. (Pyrénées-Atlantiques) — **ASCQ** ➙ Villeneuve-d'A. (Nord) — **ASPE** ➙ Osse-en-A. (Pyrénées-Atlantiques) — **ASTARAC** — **ATENOIS** — **ATÈS** — **ATUYER** — **AUCH (Pays d')** — **AUGE** ➙ Barou-en-A. (Calvados), Beaumont-en-A. (Calvados), Beuvron-en-A. (Calvados), Breuil-en-A. (Calvados), Castillon-en-A. (Calvados), Crèvecœur-en-A. (Calvados), Cricqueville-en-A. (Calvados), Douville-en-A. (Calvados), Englesqueville-en-A. (Calvados), Gonneville-en-A. (Calvados), Hotot-en-A. (Calvados), Louvières-en-A. (Orne), Montreuil-en-A. (Calvados), Moutiers-en-A. (Calvados), Norrey-en-A. (Calva-

dos), Percy-en-A. (Calvados), Périers-en-A. (Calvados),
Pierrefitte-en-A. (Calvados), Pré-d'A. (Calvados), Putot-
en-A. (Calvados), St-Georges-en-A. (Calvados), St-Vaast-
en-A. (Calvados), Theil-en-A. (Calvados), Tourville-en-A.
(Calvados) — **Aunis** ⇢ Aigrefeuille-d'A. (Charente-Maritime), Ciré-d'A. (Charente-Maritime), Nuaillé-d'A. (Charente-Maritime), St-Médard-d'A. (Charente-Maritime), St-
Ouen-d'A. (Charente-Maritime) — **Autunois** —
Auvergne ⇢ Cournon-d'A. (Puy-de-Dôme), St-Sauves-
d'A. (Puy-de-Dôme) — **Auxerrois** — **Auxois** ⇢ Mont-
lay-en-A. (Côte-d'Or), Pouilly-en-A. (Côte-d'Or), Semur-
en-A. (Côte-d'Or), Ste-Colombe-en-A. (Côte-d'Or), Van-
denesse-en-A. (Côte-d'Or), Villy-en-A. (Côte-d'Or) —
Avalois — **Avesnois** ⇢ Neuville-en-A. (Nord) — **Avi-
gnonnais** — **Avranchin** — **Azois** ⇢ Cirfontaines-en-A.
(Haute-Marne), Villars-en-A. (Haute-Marne) — **Barcelon-
nette** ⇢ Faucon-en-B. (Alpes-Hte-Prov.) — **Barœul** ⇢
Marcq-en-B. (Nord), Mons-en-B. (Nord) — **Barrez** —
Barrois ⇢ Arc-en-B. (Haute-Marne), Brillon-en-B.
(Meuse), Combles-en-B. (Meuse), Courcelles-en-B.
(Meuse), Ligny-en-B. (Meuse), Lisle-en-B. (Meuse), Lon-
geville-en-B. (Meuse), Mandres-en-B. (Meuse), St-André-
en-B. (Meuse), Tronville-en-B. (Meuse) — **Bassée** ⇢
Courcelles-en-B. (Seine-et-Marne) — **Basset** ⇢ Bas-en-
B. (Haute-Loire) — **Bassigny** ⇢ Brévannes-en-B. (Haute-
Marne), Celles-en-B. (Haute-Marne), Champigneulles-en-
B. (Haute-Marne), Is-en-B. (Haute-Marne), Parnoy-en-B.
(Haute-Marne) — **Baugeois** ⇢ Lué-en-B. (Maine-et-Loire)
— **Bauges** ⇢ Bellecombe-en-B. (Savoie), Doucy-en-B.
(Savoie), Motte (La)-en-B. (Savoie) — **Bauptois** ⇢ Moi-
tiers-en-B. (Manche) — **Bazadais** — **Bazelle** ⇢ St-
Christophe-en-B. (Indre) — **Bazois** ⇢ Aunay-en-B.
(Nièvre), Châtillon-en-B. (Nièvre), Tamnais-en-B. (Nièvre)
— **Béarn** ⇢ Baigts-de-B. (Pyrénées-Atlantiques), Beyrie-
en-B. (Pyrénées-Atlantiques), Conchez-de-B. (Pyrénées-
Atlantiques), Lucq-de-B. (Pyrénées-Atlantiques), Salies-de-
B. (Pyrénées-Atlantiques), Sauveterre-de-B. (Pyrénées-
Atlantiques) — **Beauce** ⇢ Allainville-en-B. (Loiret), Bou-
zonville-en-B. (Loiret), Champigny-en-B. (Loir-et-Cher),

Charmont-en-B. (Loiret), Epieds-en-B. (Loiret), Garancières-en-B. (Eure-et-Loir), Greneville-en-B. (Loiret), Huisseau-en-B. (Loir-et-Cher), Lion-en-B. (Loiret), Marcilly-en-B. (Loir-et-Cher), Marolles-en-B. (Essonne), Morville-en-B. (Loiret), Neuvy-en-B. (Eure-et-Loir), Orgères-en-B. (Eure-et-Loir), Rozières-en-B. (Loiret), St-Léonard-en-B. (Loir-et-Cher), Vitray-en-B. (Eure-et-Loir) — **Beau-chêne** ➜ St-Julien-en-B. (Hautes-Alpes) —

LE BEAUJOLAIS : BON VIN... ET PEUT-ÊTRE BEAU MONT

Le nom de ce pays est dérivé de **Beaujou**, forme dialectale où *jou* signifie « mont, colline », un lieu que dominait, sur le mont Saint-Jean, le château seigneurial, malheureusement démantelé au XVIIe siècle. À quelque chose malheur est bon : c'est précisément à partir de cette époque que s'est développée la viticulture dans cette région.

La configuration accidentée du pays incite à se demander si dans *Beaujolais*, *Beau* n'est pas une graphie trompeuse pour *Bau*, de BAL « hauteur ». On se trouverait alors devant une de ces tautologies fréquentes en toponymie, comme Val d'Aran (en fait « val du val »).

Beaujolais ➜ Corcelles-en-B. (Rhône), Quincié-en-B. (Rhône), Salle-Arbuissonnas-en-B. (Rhône), Vaux-en-B. (Rhône) — **Beaumont** ➜ Neuville-en-B. (Manche), Queten-B. (Isère), St-Laurent-en-B. (Isère), St-Michel-en-B. (Isère), Salle-en-B. (Isère), Sortosville-en-B. (Manche) — **Beaunois** — **Beauvaisis** ➜ Marseille-en-B. (Oise), Pierrefitte-en-B. (Oise) — **Béderrès** — **Bégon** — **Beine** ➜ Beaumont-en-B. (Aisne), Neuville-en-B. (Aisne) — **Belin** ➜ Laigné-en-B. (Sarthe), St-Gervais-en-B. (Sarthe), St-Ouen-en-B. (Sarthe) — **Belz** — **Berg** ➜ Villeneuve-de-B. (Ardèche) — **Berry** ➜ Cernoy-en-B. (Loiret) — **Bessin** ➜ Asnières-en-B. (Calvados), Breuil (Le)-en-B. (Calvados), Cricqueville-en-B. (Calvados), Magny-en-B. (Calvados), Mandeville-en-B. (Calvados), Monceaux-en-B. (Calvados), Monts-en-B. (Calvados), Port-en-B. (Calvados),

Putot-en-B. (Calvados), Secqueville-en-B. (Calvados), Tour-en-B.(Calvados), Vienne-en-B. (Calvados) — **Beth-mmale** ➝ Arrien-en-B. (Ariège) — **Bezaume** —

LE PAYS DE BIÈRE, PRÈS DE FONTAINEBLEAU

Le terme est attesté dès le XIe siècle dans l'expression **sylva cognominata Biera**, où **biera** désignait une étendue plate plus ou moins boisée (la forme était **beria** en bas-latin). Avant le XVIe siècle, la forêt de Fontainebleau était effectivement une partie de la forêt de la Bière [19].

Bière ➝ Chailly-en-B. (Seine-et-Marne), Fleury-en-B. (Seine-et-Marne), St-Martin-en-B. (Seine-et-Marne), Villiers-en-B. (Seine-et-Marne) — **Bigorre** ➝ Bagnères-de-B. (Hautes-Pyrénées), Bourg-de-B. (Hautes-Pyrénées), Vic-en-B. (Hautes-Pyrénées) — **Blaisois** ➝ Ville-en-B. (Haute-Marne) — **Blaisy** ➝ Chapelle (La)-en-B. (Haute-Marne), Lamothe-en-B. (Haute-Marne) — **Blies (Pays de la)** — **Blois** ➝ Broussey-en-B. (Meuse) — **Bolenais** — **Borde-lais** — **Born** ➝ St-Julien-en-B. (Landes), St-Paul-en-B. (Landes), Ste-Eulalie-en-B. (Landes) — **Bornes** ➝ Menthonnex-en-B. (Haute-Savoie), Vovray-en-B. (Haute-Savoie) — **Bouère** ➝ Grez-en-B. (Mayenne) — **Boulon-nais** — **Bourg** ➝ St-Cyr-en-B. (Maine-et-Loire) — **Bra-bant** —

LE PAYS DE BRAY

Le pays de Bray doit son nom au mot gaulois **braco** « boué, terre humide », qui avait donné **brai** en ancien français.

Il existait autrefois un toponyme **Forges-en-Bray**, appelé aujourd'hui **Forges-les-Eaux** en raison des qualités thérapeutiques de ses sources : un changement de nom qui révèle que le véritable sens de **Bray** avait alors été oublié [20].

Bray → Avesnes-en-B. (Seine-Maritime), Berneuil-en-B. (Oise), Bures-en-B. (Seine-Maritime), Cuigy-en-B. (Oise), Dampierre-en-B. (Seine-Maritime), Elbeuf-en-B. (Seine-Maritime), Ferrières-en-B. (Seine-Maritime), Fontaine-en-B. (Seine-Maritime), Gournay-en-B. (Seine-Maritime), Hodenc-en-B. (Oise), Mesnières-en-B. (Seine-Maritime), Neufchâtel-en-B. (Seine-Maritime), Ons-en-B. (Oise), Puiseux-en-B. (Oise), Roncherolles-en-B. (Seine-Maritime), St-Aubin-en-B. (Oise), St-Léger-en-B. (Oise), Sigy-en-B. (Seine-Maritime) — **Brénil** → Roche-en-B. (Côte-d'Or) — **Brenne** → Mézières-en-B. (Indre), St-Michel-en-B. (Indre) — **Bresse** → Beaurepaire-en-B. (Saône-et-Loire), Bourg-en-B. (Ain), Châtenoy-en-B. (Saône-et-Loire), Chaux-en-B. (Jura), Dampierre-en-B. (Saône-et-Loire), Flacey-en-B. (Saône-et-Loire), Frangy-en-B. (Saône-et-Loire), Lessard-en-B. (Saône-et-Loire), Montpont-en-B. (Saône-et-Loire), Montrevel-en-B. (Ain), Mouthier-en-B. (Saône-et-Loire), Pierre-de-B. (Saône-et-Loire), Serrigny-en-B. (Saône-et-Loire), St-André-en-B. (Saône-et-Loire), St-Bonnet-en-B. (Saône-et-Loire), St-Christophe-en-B. (Saône-et-Loire), St-Didier-en-B. (Saône-et-Loire), St-Étienne-en-B. (Saône-et-Loire), St-Martin-en-B. (Saône-et-Loire), St-Vincent-en-B. (Saône-et-Loire) — **Bretagne** → Bain-de-B. (Ille-et-Vilaine), Chartres-de-B. (Ille-et-Vilaine), Dol-de-B. (Ille-et-Vilaine), Fay-de-B. (Loire-Atlantique), Guerche-de-B. (Ille-et-Vilaine), Maure-de-B. (Ille-et-Vilaine), Meilleraye-de-B. (Loire-Atlantique), Montoir-de-B. (Loire-Atlantique), Mur-de-B. (Côtes-d'Armor), Parthenay-de-B. (Ille-et-Vilaine), Sel-de-B. (Ille-et-Vilaine), Sens-de-B. (Ille-et-Vilaine), Ste-Reine-de-B. (Loire-Atlantique), Temple-de-B. (Loire-Atlantique), Theil-de-B. (Ille-et-Vilaine) — **Briançais** — **Briantin** — **Brie** → Armentières-en-B. (Seine-et-Marne), Augers-en-B. (Seine-et-Marne), Chailly-en-B. (Seine-et-Marne), Châtelet-en-B. (Seine-et-Marne), Chaumes-en-B. (Seine-et-Marne), Choisy-en-B. (Seine-et-Marne), Condé-en-B. (Aisne), Crèvecœur-en-B. (Seine-et-Marne), Fontenelle-en-B. (Aisne), Houssaye-en-B. (Seine-et-Marne), Laval-en-B. (Seine-et-Marne), Leudon-en-B. (Seine-et-Marne), Liverdy-en-B. (Seine-et-Marne), Loisy-en-B. (Marne), Mai-

soncelles-en-B. (Seine-et-Marne), Marchais-en-B. (Aisne),
Mareuil-en-B. (Marne), Marles-en-B. (Seine-et-Marne),
Marolles-en-B. (Seine-et-Marne), Marolles-en-B. (Val-de-
Marne), Neufmoutiers-en-B. (Seine-et-Marne), Presles-en-
B. (Seine-et-Marne), Queue (La)-en-B. (Val-de-Marne),
Reuil-en-B. (Seine-et-Marne), Rozay-en-B. (Seine-et-
Marne), Soignolles-en-B. (Seine-et-Marne), Sucy-en-B.
(Val-de-Marne), St-Just-en-B. (Seine-et-Marne), St-Ouen-
en-B. (Seine-et-Marne), Tournan-en-B. (Seine-et-Marne),
Valence-en-B. (Seine-et-Marne), Vaudoy-en-B. (Seine-et-
Marne) — **Brienne** — **Brionnais** ➻ Colombiers-en-B.
(Saône-et-Loire), Ligny-en-B. (Saône-et-Loire), Semur-en-B.
(Saône-et-Loire), St-Christophe-en-B. (Saône-et-Loire), St-
Didier-en-B. (Saône-et-Loire), St-Germain-en-B. (Saône-et-
Loire), St-Laurent-en-B. (Saône-et-Loire) — **Brivadois** —
Broërec — **Bruilhois** ➻ Ste-Colombe-en-B. (Lot-et-
Garonne) — **Buch** — **Bugey** ➻ Ambérieu-en-B. (Ain),
Cormaranche-en-B. (Ain), St-Denis-en-B. (Ain), St-Sorlin-
en-B. (Ain), Vaux-en-B. (Ain) — **Burly** ➻ Dampierre-en-
B. (Loiret) — **Cabardès** — **Cambrésis** ➻ Beaumont-en-
C. (Nord), Beauvois-en-C. (Nord), Boussières-en-C. (Nord),
Forest-en-C. (Nord), Haucourt-en-C. (Nord), Montigny-en-
C. (Nord), Rieux-en-C. (Nord), Rumilly-en-C. (Nord), St-
Vaast-en-C. (Nord) — **Carembault** ➻ Camphin-en-C.
(Nord) — **Carladès** — **Castelannais** — **Cauchies** ➻ Vil-
lers-en-C. (Nord) — **Caux** ➻ Bacqueville-en-C. (Seine-
Maritime), Beauval-en-C. (Seine-Maritime), Belleville-en-
C. (Seine-Maritime), Caudebec-en-C. (Seine-Maritime), Cri-
quebeuf-en-C. (Seine-Maritime), Fauville-en-C. (Seine-
Maritime), Gournay-en-C. (Seine-Maritime), Héricourt-en-
C. (Seine-Maritime), Hugleville-en-C. (Seine-Maritime),
Montreuil-en-C. (Seine-Maritime), Ourville-en-C. (Seine-
Maritime), Sausseuzemare-en-C. (Seine-Maritime), Ste-
Geneviève-en-C. (Seine-Maritime), St-Laurent-en-C.
(Seine-Maritime), St-Michel-en-C. (Seine-Maritime), St-
Valéry-en-C. (Seine-Maritime), Tocqueville-en-C. (Seine-
Maritime) — **Cavaillonnais** — **Cerdagne** ➻ Palau-de-C.
(Nord) — **Chablais** ➻ Bons-en-C. (Haute-Savoie), St-Paul-
en-C. (Haute-Savoie) — **Chalonge** — **Chalosse** ➻ Mont-

fort-en-C. (Landes), Sort-en-C. (Landes) — **Chambliois** —
Chamesais — **Champagne** ➜ Cossé-en-C. (Mayenne),
Crannes-en-C. (Sarthe), Croix-en-C. (Marne), Domfront-
en-C. (Sarthe), Maisons-en-C. (Marne), Mareil-en-C.
(Sarthe), Neuvy-en-C. (Sarthe), Ruillé-en-C. (Sarthe), St-
Christophe-en-C. (Sarthe), St-Lumier-en-C. (Marne), St-
Ouen-en-C. (Sarthe), Viré-en-C. (Sarthe) — **Champsaur** ➜
Motte (La)-en-C. (Hautes-Alpes), St-Eusèbe-en-C. (Hautes-
Alpes), St-Julien-en-C. (Hautes-Alpes) — **Charnie** ➜ Che-
miré-en-C. (Sarthe), Joué-en-C. (Sarthe), Neuvillette-en-C.
(Sarthe), Thorigné-en-C. (Mayenne), Torcé-Viviers-en-C.
(Mayenne) — **Charollais** ➜ Collonge-en-C. (Saône-et-
Loire), St-Aubin-en-C. (Saône-et-Loire), Vitry-en-C. (Saône-
et-Loire) — **Chartrains** — **Chartreuse** ➜ Le Sappey-en-
C. (Isère) — **Chatelneuf** ➜ Essertines-en-C. (Loire) —
Châtrais — **Châtresais** — **Chaume** ➜ Bessey-en-C.
(Côte-d'Or) — **Chaumontois** — **Chaunois** — **Chautagne**
➜ Serrières-en-C. (Savoie) — **Chevalet** ➜ St-Just-en-C.
(Loiret) — **Cinglais** ➜ Moutiers-en-C. (Calvados), Pierre-
fitte-en-C. (Calvados) —

LE PAYS DE COCAGNE

Plusieurs étymologies ont été proposées pour expliquer le
mot **cocagne**, qui existait déjà au Moyen Âge. Le fait qu'un
même pays, près de Toulouse, se soit appelé **cocagne** ou
pastel conforterait l'hypothèse de l'étymologie germanique
(moyen-néerlandais **kokenje** « petit gâteau »), que l'on peut
rapprocher de l'anglais **cookies** « petits gâteaux secs ».

Mais il en est une autre, qui expliquerait mieux l'évolution
sémantique, par le succès de la **guède** (ou pastel), une teinture tenace, qui permettait de teindre en bleu les tissus de
drap au début du XVIe siècle. Cette teinture provenait de la
macération de feuilles agglomérées en **coques**, ce qui a permis aux habitants du Toulousain et de l'Albigeois de prospé-
rer dans ce « **pays de cocagne** », qui exportait largement sa
production vers Londres et Anvers. Cette ère d'opulence
devait prendre fin en 1560, avec la concurrence de l'indigo,
venu des Indes [21], mais l'expression est restée.

COCAGNE — COGLÈS ⇥ Selle-en-C. (Ille-et-Vilaine), St-Brice-en-C. (Ille-et-Vilaine), St-Étienne-en-C. (Ille-et-Vilaine), St-Germain-en-C. (Ille-et-Vilaine) — COLMEROIS — COMBRAILLE ⇥ Condat-en-C. (Puy-de-Dôme), Marcillat-en-C. (Puy-de-Dôme) — COMMINGES ⇥ Belbèze-en-C. (Haute-Garonne) — Frontignan-de-C. (Haute-Garonne), Lavelanet-de-C. (Haute-Garonne), Miramont-de-C. (Haute-Garonne), Sauveterre-de-C. (Haute-Garonne), St-Bertrand-de-C. (Haute-Garonne), St-Loup-en-C. (Haute-Garonne) — CONFLENT ⇥ Corneilla-de-C. (Pyrénées-Orient.), Espira-de-C. (Pyrénées-Orient.), Pézilla-de-C. (Pyrénées-Orient.) — CORBONAIS — CORLOIS — CORNOUAILLE — CORSE — COTENTIN ⇥ Pierrepont-en-C. (Manche), St-Maurice-en-C. (Manche) — COUHÉ ⇥ Ceaux-en-C. (Vienne) — COUSERANS ⇥ Castillon-en-C. (Ariège), Montégut-en-C. (Ariège), Montjoie-en-C. (Ariège) — COUTURE ⇥ Metzen-C. (Pas-de-Calais) — COUZAN ⇥ Côte (La)-en-C. (Loire), St-Georges-en-C. (Loire) — COZ-YAUDET — CROT ⇥ Dampierre-en-C. (Cher) — DENEUVRE — DÉVOLUY ⇥ Agnières-en-D. (Ariège), St-Étienne-en-D. (Hautes-Alpes) — DIGNÈS — DIJONNAIS — DIOIS ⇥ Aix-en-D. (Drôme), Beaumont-en-D. (Drôme), Bellegarde-en-D. (Drôme), Châtillon-en-D. (Drôme), Lesches-en-D. (Drôme), Luc-en-D. (Drôme), Marignac-en-D. (Drôme), Montlaur-en-D. (Drôme), Montmaur-en-D. (Drôme), St-Benoît-en-D. (Drôme), St-Dizier-en-D. (Drôme), St-Sauveur-en-D. (Drôme) — DODON ⇥ Isle-en-D. (Haute-Garonne) — DOGNON ⇥ Châtenet-en-D. (Haute-Vienne) — DOLE ⇥ Mareuil-en-D. (Aisne) — DOMBES ⇥ Ambérieux-en-D. (Ain) — DONJON ⇥ Neuilly-en-D. (Allier), St-Didier-en-D. (Allier) — DONZY ⇥ Essertines-en-D. (Loire), Rozier-en-D. (Loire), Ste-Agathe-en-D. (Loire) — DORMOIS ⇥ Cernay-en-D. (Marne), Fontaine-en-D. (Marne) — DORTHE ⇥ Castets-en-D. (Gironde) — DOUDUR — DREUGESIN — DROUAIS ⇥ Boissy-en-D. (Eure-et-Loir), Garancières-en-D. (Eure-et-Loir), Louvilliers-en-D. (Eure-et-Loir), Mézières-en-D. (Eure-et-Loir), Vert-en-D. (Eure-et-Loir) — DUESMOS ⇥ Fontaines-en-D. (Côte-d'Or), Vilaines-en-D. (Côte-d'Or) — DUN ⇥ Neuilly-en-D.

(Cher) — **Dunois** ➙ Bazoches-en-D. (Eure-et-Loir), Châtillon-en-D. (Eure-et-Loir), Lutz-en-D. (Eure-et-Loir), Neuvy-en-D. (Eure-et-Loir), St-Sulpice-le-D. (Creuse) — **Duras** ➙ Bazoches-en-D. (Lot-et-Garonne), St-Jean-de-D. (Lot-et-Garonne), Villeneuve-en-D. (Lot-et-Garonne) — **Eauzan** — **Écuens** — **Embrunais** — **Entraunes** ➙ Châteauneuf-d'E. (Alpes-Maritimes), Villeneuve-d'E. (Alpes-Maritimes) — **Ergny** ➙ Aix-en-E. (Pas-de-Calais) — **Escrebieux** ➙ Flers-en-E. (Nord) — **Étampois** — **Évrecin** — **Exmes** ➙ Aubry-en-E. (Orne) — **Fagne** ➙ Moustier-en-F. (Nord) — **Famars** — **Famenne** — **Fenouillèdes** — **Ferrain** ➙ Neuville-en-F. (Nord) — **Fézensac** — **Flandre** — **Forez** ➙ Bellegarde-en-F. (Loire), Montaiguët-en-F. (Allier), St-Marcelin-en-F. (Loire), St-Médard-en-F. (Loire), Usson-en-F. (Loire), Verrières-en-F. (Loire) —

ÎLE-DE-FRANCE : POURQUOI ÎLE ?

Le nom d'**Île-de-France** semble relativement récent, puisqu'il n'apparaît pas avant 1429 dans les textes, alors que celui de **France**, ou pays des **Francs** (entre Loire et Rhin) date du VIe siècle[22]. Pourquoi île ? On sait qu'au Moyen Âge c'est ainsi que l'on nommait un terrain totalement entouré de cours d'eau mais, pour l'île de France, si on voit bien les limites que forment la Marne et la Seine au sud, et l'Oise à l'ouest, les limites sont plus difficiles à tracer pour le nord[23].

France ➙ Baillet-en-F. (Val-d'Oise), Belloy-en-F. (Val-d'Oise), Bonneuil-en-F. (Val-d'Oise), Châtenay-en-F. (Val-d'Oise), Latour-de-F. (Pyrénées-Orientales), Mareil-en-F. (Val-d'Oise), Puiseux-en-F. (Val-d'Oise), Roissy-en-F. (Val-d'Oise), Tremblay-en-F. (Seine-St-Denis) — **Fréjurès** — **Fronsadais** ➙ Cadillac-en-F. (Gironde) — **Gabardan** — **Gapençais** —

LE MIEL ADOUCIT LE GÂTINAIS

Terre inculte et désolée, le Gâtinais doit son nom au latin **Vastinensis pagus**, formé sur **vastus** « vide, désolé, désert », emprunté au germanique. Aujourd'hui l'étymologie n'a pas laissé de traces péjoratives apparentes : au contraire, puisque seul le miel est évoqué par le mot **Gâtinais**.

GÂTINAIS ➙ Auvilliers-en-G. (Loiret), Barville-en-G. (Loiret), Batilly-en-G. (Loiret), Beaumont-du-G. (Seine-et-Marne), Boissière-en-G. (Deux-Sèvres), Bordeaux-en-G. (Loiret), Bouilly-en-G. (Loiret), Chailly-en-G. (Loiret), Champrond-en-G. (Eure-et-Loir), Feins-en-G. (Loiret), Fréville-du-G. (Loiret), Maisoncelles-en-G. (Seine-et-Marne), Mazières-en-G. (Deux-Sèvres), Mézières-en-G. (Loiret), Montcelles-en-G. (Seine-et-Marne), Oussoy-en-G. (Loiret), Pers-en-G. (Loiret), Sceaux-du-G. (Loiret), St-Laurent-en-G. (Indre-et-Loire), St-Martin-en-G. (Loiret), St-Martin-en-G. (Saône-et-Loire), St-Paul-en-G. (Deux-Sèvres), Treilles-en-G. (Loiret), Vernoux-en-G. (Deux-Sèvres) — **GAULT** ➙ Marcilly-en-G. (Loir-et-Cher), St-Cyr-du-G. (Loir-et-Cher) — **GENEVOIS** ➙ St-Julien-en-G. (Haute-Savoie) — **GÉVAUDAN** — **GLANDEVÈS** — **GOËLE** ➙ Dammatin-en-G. (Seine-et-Marne), Montgé-en-G. (Seine-et-Marne) — **GOHELLE** ➙ Fresnoy-en-G. (Pas-de-Calais), Givenchy-en-G. (Pas-de-Calais), Loos-en-G. (Pas-de-Calais), Montigny-en-G. (Pas-de-Calais), Sains-en-G. (Pas-de-Calais) — **GOUFFERN** ➙ Silly-en-G. (Orne) — **GOÛT** ➙ Nohant-en-G. (Cher) — **GRAÇAY** ➙ Dampierre-en-G. (Cher), Nohant-en-G. (Cher) — **GRAIGNES** ➙ Montmartin-en-G. (Manche) — **GRÉSIVAUDAN** —

GUYENNE = AQUITAINE

Aquitania est en effet le nom latin de l'une des quatre parties de la Gaule citées par Jules César, et que l'on connaît sous la forme française **Aquitaine**. Par une évolution phonétique propre à la région, ce nom a évolué en **Aguiaine**, écrit ultérieurement **Aguienne**, et une fausse coupe de **l'Aguienne** en **la Guyenne** a fait le reste [24].

Guyenne → Lévignac-de-G. (Lot-et-Garonne), Sauveterre-en-G. (Gironde) — **Hainaut** — **Haut-Oisans** → Clavans-en-H. (Isère) — **Haye** → Domèvre-en-H. (Meurthe-et-Moselle), Fey-en-H. (Meurthe-et-Moselle), Maurigny-en-H. (Meurthe-et-Moselle), Rosières-en-H. (Meurthe-et-Moselle), Viéville-en-H. (Meurthe-et-Moselle), Villers-en-H. (Meurthe-et-Moselle) — **Herbauge** — **Hermoy** → Selle-en-H. (Loiret) — **Hez** → Neuville-en-H. (Oise) — **Hiémois** — **Hierle** —

HOULME : D'ABORD UNE ÎLE

Ce nom vient du scandinave **holmr** « île », image qui convient bien à cette région abondamment arrosée par l'Orne, la Rouvre, la Vère et tous leurs affluents [25].

Houlme → Bazoches-au-H. (Orne), Bellou-en-H. (Orne), Montreuil-au-H. (Orne), Neuvy-en-H. (Orne) — **Hurepoix** → Marolles-en-H. (Essonne) — **Issart** → Aix-en-I. (Pas-de-Calais) — **Ivezois** — **Jarez** → St-Christo-en-J. (Loire), St-Julien-en-J. (Loire), St-Paul-en-J. (Loire), St-Pierre-en-J. (Loire), St-Priest-en-J. (Loire), St-Romain-en-J. (Loire), Ste-Croix-en-J. (Loire), Tour (La)-en-J. (Loire) — **Jarnisy** → Conflans-en-J. (Meurthe-et-Moselle) — **Jarrest** → Soucieu-en-J. (Rhône) — **Josas** → Jouy-en-J. (Yvelines), Loges-en-J. (Yvelines) — **Joux** → Châtel-de-J. (Jura), Ménétrux-en-J. (Jura), St-Bonnet-de-J. (Saône-et-Loire),

St-Germain-de-J. (Ain) — **Juger** → Chapelle (La)-en-J.
(Manche) — **Labourd** — **Lafaye** → Chapelle (La)-en-L.
(Loire) — **Lamée** → Ercé-en-L. (Ille-et-Vilaine) — **Landes**
→ La Boissière-des-L. (Vendée), Montreuil-des-L. (Ille-et-
Vilaine), Rion-des-L. (Landes), St-Aubin-des-L. (Ille-et-
Vilaine), St-Avaugourd-des-L. (Vendée), St-Cornier-des-L.
(Orne), St-Hilaire-des-L. (Ille-et-Vilaine), St-Julien-des-L.
(Vendée), St-Martin-des-L. (Orne), St-Paul-des-L. (Cantal),
St-Rémy-des-L. (Manche), St-Sulpice-des-L. (Ille-et-
Vilaine), St-Sulpice-des-L. (Loire-Atlantique), St-Vincent-
des-L. (Loire-Atlantique) — **Langrois** — **Laonnois** →
Aubigny-en-L. (Aisne), Brancourt-en-L. (Aisne), Bray-en-
L. (Aisne), Cerny-en-L. (Aisne), Chivres-en-L. (Aisne),
Laval-en-L. (Aisne), Mons-en-L. (Aisne) — **Lassois** —
Latou → Villemeuve-du-L. (Ariège) — **Lauragais** →
Bélesta-en-L. (Haute-Garonne), Montégut-en-L. (Haute-
Garonne), Verdun-en-L. (Aude), Villefranche-de-L. (Haute-
Garonne) — **Lavedan** → Arras-en-L. (Hautes-Pyrénées),
Aspin-en-L. (Hautes-Pyrénées), Sère-en-L. (Hautes-Pyré-
nées) — **Laye** → St-Germain-en-L. (Yvelines), St-Martin-
de-L. (Gironde) — **Léon** — **Lieuvin** → Épreuville-en-L.
(Eure), Heudreville-en-L. (Eure) — **Limousin** — **Livradois**
→ Marsac-en-L. (Puy-de-Dôme) — **Lodévois** — **Lomagne**
→ Puygaillard-de-L. (Tarn-et-Garonne) — **Lommois** —
Lorraine → Bisten-en-L. (Moselle) — **Luitré** → Selle-en-
L. (Ille-et-Vilaine) — **Lyonnais** — **Lyons** → Beauficel-en-
L. (Eure), Beauvoir-en-L. (Seine-Maritime) — **Madrie** —
Maine → Chevaigné-du-M. (Mayenne), Meslay-du-
M. (Mayenne) — **Mantois** → Boinville-en-M. (Yvelines)
— **Marc** → Villeneuve-de-M. (Isère) — **Marche** → Belle-
garde-en-M. (Creuse) — **Margeride** → Paulhac-en-
M. (Lozère), Ruynes-en-M. (Cantal), St-Denis-en-
M. (Lozère) — **Marsan** → Bretagne-de-M. (Landes), Ville-
neuve-de-M. (Landes) — **Marseillais** — **Massois** —
Mathois — **Mauges** → Bégrolles-en-M. (Maine-et-Loire),
Botz-en-M. (Maine-et-Loire), Bourgneuf-en-M. (Maine-et-
Loire), Chaudron-en-M. (Maine-et-Loire), Neuvy-en-
M. (Maine-et-Loire), Pin (Le)-en-M. (Maine-et-Loire), St-
Macaire-en-M. (Maine-et-Loire), St-Philbert-en-M. (Maine-

et-Loire), St-Quentin-en-M. (Maine-et-Loire), St-Rémy-en-
M. (Maine-et-Loire) — **MAURIENNE** ➤ Chavannes-en-M.
(Savoie), St-Jean-de-M. (Savoie), St-Michel-de-M.
(Savoie), St-Rémy-de-M. (Savoie) — **MÉDOC** ➤ Castelnau-
de-M. (Gironde), Civrac-en-M. (Gironde), Gaillan-en-M.
(Gironde), Moulis-en-M. (Gironde), Prignac-en-M.
(Gironde), St-Aubin-de-M. (Gironde), St-Vivien-de-
M. (Gironde), St-Yzans-de-M. (Gironde) — **MÉE (LA)** —
MÉLANTOIS ➤ Péronne-en-M. (Nord) — **MELUNAIS** —
MÉMONT — **MEMPISC** — **MÉZIN** ➤ Villeneuve-de-M. (Lot-
et-Garonne) — **MESSIN** — **MICHAILLE** ➤ Châtillon-en-
M. (Ain) — **MINERVOIS** ➤ Félines-en-M. (Hérault), Malves-
en-M. (Aude), Ventenac-en-M. (Aude) — **MONTOIS** ➤
Cessoy-en-M. (Seine-et-Marne), Mons-en-M. (Seine-et-
Marne), Sognolles-en-M. (Seine-et-Marne), Ville-au-
M. (Meurthe-et-Moselle) — **MONTREUIL** ➤ Chiré-en-
M. (Vienne) — **MORVAN** ➤ Alligny-en-M. (Nièvre),
Bierre-en-M. (Côte-d'Or), Brazey-en-M. (Côte-d'Or), Celle
(La)-en-M. (Saône-et-Loire), Chissey-en-M. (Saône-et-
Loire), Cussy-en-M. (Saône-et-Loire), Dompierre-en-
M. (Côte-d'Or), Montigny-en-M. (Nièvre), Ouroux-en-
M. (Nièvre), Roussillon-en-M. (Saône-et-Loire), St-André-
en-M. (Nièvre), St-Hilaire-en-M. (Nièvre), Villiers-en-
M. (Côte-d'Or) — **MOUZON (Pays de)** — **MULTIEN** ➤ Acy-
en-M. (Oise), May-en-M. (Seine-et-Marne), Rosoy-en-
M. (Oise) — **NANTAIS** — **NARBONNAIS** — **NÉMOSEZ** —
NICÈS — **NIDE** — **NIGREMONT** — **NIVERNAIS** — **NOMOIS** —
NORDGAU — **NYON (Pays de)** — **OISANS** ➤ Bourg-d'O.
(Isère), Freney-d'O. (Isère), St-Christophe-en-O. (Isère) —
OLÉRON ➤ Dolus-d'O. (Charente-Maritime), St-Denis-d'O.
(Charente-Maritime), St-Georges-d'O. (Charente-Maritime),
St-Pierre-d'O. (Charente-Maritime) — **OLLENOIS** — **OLMES**
➤ Laroque-d'O. (Ariège), Villeneuve-d'O. (Ariège) —
OLORNAIS —

OLORON (OU AULORON), AU PIED DES PYRÉNÉES

Oloron, le bien nommé, car il est formé sur une racine **ili**, attestée en basque (actuellement **iri**) « ville » et sur **luro** « basse terre »[26].

OLORON → Geüs-d'O. (Pyrénées-Atlantiques), Poey-d'O. (Pyrénées-Atlantiques) — **OMOIS** — **ORANGE (Pays d')** — **ORNOIS** → Cirfontaines-en-O. (Haute-Marne), Horville-en-O. (Meuse), Luméville-en-O. (Meuse) — **ORXOIS** → Chézy-en-O. (Aisne), Marigny-en-O. (Aisne) — **OSCHE-RET** — **OSTREVENT** → Marcq-en-O. (Nord), Marquette-en-O. (Nord), Montigny-en-O. (Nord), Sally-en-O. (Pas-de-Calais) — **OTHE** → Aix-en-O. (Aube), Bercenay-en-O. (Aube), Bœurs-en-O. (Yonne), Bucey-en-O. (Aube), Bussy-en-O. (Yonne), Coursan-en-O. (Aube), Maraye-en-O. (Aube), Nogent-en-O. (Aube), Nonant-en-O. (Aube), Paroy-en-O. (Yonne), St-Mards-en-O. (Aube), Villemoiron-en-O. (Aube) — **OUCHE** → Barre-en-O. (Eure), Conches-en-O. (Eure), Noyer-en-O. (Eure), Ste-Marguerite-en-O. (Eure), Villers-en-O. (Orne) — **PAIL** → St-Cyr-en-P. (Mayenne) — **PAILLERS** → Bazoges-en-P. (Vendée) — **PARÉAGE** → Villeneuve-du-P. (Ariège) — **PAREDS** → Bazoges-en-P. (Vendée), Mouilleron-en-P. (Vendée), St-Paul-en-P. (Vendée), St-Sulpice-en-P. (Vendée) — **PARISIS** → Cormeilles-en-P. (Val-d'Oise), Fontenay-en-P. (Val-d'Oise) — **PENTHIÈVRE** — **PERCHE** → Authon-du-P. (Eure-et-Loir), Champrond-en-P. (Eure-et-Loir), Chauvigny-du-P. (Loir-et-Cher), Coudray-au-P. (Eure-et-Loir), Croix-du-P. (Eure-et-Loir), Longny-au-P. (Orne), Mézières-au-P. (Eure-et-Loir), Mortagne-au-P. (Orne), Moutiers-au-P. (Orne), Poterie-au-P. (Orne), Préaux-du-P. (Orne), Souancé-au-P. (Eure-et-Loir) — **PERCIP** → Poët-en-P. (Drôme) —

PÉRIGORD, PAYS DES QUATRE ARMÉES

Le nom de ce pays (**pagus Petragoricus** en 781) est celtique : il est formé de **petro** « quatre » et de **corii** « armées ». Mais ce sens guerrier a sans doute ensuite été oublié car on rapporte qu'une église de Périgueux portait autrefois l'inscription suivante :

PETRA SIS INGRATIS « Sois pierre pour les ingrats »

COR AMICIS « cœur pour tes amis »

HOSTIBUS **ENSIS** « épée pour tes ennemis ».

HAEC TRIA SI FUERIS « Si tu es ces trois choses, tu seras »

PETRACORENSIS « Périgourdin [27] ».

PÉRIGORD ➜ Calviac-en-P. (Dordogne), Montferrand-du-P. (Dordogne), Prats-du-P. (Dordogne), Siorac-en-P. (Dordogne), St-Marcel-du-P. (Dordogne), Villefranche-du-P. (Dordogne) — **PERTHOIS** ➜ Aulnois-en-P. (Meuse), Juvigny-en-P. (Meuse), Savonnières-en-P. (Meuse), Vitry-en-P. (Marne) — **PÉVÈLE** ➜ Camphin-en-P. (Nord), Cappelle-en-P. (Nord), Mons-en-P. (Nord) — **PEYRALÈS** — **PICARDIE** ➜ Montauban-de-P. (Somme), Poix-de-P. (Somme) — **PIERREPERTUSÈS** — **PINCERAIS** — **PITHIVERAIS** ➜ Crottes-en-P. (Loiret), Jouy-en-P. (Loiret) — **PLOUGASTEL** — **POHER** —

Récréation

LES HABITANTS D'ASNIÈRES

Il y a plus d'un Asnières en France : **Asnières** (Cher), **Asnières** (Hauts-de-Seine), **Asnières-en-Bessin** (Calvados), **Asnières-en-Poitou** (Deux-Sèvres)[28].

Les habitants de l'une de ces communes se nomment les **Hannetons**. De quelle commune s'agit-il ?

Réponses p. 462.

Poitou → Asnières-en-P. (Deux-Sèvres), Chasseneuil-du-P. (Vienne), Usson-du-P. (Vienne) — **Ponthieu** → Bernay-en-P. (Somme), Crécy-en-P. (Somme), Domart-en-P. (Somme), Millencourt-en-P. (Somme) — **Porcien** — **Porhoët** — **Portois** — **Poudouvre** — **Prayères** → Villers-en-P. (Aisne) — **Provence** → Aix-en-P. (Bouches-du-Rhône), Allemagne-en-P. (Alpes-de-Hte-Prov.), Baux-de-P. (Bouches-du-Rhône), Carnoux-en-P. (Bouches-du-Rhône), Peyrolles-en-P. (Bouches-du-Rhône), Salon-de-P. (Bouches-du-Rhône), Trans-en-P. (Var) — **Puisaye** → Batilly-en-P. (Loiret), Dammarie-en-P. (Loiret), Sougères-en-P. (Yonne), St-Amand-en-P. (Nièvre), St-Sauveur-en-P. (Yonne), Tannerre-en-P. (Yonne) — **Quercy** → Bagat-en-Q. (Lot), Belfort-du-Q. (Lot), Limogne-en-Q. (Lot), Miramont-en-Q. (Tarn-et-Garonne), Monclar-de-Q. (Tarn-et-Garonne), Montaigu-de-Q. (Lot-et-Garonne), Montpezat-de-Q. (Tarn-et-Garonne), Puygaillard-de-Q. (Tarn-et-Garonne), St-Maurice-en-Q. (Lot) — **Queudois** — **Queyras** → Molines-en-Q. (Hautes-Alpes) — **Quint** → St-Julien-en-Q. (Drôme), Vachères-en-Q. (Drôme) — **Racter** — **Raho** → Villeneuve-de-la-R. (Pyrénées-Orient.) — **Raincien (rémois)** — **Razès** → Fenouillet-du-R. (Aude), Fonters-du-R. (Aude), Mazerolles-du-R. (Aude), Peyrefitte-du-R (Drôme), St-Couat-du-R. (Aude) — **Ré** → Ars-en-R. (Charente-Maritime), Bois-Plage-en-R. (Charente-Maritime) — **Régnier** → Roche-en-R. (Haute-Loire) — **Réonge (Rennais)** — **Ressontois** — **Retz** → Arthon-en-R. (Loire-Atlantique), Bernerie-en-R. (Loire-Atlantique), Bourgneuf-en-R. (Loire-Atlantique), Cheix-en-R. (Loire-Atlantique), Fresnay-en-R. (Loire-Atlantique), Puiseux-en-R. (Aisne), St-Cyr-en-R. (Loire-Atlantique), St-Genès-du-R. (Puy-de-Dôme) — **Revermont** → Savigny-en-R. (Saône-et-Loire) — **Rhuys** → St-Gildas-de-R. (Morbihan) — **Riez** — **Rigault** → Lisle-en-R. (Meuse) — **Rizzigau** — **Roannez** — **Rosanais (Pays de la)** — **Rouergue** → Sauveterre-de-R. (Aveyron), Villefranche-de-R. (Aveyron) — **Roumois** → Berville-en-R. (Eure), Bosc-Renoult-en-R. (Eure), Bosc-Roger-en-R. (Eure), Cauverville-en-R. (Eure), Épreville-en-R. (Eure) — **Roussillon** → Canet-en-R. (Pyrénées-Orientales), Péage-

de-R. (Isère) — **Royans** ⇥ Auberives-en-R. (Isère), Beau-
voir-en-R. (Isère), Oriol-en-R. (Drôme), Pont-en-R. (Isère),
St-André-en-R. (Isère), St-Jean-en-R. (Drôme), St-Laurent-
en-R. (Drôme), St-Nazaire-en-R. (Drôme), St-Thomas-en-
R. (Drôme), Ste-Eulalie-en-R. (Drôme) — **Saintois** ⇥
Fraisnes-en-S. (Meurthe-et-Moselle) — **Saintonge** — **Saire**
⇥ Anneville-en-S. (Manche) — **Salat** ⇥ Bastide-du-S.
(Ariège), Salies-du-S. (Haute-Garonne) — **Sancerre** ⇥ Cré-
zancy-en-S. (Cher), Neuilly-en-S. (Cher), Savigny-en-S.
(Cher) — **Santerre** ⇥ Beaufort-en-S. (Somme), Belloy-en-
S. (Somme), Berny-en-S. (Somme), Cayeux-en-S. (Somme),
Foucaucourt-en-S. (Somme), Hangest-en-S. (Somme),
Laboissière-en-S. (Somme), Mézières-en-S. (Somme),
Rosières-en-S. (Somme), Rouvroy-en-S. (Somme) — **Saos-
nois** ⇥ Avesnes-en-S. (Sarthe), Livet-en-S. (Sarthe),
Moncé-en-S. (Sarthe), Neufchâtel-en-S. (Sarthe), St-Calez-
en-S. (Sarthe) — **Sarre (Pays de)** — **Saulnois** ⇥ Fresnes-
en-S. (Moselle), La Neuville-en-S. (Moselle), Silly-en-S.
(Moselle) — **Savoie** — **Saxons (Rivage des)** — **Scarpone
(Pays de)** — **Sellentois** — **Semine** ⇥ Chêne-en-S.
(Haute-Savoie) — **Senesès** — **Sénonge** — **Séois** —
Sereine ⇥ Chevry-en-S. (Seine-et-Marne) — **Sermorens**
— **Serval** ⇥ Chapelle (La)-en-S. (Oise) — **Séry** ⇥ Bouil-
lancourt-en-S. (Somme) — **Sisteronnais** — **Soissonnais**
— **Sologne** ⇥ Fontaines-en-S. (Loir-et-Cher), Gy-en-S.
(Loir-et-Cher), Marolle-en-S. (Loir-et-Cher), Montrieux-en-
S. (Loir-et-Cher), Mur-de-S. (Loir-et-Cher), Soings-en-S.
(Loir-et-Cher), Souvigny-en-S. (Loir-et-Cher), Tour-en-S.
(Loir-et-Cher), Vernou-en-S. (Loir-et-Cher) — **Son** ⇥
Lalande-en-S. (Oise) — **Sorne (Pays de la)** — **Soule** —
Soulosse — **Spire (Pays de la)** — **Sundgau** — **Suse (Val
de)** — **Sustantonès** — **Tallendais** — **Talmondais** ⇥ St-
Cyr-en-T. (Vendée) — **Talou** — **Tardenois** ⇥ Fère-en-T.
(Aisne), Fresnes-en-T. (Aisne), Ville-en-T. (Marne) —
Tarentaise — **Ternois** ⇥ Croix-en-T. (Pas-de-Calais),
Gouy-en-T. (Pas-de-Calais), Monts-en-T. (Pas-de-Calais),
Œuf-en-T. (Pas-de-Calais) — **Teunès** — **Thelle** ⇥ Crouy-
en-T. (Oise), Fresnoy-en-T. (Oise), Laboissière-en-T.
(Oise), Mesnil-en-T. (Oise), Mortefontaine-en-T. (Oise),

Neuilly-en-T. (Oise) — **THIÉRACHE** ➙ Barzy-en-T. (Aisne),
Bray-en-T. (Aisne), Morgny-en-T. (Aisne), Nouvion-en-T.
(Aisne), Origny-en-T. (Aisne), Taisnières-en-T. (Nord) —
THOUARSAIS — **TIFFAUGES** — **TOLOSANE** — **TONNERROIS** ➙
Moulins-en-T. (Yonne) — **TOULOIS** — **TOURAINE** ➙
Auzouer-en-T. (Indre-et-Loire), Bueil-en-T. (Indre-et-Loire),
Chissay-en-T. (Loir-et-Cher), Civry-de-T. (Indre-et-Loire),
Courcelles-de-T. (Indre-et-Loire), Croix-en-T. (Indre-et-
Loire), Ingrandes-de-T. (Indre-et-Loire), Lignières-de-T.
(Indre-et-Loire), Mazières-de-T. (Indre-et-Loire), Montreuil-
en-T. (Indre-et-Loire), Noyant-de-T. (Indre-et-Loire), Souvi-
gny-en-T. (Indre-et-Loire), Ste-Maure-de-T. (Indre-et-Loire)
— **TOURNAISIS** — **TOURNÈS** —

COMBIEN D'ARMÉES DANS LE TRÉGOR ?

Trégor, nom celtique d'un pays de Bretagne, vient apparemment de **tricorii** « trois armées », tout comme **Périgord**
remonte à **petrocorii** « quatre armées ».

TRÉGOR — **TRICASSIN** — **TRICASTIN** — **TRIÈVES** ➙ Cor-
nillon-en-T. (Isère), St-Maurice-en-T. (Isère) — **TURLU-
RON (Pays de)** — **TURSAN** — **TURVÉON** — **UZÈGE** —
UZERCHAIS — **VAISONNAIS** — **VALDAINE** ➙ Portes-en-V.
(Drôme), Rochefort-en-V. (Drôme), St-Denis-en-V.
(Lozère), St-Geoire-en-V. (Isère) — **VALENTINOIS** — **VAL-
GAUDÉMAR** ➙ Chapelle (La)-en-V. (Hautes-Alpes), St-
Jacques-en-V. (Hautes-Alpes), St-Maurice-en-V. (Hautes-
Alpes) — **VALIÈRE** ➙ Chevigny-en-V. (Côte-d'Or), St-Ger-
vais-en-V. (Saône-et-Loire) —

LE VALOIS ET LA RIVIÈRE AUTOMNE

La ville principale du **Valois** était autrefois **Crépy**, dont
un des hameaux, **Vez**, est à l'origine du nom de pays, **pagus
Vadensis**, ou **pays de Vez**, qui signifiait à l'époque carolingienne « pays où l'on peut traverser à gué » (la rivière
Automne), **vez** étant l'équivalent en picard du français **gué** [29].

Valois → Autheuil-en-V. (Oise), Béthancourt-en-V. (Oise), Bonneuil-en-V. (Oise), Coulomb-en-V. (Seine-et-Marne), Crépy-en-V. (Oise), Oigny-en-V. (Aisne), Passy-en-V. (Aisne), Torcy-en-V. (Aisne) — **Valroney** → Champagne-en-V. (Ain) — **Vanoise** → Champagny-en-V. (Savoie) — **Varais** — **Vaux** → Béthancourt-en-V. (Aisne), Burey-en-V. (Meuse), Jours-en-V. (Côte-d'Or), Neurey-en-V. (Haute-Saône), St-Denis-de-V. (Saône-et-Loire), St-Gérand-de-V. (Allier), St-Germain-des-V. (Manche), St-Laurent-de-V. (Rhône), Ste-Marie-de-V. (Haute-Vienne), St-Pierre-en-V. (Côte-d'Or), Sury-en-V. (Cher) —

VELAY : UNE TRIBU QUI S'ESTIMAIT BEAUCOUP

En effet, le Velay était le pays des **Vellavii**, une tribu gauloise citée par Jules César, et dont le nom est formé sur le radical **vell**, que l'on retrouve avec le sens de « meilleur, excellent » dans l'anglais **well** « bon, bien », l'allemand **wohl** « volontiers », le gallois **guel**, etc.

Velay → Arsac-en-V. (Haute-Loire), Montfaucon-en-V. (Haute-Loire), St-Didier-en-V. (Haute-Loire) — **Velin** → Vaulx-en-V. (Rhône) — **Venaissin** — **Vencès** — **Vendelais** → Châtillon-en-V. (Ille-et-Vilaine) — **Vendeuillais** — **Vendômois** — **Vercors** → Chapelle-en-V. (Drôme), Corrençon-en-V. (Isère), Gresse-en-V. (Drôme), Lans-en-V. (Drôme), St-Agnan-en-V. (Drôme), St-Julien-en-V. (Drôme), St-Martin-en-V. (Drôme), Vassieux-en-V. (Drôme) — **Verdunois** → Beaumont-en-V. (Meuse), Belrupt-en-V. (Meuse), Écurey-en-V. (Meuse), Neuville-en-V. (Meuse) — **Vergonnais** — **Vermandois** → Beauvois-en-V. (Aisne), Bohain-en-V. (Aisne), Bouvincourt-en-V. (Somme), Vaux-en-V. (Aisne) — **Vermois** → Manoncourt-en-V. (Meurthe-et-Moselle) — **Véron** → Beaumont-en-V. (Indre-et-Loire), Savigny-en-V. (Indre-et-Loire) — **Vexin** → Bellay-en-V. (Val-d'Oise), Bourg-en-V. (Oise), Boury-en-V. (Oise), Brueil-en-V. (Yvelines), Chapelle-en-V. (Oise), Chaumont-en-V. (Oise), Cormeilles-en-V. (Val-d'Oise),

Doudeauville-en-V. (Eure), Fours-en-V. (Eure), Gamaches-en-V. (Eure), Guiry-en-V. (Val-d'Oise), Hardivilliers-en-V. (Oise), Houville-en-V. (Val-d'Oise), Magney-en-V. (Val-d'Oise), Maudétour-en-V. (Val-d'Oise), Mézières-en-V. (Eure), Montagny-en-V. (Oise), Neuilly-en-V. (Val-d'Oise), Nojeon-en-V. (Eure), Thilliers-en-V. (Eure), Villiers-en-V. (Eure) — **VÉZY** ➞ Lafeuillade-en-V. (Cantal) — **VIEILLE FRANCE** — **VIENNOIS** ➞ St-Romain-en-V. (Vaucluse) — **VILLETTE** ➞ Marcilly-en-V. (Loiret), Menestreau-en-V. (Loiret) — **VIMEU** ➞ Acheux-en-V. (Somme), Feuquières-en-V. (Somme), Forceville-en-V. (Somme), Lignières-en-V. (Somme), Méricourt-en-V. (Somme), Sorel-en-V. (Somme), Tours-en-V. (Somme) — **VIVARAIS** ➞ Laurac-en-V. (Ardèche), St-André-en-V. (Ardèche), Vernoux-en-V. (Ardèche) — **VONCQ (Pays de)** — **WEPPES** ➞ Ennetières-en-W. (Nord), Fournes-en-W. (Nord), Radinghem-en-W. (Nord), Sainghin-en-W. (Nord) — **WOËVRE** ➞ Beney-en-W. (Meuse), Boinville-en-W. (Meuse), Fresnes-en-W. (Meuse), Grimaucourt-en-W. (Meuse), Herméville-en-W. (Meuse), Jonville-en-W. (Meuse), Lamarche-en-W. (Meuse), Latour-en-W. (Meuse), Manoncourt-en-W. (Meurthe-et-Mos.), Marcheville-en-W. (Meuse), Rouvres-en-W. (Meuse), Rupt-en-W. (Meuse), St-Benoît-en-W. (Meuse), St-Hilaire-en-W. (Meuse) — **XAINTOIS** ➞ Dombasles-en-X. (Vosges), Ménil-en-X. (Vosges), Rouvres-en-X. (Vosges) —

YVELINES

Pour comprendre l'évolution de **Aquilina (silva)** « (forêt) où coule l'eau » à **Yveline**, il faut se rappeler que l'ancien français avait fait évoluer le latin **aqua** « eau » jusqu'à **ève** (d'où **évier**) avant de devenir *eau*.

YVELINES ➞ Clairefontaine-en-Y. (Yvelines), Dampierre-en-Y. (Yvelines), Perray-en-Y. (Yvelines), Rochefort-en-Y. (Yvelines), St-Arnoult-en-Y. (Yvelines), St-Léger-en-Y. (Yvelines), Vieille-Église-en-Y. (Yvelines).

LES PROVINCES

L'attachement à la province

Avec l'expansion du christianisme, et sur le modèle des *civitates* (cités) gallo-romaines, c'est la division en diocèses qui a ultérieurement prévalu. Ces diocèses reprenaient eux-mêmes les implantations des tribus gauloises [30].

Mais aucun sentiment d'appartenance ne semble mieux avoir traversé les siècles que celui qui prend racine dans la « province » natale. Et pourtant, aucune entité territoriale n'est plus difficile à circonscrire.

Le terme même de *province* remonte à l'époque des Romains, qui établirent dans le Midi leur première PROVINCIA, forme latine qui a laissé en français deux mots, celui de *Provence* et celui de *province*.

Le mot *province* est attesté dès la fin du XVe siècle pour désigner certaines parties du royaume — *province* de Bretagne remplace *duché* de Bretagne et *province* de Champagne remplace *comté* de Champagne —, mais sans correspondre à une délimitation administrative précise. À l'époque de la Révolution, au moment même où, en 1790, l'Assemblée constituante ordonne la division de la France en 83 départements, le mot *province* devient paradoxalement plus fréquent.

Récréation

À QUEL AUTRE NOM SE RATTACHE-T-IL ?

L'évolution phonétique brouille parfois les pistes. Pouvez-vous retrouver les noms des provinces ou des « pays » évoqués par ces toponymes ?

1. **Angers**	4. **Cahors**
2. **Arras**	5. **Die**
3. **Bayeux**	6. **Bourges**
	7. **Rouen**

Réponses p. 462.

Province, où es-tu ?

Il est toutefois impossible d'établir la véritable liste des provinces de l'Ancien Régime car seules certaines d'entre elles coïncidaient avec les anciennes divisions administratives, qui elles-mêmes variaient considérablement. Le royaume était en effet divisé en :

— *gouvernements,* pour l'autorité militaire

— *généralités*, pour la perception des impôts

— *parlements*, pour les affaires judiciaires.

Rare était la coïncidence entre gouvernement et généralité. C'était cependant le cas pour quatorze provinces, parmi lesquelles l'Alsace, la Franche-Comté, le Poitou et la Provence, mais elles constituaient des exceptions : le Perche, par exemple, faisait partie de la généralité d'Alençon mais du gouvernement du Maine. Le résultat, c'est que selon que l'on consulte l'un ou l'autre des documents du XVIIIe siècle, le nombre des provinces va de 52 [31], à 58 [32] et même à 87 [33].

Ce nombre élevé, de 87 noms, ressort des lettres patentes du roi du 4 mars 1790 qui, sur décret de l'Assemblée nationale, « ordonnent la division de la France en quatre-vingt-trois départements » [34].

En fait la liste des provinces peut encore s'allonger si l'on y inclut tous les noms ayant pu désigner une « province », à une époque ou à une autre [35].

Liste reconstituée des 101 noms de « provinces »

Agenais	**Alsace**	**Angoumois**
Anjou	**Ardrésis**	**Armagnac**
Artois	**Aunis**	**Auvergne**
Auxerrois	**Barrois**	**Basque (pays)**
Bazadais	**Béarn**	**Beauce**
Beaujolais	**Beauvaisis**	**Berry**
Bigorre	**Blaisois**	**Bordelais**
Boulonnais	**Bourbonnais**	**Bourgogne**
Bresse	**Bretagne**	**Brie**
Bugey	**Calaisis**	**Cambrésis**

LES « PROVINCES » FRANÇAISES EN 1789

Dans l'impossibilité de concilier sur une même carte les données contradictoires des divers documents de l'époque, qui font état de 52 à 87 noms de « provinces », voici une représentation approximative des divisions du royaume juste avant la Révolution. (L'orthographe de l'époque a été respectée [36].)

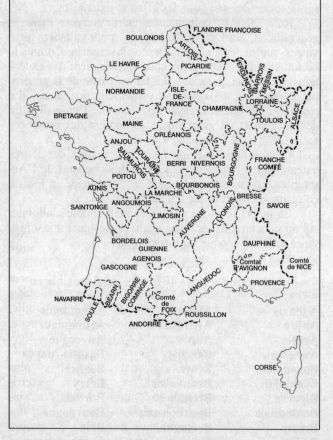

Carignan	**Cévennes**	**Chalosse**
Champagne	**Charlemont**	**Chartrain**
Comminges	**Condomois**	**Corse**
Couserans	**Dauphiné**	**Dombes**
Dorat	**Flandre**	**Foix**
Forez	**Fr-Comté**	**Gascogne**
Gâtinais	**Gex**	**Givet**
Guyenne	**Hainaut**	**Ile-de-France**
Landes	**Languedoc**	**Laonnais**
Limousin	**Lorraine**	**Lyonnais**
Maine	**Marche**	**Marienbourg**
Marsan	**Messin**	**Mouzon**
Navarre	**Nébouzan**	**Nivernais**
Normandie	**Orléanais**	**Paris**
Perche	**Périgord**	**Philippeville**
Picardie	**Poitou**	**Provence**
Quatre-Vallées	**Quercy**	**Rivière-Verdun**
Rouergue	**Roussillon**	**Saintonge**
Saumurois	**Sedan**	**Sénonais**
Soissonnais	**Toulois**	**Touraine**
Trois-Evêchés	**Valromey**	**Velay**
Vendômois	**Verdunois**	**Vermandois**
Vexin français	**Vivarais**	

À cette liste, il faut ajouter trois territoires annexés ultérieurement : **le comtat Venaissin** en 1791, le **comté de Nice** et la **Savoie** en 1860.

En observant de plus près cette liste particulièrement accueillante des noms de « provinces », on peut y constater la présence d'une douzaine de provinces de grande taille, héritières des anciens grands fiefs et apanages *(Auvergne, Berry, Bourgogne, Bretagne, Champagne, Dauphiné, Franche-Comté, Guyenne et Gascogne, Lorraine, Normandie, Poitou, Provence),* de certaines acquisitions plus récentes *(Alsace, Corse, Savoie),* voisinant avec des territoires de taille vraiment réduite comme *Sedan* (petite principauté sur la Meuse) ou *Quatre-Vallées* (petit pays des Pyrénées), *Valromey* (petit pays de l'Ain) ou encore *Rivière-Verdun* (petit pays du Gers). Il faut signaler que ce qui est appelé *Trois-Évêchés* (Metz, Toul, Verdun) par certains est séparé en *Messin*, *Toulois* et *Verdunois* par d'autres et que *Paris* est aussi considéré comme une « province » sur l'un des documents anciens (Lettre patente du roi, 1790). Et si l'on compare cette liste à celle des « pays », on sera sans doute frappé par le nombre de noms qu'elles ont en commun (*Anjou*, *Bigorre*, *Bugey* ou *Vexin*), signe de l'imbrication de ces notions fluctuantes où terroirs et divisions administratives tour à tour se recouvrent mutuellement ou se singularisent.

Récréation

À LA RACINE DES PROVINCES : DES ARBRES

Les noms des anciennes provinces ont souvent une origine obscure, mais on en connaît parfois l'étymologie. Parmi les six noms suivants, trois d'entre eux évoquent celui d'un arbre. Lesquels ?

Auvergne[37] — **Berry** — **Champagne**[38] — **Limousin** — **Nivernais** — **Savoie**

Réponses p. 462.

Des « Hauts » et des « Bas »

À cette situation déjà très morcelée, il faut encore ajouter des subdivisions assez fréquentes entre « haut » et « bas », comme par exemple *Haute* et *Basse-Normandie*, *Haut* et *Bas-Maine*, *Haut* et *Bas-Languedoc*... Ces dénominations se justifient parfois par la différence d'altitude mais aussi par la richesse relative des deux régions. (Cf. CARTE p. 65.)

LES DÉPARTEMENTS

Le passage des provinces aux départements

Plus aliénant pour les populations concernées, le nouveau découpage avait souvent fait éclater d'anciennes

CARTE DES « HAUTS » ET DES « BAS »

Seuls figurent sur cette carte les noms des provinces comportant l'indication *haut(e)* ou *bas(se)* [39].

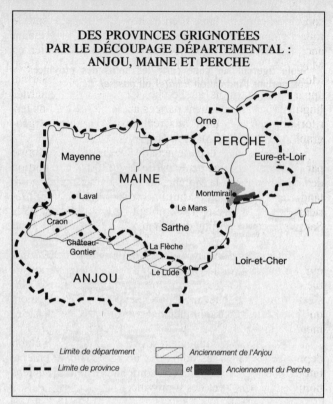

DES PROVINCES GRIGNOTÉES
PAR LE DÉCOUPAGE DÉPARTEMENTAL :
ANJOU, MAINE ET PERCHE

communautés régionales dans des structures administratives disparates. Le Perche, par exemple, s'est trouvé
réparti entre quatre départements : pour l'essentiel entre
l'Orne et l'Eure-et-Loir, et très partiellement entre le
Loir-et-Cher et la Sarthe [40].

L'ancienne province du Maine avait en effet été
séparée en deux départements dont les limites ont été
fixées par la Constituante (décret du 4 février 1790) [41].

Le principe directeur avait été, pour la Mayenne, de
regrouper toutes les régions concernées par la culture et
l'industrie du lin, et pour la Sarthe, de former une circons-
cription très régulière, un cercle presque parfait autour de

son chef-lieu, Le Mans. Il en était résulté, dans le sud, le rattachement de portions de territoires appartenant anciennement à l'Anjou : Craon et Château-Gontier en Mayenne, Le Lude et La Flèche dans la Sarthe. A l'est, Montmirail, aujourd'hui dans le département de la Sarthe, appartenait autrefois au Perche. Certaines particularités linguistiques s'expliquent par ces anciennes divisions territoriales, qui s'ajoutent aux réalités géologiques et géographiques[42]. (Cf. Carte p. 66.)

De son côté, le département de la Charente a été formé par l'Angoumois, une petite partie du Poitou et une portion de la Saintonge, de la Marche, du Limousin et du Périgord, tandis que la Charente-Maritime (d'abord Charente-Inférieure) a été formée en rassemblant l'Aunis, le reste de la Saintonge et une portion du Poitou.

Enfin, signalons le cas tout à fait étonnant de *Valréas* qui, au moment de la création du 87e département constitué du *Comtat Venaissin*, territoire pontifical depuis 1348, s'est trouvé rattaché au département du *Vaucluse* alors qu'il se situe géographiquement à l'intérieur du département de la *Drôme*[43].

Parce qu'ils dérangeaient souvent le vieil ordre établi depuis des siècles, les noms des nouveaux départements ont eu du mal à supplanter complètement les anciens noms des « pays » et des « provinces ».

DE L'OR DANS LA CÔTE-D'OR ?

Non, ce n'est pas parce qu'on venait de découvrir une mine d'or dans le département dont Dijon est le chef-lieu que le nom de **Côte-d'Or** lui a été donné en 1790. Il représente en fait une métaphore flatteuse et méritée pour désigner les coteaux plantés de vignes le long de la Saône, véritable trésor pour la région[44], alors que le premier nom choisi par la Convention avait été tout naturellement **Seine-et-Saône**[45].

Les départements et leurs noms

Lorsqu'en 1790 furent constitués les 83 premiers départements, le souci avait été grand de faire oublier les noms des provinces de l'Ancien Régime. Rares sont ceux qui ont survécu et les nouveaux départements ont le plus souvent pris les noms des cours d'eau qui les traversaient : *Seine, Seine-Inférieure, Loire, Lot-et-Garonne, Charente et Charente-Inférieure*, moins souvent ceux des montagnes voisines : *Vosges, Jura, Hautes et Basses-Pyrénées...* Le principe d'égalité, pourtant ici bafoué — *inférieure, hautes, basses* —, ne semble pas avoir frappé les esprits des révolutionnaires pourtant si sensibles à cette question et il faudra attendre le milieu du XXe siècle pour que l'on prenne garde à ce qu'il y avait « d'insultant » à être nommé *Basses-Alpes* ou *Seine-Inférieure*.

Récréation

QUEL EST LE NOM DES HABITANTS DE ...

1. **Grasse** (Alpes-Maritimes) A. les *Grassois* ? B. les *Grassais* ?

2. **Lusignan** (Vienne) A. les *Lusignains* ? B. les *Mélusins* ?

3. **Saint-Brieuc** (Côtes-d'Armor) A. les *Brieusains* ? B. les *Briochains* ?

4. **Poil** (Nièvre) A. les *Poilais* ? B. les *Poilus* ?

5. **La Loupe** (Eure-et-Loir) A. les *Loupiais* ? B. les *Loupiots* ?

6. **Saint-Étienne** (Loire) A. les *Etiennets* ? B. les *Stéphanois* ?

Question subsidiaire : pour **Caen** (Calvados) et **Cannes** (Alpes-Maritimes) on a le choix entre *Cannais* et *Cannois*. Quelle est la bonne réponse ?

Réponses p. 462.

CARTE DES DÉPARTEMENTS ACTUELS

Cette carte correspond aux 96 départements actuels. Il y en avait seulement 83 à l'origine en 1790. À ceux qui figurent sur cette carte, il faut ajouter les départements d'outre-mer (Guadeloupe, Martinique, Guyane, Réunion).

01 AIN - 02 AISNE - 03 ALLIER - 04 ALPES-DE-HAUTE-PROVENCE - 05 HAUTES-ALPES - 06 ALPES-MARITIMES - 07 ARDÈCHE - 08 ARDENNES - 09 ARIÈGE - 10 AUBE - 11 AUDE - 12 AVEYRON - 13 BOUCHES-DU-RHÔNE - 14 CALVADOS - 15 CANTAL - 16 CHARENTE - 17 CHARENTE-MARITIME - 18 CHER - 19 CORRÈZE - 2A CORSE-DU-SUD - 2B HAUTE-CORSE - 21 CÔTE-D'OR - 22 CÔTES-D'ARMOR - 23 CREUSE - 24 DORDOGNE - 25 DOUBS - 26 DRÔME - 27 EURE - 28 EURE-ET-LOIR - 29 FINISTÈRE - 30 GARD - 31 HAUTE-GARONNE - 32 GERS - 33 GIRONDE - 34 HÉRAULT - 35 ILLE-ET-VILAINE - 36 INDRE - 37 INDRE-ET-LOIRE - 38 ISÈRE -

39 JURA - 40 LANDES - 41 LOIR-ET-CHER - 42 LOIRE - 43 HAUTE-LOIRE - 44 LOIRE-ATLANTIQUE - 45 LOIRET - 46 LOT - 47 LOT-ET-GARONNE - 48 LOZÈRE - 49 MAINE-ET-LOIRE - 50 MANCHE - 51 MARNE - 52 HAUTE-MARNE - 53 MAYENNE - 54 MEURTHE-ET-MOSELLE - 55 MEUSE - 56 MORBIHAN - 57 MOSELLE - 58 NIÈVRE - 59 NORD - 60 OISE - 61 ORNE - 62 PAS-DE-CALAIS - 63 PUY-DE-DÔME - 64 PYRÉNÉES-ATLANTIQUES - 65 HAUTES-PYRÉNÉES - 66 PYRÉNÉES-ORIENTALES - 67 BAS-RHIN - 68 HAUT-RHIN - 69 RHÔNE - 70 HAUTE-SAÔNE - 71 SAÔNE-ET-LOIRE - 72 SARTHE - 73 SAVOIE - 74 HAUTE-SAVOIE - 75 PARIS - 76 SEINE-MARITIME - 77 SEINE-ET-MARNE - 78 YVELINES - 79 DEUX-SÈVRES - 80 SOMME - 81 TARN - 82 TARN-ET-GARONNE - 83 VAR - 84 VAUCLUSE - 85 VENDÉE - 86 VIENNE - 87 HAUTE-VIENNE - 88 VOSGES - 89 YONNE - 90 BELFORT (Ter. de) - 91 ESSONNE - 92 HAUTS-DE-SEINE - 93 SEINE-ST-DENIS - 94 VAL-DE-MARNE - 95 VAL-D'OISE

LES RÉGIONS

La régionalisation

Les départements issus de la Révolution ont été regroupés en 1956 en **22 régions** administratives, ce qui, par un juste retour des choses, a permis à ces régions de reprendre des noms de provinces de l'Ancien Régime, ces noms que la Révolution n'avait jamais réussi à faire disparaître des conversations, mais qui n'avaient jamais non plus correspondu à des territoires bien précis dans l'imaginaire de ceux qui les employaient.

L'identité régionale par la langue du terroir

Pour mieux s'orienter dans la compréhension des régionalismes linguistiques, on pourrait évidemment s'appuyer sur les divisions dialectales établies pour les 25 atlas régionaux présentant les résultats d'enquêtes détaillées qui ont débuté en 1949 et que des équipes de dialectologues du CNRS terminent actuellement[46]. Les études de géographie linguistique ou, mieux, de géolinguistique[47] examinent la manière dont les langues varient sur le terrain et interprètent les faits linguistiques en fonction de leur répartition géographique. Depuis un siècle, cette discipline a connu un essor important en France où elle s'est développée grâce à la publication de l'*Atlas linguistique de la France* à partir de 1902 et approfondie dans les 25 *Atlas linguistiques et ethnographiques de la France* par régions, dont la publication par le CNRS est en cours.

Récréation

QU'ONT-ILS EN COMMUN ?

Questions :
Les noms des six départements actuels de **Seine-Maritime,
Loire-Atlantique, Charente-Maritime, Pyrénées-Atlantiques, Alpes-de-Haute-Provence** et **Corse-du-Sud** partagent
une même caractéristique. Laquelle ? Pourquoi le département
des **Côtes-d'Armor** et celui du **Bas-Rhin** sont-ils marqués dif-
féremment ?

Réponses p. 462.

CARTE DES 22 RÉGIONS ACTUELLES

Le nouveau découpage de la France tel qu'il a été établi en 1956 suit les limites des départements et reprend, après plus d'un siècle et demi de purgatoire officiel, certains noms des anciennes provinces : *Picardie, Lorraine, Bretagne, Limousin, Bourgogne, Auvergne, Provence...*

LA GÉOGRAPHIE LINGUISTIQUE

La géographie linguistique

La géographie linguistique, fondée au tournant du siècle par le linguiste suisse Jules Gilliéron, s'est considérablement développée tout au long du XXᵉ siècle, en élaborant des cartes où les noms de lieux sont remplacés par des faits de langue recueillis au cours de minutieuses enquêtes :

— soit les divers mots pour nommer le même objet

— soit les différents sens qu'un même mot peut revêtir selon les lieux

— soit les différentes prononciations d'un même mot.

Après l'*Atlas linguistique de la France* de Jules Gilliéron et Edmond Edmont publié au début du XXᵉ siècle, vingt-cinq atlas linguistiques régionaux mis en chantier dès le milieu du siècle sont actuellement en fin de publication. Ils ne portent pas sur les variétés régionales du français mais sur les langues régionales [48].

Le premier atlas linguistique de la France : l'*A.L.F.*

Cet atlas, rédigé par Gilliéron à partir d'une enquête d'Edmond Edmont, contient 1920 cartes, chacune d'entre elles correspondant à une notion ou à un objet. À chacun des 639 points d'enquête figure, en notation phonétique, la forme dialectale correspondante, ce qui permet d'établir des aires dialectales regroupant les formes identiques. Les cartes de « soixante-dix » et de « quatre-vingt-dix », par exemple, montrent qu'en 1910, *septante* et *nonante* existaient dans le sud et l'est du pays, des Pyrénées aux Ardennes, englobant Suisse et Belgique, ainsi que dans les îles Anglo-Normandes et dans une petite enclave en Ille-et-Vilaine [49].

LES 25 ATLAS LINGUISTIQUES RÉGIONAUX

Produit d'enquêtes dialectologiques commanditées par le CNRS depuis 1949, ce vaste ensemble décrit, sur des milliers de cartes, la diversité des langues régionales, mot par mot et localité par localité [50].

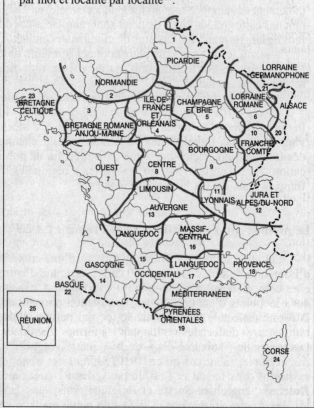

Les noms de l'abeille

La carte des noms de l'abeille en France présente une configuration qui permet de comprendre l'aboutissement final du nom de cet insecte dans le français commun à partir du latin *ape(m)*. L'évolution phonétique dans les régions d'oïl ayant conduit à l'effacement de la consonne placée entre deux voyelles (*ape(m) > ae > é*), cette forme réduite s'est maintenue uniquement à la périphérie (Nord, îles Anglo-Normandes, Neuchâtel et un îlot tout à fait isolé dans la région de Bordeaux). Cette forme, homophone de la conjonction *et*, a pu entraîner d'une part la création de diminutifs comme *essette* et *avette,* qui évitaient les ambiguïtés, et d'autre part l'image *mouche à miel*, immédiatement intelligible. C'est d'ailleurs ce dernier terme qui s'est maintenu dans le français régional de nombreuses localités. (Cf. CARTE p. 76.)

La répartition des prononciations

Mais si les français régionaux ont effectivement leurs racines lointaines dans les anciens dialectes, d'autres éléments ont aussi contribué à les former, car les divisions administratives qui se sont succédé au long des siècles ont créé de nouveaux contacts entre les populations ainsi que des interactions multiples qui ont abouti à des regroupements un peu différents, et souvent moins morcelés.

Conscient de cette évolution plus récente et de ses conséquences sur les prononciations actuelles du français, André Martinet avait divisé le territoire en 12 grandes régions pour son enquête effectuée dans un camp d'officiers prisonniers en 1941[51]. (Cf. CARTE p. 77.)

Des cartes superposées

Enfin, pour mieux cibler le choix des informateurs, c'est en superposant des cartes historiques, dialectales et administratives, que 35 régions avaient été établies pour l'enquête phonologique sur les variétés régionales du français effectuée sous ma direction de 1974 à 1978[52]. (Cf. CARTE p. 79.)

CARTE DE L'« ABEILLE »

Les atlas régionaux permettent de retrouver sur le terrain les diverses étapes de l'évolution du nom de l'**abeille** suivant les régions.

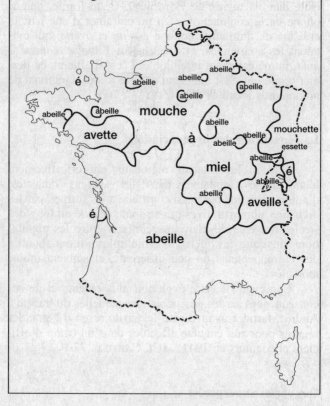

À partir de la superposition des cartes des anciennes provinces, des *Atlas linguistiques régionaux*, de l'enquête de Martinet (1941) et en tenant compte des limites départementales pour une utilisation plus aisée des résultats, cette nouvelle carte donnait également la priorité aux

CARTE DES 12 RÉGIONS
DE L'ENQUÊTE D'ANDRÉ MARTINET

L'enquête sur la diversité des prononciations du français (1941) a confirmé le grand clivage entre la France méridionale et la moitié nord du pays.

Carte linguistique d'après A. Martinet.

frontières linguistiques traditionnelles (trait gras continu). Là où les arguments linguistiques ne pouvaient s'imposer, ce sont les limites des anciennes provinces qui ont été adoptées, avec toutefois certains regroupements : l'Aunis regroupé avec la Saintonge, l'Orléanais avec le Maine, et l'Anjou avec la Touraine[53].

Quoique cette étude n'ait pas été une étude dialectologique mais ait porté sur la prononciation du français, le plus grand compte a été tenu du travail accompli depuis un siècle par les dialectologues français — et en particulier depuis 1949 — dans les *Atlas linguistiques par région*. Leurs descriptions de la France dialectale au milieu du XXᵉ siècle apportent des informations indispensables pour qui veut essayer de comprendre ce que sont les variétés régionales du français. En effet ces patois et dialectes, encore parlés dans certaines régions — en concurrence avec le français —, ont laissé, chez ces locuteurs bilingues, des traces bien vivantes dans la langue française qu'ils ont transmise à leurs descendants.

Une géographie introuvable

La complexité confondante de cette géographie introuvable et pourtant omniprésente — l'abondance des cartes de ce chapitre l'atteste —, a eu pour conséquence inévitable que, depuis le XVIIᵉ siècle, on confond allègrement sous un terme générique — *la province* — tout ce qui n'est pas la Région parisienne. Et le flou artistique est tel aujourd'hui que les encyclopédies régionales et les guides touristiques hésitent constamment entre les départements, les provinces de l'Ancien Régime et les régions administratives telles qu'elles ont été définies en 1956.

Cette difficulté à trouver un terrain d'entente pour nommer les lieux et les gens, on l'a vu, n'est pas récente. Elle est en fait une des composantes les plus constantes de ce qui fait l'histoire mouvementée de la langue française, langue multiple et aux frontières incertaines.

**CARTE DES 35 RÉGIONS
DE L'ENQUÊTE D'HENRIETTE WALTER (1974-1978)**

TROUVER LE NOM DE LA VILLE
À PARTIR DE CELUI DE SES HABITANTS

1. Baralbins
2. Bellifontains
3. Berruyers
4. Biterrois
5. Bisontins
6. Chiroquois
7. Cristoliens
8. Dacquois
9. Fuxéens
10. Meldois
11. Messins
12. Millavois

Réponses p. 463.

II

LA LANGUE FRANÇAISE, PRODUIT DE L'HISTOIRE

La langue : une préoccupation de l'État

En France, la langue et l'État ont de tout temps entretenu des rapports particulièrement étroits et c'est avec une sollicitude et une constance jamais démenties que les dirigeants du pays se sont toujours préoccupés de la manière dont ses habitants parlent et écrivent. L'enjeu leur a même semblé tellement fondamental qu'ils ont été jusqu'à légiférer au sujet de la langue française.

Tout avait commencé avec Charlemagne qui, inquiet de l'état de délabrement dans lequel se trouvait le latin parlé en France à la fin du VIIIe siècle, avait fait appel au savant anglais Alcuin, et lui avait fait quitter son évêché d'York pour l'inviter à se rendre à Saint-Martin-de-Tours, où il devait tenter de redonner un peu de sa splendeur et de sa pureté à ce latin déjà très évolué. La « renaissance carolingienne » allait avoir pour résultat de réintroduire de nombreuses formes du latin classique dans une langue qui ne lui ressemblait plus beaucoup.

Le retour du latin

Les conséquences qui en ont résulté ont été considérables pour la langue française en formation car, à partir de cette époque, elle s'est trouvée contrecarrée dans son évolution naturelle, et on ne pourra jamais rien comprendre à l'histoire de la langue française si on ne se réfère pas sans cesse à ce moment capital de son développement, qui en a fait une langue doublement latine : une fois directement, par évolution naturelle, et une seconde fois, de façon artificielle, par injection ultérieure de formes savantes non altérées. Côte à côte, on trouve donc en français des formes dites populaires, comme *forge, œil* ou *frère*, et des formes savantes comme *fabrique, oculaire* ou *fraternel*, avec des évolutions phonétiques contradictoires. En effet, si *frère*, issu de *frater*, confirme bien l'évolution phonétique qui aboutit à l'élimination en français des occlusives intervocaliques du latin — le *-t-* de *frater* ne s'y entend plus depuis des siècles — on ne verrait pas pourquoi la même consonne *-t-* se serait conservée dans *fraternel*, si on ne l'expliquait par un emprunt tardif au latin classique. Dès lors on comprend pourquoi le même mot latin se retrouve en français sous deux formes différentes : on les appelle des *doublets*.

Récréation

DES DOUBLETS, OUI, MAIS D'OÙ VIENNENT-ILS ?

Lorsque deux mots différents remontent à un même mot d'origine, on dit que ce sont des doublets. On connaît bien **frêle** et **fragile**, qui viennent du latin FRAGILEM, ou **poison** et **potion**, du latin POTIONEM. Mais tous ne proviennent pas du latin.

À vous de trouver les langues d'origine des doublets suivants :

trop et **troupe**	**sketch** et **esquisse**
tulipe et **turban**	**moire** et **mohair**
chiffre et **zéro**[54]	

Réponses p. 463.

En fait, le latin classique était déjà devenu si peu familier aux habitants de la France sous Charlemagne que les recommandations officielles du Concile de Tours au clergé, en 813, avaient été de prêcher dans les langues vulgaires du pays, romanes ou germaniques. Ce texte du Concile de Tours était toutefois encore écrit en latin :

> « *...et ut easdem omelias quisque aperte transferre studeat in rusticam Romanam linguam aut Thiotiscam, quo facilius cuncti possint intellegere quae dicuntur* »,

c'est-à-dire :

« ...et [que chaque évêque] s'appliquerait à traduire ces ser-
mons en langue rustique romane ou tudesque, afin que les
fidèles puissent plus aisément en comprendre le contenu ».

Ce qu'il faut surtout remarquer, c'est que cette
recommandation ne comporte aucune mention de la
langue française.

Et pour cause. Le français n'était encore à cette époque
que l'une de ces « langues rustiques romanes » citées dans
le texte latin, et elle n'était parlée — de façon diverse — que
sur un territoire restreint. Il faudra attendre Villers-Cotterêts
au XVIe siècle, pour que le français acquière une existence
officielle ainsi qu'un statut privilégié.

À ce titre, Villers-Cotterêts reste pour tous ceux qui
s'intéressent à l'histoire du français un nom mythique, lié
à l'ordonnance du 15 août 1539 par laquelle François Ier,
parmi les dispositions prises pour l'organisation de la justice, consacrait deux articles à l'usage de la langue, en y
ordonnant spécifiquement que tous arrêts et procédures
seraient, à partir de cette date, rédigés et prononcés exclusivement « en langaige maternel françois et non autrement » :

> Art. 110. « *Et afin qu'il n'y ait cause de douter sur l'intelli-*
> *gence desdits arrests, nous voulons et ordonnons qu'ils*
> *soient faits et escrits si clairement, qu'il n'y ait ne puisse*
> *avoir aucune ambiguïté ou incertitude, ne lieu à demander*
> *interpretation.*
> Art. 111. *Et pour que de telles choses sont souuent aduenues*
> *sur l'intelligence des mots latins contenus esdits arrests,*
> *nous voulons d'ores en auant que tous arrests, ensemble*
> *toutes autres procedures, soient de nos cours souueraines et*
> *autres subalternes et inferieures, soient de registres,*
> *enquestes, contrats, commissions, sentences, testamens, et*
> *autres quelconques actes et exploicts de justice, ou qui en*
> *dependent, soient prononcez, enregistrez et delivrez aux par-*
> *ties en langaige maternel françois et non autrement* [55]. »

Pourtant, si ce document marque effectivement en
1539 l'entrée définitive de la langue française dans la vie
publique, où elle remplacera désormais le latin dans tous
les écrits importants, il ne faudrait toutefois pas oublier
qu'il n'est qu'un des multiples actes officiels qui ont
jalonné depuis des siècles l'histoire des relations intimes

et ininterrompues entre les langues des Français et l'État[56]. Ce statut a été pleinement confirmé, un siècle plus tard, avec la création par Richelieu, en 1635, de l'Académie française, dont le rôle de gardienne du bon usage s'est perpétué jusqu'à nos jours.

LA « GRANDE DAME DU QUAI CONTI »

Bientôt quatre fois centenaire (2035 sera vite arrivé), l'Académie française s'attache, selon les termes officiels, « à travailler avec tout le soin et toute la diligence possibles à donner des règles certaines à notre langue et à la rendre pure, éloquente et capable de traiter les arts et les sciences ».

Statuts et règlements de l'Académie française, 1635[57].

Mais c'est surtout au moment de la Révolution que la question de la langue a véritablement été au cœur des préoccupations, comme en témoignent les discours passionnés de Talleyrand et de Barère et en particulier le rapport de l'abbé Grégoire sur la nécessité d'abolir les patois. Dans une République une et indivisible, il était apparu indispensable de favoriser et d'imposer l'usage d'une langue unique : « Aujourd'hui que nous ne sommes plus ni Rouergas *(sic)* ni Bourguignons etc., et que nous sommes tous Français, nous ne devons avoir qu'une même langue comme nous n'avons tous qu'un seul cœur[58]... »

Enfin, au milieu du xxe siècle, en 1966, le général de Gaulle crée un Haut Comité de la langue française dépendant directement du Cabinet du Premier ministre. Cet organisme a été remplacé en 1989 par le Conseil Supérieur de la langue française et par la Délégation générale à la langue française, dont le *Dictionnaire des termes officiels de la langue française* avait réuni en 1994 une partie des résultats des travaux des différentes commissions de terminologie[59] qui se poursuivent dans divers secteurs[60].

Récréation

842 ET 1539

Ces dates sont en relation avec deux villes qui évoquent l'histoire de la langue française.
Roissy ? Saint-Denis ? Strasbourg ? Tours ? Villers-Cotterêts ?

Savez-vous pourquoi ?   Réponses p. 463.

Le français face aux langues régionales

On voit donc que l'ordonnance de Villers-Cotterêts n'était ni le premier ni le dernier acte d'autorité concernant les usages linguistiques de la France. Mais ce qui fait de 1539 une date symbolique, c'est que, jusqu'à cette date, la compétition avait été entre le latin et les multiples langues vulgaires, et non pas entre l'une de ces langues vulgaires, le français, et les autres langues de la France.

Il faudrait d'ailleurs rappeler que quarante-neuf ans avant Villers-Cotterêts, en 1490, Charles VIII avait ordonné de mener les enquêtes judiciaires et l'instruction de tous les procès, soit en français, soit en langue vulgaire[61], c'est-à-dire dans n'importe quelle langue régionale, et qu'en juin 1510 Louis XII avait aussi promulgué une ordonnance contre l'emploi du latin, mais en ajoutant que c'était précisément au profit de toutes les langues régionales :

« *Ordonnons [...] que doresnavant tous les proces criminels et lesdites enquestes, en quelque manière que ce soit, seront faites en vulgaire et langage du pais [...] autrement ne seront d'aucun effet ni valeur.* »

Et François Ier lui-même avait en 1531 — huit ans avant Villers-Cotterêts — confirmé cette disposition, en réponse aux Remontrances des États du Languedoc à Nîmes :

« *Les trois Estats de nos pays du Languedoc... nous ayant humblement fait dire et remontrer que lesdits notaires escripvoient en latin et autre langage que de ceux qui font lesdits contractz et dispositions... Ordon-*

nons et enjoignons auxdits notaires passer et escripvre
tous et chacun en langage vulgaire des contractants... »

Somme toute, ce qui, avec l'ordonnance de Villers-
Cotterêts, est vraiment nouveau, c'est la levée définitive
de l'ambiguïté attachée à l'expression *langue vulgaire*,
qui renvoyait auparavant aussi bien au français qu'aux
autres parlers régionaux. Dorénavant, le doute ne sera
plus possible : tout se fera « *en langaige maternel fran-*
çois, et non autrement ».

Cette décision allait avoir une conséquence imprévi-
sible : à cette époque, seul le latin était visé mais, par contre-
coup, sans être directement mis en cause, tous les autres
idiomes de France souffriront de cette décision et perdront
progressivement du terrain.

Néanmoins, dans cette première moitié du XVIᵉ siècle,
ce sont les variétés dialectales qui régnaient en toute sérénité
sur l'ensemble du territoire, autant dans les régions méridionales, où le français était encore une langue étrangère, que
dans la moitié Nord, dans le domaine dit d'oïl, où la langue
française avait vu le jour.

DIALECTE, PATOIS, LANGUE

Le mot **dialecte** fait son apparition au XVIᵉ siècle dans la
langue française. Il est emprunté au grec *dialektos*. Ce terme
est d'abord utilisé par les poètes pour désigner les mots du terroir qui leur permettent d'apporter une certaine tonalité à leur
style. Ronsard estimait qu'il pouvait user du dialecte de son
Vendômois natal sans se sentir déroger aux principes de l'élo-
quence.

Les régions d'oïl

Parmi les différents dialectes qui se parlaient et
s'écrivaient alors en France, un seul — mais aucun
manuscrit ancien n'en présente une manifestation incon-
testable — allait connaître un brillant avenir : celui de

l'Île-de-France. Les philologues du XIXᵉ siècle avaient choisi de le nommer *francien*, afin de le distinguer du *français*, devenu depuis langue nationale[62].

Cette langue en formation dans la région parisienne, et qui allait devenir le français, était en réalité le résultat d'un compromis entre des formes linguistiques diverses, à la fois populaires et savantes, mais qui avait eu la chance d'être pratiquée dans l'entourage du roi de France et d'être modelée par des clercs qui, même dans leurs écrits, admettaient quelques traits dialectaux. Rendue plus prestigieuse parce qu'elle existait sous forme écrite[63], elle avait commencé très tôt à se répandre au-delà même de son lieu de naissance, à mesure que le royaume s'agrandissait. Sous Philippe Auguste, à la fin du XIIᵉ siècle, Paris connaîtra un essor sans précédent : construction des premières halles, élévation d'une cathédrale nouvelle, création d'une université qui attirera des étudiants de toute l'Europe. La Sorbonne est fondée en 1257[64], et le latin y régnera encore pendant des siècles.

La langue de l'administration

Pendant ce temps, et dès le XIIIᵉ siècle pour tout ce qui est du domaine officiel, le prestige de cette langue du roi, « châtiée et valorisée »[65], va s'étendre en Champagne, puis en Normandie et dans la vallée de la Loire. Devenue le « françois », elle est déjà, sous Philippe le Bel (1285-1314), la langue administrative commune à tous les fiefs réunis à la couronne, en particulier à la Touraine (1259), à la Champagne apportée par Jeanne de Champagne à son époux Philippe le Bel (1284), à Lyon, réuni à la couronne en 1312 et au Berry, qui sera érigé en duché par Jean Le Bon en 1418.

Le franc à cheval

C'est en 1360, pendant la guerre de Cent Ans, qu'apparaît le premier *franc*. La pièce était en or et sera frappée

CARTE DES LANGUES RÉGIONALES

Outre le français, langue de l'État, des langues régionales se sont maintenues, de façon diverse. À la périphérie du territoire survivent des langues non issues du latin : le **basque**, langue pré-indo-européenne ; le **breton**, langue celtique ; le **flamand**, le **francique lorrain** et l'**alsacien**, langues germaniques. Tout le reste du pays est le domaine des **langues romanes** : **oïl** dans la moitié nord, **oc** dans la moitié sud et **francoprovençal** à l'est de la partie centrale, **catalan** dans la partie orientale des Pyrénées, et **corse**.

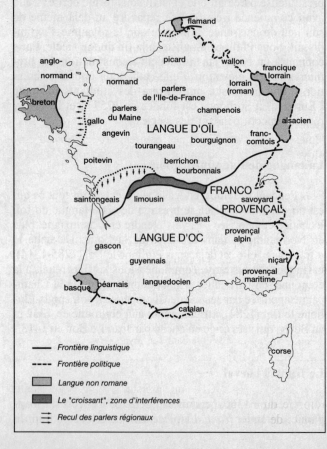

jusqu'en 1385. Elle valait une livre et représentait Jean le Bon, non pas en portrait mais à cheval[66].

En effet, depuis Charlemagne, l'habitude avait été perdue de graver le portrait du monarque sur les monnaies. Au début du XVIe siècle, sous l'influence italienne, la mode revient, et c'est avec le mot *teston*, emprunté à l'italien (de *testa* « tête »), que l'on désigne la nouvelle monnaie, créée sous Louis XII et qui se prolongera sous François Ier et Henri II. Ce dernier reprend la frappe du *franc*, et c'est seulement vers cette époque que l'on prendra l'habitude d'employer le mot *franc* comme synonyme de *livre*.

POURQUOI NOTRE MONNAIE S'APPELLE-T-ELLE LE *FRANC* ?

Il faut, pour cela, rappeler un épisode éprouvant de l'histoire de la France, dans la tourmente de la guerre de Cent Ans. Le roi de France **Jean le Bon** avait été fait prisonnier par les Anglais en 1356, et, pour le libérer, il fallut payer une rançon de 3 millions d'écus (l'équivalent de 12 tonnes d'or).

On avait alors frappé une nouvelle pièce de monnaie, qui avait été appelée le **franc** pour manifester que le roi était « franc des Anglois », c'est-à-dire « affranchi, libéré », et qu'il pouvait rentrer libre dans son royaume.

Avec Louis XIII, on assiste à une importante réforme du système monétaire et à la création du *louis d'or* et de l'*écu* (ou *louis*) *d'argent* pour lutter contre la

concurrence des *pistoles* et des *piastres* espagnoles. Cette
frappe se poursuivra jusqu'à la Révolution.

S'il est vrai que le franc moderne est né officiellement le 18 germinal an III (7 avril 1795), il est bon de
rappeler qu'il s'agit là uniquement de la naissance du
franc subdivisé en *centimes*, à la suite et dans le cadre
du système métrique nouvellement établi sur la base du
système décimal. La taille et le poids de la pièce sont
alors définis mais elle ne sera frappée qu'en 1803[67].

Pour la monnaie, l'institution de ce franc nouvelle
manière, divisé cette fois en 100 centimes, allait permettre
un progrès considérable dans la vie courante, face à la
livre divisée en 20 sous et chaque sou en 12 deniers. Mais
seules sont d'abord frappées les pièces de 5 francs, les
décimes et les centimes, et il faudra attendre 1803 pour
que soit frappée la première pièce de 1 franc. Elle est à
l'effigie de Bonaparte, alors Premier Consul. Quelques
années plus tard apparaîtra le *napoléon*, pièce en or de
20 francs.

Depuis, il y a bien eu le « nouveau franc » du général
de Gaulle en 1958 : sa valeur a changé, mais son nom est
demeuré, tout comme a perduré la langue française
malgré l'emprise constante du latin jusqu'à la Renaissance.

La littérature d'oïl

Il faut pourtant se rendre à l'évidence : l'hégémonie
du latin, qui est à cette date la seule langue de l'enseignement, ne laisse d'abord aucune place à l'épanouissement
d'une littérature de langue vulgaire parisienne, alors que,
très tôt, les autres langues nées du latin dans les régions
d'oïl produisent des œuvres littéraires de qualité : littérature anglo-normande aux XIe et XIIe siècles sous le règne
anglo-angevin des Plantagenêts (*Histoire de Tristan*, de
Béroul et Thomas) ; littérature picarde avec le début du
Roman de Renart (XIIe-XIIIe siècle) ; littérature champe-
noise avec Chrétien de Troyes (XIIe s.) ; littérature du Val

de Loire, de la Touraine et de l'Orléanais, avec le *Roman de la Rose* commencé par Guillaume de Lorris vers 1236 et terminé par Jean de Meung quarante ans plus tard. Le succès de cette dernière œuvre a été très important non seulement en France mais à l'étranger : Pétrarque l'admirait beaucoup et Chaucer en fut considérablement influencé. Elle fut aussi traduite en français du XVIᵉ siècle par Clément Marot (1527).

Le premier texte littéraire en langue d'oïl

Si les *Serments de Strasbourg* (842) sont considérés comme le premier « monument » de langue d'oïl, c'est la *Cantilène* (ou *Séquence*) *de sainte Eulalie*, qui est reconnue comme le premier texte littéraire dans cette langue. On le connaît par un manuscrit datant de 881, conservé dans la Bibliothèque municipale de Valenciennes. Il montre par ses graphies particulières des formes du très ancien français, mêlées à des formes latines mais également à quelques traits régionaux du picard-wallon.

LA CANTILÈNE DE SAINTE EULALIE (881) [68]

1 Buona pulcella fut Eulalia,
   Bonne pucelle fut Eulalie,
2 Bel auret corps, bellezour anima.
   Elle avait beau corps, âme plus belle (encore).
3 Uoldrent la ueintre li Deo inimi,
   Voulurent la vaincre, les ennemis de Dieu,
4 Uoldrent la faire diaule seruir.
   Voulurent la faire servir le diable.
5 Elle non eskoltet les mals conselliers,
   Elle n'écoute pas les mauvais conseillers,
6 Qu'elle Deo raneiet chi maent sus en ciel.
   (Qui veulent) qu'elle renie Dieu qui demeure là-haut, au ciel.
7 Ne por or ned argent, ne paramenz,
   Ni pour or, ni argent, ni parure,
8 Por manacte regiel ne preiement,
   Ni menace royale, ni prière,

9 *Niule cose non la pouret omque pleier,*
   Ni aucune chose ne put jamais plier

10 *La polle sempre non amast lo Deo menestier.*
   La jeune fille (au point) qu'elle n'aimât pas le service de
   Dieu.

11 *E por o fut presentede Maximiien*
   Et pour cela fut présentée à Maximilien,

12 *Chi rex eret a cels dis soure pagiens.*
   Qui était en ces jours roi sur les païens.

13 *Il li enortet, dont lei nonque chielt,*
   Il l'exhorte, mais peu lui chaut,

14 *Qued elle fuiet lo nom christiien.*
   A renoncer au nom chrétien.

15 *Ell'ent aduret lo suon element.*
   Et à abjurer sa doctrine.

16 *Melz sostendreiet les empedementz,*
   Elle supporterait les tourments plutôt

17 *Qu'elle perdesse sa uirginitet.*
   Que de perdre sa virginité.

18 *Por o's furet morte a grand honestet.*
   Pour cela, elle mourut en grande honnêteté.

19 *Enz enl fou la getterent, com arde tost,*
   Dedans le feu, ils la jetèrent façon qu'elle brûle bientôt

20 *Elle colpes non auret, pour o no's coist.*
   Elle n'avait aucune coulpe, aussi ne brûla-t-elle pas.

21 *A czo no's voldret conereidre li rex pagiens :*
   À cela le roi païen ne voulut se fier :

22 *Ad une spede li roueret tolir lo chief.*
   Avec une épée, il ordonna de lui ôter la tête.

23 *La domnizelle celle kose non contredist ;*
   La demoiselle à cette chose ne s'opposa pas,

24 *Uolt lo seule lazsier, si ruouet Krist.*
   Elle veut quitter le siècle, si le Christ l'ordonne.

25 *In figure de colomb uolat a ciel.*
   En forme de colombe, elle s'envola au ciel.

26 *Tuit oram que por nos degnet preier,*
   Souhaitons tous que pour nous elle daigne prier,

27 *Qued auuisset de nos Christus mercit*
   Que le Christ ait de nous merci

28 *Post la mort, et à lui nos laist uenir*
   Après la mort, et à lui nous laisse venir

29 Per souue clemencia.
    Par sa clémence.

La langue de la *Cantilène*

Une étude récente[69] donne d'intéressantes précisions sur le mélange des formes qui voisinent dans ce court poème. On y trouve en majorité des formes d'ancien français, comme

pleier (ligne 9), français moderne *plier*, du latin PLICARE

preier (ligne 26), français *prier*, du latin PRECARE

lo chief (ligne 22), où l'on reconnaît la forme *chef* (dans le sens de « tête » comme dans *couvre-chef*), du latin CAPUT.

À côté de ces formes qui sont déjà de l'ancien français et qui constituent plus de 66 % du total, on trouve des formes hybrides comme *buona* (ligne 1), par exemple, où la diphtongue *uo* est déjà une forme évoluée par rapport au latin BONA, mais où la finale *-a* est encore conforme à la graphie latine. Ces formes hybrides représentent près de 16 % du total.

Les formes graphiques purement latines, comme UOLAT (ligne 25) « elle s'envole », ANIMA (ligne 2) « âme », POST (ligne 28) « après », ou encore le dernier mot, *clemencia*, très proche du latin CLEMENTIA « clémence », représentent près de 12 % du total.

Enfin, on peut dire que ce texte n'est pas encore totalement du français pour une autre raison : la présence, dans 6 % des formes, de traits régionaux. Le mot *diaule* (ligne 4), du latin DIABOLUS, a une forme typiquement picarde ou wallonne[70], tout comme le mot *cose* (ligne 9), également graphié *kose* (ligne 23), qui marque bien le maintien de la prononciation à la latine du mot CAUSA, devenu *chose* en français.

Paris prend du retard

Jusqu'au XVe siècle, l'activité littéraire en langue d'oïl se concentre donc en Picardie, en Champagne, à Poitiers, à Bourges, à Orléans, à Blois ou à Angers, tandis que Paris reste fidèle au latin des théologiens et de l'Université pendant tout le Moyen Âge. En dehors de Rutebeuf, qui vivait à Paris au XIIIe siècle, il faudra attendre François Villon (1431-1463) pour trouver un grand poète vraiment représentatif de la langue de Paris, mais c'est alors l'extrême fin du Moyen Âge [71].

Les tribunaux, fidèles au latin

Dans le royaume de France agrandi, le français deviendra alors progressivement la langue des milieux aristocratiques et en partie la langue diplomatique, tandis que le latin restera encore longtemps la langue de l'Église, de la philosophie et de l'Université. Le Parlement de Paris demeurera tout d'abord totalement fidèle au latin mais, à la fin du XIIIe siècle, si les arrêts sont encore rendus en latin, on plaide déjà en français, d'où la naissance d'un français des tribunaux où persisteront jusqu'à nos jours quantité de locutions latines, comme

ab irato « (fait ou dit) sous le coup de la colère »,
ou
cognita causa « en connaissance de cause » [72].

En latin aussi, certains adages du droit français tels que :

actori incumbit probatio « la preuve incombe au demandeur »

dura lex, sed lex « la loi est dure, mais c'est la loi »

impossibilium nulla obligatio « à l'impossible, nul n'est tenu »

nemo dat quod non habet « nul ne donne ce qu'il n'a pas »

nemo judex in re sua « nul n'est juge en sa propre cause » *qui tacet consentire videtur* « qui ne dit mot consent »[73].

L'expansion du français en zone d'oïl

L'expansion du français se fait progressivement et assez rapidement à partir des régions qui entourent Paris : au XIIIe siècle en Champagne, dès le milieu du XIVe siècle dans l'Orléanais et le Vendômois, à la fin du XIVe siècle en Bretagne, Anjou, Maine, Touraine et Berry.

L'emprise du français se propage aussi très tôt hors du royaume de France : au XIIIe siècle, dans le Comté de Savoie, on trouve, dès 1253, un acte rédigé en français[74] et, en 1265, cette langue devient la langue officielle du Royaume de Naples, passé sous la domination des comtes d'Anjou. Le prestige du français est alors tel, de l'autre côté des Alpes, que des écrivains italiens choisissent même d'écrire en français : Brunetto Latini (dit Brunet Latin), auteur de *Li livres dou trésor*, encyclopédie rédigée en langue d'oïl pendant son exil en France de 1260 à 1266, Martino da Canale, Rustichello da Pisa (dit Rusticien de Pise), Philippe de Novarre[75] ou Marco Polo.

LE LIVRE DES MERVEILLES DE MARCO POLO

Né en 1254 à Venise, c'est en langue d'oïl, alors à la mode, que **Marco Polo**, qui se trouvait en prison à Gênes, a dicté son livre sur ses vingt ans d'aventures en Chine à son compagnon de cellule, **Rustichello da Pisa**, dit Rusticien de Pise : un livre traduit plus tard dans de très nombreuses langues, y compris en dialectes locaux.

Il avait pour titre *Le Divisement du monde de messer March Pol de Venece*, ou encore *Le Million*, d'après le surnom donné à son auteur pour les fabuleuses richesses qu'il décrivait dans le récit de ses voyages, encore appelé *Le livre des merveilles*.

DISPARITION DES SCRIPTAS RÉGIONALES ET EXPANSION DU FRANÇAIS

Il existe une disparité entre le Nord, où la disparition des *scriptas* (écrits en langue régionale) a été progressive (de quelques dizaines d'années à plusieurs siècles), et le Sud, où les langues régionales ont été remplacées par le français de façon subite, mais beaucoup plus tard. C'est la raison pour laquelle on trouve deux dates dans le Nord, et une seule dans le Midi [76].

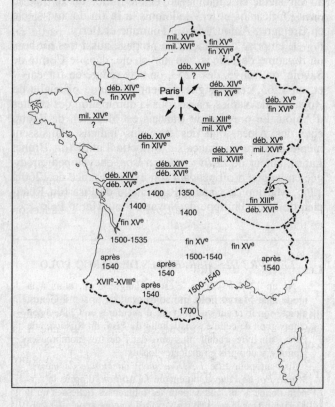

En Normandie et en zone picarde, les traits propres à ces régions s'effacent lentement (la francisation ne sera généralisée que dans la seconde moitié du XVIe siècle). En

Wallonie, qui n'avait jamais appartenu au roi de France, le retard est encore plus grand (XVIIᵉ siècle). Enfin, en Bourgogne, certains traits dialectaux se maintiennent jusqu'au XVIIIᵉ siècle [77].

Le domaine francoprovençal

Au sud-est du domaine d'oïl s'étend celui du francoprovençal, qui recouvre en France le Lyonnais, la Bresse, la Savoie, le nord du Dauphiné ainsi qu'une partie du Forez et de la Franche-Comté. Ce qui caractérise ces régions, c'est que deux langues écrites, l'une francoprovençale, l'autre très proche du français, sont attestées dès le milieu du XIIIᵉ siècle, et cela cent ans avant leur rattachement à la France [78].

Le Lyonnais est rattaché à la couronne de France en 1312, le Dauphiné en 1349 [79] et le Forez en 1531.

En Savoie, les textes administratifs et les actes notariés étaient rédigés en latin mais, à la fin du XIVᵉ siècle, c'est un véritable engouement pour la langue française auquel on assiste à la suite du choix de cette langue par le comte Amédée VI, dit *le Comte vert*, pour la rédaction de tous les actes administratifs [80].

Les provinces du Midi

Dans les provinces méridionales de la France, on l'a dit, le français était encore au XIIIᵉ siècle une langue étrangère, même dans le Languedoc, pourtant rattaché à la Couronne depuis 1271, après la croisade contre les Albigeois. Les premières chartes rédigées en langue vulgaire d'oc datent du XIIᵉ siècle [81], et si le latin décline en Languedoc de façon spectaculaire à partir du XIVᵉ siècle, il faut insister sur le fait que ce n'est pas en faveur du français, mais précisément de la langue d'oc, qui restera constamment présente dans les écrits jusqu'en 1500.

Au XIVᵉ siècle, seules quelques familles de la haute

noblesse savent le français et l'utilisent : celle des comtes de Foix, celle des Polignac, celle des Armagnac, mais elles sont l'exception, et il ne faut pas s'étonner de voir un prélat, originaire de Cahors, et qui deviendra le pape Jean XXII, déclarer en 1323 qu'il est incapable de lire les lettres du roi, et qu'il en demande une traduction latine [82].

Le « gai savoir »

C'est pratiquement à la même époque qu'un groupe de poètes crée en 1323 un concours poétique destiné à perpétuer les traditions des troubadours et d'abord dénommé *Consistori del Gai Saber* (Consistoire du Gai Savoir).

À partir du XVIe siècle, il admet la langue française dans ses concours, tout d'abord en concurrence avec la langue d'oc, puis en exclusivité. Louis XIV, en 1694, lui conféra le titre d'*Académie des jeux floraux*, mais ce n'est que deux siècles plus tard, en 1895, que cette Académie redevint bilingue.

Depuis, les récompenses vont aussi bien à des œuvres poétiques écrites en français qu'à celles de toutes les variétés de la langue d'oc [83].

La progression du français

En Guyenne, qui restera sous la domination anglaise pratiquement jusqu'à la fin de la guerre de Cent Ans (1453), ce n'est qu'à la Cour du Duc qu'on parle français — comme en Angleterre jusqu'au milieu du XIVe siècle — mais la chancellerie anglaise préfère la langue latine dans ses écrits, cependant que toute la population parle gascon. Même à Bordeaux, pourtant capitale administrative située aux confins de la langue d'oïl, le français est peu connu jusqu'au milieu du XVe siècle. C'est tout naturellement le gascon qui se parle dans la ville jusqu'à la fin de la guerre de Cent Ans, mais on écrit soit en latin, soit en gascon.

LA FAMILLE DE MICHEL DE MONTAIGNE
ET LE GASCON

On peut suivre, de génération en génération, l'évolution des usages linguistiques dans une famille bordelaise, celle des **EYQUEM,** ancêtres de **MONTAIGNE.** Son arrière-grand-père parlait gascon, et le testament de ce dernier était rédigé en **gascon.** Le grand-père de Montaigne avait continué la tradition. C'est à la génération suivante que le père de **MONTAIGNE** commence à employer le **français**, et finalement Michel de **MONTAIGNE** deviendra au XVIe siècle l'un des premiers grands prosateurs de la littérature française.

En Provence, qui est aux mains de princes de langue d'oïl (la maison d'Anjou), le latin est la langue préférée des notaires, mais c'est le provençal qui domine dans les transcriptions à l'usage du public. Le français mettra longtemps à pénétrer dans la région, partout sauf à Arles, qui sera la première ville de Provence à être francisée et où le français écrit est attesté dès la fin du XIVe siècle. Les grandes villes du Midi (Aix, Marseille, Toulon, Draguignan) suivront alors le mouvement bien avant le reste de la Provence[84].

On sait par exemple qu'à Aix, au XVe siècle, des poètes français sont reçus à la Cour du roi René et que le français y acquiert alors un grand prestige[85].

À la fin du XVe siècle, le français apparaît dans les textes administratifs et juridiques à la fois en Provence et dans le Comtat Venaissin, terre pontificale[86], mais il faudra attendre le milieu du XVIe siècle pour voir toute la Provence rédiger ses textes officiels en français, c'est-à-dire que la Provence a été le dernier pays d'oc à passer au français à l'écrit. Commencée par la vallée du Rhône, la francisation ne se propagera à l'est qu'environ cinquante ans plus tard[87].

La langue parlée mettra encore plus longtemps à se répandre et, en plein XVIIe siècle, Mademoiselle de Scudéry se plaindra de rencontrer très peu de dames de la bonne société s'exprimant en français à Marseille[88].

À Avignon, siège de la Papauté, le français s'est fait une belle place[89] dès le XVe siècle, mais français et provençal y ont coexisté de la fin du XIIIe siècle jusqu'à la fin du XVe siècle, et le latin y est resté la langue de l'enseignement plus longtemps que dans le comté de Provence[90].

Dans les Hautes-Alpes, où la première charte en provençal alpin remonte à la fin du XIIe siècle, l'utilisation du français reste exceptionnelle jusqu'au début du XVIIe siècle[91].

En Auvergne, rattachée au royaume en 1212, mais avec des enclaves indépendantes, on constate les progrès du français vers la fin du XIVe siècle, mais uniquement au nord du Massif central, qui arrêtera momentanément l'invasion du français. Au sud de cette frontière naturelle, à Aurillac et à Saint-Flour, l'auvergnat restera d'usage général jusqu'au XVIe siècle[92].

Le Limousin se distingue des autres provinces du Midi en ce qu'il se francisera assez tôt : on peut même dire que la substitution du français au latin ou aux langues locales a commencé dans le Midi par le nord du Limousin. Les textes administratifs y sont souvent en français dès le début du XIVe siècle[93], mais à Limoges même, la langue limousine offre une résistance farouche jusqu'à la fin du XVe siècle[94].

Entre oc et oïl, la Saintonge

Une région est à mettre un peu à part dans cette énumération : celle de l'Aunis et de la Saintonge, qui étaient primitivement de langue d'oc, mais qui passent au domaine d'oïl après le XIIIe siècle[95].

Si l'on observe une carte de la région, on ne peut en effet qu'être frappé par l'abondance des noms de lieux en *-ac*, typiquement méridionaux, tels que *Luzac, Taupignac, Balanzac, Meurzac, Thézac, Cognac, Jarnac*... et qui se trouvent en zone d'oïl jusqu'à plus de 60 km au nord de la limite oc-oïl actuelle. Dans la partie sud-ouest du domaine d'oïl, le suffixe d'origine gauloise *-acum* a en effet évolué en *-é* ou en *-ay*, terminaisons que l'on attendrait dans cette région alors qu'on n'y trouve pratiquement que des terminaisons en *-ac* [96].

L'existence de ces toponymes n'est pas la seule attestation de la présence aux XIIe et XIIIe siècles d'une variété de langue d'oc en Saintonge. Il y a également d'autres indices tels que le nom de la porte *Esguière* à Angoulême (celle par où l'on passait pour aller chercher de l'eau), où le [k] du latin AQUA s'est maintenu sous la forme [g], comme dans le Midi (cf. *Aigues-Mortes* dans le Gard, *Chaudes-Aigues* dans le Cantal), tandis qu'il s'est amui dans les dialectes d'oïl (cf. *Eaubonne* dans le Val-d'Oise). De plus, le troubadour Raymond Vidal, poète catalan de la première moitié du XIIIe siècle, atteste dans ses écrits que la Saintonge est alors de langue d'oc et le Poitou de langue d'oïl. (Cf. LE DÉPARTEMENT DE LA CHARENTE, UN POINT DE RENCONTRE, p. 235.)

On constate par ailleurs que le parler local disparaît brusquement des pièces d'archives en 1270 et que le français s'installe dans toute la région comme langue écrite au tout début du XIVe siècle.

La Saintonge, région de langue d'oc, a ainsi été très tôt soumise aux influences d'oïl et ses habitants ont peut-être plus tôt qu'ailleurs pris conscience qu'ils parlaient une sorte particulière de français. C'est peut-être la raison pour laquelle, aujourd'hui, ils qualifient la langue qu'ils parlent avec une sévérité excessive : « du français écorché », selon leur propre expression.

Après Villers-Cotterêts

La date de 1539 reste donc une date-clef dans l'histoire de l'affirmation du français comme langue écrite du pays, même si cette ordonnance ne fait bien souvent qu'entériner une situation déjà en cours d'installation.

CARTE DES TOPONYMES EN -AC EN SAINTONGE

Cette carte montre clairement l'ancienne appartenance de la Saintonge au domaine d'oc alors qu'elle se
trouve aujourd'hui en domaine d'oïl. Pour plus de clarté,
les noms des toponymes en **-ac** relevés dans cette région
et localisés sur cette carte ont été regroupés dans une liste
alphabétique à la page suivante. Ont seulement été inscrits quelques-uns des noms de lieux présents aussi bien
en Saintonge qu'en domaine d'oc.

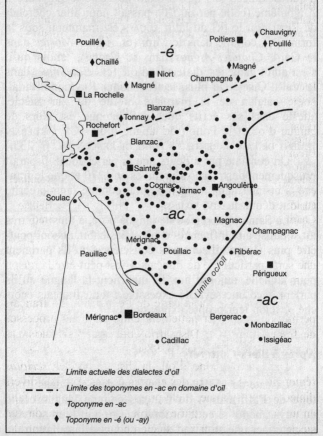

Limite actuelle des dialectes d'oïl

Limite des toponymes en -ac en domaine d'oïl

• Toponyme en -ac

♦ Toponyme en -é (ou -ay)

Liste des toponymes en -ac en zone d'oïl

Abrac	Chenac	Hiersac	Monac	Rouffignac
Amberac	Chermi-	Jarnac	Montignac	Rougnac
Ambernac	gnac	Jarnac	Mornac	Rouillac
Anjéac	Civrac	Jonzac	Mosnac	Salanzac
Arsac	Clérac	Jorgnac	Mougnac	Salignac
Arthénac	Cognac	Juillac	Mouillac	Sansac
Aujac	Condac	Lamérac	Moussac	Segonzac
Aunac	Consac	Lanzac	Nersac	Semoussac
Auvignac	Corignac	Lausignac	Neuillac	Semussac
Balanzac	Cornac	Lonzac	Oriac	Somac
Balzac	Courbiac	Lorignac	Orignac	Souillac
Beaumac	Courbillac	Lousignac	Ozillac	St-Just-
Bedenac	Couriac	Louzac	Parzac	Luzac
Bemessac	Cressac	Luchac	Passignac	Tanzac
Bernac	Dirac	Lusac	Pérignac	Taupignac
Biénac	Donnezac	Lusignac	Périssac	Teuillac
Bioussac	Etriac	Magnac	Pillac	Thévac
Blanzac	Fléac	Mansac	Plaizac	Thézac
Bonnezac	Fleurac	Marcillac	Plassac	Tizac
Brassac	Floirac	Marsac	Polignac	Torsac
Breuillac	Foussignac	Massac	Pouillac	Vanzac
Bunzac	Gémozac	Mauzac	Poursac	Vau-
Bussac	Génac	Méluzac	Préguillac	Rouillac
Cézac	Fronsac	Mérignac	Pressac	Vérac
Chadenac	Génétrac	Messac	Prignac	Verteillac
Chartuzac	Glassac	Meussac	Reignac	Vibrac
	Grézac	Millac	Rouffiac	

Un coup d'œil à la carte de l'expansion du français permet de distinguer nettement entre les deux processus de francisation. (Cf. Disparition des scriptas régionales et expansion du français, p. 98.)

Dans le domaine d'oïl, la disparition des *scriptas* régionales, c'est-à-dire des chartes écrites dans les divers dialectes du royaume, a été progressive et elle s'est faite en un siècle ou plus : par exemple, entre le milieu du XIIIe siècle et le milieu du XIVe siècle en Champagne centrale, entre 1325 et 1480 en Champagne du Nord, et entre le milieu du XVe et le milieu du XVIe siècle en Picardie.

En revanche, le passage n'a pas été progressif mais subit dans les régions d'oc, et il est frappant de constater que, dans près de la moitié des régions méridionales, ce passage brutal coïncide presque exactement avec la date de l'ordonnance de Villers-Cotterêts (après 1540).

Mais à partir de cette date commence aussi le divorce entre usage écrit et usage oral. En effet, si le français devient une obligation pour tous les habitants de la France, cela est surtout vrai dans les écrits, car pour ce qui est des communications orales, les langues régionales n'en ont pas moins continué à rester le mode préféré d'expression dans toutes les couches de la société, et cela s'est prolongé bien au-delà de la Révolution. Par ailleurs, l'enseignement continue à se faire en latin jusqu'au XVIIIe siècle et, surtout dans le Midi, si on écrit en français, on continue à parler patois : ce bilinguisme généralisé se maintiendra depuis Villers-Cotterêts jusqu'au début du XXe siècle.

Le terme *patois* en Provence

Une enquête sur la dénomination de la langue régionale en Provence a été menée entre 1986 et 1988[97] et révèle que le terme *patois* reste employé spontanément par les Provençaux, qui sont :

55 % à l'employer pour désigner leur langue, parmi lesquels 40 % disent *patois provençal* et 15 % *patois*, sans plus, tandis que 45 % préfèrent la désigner comme du *provençal* tout court.

Il faut encore préciser que plus on va vers les classes cultivées, plus l'appellation *patois* est fréquente. Il convient d'ajouter qu'il y a encore[98], en 1990, de nombreux Provençaux qui ont un usage courant du provençal et que 40 % le comprennent sans le parler.

Le bilinguisme patois/français

La situation généralisée de bilinguisme qui s'est prolongée sans heurt jusqu'au début du xxe siècle faisait toutefois la part belle au français pour tout ce qui regardait la vie publique, l'enseignement, la littérature et la presse. Mais elle avait aussi laissé vivre les dialectes et patois qui s'étaient jusque-là développés librement, chacun à sa façon, aux quatre coins du pays et où ils constituaient le moyen de communication le plus naturel.

C'est au moment de la Grande Guerre que l'usage des patois a véritablement commencé à décliner[99], et le mouvement s'est ensuite accéléré par l'effet de la multiplication des moyens de communication de masse, instruments puissants de diffusion du français.

Il faut pourtant signaler qu'une enquête menée sur les variétés régionales du français une soixantaine d'années plus tard (entre 1974 et 1978)[100] montre que les patois, bien qu'en constante diminution, survivaient encore un peu partout, mais de façon plus ou moins sensible selon les régions. Sur les 111 personnes interrogées dans l'ensemble du territoire, il y en avait seulement 37 qui, à cette époque, ne parlaient que le français et qui n'avaient donc du patois aucune connaissance, ni active ni passive. Parmi les 74 autres personnes, 69 avaient déclaré utiliser deux langues : le français et un patois, mais 5 personnes, tout en déclarant qu'elles ne parlaient qu'une seule langue, ne savaient pas vraiment comment la nommer (*français déformé ? français mal parlé ? français écorché ?*).

En résumé, on peut dire qu'environ deux personnes sur trois étaient bilingues : 76 sur 111 personnes connaissaient, en plus du français, une langue régionale, parmi lesquelles 7 d'entre elles la comprenaient sans vraiment la parler.

Ceux qui parlaient seulement le français

Où trouvait-on à l'époque de l'enquête ceux qui parlaient uniquement le français ? On ne sera pas surpris de constater que c'était essentiellement en domaine d'oïl, là où les dialectes sont plus proches de la langue française, et où ils ont donc eu du mal à ne pas se confondre avec elle. C'est le cas, par exemple, de la Sarthe, où les patois ont graduellement été grignotés par le français, jugé plus prestigieux parce qu'il était la langue de l'école et de la réussite[101].

C'est aussi celui de la Haute-Bretagne[102], où le gallo, langue romane, se trouve de plus concurrencé par le breton, langue celtique de Basse-Bretagne, face au français, langue de l'État, de l'école et de la promotion sociale.

Sans en tirer de conclusion générale sur l'ensemble du pays il y a vingt ans, il est tout de même significatif qu'une enquête conçue pour repérer les variétés régionales du français et ne portant pas sur les vernaculaires, ait fait ressortir l'existence de deux langues vraiment présentes dans la population : une personne sur deux du domaine d'oïl ne s'exprimait qu'en français, mais il n'y en avait qu'une sur quatre dans le domaine francoprovençal et une personne sur dix dans le domaine d'oc[103].

Patois et « français écorché »

Dans mon enquête[104] sur les variétés régionales de la prononciation du français, afin d'éviter le terme *patois* souvent ressenti comme péjoratif dans la population, la question sur l'existence éventuelle d'un patois avait été posée sans prononcer le mot *patois* et la plus grande partie des informateurs avait répondu sans hésiter en nommant cette langue, soit

patois de chez nous, soit en précisant, selon les régions,

flamand, picard, basque, catalan, corse, patois occitan, savoyard, commingeois, niçois, etc.

Ces personnes avaient donc parfaitement conscience de l'existence d'une autre langue, qui, bien sûr, n'était parlée que dans certaines circonstances de la vie, mais qui était vraiment pour eux une langue bien distincte du français.

En revanche, les cinq personnes signalées ci-dessus (Cf. LE BILINGUISME PATOIS-FRANÇAIS, p. 107) avaient montré des signes d'hésitation et ne semblaient pas pouvoir se décider pour désigner l'idiome qu'elles parlaient. Leurs réactions apportent des éclaircissements sur le processus qui mène d'un patois au français régional, d'anciens patoisants prenant vaguement conscience de l'élimination de leur patois. Elles se rendaient compte de son remplacement progressif par une forme de français fortement teintée de régionalismes et elles l'exprimaient chacune à sa manière. Leurs propos, enregistrés et transcrits fidèlement ci-dessous, permettent de se faire une idée plus précise de leur propre opinion sur la langue qu'elles parlaient.

Une habitante du Poitou, retraitée à Magné (Vienne), qui avait été employée de ferme, employée de maison et cuisinière et qui avait 69 ans au moment de l'enquête (1974), hésite un moment et répond finalement : « J'ai l'impression de parler français mais de le parler très mal. » Elle exprimait ainsi le sentiment qu'elle avait de ne pas bien s'exprimer dans le français de l'école, et de parler un français un peu particulier, et qu'elle jugeait sévèrement.

Les propos d'un habitant du Bourbonnais, ébéniste à Moulins, 42 ans, allaient dans le même sens : « ... Dans ce coin de plaine, on ne peut pas parler de patois et on ne peut pas parler de bon français... C'est ni un patois, ni un faux patois. On peut considérer que c'est un *français écorché*, quoi ! » L'analyse est ici poussée un peu plus loin, avec une tentative pour décrire cette langue qui n'est plus du patois et qui n'est pas vraiment du français commun.

C'est un discours analogue que l'on retrouve chez trois informateurs de Saintonge. Le premier, un ostréiculteur de La Tremblade (Charente-Maritime), 72 ans, retraité, répond : « Le *français écorché*, peut-être. Oh ! vous savez, on parle aussi bien le patois sans le vouloir. » Le second, peintre en bâtiment, 68 ans, demeurant aussi à La Tremblade, confirme : « Oui, comme tout le monde, ni plus ni moins. C'est pas réellement un patois, c'est un *français écorché*. Il y a quelques mots de patois. Ils sont assez typiques. » Enfin, le troisième, agriculteur de 68 ans à Saint-Félix (Charente-Maritime), déclare : « C'est pas du patois, chez nous, à Saint-Félix. C'est du *français écorché*... c'est pas du français, c'est tout. Chez nous à Saint-Félix, y a pas d'accent mais y a du français... Non, à Saint-Félix, y a pas d'accent pour ainsi dire, quoi !... C'est du patois, si tu veux, mais c'est pas du français correct [105]. »

Ce terme de *français écorché*, qui revient comme un leitmotiv dans les propos des trois habitants de Saintonge ainsi que chez l'ébéniste du Bourbonnais, exprime à la fois leur prise de conscience que le patois avait laissé place au français et leur sentiment personnel que ce français n'était pas à la hauteur du français idéal qu'ils imaginaient.

Ce même jugement de valeur pessimiste, on va voir qu'il accompagne aussi parfois les propos sur le patois.

Patois : un mot tabou ?

Lorsque, il y a près de vingt-cinq ans, avaient été préparés les questionnaires prévus pour l'enquête citée ci-dessus [106], j'avais donc pris grand soin, dans la partie du questionnaire concernant les langues parlées par le témoin, d'éviter d'employer le mot *patois*, consciente que j'étais du peu de prestige généralement attaché à ce terme chez les non-linguistes. En fait, la surprise a été au contraire de voir les informateurs eux-mêmes, à la suite des contorsions que faisait l'enquêteur pour ne pas dire le mot, s'écrier : « Ah ! Vous voulez dire le patois ? » « Oui, je parle le patois de par ici », pour ajouter aussitôt : « Mais ce n'est pas une langue. »

Loin d'être tabou, le terme *patois* était donc toujours abondamment utilisé dans la conversation, mais les commentaires montraient à l'évidence que c'était l'instrument de communication linguistique lui-même qui était jugé de façon négative et non pas le mot qui le désignait.

Cette conception encore très répandue — trop répandue — remonte sans doute à l'époque de la Révolution. On peut rappeler les paroles méprisantes de Talleyrand à la Constituante en 1791 : « ... cette foule de dialectes corrompus, derniers restes de la féodalité.... », ou les termes définitifs du rapport de l'abbé Grégoire à la Convention en 1794 sur « la nécessité et les moyens d'anéantir les patois ».

L'école de Jules Ferry a malheureusement perpétué cette tradition, en donnant à penser que, si l'on voulait apprendre le bon français, il fallait tuer le patois. Dans certaines régions, le petit objet que devait porter l'enfant qui avait, malgré l'interdiction, prononcé en classe un mot en patois, s'appelait le *symbole* ou, plus souvent, *la honte* et c'est aussi probablement de cette époque de la fin du XIXᵉ siècle que datent des expressions comme *français écorché, français mal parlé, français déformé*, pour désigner la langue française teintée de patois qui était en train de se développer.

Plus récemment, des définitions comme celle qui suit n'ont rien fait pour rehausser l'image de marque du *patois* : « Parler local, dialecte employé par une population, généralement peu nombreuse, souvent rurale, et dont la culture, le niveau de civilisation sont jugés comme inférieurs à ceux du milieu environnant (qui emploie la langue commune)[107]. »

Le cas particulier du patois roman de Haute-Bretagne

La situation du patois roman de Haute-Bretagne, le gallo, est particulièrement inconfortable à cet égard car elle est rendue plus dramatique encore du fait de la proximité du breton, ce breton qui, combattu avec les mêmes armes – « il est interdit de cracher par terre et de parler breton », lisait-on naguère dans les lieux publics –, a cependant été depuis toujours considéré comme une langue à part entière. Le gallo, lui, a eu le plus grand mal à être reconnu comme une vraie langue. Et pourtant, si la frontière du breton a reculé en dix siècles du Mont Saint-Michel à Plouha, au nord, et de Pornic à la presqu'île de Rhuys, au sud, ce fut pour céder la place tout d'abord au gallo, c'est-à-dire au patois roman né du latin dans cette région, et non pas au français. On parle encore aujourd'hui gallo dans des régions autrefois bretonnantes (dans une partie des Côtes-d'Armor et du Morbihan), tout comme on parle gallo plus à l'est (à Rennes, on n'a jamais parlé breton) (Cf. LA BRETAGNE, À MOITIÉ CELTIQUE, À MOITIÉ ROMANE, p. 261).

Le terme *gallo* chez les habitants de la Haute-Bretagne

Le terme *gallo* (ou *gallou*), attesté dès le XIVe siècle dans deux édits de Jean IV, duc de Bretagne en 1371[108] et qui a été adopté pour désigner ce parler dans les ouvrages de dialectologie romane, est cependant beaucoup moins répandu chez les usagers que chez les dialectologues.

Un sondage[109] que j'avais organisé en 1986, avec l'aide d'enseignants inscrits au cours de gallo du Centre d'enseignement à distance de Rennes, apporte des précisions à ce sujet. Elles ressortent des 166 réponses reçues après la diffusion de mon questionnaire écrit.

Les résultats attestent que le terme *patois* est largement majoritaire, sous sa forme française (*patois*), ou sous une forme patoise :

— *patouè*, chez 4 informateurs du Morbihan (une aide-familiale de 30 ans, un enseignant de 34 ans, un agriculteur et une agricultrice de 64 ans)

— *patoé*, chez un ouvrier agricole du Morbihan, âgé de 67 ans

— *patoaille*, chez 4 cultivateurs de plus de 60 ans de Glénac, dans le Morbihan.

Voici les résultats chiffrés :

patois : 118 sur 166 (71 %)

patois et *gallo*, indifféremment : 10 sur 166

gallo : 38 sur 166

Sur ces 38 personnes, il y en a seulement 7 qui ont toujours employé le mot *gallo*. Les 31 autres déclarent que ce n'est que récemment qu'elles ont abandonné le terme *patois* pour celui de *gallo*.

Quelques rares informateurs ont donné d'autres désignations, parmi lesquelles :

patois paysan (ouvrière en chaussures, 62 ans, Fougères, Ille-et-Vilaine)

jargon régional (cultivateur, 66 ans, Saint-Maudez, Côtes-d'Armor), et même

vieux français (mécanographe, 43 ans, Noyal/Brutz, Loire-Atlantique et épicier, 72 ans, Illifaut, Côtes-d'Armor), ou encore

mauvais français (instituteur, 35 ans, Rennes, Ille-et-Vilaine et agricultrice, 74 ans, Romillé, Ille-et-Vilaine).

Cette dernière expression est à rapprocher de celle de *français écorché*, entendue en Saintonge et dans le Bourbonnais. (Cf. Patois et « français écorché », p. 108.)

Un nouveau nom pour une nouvelle vie

En ce qui concerne la Haute-Bretagne, certains commentaires permettent de comprendre les motivations qui ont poussé les gens à adopter le terme *gallo* et à abandonner le terme *patois*.

Alors que deux informatrices des Côtes-d'Armor connaissent le terme *gallo* mais le considèrent comme « chargé d'une signification plutôt péjorative » et lui préfèrent le terme *patois*, inversement, une informatrice de Loudéac, également dans les Côtes-d'Armor, commente ainsi son choix récent de *gallo* au lieu de *patois* : « Je l'appelais *patois* avant une prise de conscience de sa valeur. » Une autre informatrice dit qu'elle préfère *gallo* depuis qu'elle a compris que c'était une langue à part entière, tandis que, pour elle, *patois* était plutôt une déformation du français.

En cette fin du XXe siècle, voilà un idiome en grand danger d'extinction et qui recule régulièrement devant le français, mais qui, grâce à une nouvelle dénomination, se trouve d'une certaine manière promis à un meilleur avenir.

Le patois et sa vie souterraine

Tout ce qui précède apporte la preuve que, malgré leur recul constant depuis la guerre de 14, les patois restent toujours présents dans l'imaginaire des usagers du français, même chez ceux qui ne les ont jamais parlés.

PARLER PATOIS APRÈS DES DÉCENNIES

J'entendais récemment, à Pézenas (Hérault), une dame de 76 ans parler très naturellement en patois languedocien avec son fils et je la félicitais d'avoir continué à le parler tout au long de sa vie.

« Détrompez-vous, me dit-elle, je ne l'ai jamais parlé dans mon enfance. Seuls mes parents l'employaient entre eux. Je ne le parle en fait que depuis quelques années. Le déclic s'est produit brusquement lorsqu'une vieille amie d'enfance est revenue au pays et qu'elle m'a lancé pour rire quelques mots en patois. Spontanément, j'ai répondu en patois et, depuis, c'est dans cette langue que, par plaisir, nous avons pris l'habitude de nous parler. »

Comment expliquer cette aptitude à s'exprimer dans une langue entendue mais jamais pratiquée dans l'enfance, et qui surgit du fond de la mémoire d'une septuagénaire qui ne se savait pas bilingue ?

On a pu constater que certains retrouvent dans les couches les plus lointaines de leur subconscient des échos d'une langue régionale entendue dans leur enfance mais jamais utilisée depuis et qu'ils ressuscitent en quelque sorte. D'autre part, de plus en plus de jeunes éprouvent aujourd'hui le désir de mieux connaître cette langue encore parlée par leurs grands-parents ou entendue à l'occasion d'une fête locale glorifiant la richesse du patois.

Il existe en effet des îlots de résistance insoupçonnés, même en zone d'oïl. L'occasion de le constater m'a été offerte récemment dans le Haut-Maine, non loin du Mans, dans une région où pourtant les patois d'oïl avaient évolué d'une façon si proche de celle du français que leur fusion avec ce dernier était inévitable.

Quand « ceux qui cherchent » rencontrent « ceux qui savent »

À la demande des présidents de l'association « Trésors des parlers cénomans », nous avions organisé en 1995 une journée d'étude pour que puissent se rencontrer des universitaires (« ceux qui cherchent ») et des patoisants de la région (« ceux qui savent »). La manifestation s'est déroulée à Vivoin (Sarthe) et nous pensions y attirer une trentaine de personnes. Or, c'est une salle de plus de cent personnes qui s'est trouvée remplie d'amateurs — et de connaisseurs — de patois de tous les âges.

Le succès de cette rencontre a été très au-delà de toute attente. Tout s'est passé comme si ce patois d'oïl, que l'on dit mourant, voire disparu, n'attendait qu'une occasion pour se manifester dans une bonne humeur communicative et bruyante : précisions sémantiques, variantes locales, chacun désirait s'exprimer. Un détail qui a son importance : à la fin de la séance, pendant que tout le monde continuait à bavarder autour d'un buffet de rillettes accompagnées de cidre, un adolescent a tenu à dire qu'il connaissait un grand nombre des mots et des expressions dont on avait discuté, et qu'il se sentait frustré parce qu'on ne lui avait pas donné la parole [110].

Cette expérience est à souligner en cette fin de siècle qui semblait avoir fait son deuil de son patrimoine linguistique régional : pour peu qu'on réunisse des circonstances favorables, on s'aperçoit que l'attachement aux langues naguère florissantes refait surface et qu'elles n'ont pas complètement disparu, même chez les jeunes.

Le français régional : une fiction ?

Il est encore une autre façon de constater que les patois n'ont pas complètement disparu : dans un pays où tous parlent maintenant le français appris à l'école, cette langue française porte de façon plus ou moins évidente dans sa prononciation, sa grammaire et son vocabulaire des traces du patois, même lorsque ce dernier n'a plus d'existence propre. C'est ce qu'on appelle le *français régional*.

Il est sans doute un peu excessif de parler de *français régional* comme s'il s'agissait réellement d'une tout autre langue que le français de l'école, qui, lui, serait le français tout court. En fait, il s'agit la plupart du temps, sur un fonds commun, de certaines particularités — phonétiques, grammaticales et surtout lexicales — qui sont le propre d'une région donnée, qui y sont particulièrement fréquentes, et qui piquent la curiosité de ceux qui viennent d'ailleurs, ceux-là mêmes que les Provençaux appellent des *estrangiés* [111] et que les Normands nomment des *horsains* [112].

Comment distinguer le patois du français régional ?

Il est, dans la pratique, des situations mal définies où il est difficile de savoir où passe la limite entre le patois et le français régional, surtout en domaine d'oïl, là où la langue de substrat était à l'origine assez proche du français pour que l'intercompréhension soit restée possible. Le seul moyen de résoudre ce problème est de se placer, non pas du côté du linguiste mais du côté du locuteur.

Dans une région traditionnellement bilingue, lorsqu'une personne n'a plus qu'un seul idiome à sa disposition, cela ne peut être aujourd'hui que du français régional, avec, certes, des traits spécifiques de prononciation, de grammaire ou de lexique, différents de ceux du français commun. Tel est le cas des habitants des Mauges (Maine-et-Loire), par exemple, qui ont conservé beaucoup de traces de l'ancien patois dans leur façon de parler actuelle, mais chez qui le patois n'existe plus en tant que tel : tout ce qu'il en reste se manifeste plus ou moins nettement dans leur français régional selon l'âge, l'occupation et les circonstances[113].

Cette situation est l'aboutissement d'un processus qui a provoqué chez des bilingues (patois/français), dans leur vie quotidienne, une fusion des deux langues avec introduction progressive de mots français en patois. Il en est résulté que le patois a été grignoté par le français, qui était la langue de l'école, et donc de la réussite.

Mais ce français appris par des patoisants a aussi de son côté subi l'influence du patois, et des mots de patois se sont introduits avec beaucoup de facilité dans la nouvelle langue commune. Sans doute ont-ils d'abord été sentis comme du patois dans une phrase française, avec une prononciation particulière ; puis ils se sont progressivement francisés, pour finir par ressembler à des mots français de souche. Le verbe *bouiner*, par exemple, que l'on entend dans la Sarthe, et plus largement dans tout l'Ouest, aurait tout aussi bien pu naître dans la langue française, qui connaît le verbe *fouiner*, aux consonances très proches. Mais on l'identifie comme du français régional parce qu'il n'est pas compris ou employé partout.

Ajoutons qu'il n'est pas rare de retrouver des mots du patois sarthois ou d'autres patois d'oïl, dans l'ancien français. Cela ne signifie pas que le patois sarthois ait pour origine l'ancien français, mais tout simplement que le sarthois a conservé certaines formes anciennes, qui sont passées dans le français régional de la Sarthe, alors que le français commun les a éliminées[114]. (Cf. en particulier LE MAINE, UNE VOIE DE PASSAGE, p. 270.)

Du français régional à l'état naissant

Dans les années 20 de ce siècle, une fillette vit dans un village de Savoie où tout le monde parle patois, à l'exception de l'institutrice, qui se doit de ne parler que le français. Il n'y a pas de curé résident. Les hasards d'un voyage ont fait naître cette enfant à Paris. Elle en est fière et prétend souvent s'exprimer en français.

Un jour, après la pluie, elle promène sa petite sœur dans le village et lui déclare – croyant parler français comme tout le monde – dans un français phonétiquement et grammaticalement correct : « *Abade bien les plottes pour camber le golliat* », mais seuls des Savoyards auraient pu la comprendre. Elle veut dire : « Écarte bien les jambes pour enjamber la flaque. »

Un jeune déluré l'entend et, en se moquant, rétablit le patois : « *Aba**dd**a biê lé **plôte** pe cambò le go**ly**a*[115]. »

On est ici devant un cas extrême, où prononciation et formes grammaticales sont du français commun, et où tous les mots non grammaticaux sont du patois travesti à la mode française.

C'est par des stades intermédiaires de ce type, où certains mots du vernaculaire sont d'abord prononcés à la française (*cambò* ne reste pas sous sa forme d'infinitif savoyard, mais devient *camber*, avec la terminaison d'infinitif la plus fréquente en français), qu'on peut comprendre comment ces mots venus du patois peuvent ensuite faire partie intégrante du français de la région, en donnant naissance à ce qu'on appelle de façon un peu floue le « français régional ».

La langue française prend le large

Ce français régional, c'est aussi très loin de France qu'on peut en trouver des variétés remarquables. En effet, à partir du XVIIe siècle, la langue française a pris le large et s'est implantée aux quatre coins du monde à la faveur de la colonisation, dans des pays aujourd'hui pour la plupart indépendants, mais où elle reste, sous des formes diverses, le mode de communication d'une partie de la population.

Certains de ces pays, devenus Territoires d'Outremer (TOM) ou Départements d'Outre-mer (DOM), font partie de la République française.

Le français dans les TOM

En ce qui concerne les TOM (Territoires d'Outremer), l'arrivée des Français date de 1842 pour Tahiti (Polynésie française), de 1853 pour la Nouvelle-Calédonie, de 1880 pour les îles Marquises et Tuamotu (Polynésie française) et de 1886 pour Wallis et Futuna.

La Nouvelle-Calédonie connaît quelques particularités régionales : un Français de la Métropole y est un *Zor*, abréviation de *Zoreille*, et la France y devient la *Zoreillée*. Du temps du bagne, un bagnard était appelé *tête plate*, mais aussi *garçon de famille* ou même *ange gardien* lorsque, ayant fait preuve de bonne conduite, il était autorisé à travailler hors du pénitencier[116].

Les Comores, petites îles de l'océan Indien au nord-ouest de Madagascar, se trouvent dans une situation particulière puisque, « protégées » par la France dès 1841, elles ont partiellement repris leur indépendance en 1975, à l'exception de Mayotte, restée collectivité territoriale de la République française[117].

TAHITI

Le français à Tahiti

Tahiti fait partie de la Polynésie française, qui comprend les îles Marquises, les Gambier, les Tuamotu, les Australes et les îles de la Société, mais 65 % de la population vivent sur l'île de Tahiti. Possession française depuis 1880, Tahiti subit depuis le XVIIIᵉ siècle l'emprise de l'anglais, langue dominante dans le Pacifique, et, de ce fait, le français régional a assimilé de nombreux emprunts à l'anglais, tels que :

truck « camion aménagé en transport en commun »

nice [najs], *good* [gud] ou *fine* [fajn] « bien, excellent » ou encore

gas [gaz] « essence »

store « magasin »

pie [paj] « pâtisserie » (ex. *pie-banane* « tourte aux bananes »).

LE FRANÇAIS DANS LE MONDE

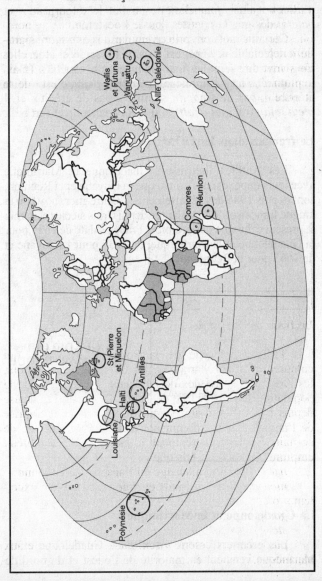

Certains mots français y ont été abandonnés au profit d'autres : ainsi, *four* désigne en fait le « fourneau » et *paletot* désigne la « veste » ou le « veston ».

Certains mots ont pris un nouveau sens : *sucré* signifie « délectable », *aigre* est à la fois « acide et amer » et *long* veut dire « grand ». Un *demi* est un « métis » (mais le mot *métis* ne s'emploie pas), *faire la peau*, c'est « faire la noce », *pas de Chaplin* signifie « pas de crédit » et il *pleut tafait* (ou *tout à fait*), « il pleut beaucoup et fort »[118].

Le français dans les DOM

Les Antilles françaises (Guadeloupe et Martinique avec leurs dépendances), ainsi que la Guyane et la Réunion, sont depuis 1946 des départements d'Outre-mer (DOM) où la langue française s'est implantée depuis trois siècles et demi : la présence durable des premiers Français date de 1635 pour la Guadeloupe et la Martinique, de 1637 pour la Guyane et de 1663 pour la Réunion.

LA GUADELOUPE
ET LA MARTINIQUE

Guadeloupe →
Martinique →

La Guadeloupe et la Martinique

Les premiers colons installés en Guadeloupe et en Martinique venaient en majorité de l'ouest et du nord de la France [119] et on ne sera donc pas étonné de constater de nombreuses formes régionales d'oïl du Nord et de l'Ouest dans les particularités du français de ces départements d'Outre-mer, comme *arrimer* « ranger », *dalle* « rigole, caniveau » ou *grafigner* « égratigner ». (Cf. CÔTÉ OUEST p. 232 et CÔTÉ NORD p. 296.)

Plus tard, l'afflux dans les plantations de populations importées d'Afrique a eu pour conséquence la naissance de créoles aujourd'hui en pleine expansion, et le français qui s'y est développé en a été fortement influencé.

NE PAS CONFONDRE CRÉOLE ET « FRANÇAIS DES ÎLES »

Les **créoles** sont des langues nées des contacts des colons européens (français, anglais, espagnols, portugais, néerlandais) et d'esclaves originaires de divers pays d'Afrique. Ce sont des langues à part entière, dont la structure grammaticale est proche de celle des langues africaines et dont le lexique est en très grande majorité d'origine européenne. C'est ainsi que l'on peut parler du **jamaïcain** comme d'un **créole à base lexicale anglaise** ou des créoles de la Martinique, de la Guadeloupe, de la Guyane, de la Réunion ou de l'île Maurice comme de **créoles à base lexicale française** [120].

En revanche, le « français des îles » est une variété régionale de français qui comporte, certes, des particularités perceptibles, mais qui n'est pas pour autant une autre langue.

Diversité humaine, diversité des appellations

Pour un Antillais, un Français de France est un *métro*, tandis qu'un blanc *créole*, c'est-à-dire un blanc né aux Antilles, d'une famille y vivant depuis plusieurs générations, est appelé *béké*, ou encore *blanc pays*. Dans la population antillaise, il faut encore mettre à part le *chabin* : sa peau est assez claire et parfois parsemée de taches de rousseur, ses cheveux sont blonds (crépus ou bouclés) et ses yeux gris, verts ou bleus[121]. Vu son métissage évident, il peut arriver au chabin de parler un créole entaché de français, le *créole tcholo*. Quant aux Antillais nés et vivant en France, on les appelle là-bas, par dérision, des *Négropolitains* et, plus récemment, des *Negxagonals*[122].

Des adjectifs avec de nouvelles acceptions

Aux Antilles, certains adjectifs ont pris un sens qu'ils n'ont pas en France. Par exemple, pour dire de quelqu'un qu'il est « savant », on dira qu'il est *grand-grec*, tandis que si l'on estime qu'il est « rusé », on dira cette fois qu'il est *savant*. Si, au contraire, on juge qu'il a une intelligence limitée, on dira seulement qu'*il a la tête dure*, sans aller jusqu'à le traiter de *tèbè* ou d'*ababa*, ce qui reviendrait à dire que c'est un « débile mental ». On pourrait aussi dire qu'il commence vraiment à *découdre*, à « perdre la tête », à « devenir sénile ».

D'autre part, *être crabe*, c'est « être timide » alors que *être hardi*, c'est « être insolent, effronté ». Enfin, *être comparaison*, c'est « se mêler de ce qui ne vous regarde pas » ou encore « être prétentieux ».

Toutes ces expressions sont en fait des transpositions du créole[123], qui est la langue parlée par l'ensemble des Antillais.

Pour ne pas se tromper sur les produits régionaux

En ce qui concerne la vie quotidienne, une fois sur place, on apprendra sans doute rapidement les équivalences que voici :

ravet	« cafard »
almanach	« calendrier »
giraumon	« potiron »
bélangère	« aubergine »
pistaches	« cacahuètes »
pois verts	« pois cassés »
pois tendres	sorte de « haricots verts »

Quant aux *figues* des Antilles, ce sont des « bananes », en souvenir de l'ancien nom du bananier, *figuier d'Adam*. (Cf. aussi LE FRANÇAIS EN HAÏTI, p. 126.)

Récréation

LE NOM DU PUNCH ANTILLAIS

On ne peut pas avoir visité la Martinique ou la Guadeloupe sans savoir ce qu'est le **ti punch**, une boisson aux vertus dynamisantes à base de rhum blanc[124].

Savez-vous pourquoi le punch s'appelle ainsi ?

A Est-ce parce que le mot **anglais**, d'où ce nom est venu, signifie « donner du tonus » ?

B Est-ce parce que le mot **hindi**, d'où ce nom est venu, signifie « cinq », la recette de base contenant effectivement cinq ingrédients ? Réponses p. 463.

Mais il y a aussi des produits spécifiquement antillais, comme le *ouassou* : sorte de grande crevette[125] ;

la *cristophine* : sorte de cucurbitacée souvent préparée en gratin ;

le *blaff* : potage très épicé à base de poissons ou d'oursins ; on pense que ce potage doit son nom au bruit que fait l'eau bouillante lorsqu'on y jette les poissons[126] ;

le *yen-yen* : minuscule moustique, à peine visible, et dont les piqûres provoquent des démangeaisons irrésistibles et inoubliables ;

le *tourment d'amour* : pâtisserie à base de noix de coco ou de banane plantain, spécialité de l'île des Saintes.

La légende veut que cette recette, assez longue à réaliser car elle comporte quatre préparations distinctes qu'il faut assembler de façon délicate[127], ait été inventée par des femmes de pêcheurs de la Guadeloupe pour tromper leur attente. (Ce gâteau se nomme *Robinson* à la Martinique[128].)

Enfin, le *C.R.S.* n'est pas, comme on pourrait le croire, un gendarme, mais un punch typique fait de *C*itron vert, de *R*hum et de *S*ucre de canne.

On se familiarisera aussi avec les *zombis* « esprits, fantômes » dont l'invisible présence est souvent évoquée dans les conversations, et avec les contes antillais, où sont décrits les faits et gestes de *Compère lapin*, qui est malin, rusé, retors, et du non moins célèbre *Compère Zamba*, qui, lui, est lourdaud et peu intelligent[129].

Mais pour vraiment bien faire connaissance avec la réalité des îles, rien de mieux que d'être bon *syndicat* d'un Antillais ou d'une Antillaise, un *syndicat* étant un bon ami, une personne sur qui on peut compter[130].

Haïti →

HAÏTI

Le français en Haïti

Découverte en 1492 par Christophe Colomb et restée officiellement espagnole sous le nom d'*Hispaniola* jusqu'en 1697, la partie occidentale de l'île devient française à cette date, sous le nom de *Saint-Domingue*, puis indépendante le 1er janvier 1804 pour devenir *Haïti*.

Le français y est encore aujourd'hui langue officielle bien que le créole soit la langue usuelle de la population. Dans les usages quotidiens, certains termes venus du créole, comme le *macoute* « sac » ou le *clairin* « alcool de canne à sucre », alternent avec des mots français dont le sens a été modifié. Ainsi :

le *bandit*, ou *petit bandit* se dit d'un enfant turbulent ou entreprenant (le terme n'est pas péjoratif)

la *figue,* également appelée *figue-pomme*, est une banane à la peau épaisse et jaune qui se mange crue tandis que la *banane* est à peau épaisse mais verte et se consomme cuite[131] ; quant à notre figue, produite par le figuier, elle se nomme *figue-France*

le *chadèque* : variété de pamplemousse très sucré en forme de poire

le *morne* désigne aussi bien une colline qu'une montagne

la *patate* ne désigne pas la pomme de terre mais la « patate douce » et le terme entre dans l'expression *gagner une patate*, qui correspond à gagner son bifteck[132]

un *boss* n'est pas un patron mais un ouvrier plus ou moins qualifié dans une branche technique (plomberie, menuiserie...)

un *blocus* est un embouteillage, une circulation difficile des véhicules

arriver en roue libre, c'est arriver en auto-stop

déchouquer, c'est « destituer quelqu'un de son poste »

zenglendo, c'est un bandit, parfois lourdement armé, qui sème la terreur dans les villes [133].

La Guyane française

Les Français s'installent provisoirement en Guyane vers 1605, et Cayenne est fondée par une compagnie nor-

LA GUYANE

mande en 1643, mais pendant tout le début du XVIIᵉ siècle, la Guyane connaît diverses occupations : espagnole, hollandaise, anglaise et même brésilienne. Utilisée comme lieu de déportation politique et surnommée « la guillotine sèche » pendant la Révolution française, elle devient définitivement française en 1814. On y établit plus tard le bagne de Cayenne, qui dura près d'un siècle, du milieu du XIXᵉ au milieu du XXᵉ siècle. En 1983, Kourou deviendra une base de lancement de fusées pour le Centre national des études spatiales (Cnes).

Comme dans les Antilles françaises, il s'y est formé un créole qui voisine ici avec d'autres créoles, comme par exemple le *taki-taki*, créole à base lexicale néerlandaise, parlé le long de la frontière du Surinam. La population comprend aussi une minorité de Chinois et d'Indiens, ainsi que des chercheurs temporaires européens travaillant au Cnes.

Le français guyanais se distingue de celui des Antilles, en particulier pour la prononciation de la consonne *r*[134], évanescente dans les Antilles et qui est ici articulée de façon plus nette (en créole[135] comme en français).

Mais de nombreux termes attestés en Guyane le sont également aux Antilles, comme par exemple : *zombi* « fantôme, revenant », *matoutou* « sorte de crabe », *carbet* « hutte, case » ou *pipiri*, oiseau très matinal, d'où l'expression *au pipiri chantant* « au lever du jour »[136]. La même expression, à peine modifiée (*au pipirite chantant*), peut être entendue en Guadeloupe et en Martinique [137], ainsi qu'en Haïti.

LA RÉUNION
ET L'ÎLE MAURICE

Isle Bourbon et Isle de France

Des caractéristiques du même type se retrouvent à des milliers de kilomètres de là, dans l'océan Indien, où deux îles voisines, actuellement appelées *La Réunion* (autrefois *Isle Bourbon*), aujourd'hui département d'Outre-mer, et *Maurice* (autrefois *Isle de France*), aujourd'hui république indépendante au sein du Commonwealth, ont aussi perpétué des créoles à base lexicale française. Le français reste bien vivant, même à l'île Maurice, où pourtant c'est l'anglais qui est la langue de l'administration et de la vie publique.

La Réunion

Probablement découverte par le navigateur portugais Pedro de Mascarenhas en 1513, et encore appelée *Mascarin* au moment où commence le peuplement permanent en 1663, l'île prend le nom d'*île Bourbon*, et enfin d'*île de la Réunion* au début du XIXe siècle (elle deviendra département d'Outre-mer en 1946) [138].

Les premiers occupants étaient des Malgaches, puis, à partir de l'abolition de l'esclavage, des Indiens de la colonie portugaise de Goa, auxquels allaient se joindre des Africains, des Indiens du sud de l'Inde (apport du tamoul) et enfin des Chinois[139].

À la suite de tous ces mouvements de populations, on constate, sur le plan linguistique, une intégration complète de ces différentes populations qui, toutes, parlent aujourd'hui le créole, dans un département d'Outre-mer où la seule langue officielle est le français.

La caractéristique phonétique la plus frappante est la prononciation de la consonne *r*, très faible et à peine perceptible devant une voyelle, et le plus souvent presque inaudible devant une consonne ou à la finale, ce qui provoque un allongement compensatoire de la syllabe précédente, en français, comme en créole. Par exemple *bazar* « marché » est prononcé [baza:ʁ] où le /r/ est le plus souvent si faible qu'on le distingue à peine.

Quelques particularités lexicales de la Réunion

Le français régional de la Réunion comporte à la fois des néologismes, des archaïsmes et des formulations inusitées en France, mais que l'on retrouve souvent dans l'île Maurice voisine, comme

grever : faire grève

greveur : gréviste

Malabar : Indien non musulman

Zarabe : Indien musulman

pitaclé : marqué de taches

bougre : individu, homme (non péjoratif)

femme en voie de famille : femme enceinte[140]

film en blanc et noir : film en noir et blanc

femme-sage : sage-femme[141].

Des mots désignant des réalités régionales

Le *vacoa* est un petit palmier (de la famille des pandanacées), originaire de Madagascar, dont les longues feuilles sont utilisées pour la vannerie, et en particulier pour confectionner des sacs et des paniers, que l'on nomme des *tentes*, mot dont la forme est adaptée du malgache *tanty*. La *tente de bazar* est donc le panier, le cabas que l'on utilise pour faire son marché.

C'est du tamoul que provient le mot *cange*, qui désigne l'amidon de riz servant à *canger* les tissus, à les « empeser ». Le cange est également utilisé en cuisine pour épaissir une sauce, par exemple pour la préparation du *cari*, mot également emprunté au tamoul, tout comme *rougail* (n. m.) ou *rougaille* (n. f.), du tamoul *uru-kay*, qui est une préparation de légumes, de viande ou de poisson à base d'une variété de petites tomates appelées *pommes d'amour*. Cette préparation, nommée *rougail* à la Réunion, correspond au *chatini* (ou *chutney*) de l'île Maurice (du hindi *chatni*).

Le français mauricien

Vraiment colonisée par les Français à partir de 1721, l'île qu'ils avaient baptisée *Isle de France* en 1715 était alors presque déserte. Elle a été progressivement peuplée par des populations diverses, parmi lesquelles des esclaves venus d'Afrique, de Magadascar et de l'Inde ainsi que par des travailleurs libres d'origine indienne.

Prise par les Anglais en 1810, elle change de nom, devient *Mauritius (Maurice)* et reçoit, à partir de 1830, date de l'abolition de l'esclavage, des Indiens qui travaillent sous contrat et qui s'y installeront de façon définitive. Enfin, vers 1850, des Chinois venus de la Chine du Sud seront des petits commerçants très actifs, mais les échanges avec la Chine cesseront en 1948[142].

Cette diversité de peuplement de l'île est sans aucun doute un élément important de l'aspect exotique du français mauricien, où l'on peut reconnaître non seulement des traits du créole, mais aussi

> du hindi : *banian* « figuier aux racines aériennes »
> du tamoul : *canger* « amidonner, empeser »
> du portugais : *camaron* « grosse crevette »
> du malgache : *vacoa* « sorte de palmier »
> et surtout de l'anglais.

Les emprunts à l'anglais

Les emprunts formels à l'anglais sont les plus aisément repérables, comme on peut le voir dans les exemples suivants :

> *general manager* : directeur général
> *overtime* : heures supplémentaires
> *casualties* : service des urgences (à l'hôpital)
> *flat* : appartement
> *fancy fair* (n. m.) : fête foraine, kermesse.

Plus dissimulés, quoique incontestablement d'origine anglaise, on trouve de nombreux calques ou traductions littérales, ainsi que quantité de mots employés avec le sens qu'ils ont en anglais :

> *commodité* : produit, denrée de base
> *aménités* : ensemble des équipements apportant le confort
> *être en charge de* : avoir la responsabilité de (anglicisme qui sévit aussi en France)
> *file* [fajl] (n. m.) : dossier
> *chiffon* : mousseline de soie très fine
> *brassière* : soutien-gorge
> *contracteur* : entrepreneur
> *engagé* : occupé (au téléphone)
> *application* : demande d'emploi, candidature
> *prendre un examen* : se présenter à un examen
> *passer un examen* : réussir à un examen
> *degré* : diplôme universitaire
> *syllabus* : programme d'études

professionnel (n. m.) : personne exerçant une profession libérale

licence : permis de conduire

sonner qqun : appeler qqun au téléphone

van : camionnette

laboureur : travailleur manuel, ouvrier.

Les emprunts au créole

De nombreux autres termes sont attribuables au créole, comme

anneaux : boucles d'oreilles

bague : anneau de rideau

brise : vent

affiche : annonce dans un journal

guetter : regarder

calèche : voiture d'enfant

casser : cueillir, mais *cassé* « déprimé, vieilli »

goûté : exquis

insignifiant : agaçant

cari volaille : cari de volaille

la plaine football : le terrain de football[143].

LE DODO

Vous ne verrez pas en chair et en os ce grand oiseau au nom dont l'étymologie évoque des formes plantureuses (du néerlandais **dodarse** « gros derrière ») : il a été exterminé à la fin du XVIIIᵉ siècle mais vous en entendrez beaucoup parler et vous pourrez l'admirer en effigie sur les monnaies du pays.

Il existe aussi des spécialistes de l'étude des **dodos**, les **dodologues**.

Quelques autres particularités mauriciennes

> *jusqu'à l'heure* : jusqu'à présent
> *prise de bouche* : prise de bec
> *la grande Péninsule* : l'Inde
> *l'île sœur* : la Réunion
> *boîte condamnée* : tirelire
> *papier gris* : papier kraft
> *parasol* : parapluie
> *tombaliste* : fabricant de cercueils
> *traiteur* : guérisseur
> *policière* : femme agent de police
> *marée noire* : nuit sans lune
> *tabagie* : bureau de tabac, où l'on vend aussi des
denrées alimentaires[144].

L'espace « francophone »

Avec l'île Maurice, nous nous trouvons de plain-pied dans le domaine de ce qu'il est convenu d'appeler « la francophonie », terme qui depuis la création en 1986 des « Sommets de la francophonie » est entouré d'un flou sémantique parfois devenu assez gênant : alors que le sens étymologique de *francophone* (« qui parle français ») s'est maintenu pour désigner les locuteurs du français, le mot est aussi de plus en plus employé dans un autre sens, géopolitique cette fois, dans le cadre des États membres de la *Communauté francophone,* définie comme « le regroupement des pays ayant en commun l'usage du français » ou « ayant le français en partage », comme on le dit souvent aujourd'hui. Les cinquante-deux États dits *francophones*, en fait, ne le sont pas forcément, en ce sens que leurs habitants ne parlent pas tous le français et que la langue française n'y jouit pas toujours d'un traitement préférentiel.

LA FRANCOPHONIE : QUELQUES DATES

Le terme **francophonie** a été créé en 1880 par le géologue Onésime Reclus, pour sa classification des pays selon la langue parlée quotidiennement, mais c'est en 1962 que Léopold Sedar Senghor, Habib Bourguiba et Habib Diori travaillent à la constitution d'une communauté francophone.

En 1970 a été créée l'Agence de Coopération culturelle et technique (ACCT) qui est l'opérateur privilégié des sommets de la Francophonie.

En 1986 se réunit à Paris la première « Conférence des chefs d'État et de Gouvernement des pays ayant en commun l'usage du français ». On en compte actuellement 52[145].

LISTE DES PAYS DE LA FRANCOPHONIE[146]

Albanie
Belgique
Belgique (communauté française)
Bénin
Bulgarie
Burkina Faso
Burundi
Cambodge
Cameroun
Canada
Canada Nouveau-Brunswick
Canada Québec
Cap-Vert
Centrafrique
Comores
Congo

Congo (République démocratique)
Côte-d'Ivoire
Djibouti
Dominique
Égypte
France
Gabon
Guinée
Guinée-Bissau
Guinée équatoriale
Haïti
Laos
Liban
Luxembourg
Macédoine
Madagascar
Mali
Maroc

Maurice
Mauritanie
Moldavie
Niger
Pologne
Roumanie
Rwanda
São Tomé et Principe
Sainte-Lucie
Sénégal
Seychelles
Suisse
Tchad
Togo
Tunisie
Vanuatu
Viêt-nam
Zaïre

Ainsi, par exemple, l'île Maurice, le Liban, le Laos ou le Viêt-nam font partie des États de la Francophonie mais n'accordent aucun statut particulier au français sur le plan institutionnel dans le pays [147]. Pourtant, au Viêt-nam, par exemple, alors que 1 % seulement de la population parle le français, cette langue reste celle de la diplomatie et des études supérieures de médecine et de pharmacie, d'informatique et de gestion[148].

En revanche, l'Algérie, qui ne fait pas partie des États dits francophones, garde paradoxalement un nombre important de locuteurs de français (30 % de francophones « réels » et 30 % de francophones « occasionnels »).

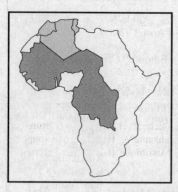

**LE FRANÇAIS
EN AFRIQUE**

C'est en 1638, au Sénégal, que débute la présence française en Afrique avec la fondation de Saint-Louis du Sénégal, point de départ de la conquête de ce continent. En fait, l'implantation réelle de la langue française en Afrique se fera surtout pendant le XIXe siècle, dans les pays suivants :

Algérie à partir de 1830

Guinée à partir de 1837

Comores à partir de 1841

Mauritanie à partir de 1855
Congo à partir de 1880
Tunisie à partir de 1881

Zaïre (ex-Congo belge) à partir de 1882

Bénin (ex-Dahomey) à partir de 1883

Centrafrique (ex-Afrique équat. franç.) à partir de 1889

Gabon à partir de 1889   Mali à partir de 1895
Côte-d'Ivoire à partir de 1893   Burkina Faso (ex-Haute-Volta)
                                à partir de 1896

Enfin, au xxe siècle, dans sept autres pays :

Niger à partir de 1900   Burundi (ex-colonie belge)
Tchad à partir de 1900   à partir de 1919
Cameroun à partir de 1911   Togo à partir de 1919
Maroc à partir de 1912   Rwanda (ex-colonie belge)
                                à partir de 1923[149].

LE FRANÇAIS LANGUE OFFICIELLE

Europe
    Belgique*, France, îles Anglo-Normandes* (G.B.), Monaco, Suisse*, Val d'Aoste* (Italie).

Afrique
    Bénin, Burkina Faso, Burundi, Cameroun*, Centrafrique, Congo, Côte-d'Ivoire, Djibouti*, Gabon, Guinée, Mali, Mauritanie*, Rwanda, Sénégal, Tchad*, Togo, Zaïre.

Amérique
    Canada (provinces du Québec* et du Nouveau-Brunswick*), États-Unis (Louisiane*), Haïti*, Guadeloupe (DOM), Guyane (DOM), Martinique (DOM), Saint-Pierre-et-Miquelon (DOM).

Océan Indien
    Comores*, Madagascar*, Maurice*, Mayotte (TOM), Réunion (DOM), Seychelles*.

Océanie
    Nouvelle-Calédonie (TOM), Vanuatu*, Wallis-et-Futuna (TOM), Polynésie (TOM).

* Sont marqués d'un astérisque les pays ayant d'autres langues officielles en dehors du français

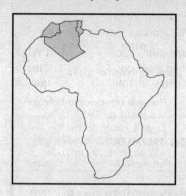

**LE FRANÇAIS
EN AFRIQUE
DU NORD**

Les trois pays du Maghreb sont dans une situation particulière face aux autres pays d'Afrique car, bien que le français n'y soit pas une langue officielle à côté de l'arabe, il reste une langue encore très présente dans la population : implanté en Algérie depuis 1830, en Tunisie depuis 1881 et au Maroc depuis 1912, le français y est encore parlé et écrit avec naturel et souvent avec beaucoup de talent (Tahar ben Jelloun, romancier marocain, a obtenu le prix Goncourt en 1987).

Après 1956 pour la Tunisie et le Maroc, après 1962 pour l'Algérie, une période d'arabisation intense a été suivie d'un regain d'intérêt pour la langue française, dont la maîtrise est considérée au Maroc comme une condition d'ouverture au monde et de réussite sociale [150].

Même en Algérie, pays qui ne participe pas à la Communauté des pays francophones, on estime qu'il y a 30 % de francophones réels et 30 % de francophones occasionnels. La Tunisie, qui participe à la Francophonie institutionnelle, compte, semble-t-il, 30 % de francophones réels et 40 % de francophones occasionnels. Au Maroc, où l'implantation du français est bien plus récente, les chiffres sont beaucoup plus bas, avec seulement 18 % de francophones réels [151].

Les « Pieds-noirs »

C'est grâce aux « Pieds-noirs », ces Français d'Algérie rapatriés après l'indépendance, que l'on connaît maintenant avec plus de précision le français d'Afrique du Nord.

D'OÙ VIENT *PIED-NOIR* ?

Il s'agit, à partir de 1956, d'un surnom donné uniquement aux Français nés en Algérie [152].

Diverses étymologies ont été avancées, dont l'une remonterait au début du siècle, faisant référence aux soutiers, généralement algériens, dans les navires alimentés au charbon [153]. On a aussi évoqué la couleur des chaussures que portaient les premiers colons, ou encore le nom d'un petit oiseau migrateur, mais aucune de ces hypothèses n'est confirmée.

Une seule chose est sûre, c'est que les Français d'Algérie eux-mêmes ne savaient pas qu'ils étaient nommés ainsi et ne l'ont appris qu'au moment de la guerre d'Algérie.

Aujourd'hui, le terme a pris de l'extension, certains n'hésitant pas à regrouper sous ce nom générique non seulement les Français nés en Algérie, mais aussi ceux nés en Tunisie ou au Maroc.

Le parler pied-noir

Sous le français d'Afrique du Nord, on peut retrouver quelques traces d'italien, d'espagnol et surtout d'arabe, comme par exemple

kif : « plaisir »

kiffer (v.) : « prendre du plaisir », verbe maintenant passé dans le vocabulaire des jeunes de France

batel : « gratis »

bessif : « par force ». À ne pas confondre avec *bezef* « beaucoup »

balek ! : « attention ! »

chitane (n. m.) : « diable »

> *tape cinq !* : « d'accord ! », traduction de l'arabe *adreb
> khamsa* « tape cinq »
>
> *marche la route !* : « en avant ! »
>
> *kémia* (n. f.) : « amuse-gueules », servis avec l'apéritif,
> de l'arabe *kemya* « bouchée ». Le mot est généralement
> employé au singulier.
>
> *cinq dans ton œil !* ou *cinq dans l'œil du chitan !,* formule
> pour conjurer le mauvais œil, traduite de l'arabe *khamsa
> fi aïnek* « cinq (doigts) dans ton œil »
>
> *manger des coups* : « prendre des coups », traduction de
> l'arabe *kla el mat'raq* « manger du bâton » (*mat'raq* a
> d'ailleurs été emprunté par le français, d'où *matraque*).

La plupart des expressions relevées, qu'elles viennent de l'arabe ou pas, semblent communes aux trois pays
du Maghreb, mais parfois, il faut tenir compte des spécificités locales.

ENTRE ALGÉRIE ET TUNISIE, QUELQUES NUANCES

EN ALGÉRIE		EN TUNISIE
méguina (n. f.)	« pâté aux œufs et à la cervelle »	*makoud* (n. m.)
créponné (n. m.)	« sorte de sorbet au citron »	*granite* (n. f.)
tchouktchouka	« sorte de ratatouille »	*chakchouka*
rester axe	« être sidéré, abasourdi »	*rester keks*
pépites	« graines de citrouille ou de melon séchées et salées »	*glibettes*

En Algérie, un *babao* est « un idiot, un demeuré » tandis
qu'en Tunisie, un *babaou* est « un croquemitaine, un loup-
garou ».

Voici maintenant quelques phrases imagées entendues *« là-bas »* (formule employée par les Pieds-noirs
pour parler du pays où ils sont nés) :

Rire comme une gargoulette,
> la gargoulette étant une cruche en terre à deux anses, où l'on met de l'eau à rafraîchir et qui fait un glou-glou caractéristique quand on la vide.

Tu vas à la mer, et tu la trouves sèche
> Se dit à une personne qui ne trouve pas un objet pourtant bien en évidence. On dit aussi : *si c'était un petit chien, il t'aurait déjà mordu.*

Ton père n'est pas vitrier
> Se dit à celui qui se trouve devant vous et qui vous bouche la vue.

Une main devant, une main derrière
> Se retrouver complètement démuni, autrement dit « avec ses yeux pour pleurer »[154].

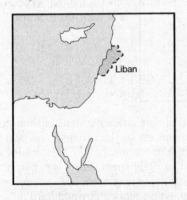

LE FRANÇAIS AU LIBAN

Si les premiers contacts de la France avec le Liban remontent aux croisades – Saint-Louis séjourna dans les forteresses du littoral –, c'est surtout au XVIIIe siècle que l'influence culturelle commencera à être prépondérante et que la langue française deviendra le passage obligé de toute l'élite libanaise, et délogera l'italien qui était jusqu'alors la langue la plus parlée dans la région[155].

Étant donné le plurilinguisme vivant des Libanais, il n'est pas étonnant de reconnaître dans le français parlé à Beyrouth des traces d'arabe, d'italien ou d'anglais :

> *cuire* : « faire la cuisine » (< arabe)

un œuf bouilli : « un œuf dur » (< arabe).

allô ! Qui parle ? : « allô ! Qui est à l'appareil ? » (< italien)

recette : « ordonnance d'un médecin » (< italien)

c'est le temps : « c'est l'heure » (< anglais).

On y retrouve aussi des expressions déjà rencontrées au Maghreb, comme *manger des coups* « prendre des coups », *faire cadeau* « offrir », le *par-terre* « le sol, le carrelage »[156], ou que l'on peut également trouver en Afrique noire.

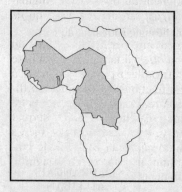

**LE FRANÇAIS
EN AFRIQUE NOIRE**

Bien que la situation soit différente dans chacun des pays africains où le français est langue officielle, on peut y déceler des caractéristiques communes[157] : le français, enseigné partout, n'est véritablement parlé que par une faible partie de la population (au maximum 12 %) mais lorsqu'il l'est effectivement, on ne peut qu'être admiratif de ses qualités de clarté et d'invention. Les formes en sont châtiées et respectueuses de la norme, mais on ne craint pas de créer des néologismes adaptés aux circonstances.

Des néologismes astucieux

Ce qui frappe, en effet, dans les formes lexicales du français parlé en Afrique, c'est en particulier l'abondance de verbes inconnus en France mais qui témoignent d'une parfaite connaissance des potentialités du lexique français.

C'est ainsi que :

sur *confiture*, on a fait le verbe *confiturer* « tartiner avec de la confiture »

sur *doigt*, le verbe *doigter* « montrer du doigt »

sur *grève*, le verbe *gréver* « faire la grève »

sur *cadeau*, le verbe *cadeauter* « faire un cadeau »

sur *droite*, le verbe *droiter* « tourner à droite »

et même sur *mot-à-mot*, le verbe *motamoter* « traduire mot-à-mot ».

Tous ces verbes témoignent du dynamisme linguistique des locuteurs, qui les créent sans hésiter parce qu'ils les jugent immédiatement compréhensibles.

Parfois, pourtant, on peut être perplexe à propos du sens à leur donner : pour *boulotter*, il faut penser à la base lexicale *boulot*, et donc « travailler » ; pour *amender*, à l'amende à payer pour une infraction à la loi, donc « infliger une amende » et pour *cigaretter*, on peut hésiter entre « prendre » ou « donner une cigarette » (c'est ce dernier sens qui est le bon). Enfin, si *chameauser* renvoie bien à *chameau*, il faut savoir qu'un *chameau* est, dans le langage scolaire, une faute de français : *chameauser* signifie donc « faire une faute de français »[158].

UN FRÈRE, C'EST BEAUCOUP PLUS QU'UN FRÈRE

La vie communautaire dans les villages africains entraîne l'emploi du mot **frère** pour désigner des personnes très différentes, que l'on peut préciser à l'occasion.

Voici ce que l'on peut entendre au Cameroun :

c'est mon frère du village « c'est mon cousin »

c'est mon frère de famille « c'est mon demi-frère »

c'est mon frère même père « c'est mon frère consanguin » (demi-frère par le père)

c'est mon frère même mère « c'est mon frère utérin » (demi-frère par la mère)

Enfin, pour parler tout simplement du frère tel que nous l'entendons en France, il faudra entrer dans les détails : **c'est mon frère même père même mère**[159].

Des nombres mystérieux

Un, deux, trois, cinq... onze, voilà qui est du français tristement banal et franchement peu néologique. Ce qui l'est davantage, c'est qu'on ne voit pas toujours à quoi ces nombres se réfèrent. Il faut, par exemple, d'abord savoir que *premier bureau* est une métaphore caractérisant de façon plaisante « l'épouse légitime » pour apprécier toute la saveur de l'expression *deuxième bureau* (qui désigne « la maîtresse »). On a pu d'ailleurs créer l'expression *troisième bureau* dans le cas d'un époux encore un peu plus volage.

Pour le *deux-doigts*, l'image paraîtra évidente, mais seulement après qu'on vous aura dit qu'un *deux-doigts* est un voleur très habile, qui peut subtiliser un portefeuille avec *deux doigts*.

Avec l'adverbe *cinq-cinq*, on est presque en pays de connaissance si l'on se rappelle l'expression *je vous reçois cinq sur cinq* par laquelle les adeptes des communications par radio rassurent leur interlocuteur sur la bonne réception du message transmis (Exemple : *ça marche cinq-cinq* « ça va très bien »)[160].

Mais si, au Niger, on s'excuse d'arriver en retard parce qu'on a pris le *train onze* ou la *ligne onze,* il faudra comprendre qu'il n'y a pas de « train onze » ni de « ligne onze » et qu'on est arrivé à pied (le train onze est celui qui a deux jambes, comme le nombre 11)[161].

BLEU, BLOND, ROUGE EN AFRIQUE NOIRE

Si un Zaïrois vous vante les **yeux bleus** de sa **blonde**, ne soyez pas étonné de voir une belle jeune femme noire aux yeux sombres et profonds : c'est que des **yeux bleus** sont simplement de « beaux yeux » et qu'une **blonde** est une « belle jeune fille » à la peau d'ébène et à la chevelure noire.

Plus généralement, en Afrique, il faut savoir que l'emploi du mot **rouge** pour qualifier la peau d'une personne ne signifie pas qu'il s'agit de la couleur du coquelicot, mais de quelqu'un dont la peau est moins foncée que celle de ses compatriotes[162].

Peut-être encore plus étonnant : quelqu'un dont la peau est très noire pourra être qualifié de **bleu**.

Ne nous laissons pas abuser par la forme des mots

En Afrique, un *gros mot* est un « mot savant », une *grosse note*, une « bonne note » et, pour rester dans le domaine du superlatif, un *grand quelqu'un* est un « personnage important ». Dans un contexte scolaire, au Cameroun, un *casseur* est un « élève brillantissime »[163] et, dans un pensionnat, *faire caïman*, c'est « se relever la nuit, après le passage du surveillant, pour étudier ». D'où : *caïmanteur* « bûcheur ».

Plus près de la réalité quotidienne, un *homme galant* est un *sapeur*, c'est-à-dire un amateur de beaux vêtements qui, loin de se contenter de vêtements *choisis* (c'est-à-dire de vêtements d'occasion ou démarqués), s'habille à la dernière mode. On peut même dire qu'il lui arrive de *dallasser* « rouler les épaules » et on le traite alors de *jagua*. Ce mot, qui évoque la prestigieuse marque de voiture Jaguar, a été entendu au Bénin, et il vient du *pidgin English*.

Quelques autres particularités du français en Afrique noire[164]

Des mots

arachide : cacahuète (au Sénégal, on dit aussi *pistache*)
berceuse : bonne d'enfant, nounou (Burkina Faso)
servant : serveur (de restaurant, par ex.)
bilan : rumeur (souvent fausse), d'où *bilaner* « faire courir des bruits »
sucrerie : boisson sucrée non alcoolisée
carreau de sucre : morceau de sucre
tarif : billet de train ou d'avion (Burkina Faso)
fourrer : porter sa chemise à l'intérieur de son pantalon (Côte-d'Ivoire)
fréquenter : aller à l'école
bomber qqun : lui casser la figure (Burkina Faso)

virguler : bifurquer (Tchad)

marathoner : s'enfuir à toutes jambes (comme si l'on s'entraînait pour le marathon)

tympaniser : casser les oreilles (Sénégal).

DES EXPRESSIONS

une maison en arbre : une maison en bois (Rwanda)

2 heures de la nuit : 2 heures du matin

faire le rang : faire la queue

tomber faible : s'évanouir (Rwanda, Zaïre)

glisser pour quelqu'un : avoir un faible pour quelqu'un (Cameroun)

avoir la bouche chaude : parler vite (Burkina Faso)

avoir la bouche sucrée : être un beau parleur (Côte-d'Ivoire)

sucrer l'oreille : mettre au courant (Cameroun)

fermer sa figure : faire la tête (Côte-d'Ivoire)

avoir le ventre amer : être rancunier

baisser les pieds : baisser les bras, renoncer à faire des efforts

poulet-bicyclette : poulet « fermier », élevé au grand air[165]

fou guéri : injure grave en Côte-d'Ivoire, aussi insultante que de se faire traiter d'*individu*

la farine est fériée : le stock en est épuisé (Burkina Faso)

je vois mystique : ma vue se brouille (Zaïre)

et consorts : « etc. » Concerne les êtres humains mais aussi les objets

mourir dans les cheveux noirs : mourir jeune.

Madagascar

L'île de Madagascar, déjà découverte par le Portugais Diogo Dias en 1506 le jour de la fête de Saint-Laurent et baptisée *Ilha de São Lourenço*, n'était à cette époque fréquentée que par les navires portugais, anglais

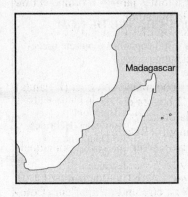

MADAGASCAR

ou hollandais, jusqu'à l'arrivée des premiers colons français originaires de La Rochelle en 1643. C'est à cette date que l'île prendra un nouveau nom, mais ce n'est pas encore *Madagascar*[166]. (Cf. RÉCRÉATION p. 148.)

Après avoir occupé une large bande au sud-est de l'île pour le compte de la Compagnie des Indes, les Français participeront ultérieurement à l'élaboration de l'écriture du malgache en caractères latins et établiront une colonie en 1896[167]. L'île devient indépendante en 1960, et le français y est aujourd'hui langue officielle[168] au même titre que le malgache, langue à laquelle le français doit quelques mots comme *rabane* ou *raphia*[169].

Parmi les usages du français de Madagascar, signalons le sens particulier qu'y a pris l'expression *rester bouche bée* : elle n'exprime pas du tout un mélange d'admiration et de stupéfaction, elle sert à décrire par exemple la situation de petits enfants que leurs parents n'arrivent plus à nourrir et qui tendent leur bouche ouverte comme des oisillons attendant dans leur nid la becquée[170].

Récréation

DES ÎLES QUI ONT CHANGÉ DE NOM

Plusieurs îles des pays « francophones » ont été précédemment connues sous d'autres noms.
Pouvez-vous les retrouver ?

	Vous avez le choix entre
Madagascar	1. Hispaniola
La Réunion	2. Nouvelles-Hébrides
Maurice	3. Île Dauphine
Haïti	4. Île de France
Vanuatu	5. Karukera[171]
La Guadeloupe	6. Île Bourbon

Réponses p. 463.

La diversité du français ne se limite pas au reste du monde

Comme on vient de le voir, l'histoire de la langue française s'est donc trouvée mêlée à celles de nombreuses autres langues à l'étranger, ce qui a entraîné des modifications parfois sensibles dans la forme ou dans le sens des mots.

D'autres variétés régionales du français, non moins remarquables, étaient aussi apparues en France, des variétés nées du contact des diverses langues qui, depuis des siècles, enrichissent le patrimoine linguistique de ce pays.

III

LA LANGUE FRANÇAISE :
SES SPÉCIALITÉS RÉGIONALES

Le français au contact des autres langues en France

On a vu, dans la partie historique, comment la langue française a progressivement gagné du terrain en se superposant en quelque sorte aux différentes autres langues nées sur le territoire.

Aujourd'hui, après les cataclysmes qu'ont été les deux guerres mondiales, les langues régionales ont toutes du mal à survivre, qu'elles soient des idiomes issus de l'évolution du latin, comme le savoyard, le normand ou le béarnais, ou qu'il s'agisse de langues parlées sur d'autres portions réduites du territoire, comme le basque, le breton, le flamand, le francique lorrain ou l'alsacien. Elles s'entendent encore, mais le plus souvent chez des représentants des générations âgées, qui ne les parlent que dans l'intimité de la famille ou dans des milieux professionnels particuliers.

Par bonheur, l'attitude du public envers les langues régionales connaît depuis quelques années un revirement inattendu : l'époque du rejet semble révolue. À la recherche de leurs racines, les jeunes manifestent un goût nouveau pour la langue de leurs grands-parents. Les langues régionales reprennent de ce fait une certaine vigueur grâce à des groupements d'amateurs ou d'universitaires, attentifs et passionnés dans leurs efforts pour sauvegarder et mieux faire connaître les traditions linguistiques et culturelles de leur région.

Ces langues du terroir continuent aussi, nous l'avons dit, une vie souterraine dans la langue française, qui s'exprime dans de multiples variétés régionales, chacune d'entre elles apportant un peu de sa couleur au patrimoine commun.

C'est sur la découverte de certaines de ces particularités régionales de la langue française qu'il convient maintenant de s'attarder, en commençant par leur aspect le plus directement perceptible : « l'accent ».

« L'accent » des autres

Ce qui se remarque en premier lieu, lorsqu'on quitte son terroir natal, c'est « l'accent » des gens qui vous entourent, une caractéristique que l'on relève le plus souvent avec une pointe d'ironie, mais qui peut aussi devenir une revendication. Témoins, ces vers à la gloire de l'accent du Midi :

« Parler de son pays en parlant d'autre chose »

De l'accent, de l'accent !... Mais, après tout, en ai-je ?
Pourquoi cette faveur ? Pourquoi ce privilège ?
Et si je vous disais, à mon tour, gens du Nord,
Que c'est vous qui, pour nous, semblez l'avoir très fort ;
Que nous disons de vous, du Rhône à la Gironde :
« Ces gens-là n'ont pas le parler de tout le monde ! »
Et que, tout dépendant de la façon de voir,
Ne pas avoir d'accent, pour nous, c'est en avoir...

Eh bien non ! je blasphème ! Et je suis las de feindre !
Ceux qui n'ont pas d'accent, je ne puis que les plaindre !
Emporter de chez soi les accents familiers,
C'est emporter un peu sa terre à ses souliers,
Emporter son accent d'Auvergne ou de Bretagne,
C'est emporter un peu sa lande ou sa montagne !
Lorsque, loin du pays, le cœur gros, on s'enfuit,
L'accent ? Mais c'est un peu le pays qui vous suit !
C'est un peu, cet accent, invisible bagage,

Le parler de chez soi qu'on emporte en voyage !
C'est pour les malheureux à l'exil obligés,
Le patois qui déteint sur les mots étrangers !
Avoir l'accent enfin, c'est, chaque fois qu'on cause,
Parler de son pays en parlant d'autre chose !...

Non, je ne rougis pas de mon fidèle accent !
Je veux qu'il soit sonore, et clair, retentissant !
Et m'en aller tout droit, l'humeur toujours pareille,
En portant mon accent fièrement sur l'oreille !
Mon accent ! Il faudrait l'écouter à genoux !
Il nous fait emporter la Provence avec nous,
Et fait chanter sa voix dans tous mes bavardages
Comme chante la mer au fond des coquillages !
Écoutez ! En parlant, je plante le décor
Du torride Midi dans les brumes du Nord !
Mon accent porte en soi d'adorables mélanges
D'effluves d'orangers et de parfum d'oranges ;
Il évoque à la fois les feuillages bleu-gris
De nos chers oliviers aux vieux troncs rabougris,
Et le petit village où les treilles splendides
Éclaboussent de bleu les blancheurs des bastides !
Cet accent-là, mistral, cigale et tambourin,
À toutes mes chansons donne un même refrain,
Et quand vous l'entendez chanter dans ma parole
Tous les mots que je dis dansent la farandole !

extrait de *La fleur merveilleuse*,
de Miguel ZAMACOÏS [172], écrivain français (1866-1955)

Accent méridional et accent « pointu »

Les « accents » le plus souvent repérés sont peu
nuancés : on parlera de l'accent « du Midi » si on est de la
moitié nord du pays, et de l'accent « pointu » si on est du
Midi. Mais le non-spécialiste ne se rend pas compte que
« l'accent » du Midi est loin d'être uniforme de Bordeaux
à Nice, de Bayonne à Briançon ou de Clermont-Ferrand à

Montpellier et que, sous l'accent « pointu », il confond naïvement des prononciations aussi différentes que celles de Lille[173], de Châtellerault ou de Bar-sur-Aube[174].

Vous êtes de la région parisienne et vous prononcez dans *lait*, *près*, *craie*, la même voyelle que dans *blette*, *presse*, *crème* ? Votre cousin de Nice pensera que vous avez l'accent pointu. Mais comme il boit du *lé* « du lait », qu'il mange du *poulé* « du poulet », qu'il aime les *rougé* « les rougets », vous pensez que c'est plutôt lui qui a un « accent ».

UN ACCENT DÉPLACÉ, ET
ON NE VOUS COMPREND PLUS

Prononcez le mot français **cathédrale** en accentuant sur la première, la deuxième ou la dernière syllabe : c'est toujours le même sens « cathédrale » que les francophones comprendront. Faites la même expérience avec un anglophone pour le mot anglais **cathedral**, en accentuant, par exemple, nettement la première syllabe : il ne comprendra pas le mot. Il vous demandera de répéter ou il vous proposera une série de mots accentués sur la première syllabe (**castle, candle, cattle**...) mais il ne lui viendra pas à l'idée qu'il pourrait s'agir d'un mot accentué sur la deuxième syllabe. Pour lui, la place de l'accent passe avant tout le reste pour l'identification d'un mot.

Interrogé pour vous départager, le linguiste commencera par avoir envie de vous donner une petite leçon de linguistique car il voudra d'abord mettre des guillemets à cet « accent »-là. En effet, pour lui, l'accent désigne tout autre chose : très précisément et uniquement l'accent tonique, c'est-à-dire la prononciation plus appuyée d'une syllabe dans le mot, les autres syllabes restant inaccentuées. Il ajoutera aussi que l'accent tonique joue un rôle essentiel dans certaines langues, où sa place dans le mot est une caractéristique permanente de ce mot : dans le mot italien *pizza*, on prononce plus intensément la première syllabe ; dans le mot anglais *cathedral*, c'est la deuxième syllabe qu'il faut prononcer plus fortement ; dans le mot espagnol *comedor* (« salle à manger »), c'est la troisième et dernière syllabe qui porte toujours l'accent. Et si vous n'accentuez pas la bonne syllabe, on ne vous comprendra pas tout de suite.

Voilà qui dépasse un peu l'entendement de ceux qui sont habitués à la langue française, où les mots peuvent aujourd'hui être accentués sur n'importe quelle syllabe sans créer de malentendus.

Des distinctions systématisées

Et à propos de l'« accent » avec des guillemets, que dit le spécialiste ? Qu'un « accent » n'est en réalité que la partie la plus manifeste du système phonologique de celui qui parle, et que ce système phonologique est un ensemble de distinctions orales qui ne sont pas exactement les mêmes chez tous ceux qui parlent français : là où le Parisien distingue deux phonèmes, c'est-à-dire deux sons de la langue permettant de transmettre des significations différentes (un *è* ouvert dans *prêt*, un *é* fermé dans *pré*), le Niçois n'a qu'un seul phonème (il prononce ces deux mots de la même manière, avec un *é* fermé).

Ne vous hâtez pourtant pas de conclure que le système phonologique parisien est plus riche que celui de Nice car ce serait oublier qu'à Paris, on confond en toute inconscience les voyelles de *brin* et de *brun*, alors qu'à Nice on les distingue sans effort. Cette fois, c'est Nice qui a un phonème de plus [175].

Or, qu'est-ce que recouvre ce qu'on nomme communément un *« accent »* ? Alors qu'en parlant d'un « accent » le non-spécialiste exprime de façon globale le vague sentiment d'une différence de prononciation par rapport à la sienne et qui le frappe comme étrange, il n'a généralement pas conscience qu'il a ainsi repéré ce qu'il y a de plus directement perceptible du système phonologique qui sous-tend la façon de parler dans une région donnée. L'« accent » est en réalité la face émergée du système phonologique, qui se compose lui-même de toutes les unités phonologiques distinctives d'une langue, c'est-à-dire de tous les sons entre lesquels les usagers de cette variété de langue peuvent choisir pour différencier leurs messages [176].

Les enquêtes phonologiques

Pour se faire une idée de la variété des prononciations du français dans les divers endroits où il se parle, on dispose d'un grand nombre d'enquêtes phonologiques menées dans l'ensemble du pays depuis près de soixante ans, à la suite de l'enquête d'André Martinet dans un camp d'officiers prisonniers en 1941 [177] (cf. LA RÉPARTITION DES PRONONCIATIONS, p. 77).

Cette première enquête, unique en son genre à cette époque, a ultérieurement servi de modèle à des vingtaines d'autres, ce qui permet aujourd'hui de se faire une idée précise de la dynamique de la phonologie du français dans la seconde moitié du xxe siècle [178].

Les résultats de toutes ces enquêtes ont fait apparaître une diversité parfois insoupçonnée, que l'on peut cependant réduire à un petit nombre en regroupant plusieurs variétés voisines, dans des espaces aux limites assez imprécises mais que traverse horizontalement une ligne de démarcation très ancienne et qui correspond plus ou moins à ce que l'homme de la rue perçoit confusément lorsqu'il parle de « l'accent pointu » d'un côté, de « l'accent méridional » de l'autre. Ce clivage entre le nord et le sud du pays s'inscrit très naturellement dans la continuation de la grande division dialectale qui depuis le Moyen Âge oppose les parlers d'oïl aux parlers d'oc et qui apparaît nettement au milieu de la carte LES LANGUES DE LA FRANCE HIER ET AUJOURD'HUI, page suivante.

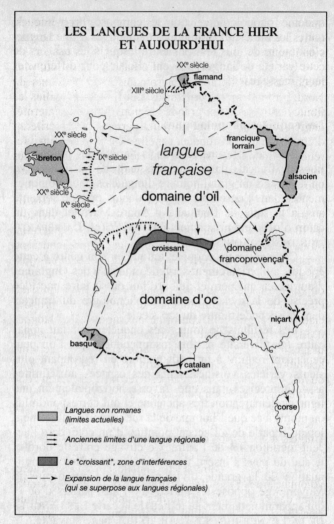

LES LANGUES DE LA FRANCE HIER ET AUJOURD'HUI

XXᵉ siècle

flamand

XIIIᵉ siècle

XXᵉ siècle

breton

IXᵉ siècle

francique lorrain

langue française

domaine d'oïl

alsacien

XXᵉ siècle

IXᵉ siècle

croissant

domaine francoprovençal

domaine d'oc

niçart

basque

catalan

corse

Langues non romanes
(limites actuelles)

Anciennes limites d'une langue régionale

Le "croissant", zone d'interférences

Expansion de la langue française
(qui se superpose aux langues régionales)

Une zone d'archaïsmes et d'innovations

Cette grande ligne transversale, qui coupe la France
en deux d'ouest en est et qui fait un peu penser à celle

que nous voyons souvent sur les cartes météorologiques, correspond en fait presque exactement à la ligne d'extension maximum des Francs au Vᵉ s. après J.-C.

Les contacts ultérieurs entre habitants du Sud, plus précocement et durablement romanisés, et habitants du Nord, profondément germanisés, ont fini par brouiller les limites entre les deux grandes régions. La zone intermédiaire acquiert de ce fait un relief particulier et mériterait d'être étudiée en profondeur car elle s'est révélée d'un intérêt exceptionnel : c'est là qu'ont été repérées à la fois des formes anciennes de prononciations disparues partout ailleurs et des formes ayant évolué de façon originale.

On a déjà vu (Cf. ENTRE OC ET OÏL, LA SAINTONGE, p. 102 et CARTE DES TOPONYMES EN -AC EN SAINTONGE, p. 104) que l'extrême ouest de cette bande de terrain, où se trouvent l'Aunis et la Saintonge, correspond à un territoire ayant pratiqué des parlers d'oc au moins jusqu'au XIIIᵉ siècle – les toponymes en -ac comme *Cognac* ou *Jarnac* en témoignent –, mais où les populations ont ensuite été gagnées au domaine d'oïl. Dans leur prononciation, généralement conforme aux usages des langues d'oïl, on trouve aussi des traits qui sont proches des usages du Midi. Il en résulte, par exemple, une certaine hésitation [179] dans la prononciation de mots comme *poulet* ou *lait*, parce qu'ils sont réalisés avec un *è* ouvert en zone d'oïl et un *é* fermé en zone d'oc.

Une carte stratifiée et en mouvement

La carte ci-contre a été conçue comme un cadre, volontairement simplifié, destiné à s'orienter plus facilement dans la variété infinie des prononciations du français. Elles sont le résultat de l'influence des différentes langues qui se sont côtoyées dans le pays au cours du temps, et tout d'abord celle des langues qui ne sont ni d'oïl ni d'oc : le basque, langue non indo-européenne, le breton, langue celtique, le flamand, le francique lorrain et l'alsacien, parlers germaniques, le niçart, langue romane

apparentée à l'italien (comme également le corse) et le
catalan, une autre langue romane, qui partage certains
traits avec les dialectes languedociens et certains autres
avec les parlers d'Espagne. Ces régions de bilinguisme
actif sont des terrains particulièrement favorables au
maintien de traits de prononciations spécifiques dans
l'usage du français de leurs habitants : par exemple, en
Alsace et en Lorraine germanique, la tendance à assourdir
les consonnes finales (*frange* prononcé comme *franche*,
ou *phase*, prononcé comme *face*).

Des indices qui ne trompent pas

À l'intérieur de la grande division nord-sud, les subdivisions indiquées témoignent aussi de différences de
prononciations qui peuvent passer inaperçues au commun
des mortels mais qui permettent, par exemple, de reconnaître un Breton à ce qu'il prononce *cette route* comme
cedde route et *dix-neuf* comme *diss neuf* ; un Franc-
Comtois à ce qu'il prononce *pot* avec la même voyelle
ouverte que dans *porte*, mais *peau* avec un *o* fermé ; un
Lyonnais à ce qu'il prononce *fleuve* ou *veuve* avec un *eu*
fermé comme dans *feu*, ou la conjonction *et* avec un [ɛ]
ouvert comme dans *mer*. Et si l'on entend le mot *année*
prononcé comme *an-née*, on pourra hésiter entre diverses
localisations, mais toujours situées dans la moitié sud, et
plus exactement sud-ouest du pays : Toulouse, Bordeaux,
Pau...

La coloration joyeuse des prononciations méridio-
nales ?

Dans le vaste espace méridional, il n'est pas question
de confondre la prononciation de *sol* (en une seule syllabe) et celle de *sole* (en deux syllabes), pas plus que
celles de *lac* (une syllabe) et de *laque* (deux syllabes).
Toutes ces prononciations, régionales ou indivi-

duelles, reflètent l'attachement à des distinctions qui ne sont pas communes à l'ensemble des usagers, et ceux qui ne les pratiquent pas sont tentés de les tourner en dérision. On raconte qu'un chef d'entreprise parisien, qui avait nommé comme représentant dans la région du Nord un très brillant ingénieur originaire de Marseille, avait reçu quelques jours plus tard le commentaire suivant : « Très bien, votre ingénieur. Mais la prochaine fois, envoyez-moi quelqu'un de sérieux. Avec son accent de Marseille, il fait rire tout le monde. »

En réalité, il n'y a rien dans la prononciation méridionale qui soit particulièrement hilarant. En effet, lorsqu'on a fait entendre à des anglophones ne comprenant pas le français des voix de Méridionaux mêlées à celles de personnes d'autres régions, ils n'ont pas trouvé les Méridionaux plus amusants que les autres [180].

Le grand succès de quelques acteurs comiques originaires du Midi, comme Fernandel ou Raimu, a peut-être naguère favorisé cette impression. Ils ont eu beau, par la suite, jouer des rôles dramatiques, ou même tragiques, leur façon de parler n'a pas cessé pour tous les Français d'annoncer la plaisanterie et la bonne humeur, avec, en toile de fond, le temps des vacances sous le soleil de la Méditerranée, le pastis, la pétanque et le chant des cigales.

La coloration polie de l'intonation francoprovençale

En zone francoprovençale, où existe encore chez les personnes d'un certain âge l'usage de dialectes qui sont à la fois différents des parlers d'oïl et des parlers d'oc tout en partageant certains traits avec les uns et avec les autres, le français régional a acquis une coloration spécifique, qui se manifeste entre autres choses par une montée caractéristique de la voix en fin de phrase, une modulation chantante qu'on peut interpréter comme une intonation de politesse ou de modestie.

Le français en surimpression

On aura enfin remarqué sur la carte LES LANGUES DE LA FRANCE HIER ET AUJOURD'HUI (p. 158) les deux sortes de flèches qui indiquent les poussées des langues dans certaines directions. Les petites flèches rapprochées le long d'une ligne en pointillé indiquent le recul des langues régionales devant l'assaut du français à une époque donnée de leur existence : recul du breton entre le IXe et le XXe siècle, recul du flamand entre le XIIIe et le XXe siècle, recul des dialectes d'oc à l'ouest du « croissant », zone d'interférence entre oïl et oc. D'autres flèches, souvent très longues, partent de la région parisienne et symbolisent le rôle que Paris joue depuis des siècles dans l'élaboration des prononciations qui se répandent de proche en proche dans l'ensemble de la population. Ces prononciations sont en fait la résultante de l'amalgame des prononciations des diverses régions, et en quelque sorte la moyenne des prononciations de tous ceux qui, partis à l'âge adulte de leur province natale, passent ensuite l'essentiel de leurs années d'activité à Paris, pour finalement retourner au pays au moment de la retraite [181] (cf. NE PAS CONFONDRE PARIS-TERROIR ET PARIS-CREUSET, p. 16).

Quelques perles rares

Certaines des enquêtes régionales ponctuelles ont souvent révélé des îlots préservés de l'envahissement des prononciations venues de la capitale.

C'est ainsi que l'on peut observer, dans des usages bien vivants, des prononciations très anciennes, parfois si anciennes qu'elles sont considérées par les historiens de la langue française comme disparues depuis des siècles.

Deux sortes de *s*

La zone intermédiaire entre oïl et oc est particulièrement riche en surprises de ce genre : à Chaudoux-Verdigny, dans le Cher, on a pu entendre, il y a quelques
années, un témoin de 64 ans prononcer en français deux
sortes de *s* [182] : l'un prononcé [s], avec la pointe de la
langue abaissée contre les dents inférieures (utilisé dans
les mots comme *ici, placer*) et l'autre prononcé [ś],
comme un *s* castillan, légèrement chuintant, avec la
pointe de la langue relevée contre les dents supérieures
(utilisé dans *assez* ou *ainsi*) et tout proche de notre *ch*
[ʃ]. Mais alors, me direz-vous, ce monsieur confond donc
assez « suffisamment » avec *hacher* (de la viande). On
aurait, en effet, pu le supposer, mais il n'en est rien : en
fait le *ch* de *hacher* n'est pas prononcé par lui comme
une chuintante ordinaire, mais comme une consonne res-
semblant au /h/ de l'anglais, mais plus faiblement articulée. Il dira donc (de la *viande*) *hachée* /ahe/ mais *(j'en
ai) assez* [aśe], en préservant ainsi une distinction bien
utile quand on parle français, entre un *ch* et un *s,* mais en
la réalisant d'une autre manière.

Cette même façon de prononcer *ch* comme une
espèce de souffle léger se retrouve attestée aussi dans le
Maine-et-Loire [183], à La Tremblade (Charente-Maritime) [184] et a même été exportée au Canada [185].

La distinction entre deux sortes de *s* semble bien
avoir existé au Moyen Âge et les graphies différentes de
notre orthographe témoignent peut-être de ces prononciations anciennes : *lacer* et *lasser*, *face* et *fasse* ou encore
(pl)ace et *(t)asse* [186].

Aujourd'hui, ce n'est pas sur les consonnes, mais sur
les voyelles, que porte la différence : de nombreux locuteurs prononcent la voyelle de *place* avec un [a] antérieur
et celle de *tasse*, avec un [ɑ] profond, souvent allongé.

Des voyelles longues aux vertus insoupçonnées

Toujours dans le Cher, on a pu observer que le pluriel peut se distinguer du singulier d'une façon particulière : un *lapin* est prononcé [lapẽ], avec une voyelle brève, mais des *lapins* [lapẽ:] ou [lapẽŋ] (avec une voyelle longue ou suivie d'un écho consonantique). Le très observateur témoin que j'avais interrogé au cours d'une enquête à Chaudoux-Verdigny avait d'ailleurs ajouté : « C'est comme s'il y avait un petit *g* à la fin du mot. » Le pluriel s'entend donc chez lui aussi bien dans *lapin/lapins* que dans *cheval/chevaux* [187].

Il faudrait encore citer le cas plus répandu et mieux connu de la terminaison du féminin prononcée avec une voyelle longue /e :/, *elle est aimée* se distinguant ainsi du masculin *il est aimé* prononcé avec un /e/ bref, comme cela est encore fréquent en Bourgogne, en Champagne ou en Normandie, par exemple : régions privilégiées où les difficultés de l'orthographe devraient se trouver bien atténuées, puisque les différences entre le singulier et le pluriel ou entre le masculin et le féminin s'entendent parfaitement.

Deux sortes de *r*

Il y a aussi, dans les Pyrénées-Atlantiques, par exemple à Hasparren [188], ou dans les Hautes-Alpes, par exemple à Saint-Michel-de-Chaillol [189], des gens qui prononcent deux sortes de /r/ : un /r/ roulé de la pointe de la langue pour le *r* simple, comme dans *marin*, *Paris* ou *mari*, et un /ʁ/ du fond de la gorge pour le *-rr-* double, comme dans *parrain*, *Berry* ou *marri*. Cette différence de prononciation, comme on le voit, est ici pertinente puisqu'elle permet de distinguer, par exemple, *mari* et *marri*.

Mais on a pu observer un cas de variation tout à fait étonnant à Saint-Félix, en Charente [190]. (Cf. aussi PATOIS ET « FRANÇAIS ÉCORCHÉ », p. 108.) Sur un enregistrement au cours d'une enquête linguistique de plus d'une heure,

Monsieur B., un cultivateur, maire de sa commune, a régulièrement prononcé des *r* roulés, de la pointe de la langue, mais aussi quelques *r* « à la parisienne », du fond de la gorge. Ce n'est pas en soi quelque chose de remarquable car il n'est pas rare que des personnes prononcent aléatoirement des *r* roulés et des *r* faibles. Ce qui l'est davantage, c'est que toutes les réalisations « à la parisienne » se soient trouvées groupées sur 48 secondes pendant lesquelles il parlait de son cheval qui s'était déboîté la patte. Reprenait-il la prononciation du vétérinaire qu'il avait consulté ou du rebouteux qui avait finalement soigné le cheval ? On ne le saura jamais.

Une consonne qui ne s'entend plus beaucoup

Enfin, on a observé à Hasparren, dans le Pays basque [191], ainsi qu'à Corneilla-la-Rivière, et à Céret, dans le Roussillon [192], des gens pour qui (le lait) *caillé* ne se prononce pas comme (un) *cahier*, mais /kaλe/, avec une consonne qui existe en italien *(moglie)* ou en espagnol *(calle),* mais qu'on n'entend plus guère en français : une latérale palatale, pour les phonéticiens.

LITTRÉ AVAIT MILITÉ EN VAIN

Émile Littré (1801-1881) tenait absolument à la prononciation ancienne de ce qu'il nomme des « ll mouillées », dans des mots comme **bouteille** ou **ailleurs**. Témoin son insistance dans l'introduction à son *Dictionnaire de la langue française* pour que cette partie du mot soit prononcée comme le **ll** en espagnol ou le **gl** en italien. Il écrit : « À Paris, on les prononce souvent comme un **y** : **bouteye**, **a-yeur** ; partout je préviens contre cette prononciation vicieuse. »

Peine perdue, la prononciation « vicieuse » a triomphé. Qui, aujourd'hui, prononce autrement [193] ?

Tous ces exemples montrent que l'évolution de la prononciation ne s'est pas faite partout au même rythme, préservant ici ou là des vestiges d'usages disparus partout ailleurs.

Une voyelle peu commune

Tel est en particulier le cas des Mauges, petite région du Maine-et-Loire située entre Angers et Cholet, où se sont maintenues des prononciations aujourd'hui inconnues hors du domaine d'oïl de l'Ouest [194].

Le mot *pré* s'y prononce avec une voyelle [ë], proche mais distincte de celle de *preux* [ø], différente aussi de celle de *prée* « pré communal » (où elle se prononce avec un *é* fermé) et de celle de *prêt* (où elle se prononce avec un *è* ouvert). Cette curieuse voyelle [ë] se retrouve à la finale de certaines formes de l'imparfait : on trouve [-ë] dans *il parlait*, dans l'infinitif *parler* et dans le participe passé *parlé*, mais ni aux autres formes de l'imparfait, où *je parlais, tu parlais* et *ils parlaient* sont prononcés avec la voyelle ouverte de *vert* ou de *dette,* ni au féminin *(parlée),* où la voyelle est [-e] fermé.

Instabilité de ces prononciations

Ce qui caractérise toutes ces prononciations originales, c'est qu'elles manifestent un état fluctuant, c'est-à-dire qu'un même mot pourra d'un moment à l'autre être prononcé avec l'un ou l'autre phonème [195] : dans les Mauges par exemple, si *prée* est toujours prononcé avec un [e], *pré* ne l'est pas toujours avec la voyelle particulière [ë]. De plus, cette voyelle [ë] se trouve absolument absente des usages de la jeune génération, et les plus âgés l'abandonnent progressivement, en quelque sorte mot par mot.

Ce type de situation se retrouve ailleurs et il a longuement été décrit au début du siècle par le dialectologue

Antonin Duraffour, qui a patiemment observé pendant cinq ans, de 1920 à 1925, l'évolution de la prononciation, non pas du français régional mais du patois francoprovençal de Vaux-en-Bugey, dans l'Ain : tous les anciens *ou* issus du *ū* long latin ont été remplacés par des *u* à la suite des contacts de plus en plus fréquents avec la langue française, à qui cette nouvelle articulation *u* (celle de *tu* ou de *nu*) était empruntée. Elle l'a été d'abord dans les mots les plus élégants, les plus formels, les plus savants. Il ne faut donc pas s'étonner que le dernier mot à acquérir cette voyelle dite « raffinée » ait été un mot sans prestige : le mot venu du latin CULUS [196].

Prononciations québécoises

Un trait facile à reconnaître dans le français parlé au Québec [197] concerne la prononciation des consonnes *t* et *d*, lorsqu'elles se trouvent suivies d'une voyelle dite antérieure, c'est-à-dire une voyelle articulée à l'avant de la bouche, comme le *i* de *cri* ou le *u* de *cru* : *petit* se prononce *ptsi*, *tiens* se prononce *tsien*, et *du* devient *dzu* [198].

Bien d'autres traits caractérisent la prononciation québécoise, comme par exemple la longueur des voyelles, qui va parfois jusqu'à la diphtongaison (*pâte* prononcé *paoute*, ou *fête* prononcé *faète*...). Mais alors que la prononciation des voyelles diphtonguées est stigmatisée et combattue par les enseignants au Québec [199], la prononciation de *t* comme *ts* et de *d* comme *dz* y est acceptée et même recommandée [200].

En Belgique et en Suisse

En Belgique aussi les voyelles longues connaissent une belle vitalité mais elles ne se réalisent pas comme au Québec : *pâte*, par exemple, se prononce avec une voyelle de même timbre que dans *patte* mais en traînant plus longuement sur cette voyelle, tandis que la voyelle de *patte* est toujours beaucoup plus brève[201].

En Suisse[202] aussi, les distinctions entre voyelles longues et voyelles brèves se maintiennent bien, à l'exception de Genève, où la prononciation est assez proche de celle de Paris[203]. On y trouve aussi une particularité très remarquable, assez largement répandue et que l'on constate aussi de l'autre côté de la frontière, en Franche-Comté et aux alentours : on ne prononce pas de la même manière *peau* (voyelle fermée) et *pot* (voyelle ouverte), ou encore la voyelle de *beau* (voyelle fermée) et la voyelle finale de *sabot* (voyelle ouverte, comme dans *bord*).

Bien d'autres traits permettraient de mieux caractériser la prononciation du français dans ces deux pays francophones voisins, qu'il est impossible de détailler ici. Voici pourtant quelques mots dont la prononciation est particulière à la Suisse (cf. encadré Prononciations en Suisse).

PRONONCIATIONS EN SUISSE

Il ne s'agit pas ici de caractéristiques mettant en jeu l'ensemble des habitudes articulatoires qui constituent le système phonologique du français parlé en Suisse, mais de la prononciation de quelques mots isolés[204], comme

cobaye [kobɛj] ou [kobɛ]	*vingt* [vɛ̃t]
couenne [kwɛn]	*ours* [uʁ]
fécond [fekõ] ou [fegõ]	*poireau* [poʁo]
fuchsia [fyksja]	*sébile* [sebij]
indemniser [ɛ̃damnize]	*aluminium* [alyminjum]
hennir [aniʁ]	*zinc* [zɛ̃]

Enfin, un trait de prononciation réunit à la fois les prononciations de la Suisse, de la Belgique et du Canada : la distinction jamais démentie entre les voyelles de *brun* et de *brin*, qui connaît au contraire depuis un siècle un mouvement vers son élimination progressive dans une partie de la France non méridionale[205].

Le vocabulaire et la grammaire, autres révélateurs régionaux

Si ce qu'on nomme l'« accent » est la chose du monde la mieux partagée, puisque chacun de nous en a un et qu'on en garde au moins des traces jusqu'à la fin de sa vie, les mots, eux qui ont pourtant une nette propension à s'envoler d'une personne à l'autre, semblent parfois préférer s'accrocher à leur lieu d'origine. Ils deviennent alors comme les porte-parole de toute une région. Tracer le domaine d'extension géographique propre à chacun d'eux fait partie de ces rêves fous qui hantent les linguistes de terrain. Mais comment être sûr que tel mot n'est jamais utilisé dans tel autre endroit ? La seule chose que l'on puisse assurer, en attendant la grande enquête qui s'étendrait sur tout le domaine où l'on parle français, c'est que tel mot a été effectivement attesté à telle date et dans telle localité.

Car, en matière de lexique, on ne peut jamais prétendre à l'exhaustivité. C'est pourquoi les chapitres qui suivent ne présentent qu'un échantillon de régionalismes lexicaux, grammaticaux ou parfois phonétiques, effectivement entendus dans un lieu donné, mais dont l'extension peut fort bien couvrir un domaine beaucoup plus large.

Après un examen attentif du français dans le domaine francoprovençal, on s'attachera à celui des multiples facettes du français méridional avant de faire plus ample connaissance avec les régionalismes inattendus d'autres régions de France et d'autres lieux, proches ou lointains, où le français est une langue qui vit et qui change.

CÔTÉ FRANCOPROVENÇAL

La zone francoprovençale

Comme on peut le constater sur la carte ci-dessus, la zone francoprovençale dépasse largement les frontières de la France et s'étend en Suisse et en Italie, dans des régions où le français est langue officielle.

Cette zone linguistique figure ici en gris et il en sera de même pour les autres grandes zones, dénommées : CÔTÉ SUD (p. 194), CÔTÉ OUEST (p. 232), CÔTÉ NORD (p. 296), CÔTÉ EST (p. 305) et ZONE CENTRALE (p. 330).

Dans chacune de ces grandes zones viendront s'insérer des régions plus petites avec une carte particulière où la région traitée figure aussi en gris, comme la **Savoie** (p. 171), la **Suisse romande** (p. 178), le **Val d'Aoste** (p. 181), le **Lyonnais** (p. 183) et le **Beaujolais** (p. 184), pour ce chapitre intitulé CÔTÉ FRANCOPROVENÇAL.

La Savoie

La « langue du dimanche »

Commencer ce voyage lexical par la Savoie peut apparaître comme une incongruité alors qu'elle est, avec le Comté de Nice, la dernière annexion à la France, puisqu'elle date seulement de 1860. Mais elle est aussi – et c'est une raison valable pour lui donner une place de choix – la première communauté étrangère à avoir, dès le XIVᵉ siècle, officiellement adopté la langue française dans ses actes notariés jusque-là écrits en latin.

C'est le comte Amédée VI (1343-1383), dit « le comte vert » en raison de la couleur de son équipement pendant les tournois, qui, dans la seconde moitié du XIVᵉ siècle, avait pris la décision d'imposer le français dans tous les actes administratifs et officiels de son domaine. Tous ses sujets parlaient alors le savoyard, une des multiples formes prises par le latin à la suite de l'occupation romaine, proche des autres parlers francoprovençaux tels que le lyonnais ou les parlers de la Suisse romande. Seuls les seigneurs et les clercs étaient alors concernés par cette décision qui s'appliquait surtout à l'écrit, mais l'Église ayant préconisé aux XVᵉ et XVIᵉ siècles de prêcher en français, même dans les paroisses les plus reculées, le français avait finalement, quoique beaucoup plus lentement, pénétré dans le peuple. Ce dernier parlait alors le patois savoyard toute la semaine, et il s'efforçait, le dimanche, de comprendre le français entendu à l'église. C'est pourquoi les Savoyards avaient pris l'habitude de l'appeler « la langue du dimanche »[206].

C'est donc très tôt que, sur ce territoire qui ne faisait pas partie du domaine royal, les classes privilégiées de la société, l'entourage des comtes et des ducs, les écrivains, les hommes de loi et le clergé[207] avaient fait de la langue du roi de France leur langue de prédilection.

L'avancée du français se poursuivra de façon persistante au xve et au xvie siècle.

Le péché mignon des Savoyards

Cela explique peut-être pourquoi les Savoyards ont été de tout temps des francophones particulièrement soucieux de bien parler et de bien écrire le français, comme en témoigne la célébrité de Claude Favre de Vaugelas, qui a été l'un des quarante premiers membres de l'Académie française et en quelque sorte le promoteur de la notion du « bon usage ».

UN SAVOYARD CÉLÈBRE : VAUGELAS

Il était modeste et timide, et le Père Bouhours disait de lui : « Bien loin de se croire infaillible en fait de langage, il doutoit de tout jusques à ce qu'il eust consulté ceux qu'il estimoit plus sçavants que luy. »

Pourtant il devint une autorité en matière de bon usage, à la cour comme à la ville[208].

Une chronique du « bien parler »

Au début du xixe siècle, la tradition du purisme était particulièrement vive. On peut le constater dans le *Journal de Savoie* (1817), où un savant lettré, Georges Marie Raymond (1769-1835), membre de l'Académie de Savoie, décrit dans une chronique régulière le français régional de Savoie, et où il le fait non pas dans un souci de le faire connaître mais dans une optique résolument prescriptive.

Au fil des pages, on apprend que l'expression *donner de l'air à quelqu'un* dans le sens de « ressembler à quelqu'un » était alors à éviter parce qu'elle n'avait pas acquis droit de cité dans le « bon usage » venu de Paris ; que *tomber à bouchon* « tomber en avant » était considéré comme un italianisme à ne pas adopter ; que le verbe *appondre* devait être remplacé par le verbe *ajouter* ou *allonger*, et qu'il valait mieux dire *cor au pied* que *agacin*, et *croûton* (ou encore *quignon*) plutôt que *crochon*[209].

En fait, toutes ces expressions et bien d'autres, commentées dans cette chronique qui date de près de deux siècles, caractérisent encore de nos jours les usages linguistiques les plus authentiques. (Cf. PETITE SÉLECTION DE RÉGIONALISMES (DOMAINE FRANCOPROVENÇAL) p. 187-193.)

Une Académie florimontane en Savoie

Autre signe de son souci de favoriser l'épanouissement culturel de ses habitants, la Savoie se singularise par une autre initiative remarquable au début du XVIIᵉ siècle : en 1607, c'est-à-dire vingt-huit ans avant la naissance de l'Académie française, et « parce que les Muses fleuryssoient parmi les montagnes de Savoye », une *Académie florimontane* est fondée à Annecy sur le modèle des sociétés savantes de l'Italie du Nord.

Créée par l'humaniste chrétien François de Sales, évêque de Genève, par Honoré d'Urfé, auteur de l'*Astrée* et par le jurisconsulte féru de poésie Antoine Favre (le père de Claude Favre de Vaugelas qui sera l'un des membres fondateurs de l'Académie française), l'Académie florimontane avait pour mission :

> « de travailler à la gloire de Dieu, au service du prince et du bien public,
> de grouper toutes les personnes de la société qui s'occupent de littérature,
> d'agir sur l'opinion,
> de répandre le culte du beau,
> de créer des cours publics[210] ».

Après une existence éphémère – elle avait duré seulement trois ans – cette institution est reconstituée deux siècles et demi plus tard, en 1851, avec mission de « rechercher et mettre en lumière toutes les ressources de ce pays ». Reconnue d'utilité publique en 1896, elle est toujours en activité, sous la présidence de Paul Guichonnet depuis 1985. Cette académie publie depuis cent vingt-huit ans un périodique, la *Revue savoisienne,* ainsi que des ouvrages parmi lesquels le *Dictionnaire savoyard* de Constantin et Désormaux (1902). De plus, elle patronne le cercle de philosophie d'Annecy et organise régulièrement des concours de poésie [211].

LE CHÂTEAU DE RIPAILLE

Situé au bord du lac Léman, non loin de Thonon-les-Bains, le château de Ripaille, après avoir été un rendez-vous de chasse au XIVᵉ siècle, puis une demeure seigneuriale où l'on menait grand train, a aussi abrité un prieuré de moines augustins au XVᵉ siècle, grâce aux largesses du comte Amédée VIII, proclamé pape, ou plutôt antipape, en 1439.

Si l'on en croit Voltaire :

« Ripaille, je te vois ; ô bizarre Amédée,
Est-il vrai que dans ces beaux lieux
Des soins et des grandeurs écartant toute idée
Tu vécus en vrai sage, en vrai voluptueux,
Et que, lassé bientôt de ton doux hermitage
Tu voulus être pape et cessas d'être sage ? »

Voltaire, *Ép.* 76.

L'expression **faire ripaille** pourrait bien venir du nom de ce château, où l'on a sans doute longtemps fait bonne chère.

Une consonne finale purement graphique

On est frappé par l'abondance des toponymes savoyards en *-az* : *Avoriaz, La Clusaz, La Féclaz, La Forciaz, La Giettaz, Les Praz, Brédannaz, La Glettaz, Sallaz, Pebbaz, Turraz, La Savinaz, Forcettaz...* On est d'autant

plus intrigué par leur fréquence, qui ne se retrouve pas
ailleurs (sinon en Suisse romande), qu'en prêtant l'oreille
à la manière dont on les prononce dans la région, on se
rend compte qu'en Savoie le *-z* final est toujours absolument muet. Il faut y voir un témoignage vivant de l'héritage du patois, conformément au système phonologique
du francoprovençal, où aucune consonne ne peut se trouver en finale (sauf la consonne *-r*)[212].

Mais d'où vient donc, dans la forme écrite, ce *-z*
final que l'on ne retrouve pas ailleurs, qui ne se prononce
pas et qui ne se justifie pas non plus par l'étymologie ?
Il pourrait être considéré comme une sorte d'appendice
graphique ornemental, une sorte de paraphe strictement
réservé au domaine francoprovençal et résultant peut-être
du désir de distinguer ces noms de lieux des noms italiens
voisins[213].

HAUTEVILLE (SAVOIE) : UN VILLAGE CONNU PAR LES LINGUISTES DU MONDE ENTIER

C'est grâce à un article paru en 1945 que le petit village
savoyard d'Hauteville est sorti de l'anonymat. « La description phonologique du parler francoprovençal d'Hauteville »[214], d'André Martinet, marque en effet une date
importante dans l'histoire de la linguistique car cet article
constitue la première analyse totale des caractéristiques de
la prononciation d'un dialecte roman sur des bases scienti-
fiques. Cet article a été suivi par la publication en 1956 d'un
ouvrage plus développé, qui a servi de modèle de description
phonologique à des générations de linguistes : *La description
phonologique, avec application au parler francoprovençal
d'Hauteville (Savoie)*, Paris, Minard-Genève, Droz, 1956,
108 pages.

Le français de Savoie

L'irrésistible poussée du français sera totalement confirmée au moment de la Révolution, et le français de Savoie, s'il garde de nos jours des traits particuliers qui se retrouvent rarement dans le français commun, possède néanmoins des caractéristiques phonétiques, grammaticales ou lexicales qui le rapprochent des usages voisins : le Lyonnais en France, les cantons de la Suisse romande et le Val d'Aoste en Italie.

Le français en zone francoprovençale hors de France

Le domaine francoprovençal s'étend à l'est en Suisse et en Italie (Val d'Aoste) et, dans ces deux pays, le français est aussi une langue officielle. Mais alors qu'il est resté la langue parlée dès la naissance pour les habitants de la Suisse romande, il n'y est le plus souvent, dans le Val d'Aoste, que la troisième langue, après le valdôtain et l'italien.

Le français en Suisse romande

On sait que la Savoie aujourd'hui française et les cantons suisses de Vaud et du Valais étaient un seul et même pays jusqu'en 1536, ce qui explique que le vocabulaire régional de la Suisse romande soit, comme on va le constater, très proche de celui qui s'est perpétué de l'autre côté de la frontière. Pourtant, on a intérêt à consulter les informations complémentaires données ci-dessous si l'on veut comprendre vraiment ce que disent les habitants de Suisse quand ils parlent français.

LE FRANÇAIS EN SUISSE ET EN ITALIE

Langue officielle avec l'allemand, l'italien et le romanche en Suisse, le français est aussi langue officielle dans le Val d'Aoste, en Italie.

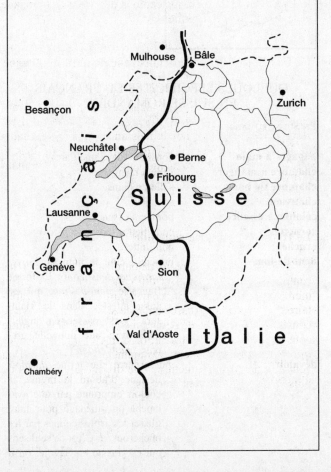

La Suisse romande

QUELQUES SPÉCIFICITÉS DU FRANÇAIS
EN SUISSE ROMANDE[215]

EN SUISSE ROMANDE	EN FRANCE
bagages à main	consigne (dans une gare)
chambre à manger	salle à manger
chambre de bains	salle de bains
chausson	socquette
colonne à essence	pompe à essence
cornettes	coquillettes (sorte de pâtes)
cruche	bouillotte
dent-de-lion	pissenlit, dont le nom savant est *tarascum dens leonis*. La forme française *dent-de-lion*, qui est aussi attestée dans le Haut-Jura[216], est passée en anglais mais avec une nouvelle graphie : *dandelion*.
dévaloir	vide-ordures. Le terme *dévaloir* désigne d'abord la ravine, le couloir emprunté par une avalanche ou aménagé pour faire glisser les arbres coupés par les bûcherons[217]. C'est ce seul sens qui est attesté en Savoie, où il

	n'a jamais le sens de vide-ordures dans un immeuble [218].
envoi postal (inscrire un)	envoyer une lettre en recommandé
être au non plus	être très inquiet
être déçu en bien	être favorablement impressionné
fichant	vexant
foehn	sèche-cheveux (le *foehn* est un vent chaud)
françouillon	français
gâter l'école	faire l'école buissonnière
grimpion	arriviste
gymnase	lycée (pour les 3 ans avant le baccalauréat)
huitante	quatre-vingts (forme usuelle dans les cantons de Vaud et de Fribourg) [219]
imperdable	épingle de sûreté (ou de nourrice). Le terme *imperdable* est à rapprocher de l'espagnol *imperdible*, de même sens.
jeter loin	mettre à la poubelle
lavette	petite pièce de tissu-éponge pour la toilette
logopédiste	orthophoniste
maturité	baccalauréat
noiraud	aux cheveux noirs (et non pas « à la peau noire »)
numéro postal	code postal
pantouflard	homme soumis à son épouse
peser sur le bouton	appuyer sur le bouton. Au Canada, on emploie le verbe *pitonner*.
pièce de légitimation	pièce d'identité
pincette	pince à linge
poutser	nettoyer. Ce verbe est sans doute un germanisme (en allemand *putzen* « nettoyer »).
rave !	zut !
régent	instituteur
rude beau	très beau

salée au sucre n. f.	tarte à la crème cuite
samaritain	secouriste
service (un)	un couvert de table
subsides	crédits, allocations
tapisserie	papier peint
tirette	fermeture à glissière
tune	chambre d'étudiant, chambre louée
un demi (50 cl de vin)	25 cl de bière
vilipender son argent	gaspiller son argent
vin ouvert	vin en carafe
votation	vote

AVEC *BŒUF* ET *VACHE*, ATTENTION [220] !

En Suisse	En France
c'est bœuf = c'est stupide	*un effet bœuf* = un très gros effet
remarque vache = remarque stupide	*remarque vache* = remarque blessante

---

Pour *j* et *w*, des habitudes diverses

En Suisse, la lettre *j* se nomme *ij*, mais elle se nomme *ji* en France.

L'inversion se vérifie aussi pour la désignation de la lettre *w*, qui se nomme *vé double* en Suisse mais *double vé* en France [221].

Le Val d'Aoste

Au moment de l'annexion de la Savoie à la France en 1860, le Val d'Aoste est resté sous la domination italienne, ce qui explique l'influence de l'italien sur les régionalismes relevés dans le français valdôtain.

capiter (v.)	arriver (cf. italien *capitare* « arriver »)
cocoler (v.)	dorloter, choyer
comitive (n. f.)	groupe (cf. ital. *comitiva* « groupe, ensemble »)

Le Val d'Aoste [222]

couloir (n. m.)	passoire (autrefois en France, encore en Guadeloupe)
désoccupation	chômage (cf. italien *disoccupazione* « chômage »)
fruitier (n. m.)	fromager (on dit aussi *fromager* ou *fromagiste*)
forestier (n. m.)	étranger
goûteux, gusteux (adj.)	savoureux (aussi dans le midi de la France)
assager (v.)	goûter
guider (v.)	conduire (une voiture)
magagne (n. f.)	infirmité
plan (adv.)	lentement (aussi en Poitou-Charentes)
plan-plan (adv.)	lentement (aussi en Provence)
poêle (n. m.)	salle de séjour (la seule chauffée)
poli (adj.)	propre (cf. italien *pulito* « propre »)
prépotence	abus de pouvoir
réparer (v.)	protéger
verdure (n. f. sg.)	légumes frais (calque de l'italien)
verne (n. f.)	aulne (n. m.)
poltrone (n. f.)	fauteuil (cf. italien *poltrona* (n. f.) « fauteuil »)
dérocher (se)	tomber au cours d'une escalade
galetas (n. m.)	grenier
huitante (adj.)	quatre-vingts
divise (n. f.)	uniforme (n. m.)
balme (n. f.)	abri sous un rocher

tartifle, tartife (n. f.) pomme de terre

JOUER À LA MOURRE

Le jeu de la mourre se joue à deux. Chacun annonce à haute voix un chiffre (entre 1 et 10) et, en même temps, indique avec les doigts d'une main un chiffre (entre 1 et 5), qui peut être le même.

C'est celui qui a annoncé le chiffre correspondant à la somme des doigts des deux joueurs qui a gagné [223].

On dit aussi : **jouer aux doigts.**

à la bonne	à la bonne franquette
par charité !	pour l'amour de Dieu ! (calque de l'italien *per carità !* « je vous en prie !)
à la choute	à l'abri (cf. *à la chotte* en Suisse romande et en Belgique)
toucher le ciel du doigt	être débordant de joie
faire des compliments	faire des politesses, des manières
aller à diable	être à l'abandon (calque du valdôtain)
à l'engros	en gros
à chaque mort d'évêque	très rarement
d'un temps	autrefois
une fois	autrefois (pourrait être un calque de l'italien, mais le français a aussi gardé cette expression au début des contes de fées : « Il était une fois... »)
faire l'Indien	faire l'innocent
laver les chemises de qqun	critiquer qqun (équivalent de *lui tailler un costume*)
faire long	traîner, s'attarder
être à la main	employer facilement (aussi dans le Midi et en Poitou-Charentes)
donner une savonnée	passer un savon, réprimander
sonner un instrument	jouer d'un instrument (cf. italien *suonare il piano* « jouer du piano »)

faire chambette	trébucher
faire le museau	bouder
laisser perdre	laisser tomber
tête d'oignon	tête dure (l'expression ne semble pas venir du francoprovençal, qui utilise l'image de la tête de buis)

Le Lyonnais

Guignol est né à Lyon

Il est en outre quelques mots et expressions qui font spécifiquement penser à Lyon[224],

où *Guignol* est né au XVIIIe siècle, grâce à la persévérance passionnée de Mourguet,

où les enfants sont des *gones*,

où les *gandoises* sont des bêtises, des sornettes ou des histoires drôles

où l'on mange de la *cervelle de canut* « sorte de fromage blanc assaisonné et additionné d'herbes » qui doit peut-être ce nom au fait que les canuts (« tisseurs de soie ») avaient « blanchi sous le harnais »

où les *godiveaux* sont de « petites saucisses » et

où le *matefaim* « est une sorte de crêpe épaisse ».

Sans oublier deux éléments du paysage urbain :

les traboules, qui sont des passages typiquement lyonnais faisant communiquer deux rues à travers un pâté d'immeubles. On dit aussi *allée qui traboule* ou *allée que traboule*

et *la ficelle,* qui est le funiculaire de la Croix-Rousse, le premier funiculaire construit à Lyon.

À LYON, PRENDS LA FICELLE !

Cherches-tu une femme fidèle et douce,
Prends la ficelle pour la Croix-Rousse...
Si tu la veux vive et gentille,
Prends le tramevet *(sic)* de la Guille :
Si te l'espère *(sic)* sage et pas fière,
Grimpe de pied jusqu'à Fourvière ;
Mais si tu veux bonheur et paix,
Remplis ta cave de beaujolais.

(Extrait de *La plaisante sagesse lyonnaise* [225])

Les Lyonnais, humoristes et bons vivants, disent aussi que leur ville est arrosée par trois rivières : le Rhône, la Saône... et le beaujolais.

Le Beaujolais

En « pays » Beaujolais

Alors que le nom du beaujolais – sans majuscule –, parce que c'est celui d'un vin, évoque immédiatement celui du bourgogne, les deux régions Beaujolais et Bourgogne se séparent du point de vue linguistique. En effet, le territoire du Beaujolais (au nord du département du Rhône) est tout entier compris en domaine francoprovençal (cf. CARTE DES LANGUES RÉGIONALES p. 90), celui de la Bourgogne, l'actuelle région administrative de la Bourgogne se trouve dans la zone d'oïl et recouvre les départements de la Nièvre, de l'Yonne, de la Côte-d'Or et de la Saône-et-Loire (cf. LA BOURGOGNE p. 322).

Le Beaujolais connaît lui-même un clivage qui se retrouve sur le plan linguistique :

– à l'est, c'est le Beaujolais viticole, qui descend en pente douce jusqu'à la vallée de la Saône, autour de Villefranche-sur-Saône, et représente en quelque sorte le Beaujolais proprement dit ;

– à l'ouest, les monts du Haut-Beaujolais, tournés vers l'élevage, l'industrie textile et le tourisme.

C'est assez souvent dans le Beaujolais viticole que le vocabulaire régional se remarque le plus, le Haut-Beaujolais étant, par sa vocation touristique, plus aisément soumis aux influences extérieures [226].

Des mots recueillis dans le Beaujolais

Certaines formes lexicales ont toutefois la même fréquence dans les deux sous-régions, par exemple :

daube	nourriture de mauvaise qualité
cabochon	entêté
radée	averse brutale
quand	en même temps : *il est arrivé quand moi*
entrepris	embarrassé
foutraque	fou sympathique
être colère	être en colère
faire flique	agacer, importuner
être d'un âge	être d'un certain âge
mettre à coin	mettre de côté

prendre du souci	se préparer à partir
passé un temps	à une certaine époque
être après faire qqch	être en train de faire qqch
ce gone est bougeon	cet enfant est remuant, il ne reste pas en place

Le Beaujolais viticole face au Haut-Beaujolais

Certaines formes se trouvent mieux représentées dans le Beaujolais viticole :

emboquer « gaver » est très bien connu par les personnes de plus de vingt ans dans le Beaujolais viticole, tandis qu'il ne l'est que par les personnes de plus de soixante ans dans la « Montagne », signe avant-coureur de son élimination en Haut-Beaujolais ;

mâchon « petit repas » est parfaitement connu par des personnes de tous âges dans le Beaujolais viticole mais seulement par les plus de vingt ans en Haut-Beaujolais ;

goûter, employé sans complément, dans le sens de « avoir du goût » (pour un fruit), est parfaitement connu par tous les habitants du Beaujolais viticole mais presque totalement inconnu de ceux du Haut-Beaujolais.

Mais l'inverse peut aussi se produire : témoin le verbe *verser*, employé sans complément, dans le sens de « tomber » (le sujet pouvant être aussi bien un objet qu'une personne) et qui est parfaitement bien connu, au contraire, en Haut-Beaujolais, mais presque totalement inconnu en Beaujolais viticole.

Un regroupement nécessaire

Qu'il s'agisse du Beaujolais, du Lyonnais ou de la Savoie, tous les recueils de régionalismes lexicaux de cette zone contiennent des quantités de mots et d'expressions que l'on retrouve aussi parfois en Franche-Comté, et également en Suisse romande ou dans le Val d'Aoste, sans qu'il soit obligatoire de les y retrouver tous.

La petite sélection qui suit doit donc être considérée comme un recueil partiel des régionalismes de l'ensemble du domaine francoprovençal.

PETITE SÉLECTION DE RÉGIONALISMES [227]
(Domaine francoprovençal)

Les mots et expressions de cette liste ont été attestés en Savoie, mais on ne s'étonnera pas d'en retrouver une grande partie en Suisse romande, dans le Val d'Aoste, dans le Lyonnais, le Beaujolais ou en Franche-Comté.

à bouchon : « en avant, face contre terre » (quand il s'agit d'une personne) ou « à l'envers » (en parlant d'un récipient)

à la chotte, à la choute : « à l'abri de la pluie », expression que l'on retrouve aussi en Belgique, mais qui est inconnue en France en dehors de la zone francoprovençale

à point d'heure : « à une heure très avancée de la nuit »

adieu : « bonjour ». Tout comme dans la France méridionale, c'est la formule d'accueil la plus usuelle en Savoie et dans une grande partie du domaine francoprovençal, où elle n'est pas employée uniquement pour prendre congé. Il faut ajouter que, dans les régions méridionales (surtout dans la partie occidentale), *adieu* ne s'emploie avec le sens de « bonjour » qu'avec les personnes que l'on tutoie [228]

ambrune, ambrugne, ambresaille, ambrosale : myrtille

âne rouge : individu obstiné, surtout dans l'expression *têtu comme un âne rouge*

appondre : mettre bout à bout, ajouter, arriver à. Ce verbe avait été repéré comme un régionalisme à combattre par les puristes savoyards au début du xixe siècle [229]. Il semble pourtant avoir résisté, au moins chez les plus de quarante ans [230]

bocon : petit morceau, mot à rapprocher de l'italien *boccone* « bouchée »

brique : miette, débris

carotte rouge : betterave rouge à salade (Voir **pastenade**, pour la carotte)

chautemps : été. Cette forme est la traduction exacte du francoprovençal en français (« temps chaud »)

cheni, ch'ni : désordre, poussière. Le mot est particulièrement fréquent en Suisse romande. On le trouve aussi en Franche-Comté [231]

chougner, chouiner, chourer : pleurnicher

cigogner : secouer avec un mouvement de va-et-vient

comme que comme : de toute façon

cornet : sac de papier ou de plastique qui enveloppe les emplettes, quelle que soit la forme du sac, et qui ne ressemble pas souvent à un cornet

cou (avoir mal au) : avoir mal à la gorge. Il s'agit en fait de ce qu'on nomme en français commun une angine et non pas d'une douleur au cou

crochon : quignon de pain. Au début du xixe siècle, le terme était considéré comme un régionalisme à éviter mais, deux siècles plus tard, il reste bien vivant

cru : froid et humide. L'expression *il fait cru* se retrouve en Belgique, dans les Ardennes ainsi que dans le Nord et le Pas-de-Calais [232]

cuchon : un tas, une grande quantité. Ex. : *Sur l'autoroute, il y avait un cuchon de voitures*

débarouler : tomber en roulant. Ce verbe se retrouve aussi dans l'Hérault [233]

dérocher : tomber d'un lieu élevé

donner de l'air à quelqu'un : ressembler à quelqu'un. Ex. *: Cet enfant donne de l'air à son père*. Cette expression était à éviter, selon les puristes savoyards du début du xixe siècle

donner une bonne main : donner un pourboire. Expression à ne pas confondre avec la suivante

donner la main : donner un coup de main

drapeaux : couches de bébé

emboquer : gaver

embugner : heurter violemment (verbe formé sur *bugne* 1. « beignet » 2. « bosse »)

encoubler : faire un croc-en-jambe

encoubler (s') : trébucher, se prendre les pieds dans quelque chose

façon (faire) : maîtriser, dominer. Ex. : *je n'arrive pas à en faire façon* « je n'arrive pas à en venir à bout » (en parlant d'un travail, par exemple)

fatigué (être bien) : être très malade, les Savoyards ayant un certain goût pour la litote et une grande pudeur devant les événements graves de la vie. Ajoutons que cet euphémisme est également très répandu en Provence et en Languedoc [234]

faraud : bien habillé (Beaujolais) [235]

fayard : hêtre. C'est le mot d'origine latine (FAGUS) qui s'est maintenu face à *hêtre,* d'origine germanique

fine prête (et non pas **fin prête**) : tout à fait prête

fions (lancer des) : faire des remarques blessantes (Beaujolais) [236]

franc : complètement. Ex. : *il est franc fou* (Beaujolais) [237]

gadin : caillou (Beaujolais et Lyon) [238]

galetas : grenier, combles. C'est le sens qu'avait le mot en français commun à l'origine, et c'est ce sens qui est encore attesté dans d'autres régions, par exemple dans le Velay [239]

gauné (mal) : mal habillé (Beaujolais et Lyon) [240]

grand beau : très beau (en parlant du temps)

gringe, grinche : grognon, en colère

linge : linge, lingerie, mais ce terme peut aussi désigner n'importe quel vêtement porté extérieurement

malote 1 : boule de neige

malote 2 : motte de beurre [241]

mais : souvent pris dans un sens de mécontentement « de nouveau, encore ». Ex. : *Que me veut-il mais ?* « Que me veut-il encore ? » On retrouve ici le sens étymologique (latin MAGIS « plus, de plus »)

moindre : chétif. *Être tout moindre* : être mal en point

nant : torrent, ou simple cours d'eau

neiger à gros patins : neiger à gros flocons

nonante : quatre-vingt-dix

panosse : serpillière. Cet objet connaît, en France et hors de France, de nombreuses autres dénominations [242]

pastenade : carotte. Se dit aussi *racine jaune* ou *racine*. À ne pas confondre avec la *racine rouge* « betterave »

patin : morceau de tissu

petafiner : abîmer

petites herbes : ciboulette, fines herbes (Beaujolais) [243]

picholette : pichet

plier une marchandise : envelopper une marchandise. On ne s'étonnera donc pas d'entendre un marchand proposer de plier des tomates ou une bouteille de vin. À Grenoble et à Vourey, on emploie la variante **ployer**, avec le même sens [244]. Le verbe *plier* a également cette signification dans une grande partie des régions méridionales

pôche, pôchon : louche, grosse cuiller

pôche percée : écumoire

pois : haricot vert (se dit aussi **coche** n. f.) [245]

puis : employé soit avec un sens explétif (*je vais puis bientôt partir* « je vais d'ailleurs bientôt partir »), soit comme une espèce d'interjection : *Et puis que faites-vous là ?*

quinquin : auriculaire, de *quint*, ancienne forme prise par le latin *quinte* « cinquième »

quitter ses vêtements : ôter ses vêtements. Cette expression se retrouve dans tout le Midi.

rampon : mâche (salade)

rebioller : repousser, reprendre vigueur

réduire : ranger. Ex. : *Dépêche-toi de réduire ton matériel*

LA MÂCHE, BLANCHETTE, DOUCETTE...[246]
(Valerianella olitoria)

Cette salade, qu'on achète sous le nom de *mâche* sur les marchés parisiens, porte plus de vingt noms différents en dehors de son nom latin **Valerianella olitoria.** Ces noms varient selon les régions.

barbe de chanoine	Eure-et-Loir
blanchette	Attesté un peu partout (cf. Littré)
boursette	Poitou-Charentes, Berry-Bourbonnais
broussette	Poitou-Charentes
clairette	Bourgogne, Berry-Bourbonnais
clairiette	Berry-Bourbonnais
doucette	Midi toulousain et Midi pyrénéen, Aquitaine,
graissotte	Bourgogne, Beaujolais, Ardennes, Franche-Comté
laitue à lièvres	Beaujolais
laitue de berbis	Champagne (angl. *lamb's lettuce*) Franche-Comté
levrette	Bourgogne, Beaujolais, Haut-Jura, Lyonnais
nüsslisalat	Suisse alémanique
oreille de lièvre	Wallonie, Orne
oreille de rat	Ain, Jura
oreillette	Champagne
orillette	Champagne
orillot, oreillotte	Champagne
pomâche	Bourgogne
pommette	Bourgogne, Haut-Jura (?)
poule-grasse	Lyonnais
rampon	Suisse romande, Val d'Aoste, Savoie
ramponnet	Velay
salade aux lièvres	Beaujolais
salade d'hiver	
salade de berbis	Champagne
salade de blé	Nord-Pas de Calais
salade de brebis	Champagne
salade de levrette	Beaujolais

rester : demeurer, habiter. Vaugelas attribuait aux Normands l'habitude de donner à *rester* le sens de « demeurer »[247]. On retrouve en fait ce même sens un peu partout, et en particulier en Corse[248]

PLAIDOYER POUR SEPTANTE

Quel dommage que l'Académie française n'ait pas suivi l'usage suisse, savoyard et belge de dire **septante** pour 70 et **nonante** pour 90.

En Suisse, on entend aussi **huitante** pour 80, et il faut se rappeler que ces formes, d'une admirable concision, étaient encore usuelles partout en France au moins jusqu'au XVIIᵉ siècle. La forme **octante** est attestée chez Rabelais (*Pantagruel* 29) et la forme **nonante** chez Voltaire (*Ép.* 88).

Ajoutons que c'est bien **septante, huitante** et **nonante** qui continuent de façon tout à fait logique la suite **trente, quarante, cinquante** et **soixante**.

Peut-on aujourd'hui plaider pour une réhabilitation de ces formes plus simples et qui ont leurs lettres de noblesse, ou est-il décidément trop tard ?

---

septante : soixante-dix

seulement : formule de bienvenue, qui équivaut à *je vous en prie*.

Au seuil d'une maison savoyarde, on vous dira : « *Entrez seulement* », ce qui ne signifie nullement qu'on souhaite vous congédier rapidement

sous-tasse : soucoupe (également en Belgique)

tantôt (ce) : cet après-midi (Vourey, Savoie, Lyonnais, mais aussi beaucoup plus largement dans toutes les régions sauf à Paris)

tartifle : pomme de terre, mais ce terme recule actuellement devant le mot *patate*.

tartiflette : pâté de pommes de terre aux oignons, au fromage et au lard. Ce plat est une des spécialités locales particulièrement prisées.

UNE RECETTE DE TARTIFLETTE

Pour six personnes : 1 kg de pommes de terre cuites en lamelles

150 g de lardons coupés en dés
1 oignon haché
1 reblochon
Sel, poivre, ail et fines herbes

Faire revenir l'oignon avec les lardons. Disposer le tout dans un plat allant au four. Recouvrir avec des lamelles de pommes de terre sur lesquelles on placera le reblochon dont on aura auparavant gratté la croûte. Ajouter l'ail pilé, le poivre, le sel et les fines herbes. Cuire à four chaud 25 à 30 minutes.

têtes de capucin (il tombe des) : il pleut à verse
toucher la main : serrer la main (expression un peu vieillie)
vogue : fête patronale, fête foraine (Savoie, Lyonnais)

Récréation

LE HAUT-JURA, ACCUEILLANT MAIS SIBYLLIN

Tentez de deviner à quel propos on peut entendre cette expression propre à la région de Morez, localité du Haut-Jura, célèbre pour ses fabrications de lunettes (mais cette caractéristique n'est pas un indice pour comprendre le sens de l'expression). Que signifie-t-elle ?

« La maison, elle est toujours dehors, on ne la rentre pas ! »[249]   Réponse p. 463.

Lyon, voie de passage pour la langue française

La région de Lyon, comme on l'a vu (LE DOMAINE FRANCOPROVENÇAL, p. 99), avait été le point de départ d'où le français a pu rayonner vers le Velay et l'Auvergne, vers le Dauphiné et, par la vallée du Rhône, vers la Provence et le Bas-Languedoc[250].

Mais jusqu'au milieu du XIXe siècle (1863), dans presque tous les 22 départements du Midi, 51 % des habitants ne parlent pas français[251].

En revanche, un siècle plus tard, si l'on trouve encore des îlots de résistance de leur langue traditionnelle chez les plus fervents défenseurs de la langue d'oc, tous les habitants parlent couramment le français, mais un français aux couleurs du Midi.

C'est donc tout naturellement que le voyage au cœur du français va pouvoir se poursuivre « Côté sud ».

CÔTÉ SUD

Où commence le Midi ?

Si l'on en croit Racine, à Lyon déjà, il avait commencé à trouver étrange la façon de parler des habitants, mais c'est surtout à partir de Valence que s'étaient aggravées les difficultés de compréhension. Il le raconte dans une lettre à La Fontaine[252], qui, lui-même, à la même époque, avait eu des difficultés du même ordre en Limousin, du côté de Bellac. Ce dernier avait même réussi le tour de force de s'égarer durant plusieurs heures en allant de Bellac à Limoges, pourtant distants de moins de 40 km[253].

Valence et Bellac : une bonne introduction au Midi

Avec Valence et Bellac, nous entrons de plain-pied dans le Midi, mais la transition est loin d'être brutale entre les régions de langue d'oc et celles de langue d'oïl. Un vaste espace aux limites incertaines, que les linguistes du siècle dernier ont nommé « le croissant »[254], les sépare.

En fait, Valence et Bellac constituent de bons points de repère pour se faire une idée de la frontière invisible qui partage la France sur le plan des usages linguistiques.

Cette frontière passe effectivement :

— à l'est, entre Valence (zone d'oc) et Saint-Étienne (zone de francoprovençal) (Cf. CÔTÉ FRANCOPROVENÇAL p. 170)

— à l'ouest, entre Bellac (zone d'oc) et Le Dorat (zone d'oïl).

On aura une vision plus complète en consultant la « CARTE DÉTAILLÉE DE LA LIGNE DE PARTAGE OC/OÏL » où sont précisés les emplacements des localités qui encadrent cette ligne de démarcation bordée d'inévitables zones de transition. (Cf. p. 196.)

Quelques points de repère mieux connus

Si, pour y voir plus clair, on s'en tient à des points plus distants, mais concernant de plus grandes villes et dont l'appartenance est indiscutable, on peut constater que se trouvent sans aucun doute, en zone d'oïl : Cognac, Poitiers, Châteauroux, Moulins, Vichy, Chalon, Besançon ;

en zone d'oc : Bordeaux, Périgueux, Limoges, Clermont-Ferrand, Valence, Briançon.

La carte ci-dessous permet aussi de marquer des points de repère dans l'aire francoprovençale : Pontarlier, Mâcon, Saint-Étienne, Grenoble et Genève.

CARTE DÉTAILLÉE DE LA LIGNE DE PARTAGE OC/OÏL

Grâce aux enquêtes des dialectologues, on peut tracer avec une certaine précision la frontière qui sépare les deux grands groupes : langues d'oïl et langues d'oc. Les zones de transition figurent en gris [255].

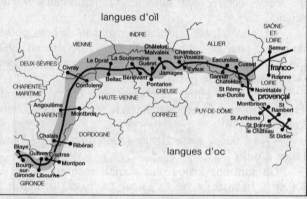

Importance des langues de substrat

Grâce aux études de dialectologie, on comprend mieux la nécessité de ne pas confondre provençal et languedocien, béarnais et gascon, ou encore limousin et auvergnat. Chacune de ces langues, dites de *substrat* parce qu'elles étaient parlées sur le territoire avant l'introduction du français qui les a recouvertes, a ses caractéristiques propres et chacune a imprimé sa marque un peu particulière sur la langue française quand celle-ci s'est surimposée.

Dans le Midi, ces langues correspondent essentiellement aux formes prises régionalement par le latin, à l'exception de la langue basque, déjà présente longtemps

UNE ZONE D'INTERFÉRENCES LINGUISTIQUES

C'est approximativement entre ces quelques grandes villes que se trouve une zone particulièrement intéressante sur le plan linguistique car s'y trouvent mêlées les influences réciproques des trois grandes zones.

avant la conquête romaine puisque les Aquitains, ancêtres des Basques, occupaient le terrain bien avant l'arrivée des populations celtiques parlant le gaulois.

CARTE DES PARLERS DU MIDI

Les langues romanes du Midi

En simplifiant beaucoup, on peut identifier, en allant d'est en ouest,

pour la partie nord : le *provençal alpin*, l'*auvergnat*, le *limousin*

pour la partie sud : le *niçart*, le *provençal*, le *languedocien* et le *béarnais*. Il faudra classer à part le *gascon*, qui a eu une évolution particulière du fait du substrat aquitain, et le *catalan* du Roussillon, qui a une structure originale ayant des affinités à la fois avec le languedocien et avec le catalan d'Espagne, mais ne s'identifiant avec aucun des deux.

Du fait de sa position insulaire hors de l'Hexagone, le *corse* mérite une place à part car, né du latin, il a connu une évolution très différente de celle des langues de l'Hexagone, qui l'apparente davantage au toscan d'un côté, au sarde de l'autre. Depuis 1769, les habitants de la Corse ont aussi appris le français, tout en restant fidèles à la langue de leurs ancêtres.

LA LANGUE D'OC SELON DANTE

C'est dans un livre écrit en latin par Dante que l'on trouve la première mention de la langue d'oc.

« *Nam alii* **oc**	« En effet, certains, pour affirmer, disent **oc**
alii **oïl**	certains disent **oïl**
alii **si** *affirmando locuntur*	certains disent **si**
ut puta Yspani,	comme les Espagnols, les
Franci et Latini...	Français et les Latins...
Istorum vero	Parmi ceux-ci
proferentes **oc**	ceux qui disent **oc**
meridionalis Europe tenent	occupent de l'Europe du Sud
partem occidentalem,	la partie occidentale
a Ianuensium finibus	à partir des limites des
incipientes »	Génois [256] »

LA LANGUE DES AQUITAINS

Un substrat encore plus lointain

Si l'on cherche à remonter au-delà du latin et du gaulois, on a beaucoup plus de mal à retrouver à quoi pouvaient ressembler les langues qui les avaient précédés car elles n'ont pas survécu, à la remarquable exception du basque dont on pense qu'il représente le résultat de l'évolution de la langue des **Aquitains**.

**DU LYONNAIS VERS LA MÉDITERRANÉE
CARTE D'ORIENTATION**

Afin d'aider le lecteur dans ce voyage vers les côtes méridionales de la France, ont été reportés sur cette carte les principaux noms de lieux cités dans ce chapitre.

Présence du basque

L'étendue primitive du territoire où vivaient les Aquitains est confirmée par le fait que certains noms de lieux à consonance basque se trouvent aujourd'hui hors du Pays basque. Tel est le cas de *Astanos* et *Genos* en

Haute-Garonne, de *Bernos* et *Giscos* en Gironde, de *Garrosse* en Tarn-et-Garonne, de *Alos* dans l'Ariège ou de *Libos* dans le Lot-et-Garonne [257].

Les Aquitains et la Gascogne

Jules César avait signalé que les **Aquitains** différaient des Gaulois par leur langue, leurs coutumes et leurs lois. On croit savoir d'autre part que les Aquitains n'ont pas tous été latinisés et que certains d'entre eux, les **Vascones**, envahirent au VIe siècle une région à laquelle ils donnèrent leur nom : **Vasconia**, d'où **Gascogne** en français. Des problèmes de dénomination se posent alors à celui qui veut distinguer entre Aquitains, Gascons et Basques, puisque ces trois termes correspondent à des populations de même souche.

AQUITAINS, BASQUES, GASCONS ET LEURS LANGUES

Aujourd'hui, on réserve :

le terme **Aquitains** aux populations que les Romains avaient rencontrées sur place au moment de la conquête (elles parlaient une langue non indo-européenne) ;

le terme **Basques** aux habitants du Pays basque actuel (leur langue traditionnelle est le basque, langue non indo-européenne) ;

le terme **Gascons** aux populations d'origine aquitaine, finalement romanisées (leur langue traditionnelle est donc du latin, langue indo-européenne, ayant évolué de façon spécifique) [258].

Les substrats ibère et ligure

Parmi les peuples anciens dont on connaît l'existence, il y a les **Ibères**, dont le domaine recouvrait un vaste territoire dans ce qui est aujourd'hui la France du

Sud-Ouest et s'étendait largement dans la Péninsule ibérique, mais ils semblent avoir laissé peu de traces confirmées dans la langue française. Parmi les termes d'origine ibère, il y aurait *baraque*, peut-être formé sur la racine BAR- « boue », les premières constructions étant sans doute constituées de boue d'argile séchée.

Les **Ligures**, de leur côté, devaient occuper une partie importante de l'Europe occidentale vers le deuxième millénaire avant notre ère, mais ils semblent ensuite s'être fixés de façon plus durable dans les Alpes de Provence[259].

Au VIIIe siècle avant J.-C., le poète grec Hésiode les mentionne dans ses écrits, et au Ier siècle avant J.-C., Denys d'Halicarnasse désigne précisément leur habitat dans les cols alpins[260].

Leur langue n'est guère mieux connue que celle des Ibères, mais la plus grande densité de toponymes en *-usco, -asco, -osco*, dans la région de l'Italie du Nord qui porte encore aujourd'hui le nom de Ligurie, fait penser que ce type de suffixe leur était propre. On les trouve surtout en Italie du Nord mais aussi dans la France du Sud-Est : *Manosque* dans les Alpes-de-Haute-Provence, *Venasque* dans le Vaucluse, *Artignosc* dans le Var, *Tarascon* dans les Bouches-du-Rhône, pour n'en citer que quelques-uns[261].

Il est à signaler qu'on en trouve également en Corse : *Grillasca, Palasca, Popolasca* et *Asco*[262].

Les montagnes : des tas de pierres

Les étymologies populaires, qui relèvent du désir de trouver une motivation aux formes des mots, brouillent souvent les pistes, mais on peut dans certains cas, grâce au regroupement des formes linguistiques semblables correspondant à des lieux où la configuration du terrain est similaire, rétablir les significations premières. Ainsi ont pu être identifiées plusieurs racines pré-indo-européennes qui désignent toutes le rocher, la pierre, la hauteur, et qui se sont perpétuées dans les noms des montagnes.

Quelques racines pour nommer les montagnes

Parmi celles-ci, on peut remarquer l'abondance de SUC, SERRE et TRUC ainsi que de BAL, CAL, MAR et de leurs dérivés. On en trouve des représentants dans toutes les régions :

SUC

Suchet (Nièvre),
Suchaud (Puy-de-Dôme),
Sucharet (Puy-de-Dôme),
Suchemont (Nord),
Suc-et-Sentenac (Ariège),
Suquet (Gard),
Le Suquet d'Utelle (Alpes-Maritimes).

SERRE

Serres (Hautes-Alpes et Meurthe-et-Moselle),
Serraval (Haute-Savoie),
Serre-les-Sapins (Doubs),
La Serre (Aveyron),
Lasserre (Ariège, Haute-Garonne et Pyrénées-Atlantiques),
La Serraz (Ain),
Le Serre (Ardèche et Lozère),
Le-Grand-Serre (Drôme),
Serrières (Saône-et-Loire),
Serrières-sur-Ain (Ain),
Serriera (Corse-du-Nord),
Serra-di-Ferro (Corse-du-Sud),
Sarrola-Carcopino (Corse-du-Sud).

TRUC

Le Truc (Ardèche),
Le Trucq (Creuse),
Truchet (Savoie).

C'est aussi une muraille rocheuse que désigne *Trou-moure*, au nord-ouest du cirque de Gavarnie [263].

BAL

On retrouve cette racine BAL, « rocher, hauteur », par exemple dans les *Baux-de-Provence* (Bouches-du-Rhône). Cette localité n'est située qu'à une altitude de 218 mètres, mais la configuration du terrain, où la ville domine d'énormes escarpements, montre bien qu'il s'agit d'un éperon calcaire dominant tous les environs. La première mention de cette ville est *Balcium* et date de 960 après J.-C. [264]

Cette racine BAL, avec sa variante BEL, avait aussi donné naissance, à l'époque romaine, à des adaptations latines avec *pulcher* « beau » par des scribes qui, à l'évidence, n'en comprenaient plus le sens. Il existe de ce fait de nombreuses formes qui se révèlent tautologiques, comme *Beaumont*, dont la nouvelle graphie trompeuse (*beau*) n'évoque plus le sens premier, car *Beau* représenterait en fait l'ancien BAL « hauteur », associé à son synonyme *mont*.

CAL

Avec ses variantes GAL, JAL et CLA, cette racine peut se reconnaître dans le mot *caillou*, passé en français par l'intermédiaire du normand, et remplaçant ainsi la forme de l'ancien français *chaille*. Disparue du français moderne, la forme *chaille* se retrouve pourtant dans *Chaillot* (cf. la colline de Chaillot à Paris) et le terme *chaillotte* désigne encore de nos jours la « dent » dans le français régional du Lyonnais.

Il existe en outre dans le Dauphiné le mont *Chaillol*, haut sommet du *Champsaur* [265], ce dernier nom remontant lui-même à une racine CAN (CAM, CANT), que l'on retrouve toujours dans les noms de lieux rocheux ou élevés.

DES LIEUX QUI CHANTENT ?

Chantereine (Seine-et-Marne), **Chanteloup**, **Chante-louve** (Isère), **Chantemerle-les-Blés**, **Chantemerle-lès-Grignan** (Drôme) : tous ces noms de lieux évoquent à première vue une ambiance musicale. Mais un examen de la configuration du terrain montre qu'il s'agit presque toujours de lieux situés en hauteur ou tout au moins couverts de pierres :

Chantereine serait « la pierre de la grenouille » (de la racine pré-indo-européenne CANT et du latin RANA « grenouille »)

Chanteloup et **Chantelouve** « la pierre du loup » et « la pierre de la louve ».

Enfin, **Chantemerle** serait en fait une tautologie involontaire, constituée par les deux racines pré-indo-européennes CANT et MER, signifiant toutes deux « hauteur » ou « lieu couvert de pierres ».

Des confusions inévitables

La racine MAR, MER « monceau de pierres, hauteur » réserve d'autres surprises car, lorsque le sens primitif a été oublié, la forme des noms de lieux a été modifiée, sans doute par désir de trouver une motivation à ces noms. C'est ainsi qu'il existe, par exemple dans les Alpes, un lieu appelé *le Banc-du-Marchand* [266] à La Chapelle-en-Valgaudemar (Hautes-Alpes), village situé à plus de 2 000 mètres d'altitude, et qui ne peut avoir été un lieu de marché. C'est aussi à cette même racine qu'il faudrait rattacher le nom du *Mercantour* (Alpes-Maritimes), massif montagneux qui culmine à 2 775 mètres dans les Alpes-Maritimes, rendu célèbre en 1992 par le retour naturel des loups alors qu'ils avaient disparu de France depuis plus d'un demi-siècle [267].

Récréation

JOUER À LA MARELLE

Ce jeu consiste à pousser une pierre plate tout en sautant à cloche-pied dans des cases tracées sur le sol.

Mais savez-vous ce qu'est une **marelle** ?

    1. la pierre que l'on pousse ?

    2. la figure divisée en cases et tracée sur le sol ?

    3. le nom de la jeune fille qui a inventé ce jeu ?

Réponse p. 463.

Pour illustrer la racine MOR « monceau de pierres, butte rocheuse », on peut enfin citer la *Maurienne*, dont la graphie pourrait tout naturellement faire penser à une étymologie en rapport avec *Maure*. Mais ce serait une erreur car le nom de la *Maurienne* est attesté bien longtemps avant le passage des Sarrasins en Europe puisqu'il est cité par Grégoire de Tours (538-594), soit trois siècles avant leurs incursions[268]. La situation élevée de cette région est en outre un argument pour favoriser l'hypothèse d'une origine beaucoup plus ancienne, qui permet de rattacher ce nom à la racine MOR « butte rocheuse, monceau de pierres ».

Récréation

MARELLE ET CLAPIER

À première vue, il n'y a aucun rapport entre une **marelle** et un **clapier**. Et pourtant, l'étymologie les rapproche. Quelle est-elle ?

Réponse p. 463.

Gap, avant-garde du Midi

Devenue chef-lieu du département des Hautes-Alpes par la Constituante, la ville de Gap se trouve linguistiquement située dans la zone du provençal alpin, tout près de la frontière qui le sépare du francoprovençal. On ne sera donc pas surpris d'y trouver à la fois des caractéristiques de pratiques langagières propres au Midi, et des traits déjà signalés pour la Savoie ou le Lyonnais.

C'est ainsi, par exemple, que le verbe *blaguer* sera employé à Gap, comme dans l'ensemble du Midi, avec le sens de « bavarder abondamment », sans forcément y ajouter une idée de plaisanterie ou de mensonge. D'un autre côté, les mots *agassin* « cor au pied », *cuchon* « tas » ou *débarouler* « dégringoler », qui sont usuels à Gap, semblent plutôt se rapprocher de ce que l'on entend dans le domaine francoprovençal.

JOUER AUX MOUNES[269]**,
C'EST MENTIR... MAIS AVEC FINESSE**

Il s'agit d'un jeu de cartes qui se joue à quatre et qui est très apprécié des habitants de Gap : gagnera celui qui mentira avec le plus d'aplomb et de naturel.

Pour comprendre pourquoi ce jeu se nomme ainsi, il faut se souvenir qu'en latin le verbe MONEO signifiait « annoncer, avertir ».

Des mots entendus à Gap

Les mots et expressions de la liste qui suit illustrent bien la situation intermédiaire de la région de Gap, car on y retrouve à la fois des formes typiquement méridionales et des formes proches des usages francoprovençaux.

planplan (adv.)	tout doucement
dévirer	renverser
taillon	morceau
retaillon	petit morceau
rayas (n. m.)	forte pluie
tuber	fumer
brailles (n. f. pl.)	pantalon
esquicher	aplatir, écraser
estrasse	chiffon

Récréation

POURQUOI CES ACCOUPLEMENTS ?

C'est 1. pour des raisons littéraires que Gap peut évoquer Bressuire ;

2. pour des raisons linguistiques que l'on peut rapprocher Lille de Lorient ainsi que Orly et Aurillac ;

3. pour des raisons historiques que Soissons peut être relié à Vix et Strasbourg à Villers-Cotterêts ;

4. pour des raisons gastronomiques que Vire et Guéméné font la paire.

Pouvez-vous préciser ces raisons ?

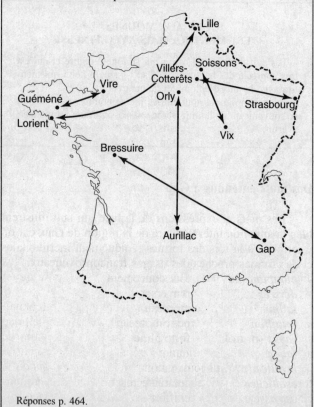

Réponses p. 464.

malon	carreau de terre cuite
viron	petit tour, promenade
tailler l'école	faire l'école buissonnière
tros [tʁɔs] (adj.)	mauvais, chétif, de peu de valeur
rimer	attacher (au fond d'une casserole)
plaindre	employer avec parcimonie (par ex. réduire la quantité de beurre dans la confection d'un gâteau)
nifler	sentir (cf. *renifler*) « Ça nifle le moisi »
s'empéguer	selon l'étymologie : « poisser avec de la résine », d'où « s'engluer » et, ironiquement, « s'enivrer ». Ce verbe se retrouve un peu partout dans le Midi.
ensuquer	étourdir, endormir. On reconnaît sous cette forme verbale la vieille racine pré-indo-européenne SUC « hauteur, sommet », que l'on retrouve dans le mot *suc* « tête », ainsi que dans de nombreux toponymes (cf. QUELQUES RACINES POUR NOMMER LES MONTAGNES, p. 203).

Le premier à Aups, plutôt que le second à Rome

Si l'on avance un peu plus vers le sud, c'est à plus d'un titre que la ville d'Aups, dans le Var, mérite qu'on s'y attarde :

• Dans la forme même de son nom, on reconnaît la racine que l'on retrouve dans *Alpe*, nom pré-celtique signifiant « hauteur ». Après être passé par le latin, ce nom a subi les évolutions phonétiques du provençal, où la succession *al* a abouti à la diphtongue *aou*, mais où la forme graphique *Aups* entraîne aujourd'hui des prononciations plus proches du français, où *au* se prononce [o].

• Une autre particularité de cette ville est qu'elle a, en français et en provençal, des noms très différents : *Aups* en français mais *Zaou* en provençal. On constate que, non seulement la diphtongue *aou* s'est maintenue dans le nom provençal de la ville sous sa forme diphtonguée *(aou),* mais qu'il s'y est adjoint un *z* à l'initiale, *z* que l'on retrouve aussi dans le nom provençal d'Aix-en-Provence : *z'Ais* [270].

• Enfin, il existe une légende locale qui veut que ce soit dans cette petite ville que Jules César ait prononcé la phrase célèbre : « Je préférerais être le premier dans ce village que le second à Rome [271]. »

La Provence au long des siècles

Les limites de la Provence, comme celles de la plupart des autres provinces, ont beaucoup varié au cours des siècles : après l'époque romaine, où elle faisait partie du vaste territoire nommé *Provincia Narbonensis* (qui allait de Genève à Narbonne et à Toulouse), elle se compose au Moyen Âge du comté de Provence dans toute la partie méridionale, tandis que la partie nord est partagée entre le marquisat de Provence (avec Die, Orange et Avignon) et le comté de Forcalquier, qui s'étend au-delà de Gap et d'Embrun [272]. (Cf. CARTE D'ORIENTATION, p. 200.)

D'autres modifications sont intervenues, en particulier à l'époque de la Révolution (annexion d'Avignon en 1790) et en 1860 (annexion du comté de Nice).

UNE ORIGINALITÉ FÉMININE DANS LE COMTÉ DE NICE

Jusqu'en 1789, les noms de famille ont aussi des formes féminines. Ainsi, Madame Féraud était **la Ferauda**, Madame Giraud, **la Girauda** et Madame Guilhon, **la Guilhonda** [273].

Aujourd'hui, les Hautes-Alpes et l'ancien comté de Nice sont englobés dans la région Provence-Alpes-Côte d'Azur, dont l'abréviation PACA, prononcée [paka], ne plaît pas du tout aux Provençaux.

NE DITES JAMAIS PACA À UN PROVENÇAL...
...il le prendrait pour une insulte.

Si le mot PACA n'évoque rien de désagréable au reste de la France, il n'en est pas de même dans la région ainsi nommée. En effet, il évoque trop nettement des mots provençaux aux consonances très proches, comme **pacoulo** « bled », **pacoulen** « plouc » ou **pacan** « cul-terreux », qui sont toujours péjoratifs.

Le degré de « provençalité »

Pour fixer les limites géographiques de la langue provençale, on peut se fonder sur des critères phonétiques, grammaticaux ou lexicaux, et c'est ce qu'on peut voir représenté avec rigueur dans des études de géolinguistique comme celles qui figurent dans les atlas linguistiques régionaux. Mais le sentiment d'appartenance des populations contemporaines ne correspond pas toujours exactement aux délimitations scientifiquement établies. Une enquête récente sur la conscience identitaire à la fois linguistique et culturelle permet d'établir des degrés dans le sentiment d'appartenance provençale [274].

Le cœur de la provençalité recouvrirait pratiquement toute la frange maritime jusqu'en Camargue. Dans l'arrière-pays, au sentiment d'appartenance provençale s'adjoint celui d'identité gavote (autour de Manosque, Castellane, Sisteron, Digne et jusqu'à Barcelonnette) tandis que du côté de Montélimar et de Gap, on se sent déjà dauphinois ou alpin. Enfin, dans les marges orientales, au nord de Grasse, et occidentales, du côté de Nîmes, les habitants se sentent beaucoup moins provençaux.

MOLIÈRE ET LES TRUFFES DE GRIGNAN

À la veille, dit-on, de Noël 1664, Molière est invité par la marquise de Sévigné au château de Grignan, en même temps que le légat du pape, un cardinal italien. À la vue des truffes qui suivirent l'anchoïade traditionnelle, le légat s'exclama en italien : « **tartuffi !** » Molière retint le nom et apprit alors qu'il signifiait aussi « hypocrite » en italien. Le nom du principal personnage de sa nouvelle pièce était trouvé [275]. Malheureusement, cette anecdote n'a jamais été vérifiée.

Les artichauts à la barigoule

La recette de ce plat figure dans bien des livres de cuisine provençale, avec des variantes quant à la méthode de préparation et aux ingrédients qu'il contient, mais sans indication sur le sens de *barigoule*, qui est en fait la forme francisée du provençal *barigoulo* ou *berigoulo* « champignon ». Selon les connaisseurs [276], les artichauts à la barigoule sont donc cuisinés à la manière dont on accommode les champignons, mais pas forcément avec des champignons.

Récréation

LES OBSCURITÉS D'UNE RECETTE

Si on vous indique dans une recette les ingrédients suivants, savez-vous ce que vous devez vous procurer ?

1. des **tapènes**   5. de la **farigoule**
2. des **tartifles**   6. des **cèbes**
3. des **pommes d'amour**   7. des **panouilles**
4. de la **ventrêche**   8. des **favouilles**

Vous avez le choix entre : **câpres, épis de maïs, étrilles, lard, oignons, pommes de terre, thym et tomates.**

Réponses p. 464.

Avignon, au cœur de la Provence

Même si le centre géographique de la Provence ne peut pas être localisé du côté d'Avignon, il faut reconnaître l'importance symbolique qui est attachée à ce lieu : c'est près d'Avignon, à Maillane, qu'est né Mistral et c'est dans le département du Vaucluse qu'a pris corps, en 1854, le Félibrige, un mouvement littéraire impulsé par un groupe de jeunes poètes parmi lesquels Mistral, Roumanille et Aubanel, avec le but de faire revivre la langue provençale, après la longue période d'assoupissement qu'elle avait connue depuis le Moyen Âge.

L'œuvre poétique de Mistral, qui reçut un accueil enthousiaste en France et à l'étranger, n'est pas la seule raison de sa réputation, car il a également, avec Roumanille, mis au point et fait accepter une graphie adaptée au provençal.

MIREILLE ET MAGALI

Ces deux prénoms, encore très fréquents en Provence, sont les rares traces laissées par une langue qui a disparu avant le XIXe siècle, le **judéo-comtadin**, parlé dans le **Comtat Venaissin** par les populations juives persécutées qui y avaient trouvé asile[277].

Le duché d'Aquitaine, berceau des troubadours

Si Mistral, enfant de Provence, a su au XIXe siècle remettre la langue de son terroir à l'honneur, c'est dans le duché d'Aquitaine qu'avait vu le jour, à la fin du XIe siècle, la langue poétique des troubadours. Le premier troubadour n'était autre que le duc d'Aquitaine lui-même, Guilhem IX, dit Guillaume de Poitiers, grand-père d'Aliénor d'Aquitaine[278].

Ce fut alors l'éclosion d'une poésie extrêmement savante, et qui a profondément marqué la conception de l'amour en Occident, du XIIᵉ siècle à nos jours : ce que les érudits du XIXᵉ siècle ont nommé « l'amour courtois », fiction littéraire où le grand seigneur renonce à ses privilèges pour se faire le vassal de la dame aimée.

En Périgord et en Limousin, les plus grands poètes

Dans la seconde moitié du XIIᵉ siècle, c'est dans le Périgord et le Limousin que l'on trouve les plus grands troubadours, ceux qui feront l'admiration de toute l'Europe et dont on imitera l'art consommé, à commencer par Arnaut Daniel, loué par Dante, qui le considère comme *il miglior fabbro del parlar materno* « le meilleur artisan de sa langue maternelle » et par Pétrarque, qui admire son *dir strano e bello* « sa façon de dire étrange et belle »[279].

Tout le raffinement de cette culture méridionale sera ensuite transmis à la cour de France par Aliénor d'Aquitaine, épouse du roi de France Louis VII pendant quinze ans et dont la fille, Marie de France, comtesse de Champagne, accueillera à la cour Chrestien de Troyes. La langue du Midi allait ainsi enrichir et embellir la langue française en formation, tandis que la croisade contre les Albigeois devait porter un coup mortel à l'inspiration des poètes. Après la chute de Montségur (1244), le Périgord des poètes était devenu silencieux.

DES TROUBADOURS DU XXᵉ SIÈCLE

Puisque la poésie lyrique des troubadours de langue d'oc est partie au XIᵉ siècle à la conquête du Nord, où elle a inspiré les trouvères de langue d'oïl, il est tentant de risquer un parallèle avec le succès de quelques auteurs de chansons du XXᵉ siècle :

Charles Trenet, qui évoque la route de Narbonne et les tours de Carcassonne

Gilbert Bécaud, qui chante « l'accent qui se promène » sur les marchés de Provence

Georges Brassens, qui rêve d'être enterré sur la plage de Sète, ou encore **Boby Lapointe,** qui joue avec les mots dans sa ville de Pézenas.

Rendons justice aux Gavots

Il est un terme qui se retrouve un peu partout dans la moitié sud de la France, sous des variantes diverses – *gavot, gavache, gabache, gavatch, gabatch* ou même *gavatchot* – pour désigner certaines populations avec une nuance plutôt péjorative.

Dans l'arrière-pays niçois, dans la région de Saint-Martin-Vésubie, le terme *gavot* désigne un parler considéré comme plus « rude » que le niçart, celui des *Gavots*, eux-mêmes jugés comme des gens un peu rustres, qui travaillent dur, face aux habitants de la côte, favorisés par des conditions de vie plus douces[280].

Ce point de vue un peu méprisant se manifeste dans toute la Provence, où ce sont les gens de Haute-Provence qui sont appelés *Gavots* par ceux de Provence méridionale, qui les considèrent plutôt comme des arriérés[281].

Voilà une méchanceté gratuite car, en matière de retard, les Gavots n'ont en fait que l'archaïsme des prononciations : dans la région de Barcelonnette, les habitants ont conservé par exemple la prononciation des consonnes finales, comme le *-s* du pluriel ou le *-r* de l'infinitif de l'ancien provençal, alors que, dans le reste de la Provence, on ne les prononce plus depuis le XVIᵉ siècle.

Dans le Languedoc, le terme *gavot* désigne toujours des gens de la montagne[282] et c'est encore un sens un peu méprisant que l'on retrouve souvent dans tout le Midi pyrénéen, sous la forme *gavache* ou *gavatche*[283].

Il semble bien qu'à l'origine, le terme de *gavot, gavache* remonte à une racine pré-latine GAV que l'on retrouve dans le basque *gaba* « torrent, ravin, gorge ». Le mot a ensuite caractérisé les habitants ayant pu résister aux rigueurs du climat.

GAVOT : UN SOBRIQUET BÊTE ET MÉCHANT

Les Gavots, comme les anciens Gabales du Gévaudan, sont tous des montagnards, et un proverbe de la vallée de l'Ubaye rétablit la vérité à leur propos :
Lou gavoua n'a que la vesta de groussièra
« L'homme de la montagne n'a de grossier
que sa veste »[284].

Après avoir désigné uniquement des paysans des montagnes, ce terme a été étendu à tous les étrangers, et en particulier à ceux qui ne parlaient pas la langue du pays.

C'est ce nouveau sens qui s'est maintenu dans le Bordelais, cette fois à l'égard de populations qui n'étaient pas composées de montagnards mais venues de pays de langue d'oïl pour remettre en valeur des régions ravagées et dépeuplées par la guerre de Cent Ans. Ces hommes et ces femmes venus du Poitou et de la Saintonge ont ainsi constitué ce que les Gascons appelèrent la *Grande-Gavacherie* (entre Bordeaux et Libourne) et la *Petite-Gava-cherie*, autour de Monségur (Gironde) et de Duras (Dordogne)[285].

Le français méridional

Comme on l'a vu (cf. LES PROVINCES DU MIDI p. 99), le français, qui s'était répandu plus largement dans les provinces du Midi à partir du milieu du XVIe siècle, ne s'est imposé que récemment à l'ensemble de la population. Ce français du Midi se reconnaît aisément et immédiatement surtout à sa prononciation, mais il comporte aussi bien des mots et des expressions qui le caractérisent tout aussi nettement[286].

Récréation

DE L'AIL PRESQUE PARTOUT

Parmi ces cinq mots, un seul n'a aucun rapport avec l'**ail**. Lequel ?

1. **aillet**   4. **aïoli**
2. **pain chinché**   5. **pebre d'aï**
3. **pain goussé**

Réponses p. 464.

Des formes plus longues... ou raccourcies

Avoir « l'accent » du Midi, pour le commun des mortels qui n'a pas la chance d'habiter ces contrées heureuses où l'on prend le temps de tout prononcer, c'est tout d'abord prononcer les -*e* à la finale des mots : oralement le mot *robe* n'a qu'une syllabe à Paris ou à Lille, mais deux syllabes à Marseille ou à Sète et, dans ces dernières villes, le nombre de syllabes graphiques correspond à celui des syllabes prononcées : 3 dans *Europe*, 4 dans *heureusement*, 5 dans *rigoureusement* et 9 dans *anticonstitutionnellement*.

Autrement dit, il y a toujours des syllabes en plus dans les prononciations du Midi. Pourtant, il ne faudrait pas en conclure que les mots y sont toujours plus longs. En effet, certains préfixes ont au contraire des chances de disparaître :

> *lever* pour « **en**lever », et le sens de ce mot peut en être un peu particulier. On dit par exemple *lever la table* (ou la *plier*) pour « débarrasser la table ». On peut aussi *lever le bonjour* ou *lever la parole* (à quelqu'un à qui on ne veut plus adresser la parole)
>
> *mailloter* pour « **em**mailloter »
>
> *venir* pour « **de**venir ». Ainsi, *elle me fait venir chèvre* pour « elle me tourne en bourrique » ou encore : *venir gros* pour « grossir »
>
> *porter* pour « **em**porter » ou « **ap**porter »
>
> *sembler* à qqun pour « **res**sembler à qqun ». Ex.

> *Comme tu sembles ton père !* On dit aussi *donner
> d'air à* : *cet enfant donne d'air à ses cousins !*
> « Il leur ressemble »
> *nifler* pour « **re**nifler »
> *lancer* pour « **é**lancer » (pour une douleur). Ex. *J'ai
> mal au doigt. Depuis, ça me lance*

Y a-t-il là une espèce d'allergie aux préfixes ? On
serait tenté de le croire et on aurait tort car parfois le
préfixe n'est pas supprimé mais modifié. Ainsi « réveiller » se dit *déveiller* et *déparler*, c'est « dire des bêtises ».
Le préfixe peut aussi être ajouté : *endeviner*, c'est « deviner »[287] et le verbe *repapier, répapier* ou *repapiller*, c'est
« radoter ».

D'autres fois, comme on l'a vu dans le domaine
francoprovençal, c'est la syllabe orale finale qui semble
manquer : gonflé se dit *gonfle* ; trempé, *trempe* ; comment
se dit *comme* et enflé, *enfle*.

Des formes apparemment transparentes

À côté de ces mots aux formes particulières et qui,
de ce fait, attirent l'attention, il faut aussi se méfier de
certains mots familiers, communs à l'ensemble de ceux
qui parlent français, mais qui ont pris un sens particulier
dans les régions du Midi.

Ainsi, lorsqu'on vous dit qu'on s'est attardé à *blaguer*[288] avec quelqu'un, cela ne signifie pas que la
conversation s'est forcément déroulée sur le ton de la
plaisanterie (on dirait alors *galéger*[289]) mais qu'il s'agissait d'un simple bavardage. De même, si vous apprenez
que *ça boufe*[290], ne pensez pas qu'il y a une distribution
de nourriture : cela signifie seulement que le vent souffle,
du verbe *boufer* « faire du vent ».

Par ailleurs, *brave* a le plus souvent le sens de « gentil » plutôt que celui de « courageux ». On le trouve aussi
dans le sens de « grand, important ». Ainsi, *un brave chemin* est « un long chemin » et à Marseille, on peut
entendre : *il parle bravement*[291] pour « il parle beau-

coup », ou encore *tu m'as fait une brave peur* pour « une sacrée peur »[292].

On dira d'un homme sympathique, qui lie facilement conversation, qu'il est *entrant*[293], et si on vous répond qu'on est *ravi* quand vous venez d'annoncer la mort subite d'un ami, ne pensez pas que votre interlocuteur est insensible ou mal élevé. Au contraire, il vous communique ainsi sa stupéfaction[294], qu'il peut aussi vous exprimer en disant qu'il est *mortel*, c'est-à-dire « extrêmement surpris ». Mais *ravi* a aussi un autre sens : le *ravi*[295] est l'idiot du village, et un *bavard* est aussi un « vaniteux », ou un « orgueilleux »[296].

DORMIR AU SOLEIL

faire midi[297]	« faire la sieste »
faire le cagnot[298]	« faire la sieste » (Languedoc)
faire le pénéquet[299]	« faire un petit somme », du provençal *penequeja* « se traîner avec nonchalance » (Provence)
faire nono[300]	expression enfantine « faire dodo ». Le *nono* est le berceau, en provençal
aller se renverser	« aller faire un petit somme »
se coucher bonne heure	« se coucher tôt » (on remarquera l'absence de la préposition *de*)
se coucher à toutes les heures	« se coucher tard » c'est-à-dire lorsque tous les coups possibles de l'horloge ont sonné
peser les cerises[301]	« tomber de sommeil » (en Auvergne)

Des formes inconnues ailleurs

À côté de ces mots et expressions dont la forme est familière, avec un sens différent, on en trouve un « tas » (un Marseillais dirait un *moulon*, et un Lyonnais, un *cuchon*) pour lesquels la forme aussi est souvent inconnue des dictionnaires de français commun : des noms de produits concernant la vie domestique, des adjectifs peu utilisés ailleurs, quelques verbes courants et aussi des formes grammaticales surprenantes.

Des produits de la mer

L'ar(r)apède est une sorte de coquillage pointu, la patelle, qu'on appelle la *bernique* (ou *bernicle*) en Bretagne, ou encore le *chapeau de moine* dans d'autres régions. À Sète, on dit *arrapète* (avec un *t*) et, selon les gens du pays, c'est presque un test : ceux qui prononcent *arrapède* (avec un *d*) « ne sont pas de vrais Sétois »[302]. Il faut ajouter que le nom de cet inoffensif mollusque sert aussi à désigner une personne importune et collante.

Une *esquinade* est une araignée de mer, un gros crabe assez plat et, quand une personne est très maigre, on peut la traiter d'*esquinade*, ce qui n'est pas un compliment.

Le mot *muscle* peut prêter à confusion. Malgré les apparences, le mot est ambigu car, dans le Var, c'est aussi le nom de la moule. Une bonne occasion pour apprendre que le mot *moule* est issu lui aussi du même mot latin MUSCULUS.

Des produits de la terre

Ce sont souvent des produits alimentaires utilisés pour agrémenter les recettes de cuisine, comme les *cèbes*, la *pourette*, les *pitchoulines* ou les *tapènes*. La *cèbe* est un oignon, la *cébette*, un petit oignon sans bulbe et la *pourette*, de la ciboulette. Les *pitchoulines* sont les petites olives de Nyons et les *tapènes*, des câpres. Enfin, les *pommes d'amour* sont une autre façon de nommer les tomates à Marseille.

Des objets de la maison

L'*estrasse* est un nom féminin désignant un chiffon, ce qui permet de comprendre le sens du verbe *estrasser* « mettre en lambeaux, déchirer » et qui explique que *s'estrasser* signifie « se tordre de rire » (comme on tordrait un chiffon). Il existe un autre mot pour le chiffon : la *peille*, aux dérivations moins riches.

Dans tout le Midi (et également dans une partie du domaine d'oïl de l'Ouest), on nomme *souillarde* l'arrière-cuisine qui sert en quelque sorte de débarras, mais ce sont surtout les différents ustensiles de cuisine qu'il convient d'énumérer – bien qu'il soit difficile de s'y retrouver entre le *tian*, le *toupin*, la *toupie*, la *toupine*, le *toupi* ou encore la *toupigne*.

Récréation

PLUIE OU BEAU TEMPS ?

Voici des mots et des expressions météorologiques, à répartir entre « soleil » et « mauvais temps » :

1. **ruscle** n. m.
2. **chavane** n. f.
3. **ça plombe**
4. **ça boufe**

5. **Il tombe un de ces plumets !**
6. **Il tombe des rabanelles** [303]
7. **le temps est gonfle**

Réponses p. 464

Le *tian* est un récipient de terre cuite émaillée et le mot désigne aussi, par métonymie, le gratin de légumes cuit au four dans ce récipient.

En Provence, le *toupin* est un pot en terre où l'on conserve par exemple des olives. Mais traiter quelqu'un de *toupin*, c'est le prendre pour un individu aux facultés intellectuelles ralenties[304]. À Marseille, on dit aussi *sourd comme un toupin*[305].

Une *toupine* est généralement plus volumineuse qu'un *toupin* et se soulève obligatoirement à deux mains, grâce à ses deux oreilles[306].

Dans le Sud-Ouest, il existe pour cet ustensile deux variantes selon que l'on se trouve au sud de la Garonne (où c'est la *toupie*) ou au nord (où c'est la *toupine*)[307].

Dans la région de Toulouse, le *toupi* est un pot de terre à queue et allant au feu[308] mais dans le Bordelais, le *toupi* est un pot en grès pour conserver le confit sous la graisse tandis que la *toupigne* est un pot à trois pieds pour cuire la soupe[309].

Enfin, dans le Roussillon, le *toupi* est un pot de terre vernissée muni d'un couvercle et d'une queue[310].

Il sera donc préférable de demander conseil à un véritable connaisseur si l'on cherche à s'équiper convenablement dans ces régions.

Signalons aussi que la soucoupe y est désignée de préférence sous le nom de *sous-tasse*[311].

Êtes-vous calu ou fada ?

Voilà deux adjectifs très typiques des usages méridionaux mais qui ne sont pas des synonymes.

Le premier, *calu*, est une de ces amabilités familières qu'on peut dire de quelqu'un d'un peu dingue, d'un peu idiot, ou de quelqu'un qui a un peu dépassé les bornes.

Quant à *fada*, c'était à l'origine un qualificatif favorable puisque, étymologiquement, il signifie « choisi par les fées, sous leur charme et, en quelque sorte, ensorcelé ou habité par une force surnaturelle ». Plus tard, il a pris le sens de « dérangé mentalement »[312].

Le féminin de *fada* est *fadade* dans le Midi, mais George Sand, fidèle à son Berry natal, lui a préféré celui de *fadette*.

LA PETITE FADETTE

Le roman de George Sand, *La Petite Fadette*, publié en 1849, raconte l'histoire de Fanchon Fadet, dont le nom rappelle que ses parents avaient une vague réputation de sorciers [313] : sous **fada, fadade** et **fadette**, il y a le mot latin FATUM « destin ».

Des adjectifs au sémantisme remarquable

À côté de formes spécifiques comme *daru* « têtu », *fumace* « en colère » [314] ou *goûteux* « savoureux », il existe un certain nombre d'adjectifs qui, dans le Midi, ont un sens très particulier :

friand « gourmet »

fatigué « gravement malade »

gaucher « gauche, maladroit »

glorieux « orgueilleux, vaniteux »

peureux « qui fait peur » (et non « qui a peur »). Cet emploi du mot a été récemment attesté à Pessac (Gironde) et relevé par un journaliste à l'occasion de la mise en fabrication de la nouvelle pièce de un *euro* [315].

Récréation

DES ADJECTIFS MYSTÉRIEUX

Savez-vous exactement ce que sont :

1. un pain **moufle** (Roussillon)
2. du jambon **glacé** (Roussillon)
3. des cèpes **fous** (Pays Aquitains)
4. un enfant mal **fargué** (Roussillon)
5. un repas **chanu** (Marseille)

Réponses p. 465.

Des verbes intéressants pour leur forme ou pour leur sens

Certains verbes ont des formes que l'on ne retrouve pas dans d'autres régions. Tel est le cas de :

bader « rester bouche bée », d'où « être béat d'admiration », ou encore « flâner »

bomber « aller très vite » (surtout en voiture)

bouléguer « remuer, s'agiter »

cabusser « tomber la tête la première » (formé sur *cabus* « plongeon »)

embroncher ou *s'embroncher* « trébucher »

embuquer « gaver » (à rapprocher de *emboquer* déjà signalé en zone francoprovençale)

ensuquer est un verbe où l'on retrouve la racine pré-indo-européenne SUC, déjà citée à propos des toponymes se référant à des lieux élevés (QUELQUES RACINES POUR NOMMER LES MONTAGNES, p. 203). En ancien provençal *suc* désignait la tête, d'où le sens du verbe *ensuquer* « assommer » et même « endormir, abrutir ». En Auvergne, un *suquet* est une colline [316]

escagasser « abîmer, écraser », mais aussi « embêter, agacer »

escaner « étrangler » et *s'escaner*, c'est s'étouffer en mangeant ou en buvant. On peut aussi vous *escaner* votre portefeuille, vous le voler

espérer « attendre »

esquicher « écraser »

s'estramasser « tomber, se casser la figure »

gnaquer « mordre » (Béarn) [317].

D'autres verbes peuvent être trompeurs, car ils ont une forme connue, mais s'emploient avec un tout autre sens, comme :

calculer, qui peut avoir le sens de « réfléchir »

couper, qui s'emploie de préférence à *casser*, par exemple dans *se couper une jambe* (mais la jambe n'a pas été sectionnée)

quitter faire « laisser faire »

rester « habiter »
reprocher « provoquer des renvois gastriques » (se dit surtout à propos de l'ail)
guincher « cligner de l'œil » (et non pas « danser »)

RESQUILLER

Le verbe français **resquiller** vient d'un verbe provençal signifiant « glisser ». À Marseille, on raconte qu'au siècle dernier, à l'occasion d'un spectacle de patineurs, des jeunes gens dont la connaissance de la langue française était encore un peu approximative ont voulu entrer sans payer, des patins sur l'épaule, en disant : **resquilleurs**. Ils pensaient que cela signifiait « patineurs » [318].

Pour quelle heure m'invitez-vous ?

Ce n'est pas seulement dans le Midi, mais dans de nombreuses autres régions, en France et à l'étranger (Belgique, Suisse, Québec et dans toutes les autres communautés francophones du Canada), qu'il est prudent de demander des précisions quand vous êtes invité à partager un repas, car :

— le *déjeuner*, c'est le premier repas du matin (le *petit déjeuner* dans le français académique)

— le *dîner* se prend au milieu de la journée. Des quiproquos sont fréquents à l'occasion d'invitations. Il faut donc toujours faire préciser l'heure où l'on est attendu

— le *souper* est le repas du soir. Là aussi, il faut rester vigilant car pour les Parisiens, le *souper*, c'est le repas que l'on prend tard dans la nuit, après le spectacle, tandis que le *dîner* est le repas normal du soir.

Une mention spéciale doit être réservée à l'expression *faire collation*, qui correspond en principe au *goûter* que l'on prend au milieu de l'après-midi. L'expression est restée vivante dans le Sud-Ouest, où l'on dit aussi *faire quatre heures, prendre son quatre heures*. On trouve chez François Mauriac : *manger son quatre heures* [319].

UN DIALOGUE APPAREMMENT INCOHÉRENT...

– **Remettez-vous** donc !
– Non merci, je reste **droit**
– Mais si, j'insiste, vous allez **resquiller** et vous **ruiner** la jambe
– Ça vaut mieux que de partir **de cinq en cinq**.

...ET POURTANT PARFAITEMENT LOGIQUE
(quand on est de Sète)

– Asseyez-vous donc !
– Non merci, je reste debout
– Mais si, j'insiste, vous allez glisser et vous casser la jambe
– Ça vaut mieux que de décliner lentement.

Diversité grammaticale : le genre des noms

Si le sens particulier d'un mot n'attire pas toujours l'attention, il est un élément grammatical que l'on remarque vraiment avec étonnement : le genre des noms.

Ainsi entend-on parfois :

DANS LE ROUSSILLON [320]

un armoire	**une** anchois	**la** lait
un asperge	**une** artichaut	
un enclume	**une** haricot	
un étable	**une** ongle	
un horloge	**une** platane	
un orange		
un passoir		
un vis		

AUTOUR D'AGDE [321]

un cuiller	**une** ongle
un impasse	
un moustiquaire	

AUTOUR DE PERPIGNAN[322]

un huile   **une** anchois   **la** lait

                une artichaut   **la** sel

                une haricot

                une lièvre

DANS LE ROUERGUE[323]

le vis   **la** lièvre

        la platane

EN AUVERGNE[324]

une artichaut.

Dans le Beaujolais, on entend aussi : **une** ongle

Autant de signes évidents que le genre des noms ne va pas de soi.

D'ailleurs l'histoire de la norme du français porte aussi des traces d'hésitations : *doute* n'a pas toujours été du masculin et *armoire* n'est officiellement féminin que depuis la fin du XVIIe siècle[325]. Vaugelas témoigne en 1647 de l'état encore fluctuant du genre pour des mots comme *épithète, mensonge, poison, relâche, reproche* ou *intrigue* et il accepte encore **un fourmi** auprès de **une fourmi**[326].

LE FOURMI, LA POISON ET LA NAVIRE CHEZ LES BONS AUTEURS

RONSARD « Mais tu vis par les sillons verds / De **petits** fourmis et de vers » (L'alouette)[327]

MALHERBE « Domitius [...] commanda [...] de lui donner **la** poison. » (*Traité des bienfaits de Sénèque*, III, 24)

MONTAIGNE « Aussi facilement que le timon faict retourner **la** navire » (*Essais*, II, 195).

Diversité grammaticale : constructions particulières

Certaines constructions avec *que*, relevées en Auvergne, attirent particulièrement l'attention : celles où *que* se trouve en fin d'énoncé. En voici quelques exemples :

Il arrive que ! : « Il vient d'arriver ! » (également dans le Lyonnais)
Viens que ! : « Viens avec nous ! »
Va que ! : « Continue ! »
Entrez que ! : « Entrez donc ! » (cf. *Entrez seulement !* en Savoie)

Des expressions relevées çà et là

Certaines ont été entendues un peu partout :
De rang : à la suite
De longue : sans arrêt
Faire la moune : faire des grimaces, faire la tête
Avoir le biais (pour faire qqch) : avoir le chic (pour faire qqch)

D'autres ont été relevées plus particulièrement dans certaines régions, mais on pourrait parfois les rencontrer ailleurs :

Auvergne[328]

C'est affreux ce que c'est beau : c'est beau au-delà de toute expression
Chanter Ramona : réprimander
Se coucher content : rentrer ivre
Être après faire qqch : être en train de faire qqch
Se mettre en malice : se mettre en colère
Prendre du souci : s'apprêter à partir
Faire beau : faire la fête

Faire le plantier ou *faire la cancosse* : faire l'école buissonnière

Provence [329]

Avoir les trois sueurs : avoir peur (calque du provençal *tresusour*, littéralement « grande peur »)
Donner d'air à qqun : ressembler à qqun

À Marseille [330]

Patin-couffin : et patati et patata
Faire venir chèvre : tourner en bourrique
Faire peine : apitoyer
Conservez-vous ! : Portez-vous bien !

Languedoc [331]

Il tombe des rabanelles : il pleut à verse
Ça marque mal : ça fait mauvaise impression

Roussillon [332]

Rester droit : rester debout

Midi toulousain et pyrénéen [333]

Plaindre qqch : donner qqch avec parcimonie
Avoir un sadoul de : en avoir assez de

À Sète[334]

S'en croire : être prétentieux
J'en suis tout dévarié : tout décontenancé
Partir de cinq en cinq : « décliner lentement » (allusion
   à la balance romaine, graduée de cinq en cinq)

Bordelais[335]

Et patin et couffin : et patati et patata
Guenille à gringonner : serpillière
Plié pour compte : mort
Tâcher moyen de : faire en sorte de
Rire comme un choine en vitrine : par référence au pain
   choine fendu tout du long (cf. NOTRE PAIN QUOTIDIEN,
   p. 357)

L'« île de beauté »

Située au cœur de la Méditerranée, mais beaucoup
plus proche des côtes italiennes que de la Côte d'Azur, la
Corse n'est française que depuis deux siècles (traité de
Versailles, 1768), après avoir été successivement aux
mains des Toscans de Pise pendant deux siècles, et aux
mains des Génois du XVe au XVIIIe siècle[336].

La langue corse dans ses différentes variétés se
classe d'ailleurs parmi les langues romanes d'Italie et non
pas parmi les langues d'oc. Le français parlé dans l'île se
reconnaît à des prononciations particulières mais également à des traits grammaticaux et lexicaux dont l'origine
se trouve dans la langue corse.

LE PÈRE DE PAUL VALÉRY ÉTAIT BIEN CORSE...

...mais on peut s'étonner à juste titre de la graphie de son nom avec un **y**, les noms corses se terminant le plus souvent par un **i**.

Ce nom **Valéry** vient du latin VALERIUS (pluriel VALERII) et la graphie normale de deux **i** successifs était (comme en italien) **ij** au XIXᵉ siècle.

De **ij** à **y**, il n'y a qu'un pas [337], mais le père de Paul Valéry, né à Bastia en 1825, orthographiait son nom **Valerj**.

Quelques régionalismes corses [338]

Notons tout d'abord l'emploi du futur pour exprimer une supposition, forme grammaticale normale en langue corse. On dira ainsi :

Il n'est pas venu : il sera malade « il doit être malade ».

Sur le plan lexical, on peut signaler, dans le langage estudiantin, le verbe *chtamper* « copier », qui est calqué sur la forme corse *stampà* « imprimer ». À noter la prononciation, usuelle dans la langue corse, de *st* en *cht*.

Toujours chez les jeunes, on remarquera aussi le verbe *se charber*, dans le sens nouveau de « se planter, échouer », le premier sens étant « s'écraser contre un obstacle » (en voiture, par exemple), le verbe corse étant *scialbà* « crépir ».

Voici quelques expressions de la vie de tous les jours :

je vais m'aboutcher tout le repassage « je vais m'appuyer tout le repassage » (en corse *abbucchjà* « donner » et *abbucchjasi* « se faire refiler qqch »),

elle a strazié « elle a eu des difficultés » (du corse *strazià* « tourmenter, martyriser »),

la porte sbatoulle « la porte bat », du corse *sbatullà*

« battre, agiter ». À signaler un sens dérivé, plus récent, dans *ça a sbatoullé* « il y a eu du remue-ménage ».

Enfin, il ne faudrait pas aller trop vite dans l'interprétation du verbe *zapper* (sous sa forme écrite, car il se prononce [tsape]) : il signifie « être maladroit » (en corse *zappà* signifie « piocher »).

CÔTÉ OUEST

Aunis et Saintonge : entre oc et oïl

En remontant vers le nord le long de la côte de l'Atlantique au-delà de Bordeaux, on se trouve dans une région pleine de sous-jacences sur le plan linguistique car, après avoir appartenu au domaine d'oc jusqu'au Moyen Âge, comme cela apparaît dans la toponymie (cf. ENTRE OC ET OÏL : LA SAINTONGE, p. 102 et carte p. 104), elle se rattache aujourd'hui au domaine d'oïl. Il s'agit de la région entre Gironde et Loire, dénommée aujourd'hui Poitou-Charentes, et qui comprend, au sud (Aunis et Saintonge), une zone encore toute proche des traditions linguistiques méridionales et, plus au nord, une zone déjà empreinte des caractéristiques des langues d'oïl de l'Ouest.

La langue d'oc à la cour des comtes de Poitiers

Est-il nécessaire de le souligner à nouveau ? (Cf. Côté sud, LE DUCHÉ D'AQUITAINE, BERCEAU DES TROUBADOURS, p. 213). Dès la fin du XIe siècle, c'est précisément à la cour des comtes de Poitiers et ducs d'Aquitaine qu'était née la langue littéraire d'oc, illustrée depuis ses débuts par Guillaume, dit le Troubadour, neuvième duc d'Aquitaine (1071-1127). La cour d'Angoulême était alors un des hauts lieux de la culture d'oc, qui accueillait jongleurs et troubadours, devenant ainsi le premier centre de diffusion de la poésie lyrique en langue d'oc [339].

Cette langue prestigieuse, porteuse de ce qu'on allait appeler *l'amour courtois*, était aussi celle de toute la population méridionale, et il faudra attendre le XIIIe siècle, c'est-à-dire l'époque où le Poitou deviendra l'apanage du roi de France, pour que s'exerce l'influence de la langue française sur cette population de langue d'oc. Cela se fera par l'intermédiaire de la Touraine, en passant par les premiers foyers de diffusion de la langue du roi que seront Châtellerault, à l'entrée du seuil du Poitou, puis Poitiers et La Rochelle, l'ancienne capitale du pays d'Aunis [340].

DES MOTS D'AUJOURD'HUI
CHEZ MARGUERITE D'ANGOULÊME

Née en 1492 à Angoulême, sœur de François Ier et reine de Navarre en 1527, Marguerite d'Angoulême (alias Marguerite de Navarre), érudite et polyglotte, avait choisi d'écrire en français — en particulier son **Heptaméron** inspiré du **Décaméron** de Boccace — et on ne peut manquer d'être frappé par certains mots de ses écrits qui sont toujours vivants en Angoumois, comme dans les exemples suivants (dans leur orthographe originale) :

annuit « aujourd'hui »	**feisselle** « égouttoir à fromage »
venir « devenir »	**drapeaux** « langes de bébé »
ayder à quelqu'un « aider quelqu'un » [341]	

Soit du vin blanc, soit de l'eau-de-vie

En observant le partage linguistique actuel de la région Poitou-Charentes, on est tenté de le rapprocher d'une autre particularité qui concerne cette fois, et de façon plus inattendue, les produits nés de la culture de la vigne : au nord, le Haut-Poitou fournit des vins blancs proches de ceux des Pays de la Loire, tandis que la zone d'appellation « Cognac », plus au sud (dans les départements de la Charente et de la Charente-Maritime), ne produit que des eaux-de-vie. Cette dernière spécialité s'est développée à partir du XVIIe siècle, surtout à la demande des Hollandais, maîtres du commerce maritime, qui voyaient dans le *brandevin* (du néerlandais *brandwijns* « vin brûlé »), non seulement le plaisir de déguster un breuvage alors réputé pour ses qualités thérapeutiques, mais aussi l'avantage de transporter les produits de la vigne à la fois sous un volume plus réduit et sous une forme non périssable[342]. Ils ne se doutaient pas qu'ils scellaient ainsi le destin d'une eau-de-vie qui ferait ensuite le tour du monde.

Depuis quelques décennies, on a également commercialisé dans les mêmes lieux un vin de liqueur de très haute qualité, le pineau des Charentes, jusque-là réservé à la consommation familiale, et dont la naissance semble être le fruit d'un hasard heureux.

LA LÉGENDE DU PINEAU DES CHARENTES

On raconte dans la région que ce vin de liqueur est le résultat de l'étourderie d'un vigneron qui, au XVIe siècle, aurait versé du moût de raisin dans une barrique d'eau de vie qu'il croyait vide. C'est aujourd'hui un apéritif de qualité, fait d'un mélange de 3/4 de jus de raisin frais et de 1/4 de cognac âgé d'au moins une année. Le mélange doit vieillir ensuite dans des fûts de chêne[343].

Deux plantes confondues

On trouve en outre, en Charente-Maritime, une plante sauvage de la famille des ombellifères, appelée quelquefois le *fenouil de la mer*. On la connaît aussi sous le nom de *perce-pierre* (ou encore de *casse-pierre*, comme par exemple à Belle-Île-en-Mer)[344], parce qu'elle pousse dans les anfractuosités des rochers. Son nom savant, donné par Linné, est CRITHMUM MARITIMUM, d'où son autre nom : *criste-marine*. Il faut ajouter que les Romains appréciaient déjà cette plante au goût piquant et aromatique qu'ils avaient dénommée *asperge gauloise*.

Il se trouve que cette plante des bords de mer est souvent confondue avec une plante pourtant très différente, de la famille des chénopodiacées, la *salicorne*, qui pousse aussi à l'état sauvage mais dans les marais salants, sur l'île de Ré ou sur la côte autour de La Tremblade : une erreur qui vient de ce que la *salicorne* et la *criste-marine* sont généralement utilisées de la même façon, conservées dans le vinaigre, comme condiment pour accompagner viandes froides et poissons[345].

Le département de la Charente, un point de rencontre

La limite entre oc et oïl passe aujourd'hui pratiquement au beau milieu du département de la Charente, en laissant à l'est la région d'oc où l'on parle le limousin, et à l'ouest, la région d'oïl où s'est développé le poitevin-saintongeais (cf. la carte « LA CHARENTE PARTAGÉE ENTRE OC ET OÏL », p. 236).

Des mots qu'on peut rattacher à des formes d'oc

Cette situation géographique particulière est sans nul doute responsable de la présence, dans le français parlé de toute la région Poitou-Charentes, de mots dont l'ori-

gine peut être attribuée à l'un ou à l'autre domaine linguistique.

LA CHARENTE, PARTAGÉE ENTRE OC ET OÏL

Le département de la Charente a le rare privilège de se
trouver partagé de façon équitable entre le domaine d'oc,
à l'est, et le domaine d'oïl, à l'ouest. La langue française
qu'on y parle a donc bénéficié des possibilités de l'un et
l'autre domaines.

Zone de transition à tous points de vue, cette région
a effectivement gardé des traces de son histoire dans des
formes lexicales qui ont déjà été signalées pour la France
méridionale. On peut par exemple, comme en zone d'oc,
y entendre dire *adieu* quand deux personnes se rencontrent pour se souhaiter le bonjour, et traiter de *glorieux*
celui qui se croit supérieur aux autres. Le *ramasse-bour-
rier*, « pelle à poussière », s'y range dans l'arrière-cuisine
nommée la *souillarde* et on y appelle *cagouilles* les escar-

gots, en particulier en Aunis. Le verbe *venir* y est employé dans le sens de « devenir » — cela était déjà vrai du temps de Marguerite d'Angoulême (Cf. encadré Des mots d'aujourd'hui chez Marguerite d'Angoulême p. 233) – et le verbe *espérer* peut signifier « attendre (quelqu'un) ». On y apprécie l'*aillet*, qui est de l'ail dont on consomme les tiges vertes (et pas seulement les gousses) au printemps lorsqu'il est jeune, avant de *faire chabrol* (ou *chabrot*), ce qui revient à ajouter du vin rouge au reste de soupe et à l'avaler à même l'assiette, comme le ferait une chèvre (sous *chabrol*, on pourrait deviner la racine latine capra « chèvre », mais cette étymologie est contestée).

Déjà aussi des formes d'oïl

À côté de ces termes qui rappellent son ancienne appartenance au domaine d'oc, la région Poitou-Charentes présente aussi de nombreuses formes propres à la zone d'oïl de l'Ouest. Par exemple :

brocher « tricoter », que l'on trouve également en général en Haute-Bretagne et en particulier dans le pays de Retz [346]

haricoter « travailler beaucoup pour peu de profit » (également en Haute-Bretagne et en Touraine) [347]

lard, avec le sens général de « viande de porc » (attesté jusqu'en Normandie) [348]

buffer « souffler », qui est également usuel dans le Maine.

Une place à part sera réservée à des expressions régionales que l'on connaît généralement ailleurs, mais dans l'ordre inverse. Ainsi :

femme-sage « sage-femme »

froid et chaud « chaud et froid »

souris-chauve « chauve-souris [349] ».

OLERON OU OLÉRON ?

On peut se demander pourquoi et comment un accent aigu est venu se poser sur la troisième lettre du nom de cette île. En fait, cela semble tout à fait gratuit car tous les Oléronais prononcent le nom de leur île **Ol'ron**.

C'est dans l'autre sens que l'erreur se produit pour **Clemenceau** ou **Grevisse**, qui ne portent pas d'accent mais que beaucoup s'obstinent, contre toute logique, à prononcer avec un **-é-**.

On peut encore signaler deux verbes dont l'acception peut surprendre :

> *tuer* (le poste ou la lumière) « éteindre » (la radio ou la lumière)
> *débaucher* « sortir du travail à une heure donnée »[350] et non pas « licencier des travailleurs ».

Ces façons de parler feront en grande partie, à partir du XVIIe siècle, le voyage outre-Atlantique.

Le Haut-Poitou et les cousins acadiens

C'est du Haut-Poitou, essentiellement à partir des seigneuries de Richelieu, d'Aulnay et de La Chaussée, toutes trois situées dans la région de Loudun, au nord de Poitiers, qu'entre 1632 et 1650 a été organisé, à l'instigation du cardinal de Richelieu, le grand voyage vers l'Acadie, une région située dans les Provinces Maritimes, à l'est du Canada. La colonisation des nouveaux territoires semble avoir été une affaire de famille, les seigneurs de ces lieux étant tous plus ou moins apparentés au Cardinal de Richelieu. Ils avaient réussi à entraîner dans cette aventure une vingtaine d'autres familles du Poitou, de Touraine, du Berry et de Bretagne et il est remarquable de constater que la population francophone de l'Acadie actuelle provient presque uniquement des 89 familles qui s'y étaient établies au cours de la première moitié du XVIIᵉ siècle [351].

On ne s'étonnera donc pas de trouver dans les Provinces Maritimes du Canada divers traits phonétiques, grammaticaux et lexicaux propres aux parlers poitevins [352].

Des mots venus de France, ou puisés sur place

La coloration originale du lexique acadien vient d'une part de ce qu'il a gardé bien vivants des mots venus de France mais qui ont disparu de l'usage français ou qui ne se sont maintenus que régionalement, d'autre part d'innovations dues aux besoins de la communication dans de nouvelles conditions climatiques et sociales, ainsi qu'au voisinage des langues amérindiennes, puis de l'anglais.

CARTE DU HAUT-POITOU VERS L'ACADIE

Alors que les émigrants qui devaient s'installer au Québec étaient partis de Normandie, du Maine, du Perche et de l'Ile-de-France, c'est du Haut-Poitou que provenaient les Acadiens [354].

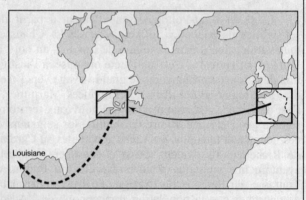

La flèche en trait discontinu montre le chemin de la déportation des Acadiens vers la Louisiane en 1755.

LE FRANÇAIS EN ACADIE

En Acadie, les zones en gris correspondent à des concentrations particulièrement importantes de francophones.

En France, la zone grisée indique plus précisément la région autour de Loudun et de Richelieu (Seigneurie d'Aulnay), d'où sont parties les premières familles d'émigrants.

LES ZONES DE DÉPART EN FRANCE

De nombreuses expressions que l'on trouve dans le *Glossaire acadien* de Pascal Poirier (1875) sont encore vivantes en Poitou-Charentes, telles que :

barrer la porte « fermer à clef ». Cette expression est attestée chez Rabelais et même dans le *Roman de Renart* (fin XIIᵉ s.). Elle date d'une époque où la fermeture des portes se faisait au moyen d'une barre de bois

à matin « ce matin »

asteure « maintenant »

mouiller dans le sens de « pleuvoir ». Cette image, qui était déjà populaire au XVIIᵉ siècle, n'était pas acceptée par le bon usage. Voici ce qu'en dit La Bruyère : « Vous voulez m'apprendre qu'il pleut... Dites : il *pleut*[354] »

bavasser « bavarder, cancaner »

lichette « petite quantité ».

Cette liste de mots et d'expressions qui rapproche les usages acadiens des usages poitevins et charentais pourrait s'allonger de façon considérable, mais peut-être faut-il aussi citer quelques-uns des éléments du vocabulaire usuel en Acadie, que l'on peut aussi entendre au Québec :

tannant « ennuyeux, agaçant »

carreauté « à carreaux » (en parlant d'un tissu)

siler (en parlant des oreilles) « siffler »

placoter « bavarder, cancaner »

jaser « bavarder » (sans nuance péjorative)

hucher « hurler »

brailler « pleurer »

maganer « abîmer » (entré dans le *Dictionnaire de l'Académie*)

basir « disparaître, mourir »

boucan « fumée »

il fait frette « il fait froid »

râpure « purée de pommes de terre »

patates pilées « pommes de terre écrasées en purée »

poutine râpée « plat de pommes de terre râpées et au

lard », devenu le plat national acadien après le « Grand Dérangement » de 1755. (Cf. Le « GRAND DÉRANGEMENT », p. 244.)

On peut encore citer *chancre* pour désigner le « crabe », *espérer* dans le sens de « attendre » ou l'expression *ça me fait zire* « ça me dégoûte », bien que cette forme soit actuellement de plus en plus remplacée par *ça me dégoûte* (forme polie) ou par *c'est dégueulasse* (forme familière) ou encore par *c'est gros* (forme empruntée à l'anglais). Comme on le voit par ce dernier exemple, les anglicismes acadiens sont généralement différents de ceux qui ont été adoptés en français. Ce sont le plus souvent des calques, comme *surveiller la télévision* pour « regarder la télévision », sur le modèle anglais *to watch TV*, ou encore *appliquer* dans le sens de « faire une demande » (où l'on reconnaît l'anglais *to apply*)[355].

Venues de l'anglais, voici encore les formes *prendre une marche* « aller se promener », *starter* « partir » ou encore *union* « syndicat »[356].

Saint-Pierre-et-Miquelon

Le français à Saint-Pierre-et-Miquelon

Situé à 200 km au large des côtes de l'Acadie (Cap breton), l'archipel de Saint-Pierre-et-Miquelon avait accueilli, depuis le milieu du XVIIᵉ siècle, des pêcheurs bretons et basques qui finirent par s'y installer. Mais de 1713 à 1815 l'archipel changea plusieurs fois de mains, si bien que les habitants y sont aujourd'hui également des descendants des Acadiens chassés de leur terre d'accueil par les Anglais après 1755 et des personnes originaires de Terre-Neuve, presque entièrement de langue anglaise, mais ayant appris le français [357].

Voici quelques expressions qui semblent bien spécifiques de Saint-Pierre-et-Miquelon :

faire les 119 coups « faire les 400 coups »

attraper un saumon « se faire tremper par la pluie » ou « tomber à l'eau »

les doigts dans le pouce « sans se fatiguer, les doigts dans le nez »

en avoir par-dessus les cheveux « en avoir assez »

il y en avait toute une épitaphe « il y en avait une longue énumération »

il tombait des bérets basques ou *il tombait des plumes d'oie* « il tombait de gros flocons de neige »[358].

On peut en outre remarquer que le vocabulaire marin tient une large place dans les habitudes linguistiques du pays, ce qui le rapproche encore des usages acadiens, avec une extension de ce vocabulaire maritime à la vie courante :

amarrer	attacher (en parlant par exemple d'un vêtement)
de l'autre bord	de l'autre côté (par ex. de la table)
chavirer	renverser (par exemple son verre)
élingué	long et mince, comme une élingue, comme un cordage
gréer	équiper
se gréer	s'habiller
mousse (n. m.)	apprenti
paré (adj.)	prêt

Le voisinage de Terre-Neuve, anglophone, est sans doute responsable de quelques anglicismes comme :

batterie	pile électrique

bargain (n. m.)   soldes
watcher (v.)   surveiller, remarquer
gasoline   essence
crème glacée   glace

Enfin, comme en Acadie ou au Québec, on retrouve à Saint-Pierre-et-Miquelon des formes des parlers d'oïl de l'Ouest :

clencher   fermer à clef
bolée   contenu d'un bol ou ou d'un verre
boucane   fumée
dalle   évier
grafigner   griffer
marcou   chat mâle
mouiller   pleuvoir
pigner   se plaindre
pignocher   se plaindre
de rang   d'affilée
rester   habiter, demeurer
une tralée   une grande quantité
avoir de la misère   avoir du mal à faire qqch
  à faire qqch

Le « Grand Dérangement »

Lorsque, en 1755, les Anglais décidèrent de déporter les Acadiens qui s'étaient montrés « rebelles » depuis le traité d'Utrecht donnant l'Acadie à l'Angleterre, ils les mirent de force sur des navires pour des destinations diverses. Certains d'entre eux devaient parvenir dans la vallée du Mississippi, en Louisiane, où des Français avaient pris racine depuis 1682, et surtout depuis 1712. Pour les distinguer de ces premiers colons français déjà installés en Louisiane – les « Créoles » louisianais – on nomma les nouveaux venus les *Cajuns* (dont la prononciation est plutôt *cadjin*), forme altérée du mot *Acadiens*.

La Louisiane

Le cas particulier du français de Louisiane

On voit donc que la situation, en Louisiane, est spécifique : c'est surtout depuis le xviiie siècle que le français y
a été parlé, non pas uniquement par des colons venus de
France, mais aussi par des Acadiens qui s'étaient réfugiés
dans cette possession alors française après avoir été chassés
du Canada par les Anglais au milieu du xviiie siècle. C'est
dire que la langue qu'ils parlaient avait déjà pris une coloration particulière depuis un bon siècle et demi [359].

Située entre des territoires revendiqués par la France,
l'Angleterre et l'Espagne, la Louisiane était donc au
xviiie siècle habitée par des populations autochtones auxquelles étaient venus s'ajouter de nouveaux contingents
européens (français et anglais) ainsi que de nombreux
esclaves venus des Antilles ou d'Afrique. D'autre part, la
Louisiane ayant été cédée en 1803 par Bonaparte aux
États-Unis, c'est incontestablement l'anglais qui va définitivement l'emporter, mais le français finira par acquérir
le statut de langue officielle en 1968. Cette langue française qui, coûte que coûte, a réussi à survivre en Louisiane porte témoignage de ces apports divers.

Les emprunts aux langues amérindiennes

Les emprunts aux langues amérindiennes ont été très précoces : *ouaouaron* « grosse grenouille verte » est un mot d'origine iroquoise, également connu des Québécois et des Acadiens ; le nom de la *pacane* « sorte de noix » remonte à une racine algonquine, de même que celui du *plaqueminier*, l'arbre qui fournit le bois d'ébène. Les noms du *maringouin* « moustique » et de la *boucane* « fumée » sont empruntés au tupi. Enfin, le mot le plus spécifiquement louisianais, le *bayou,* qui désigne un petit cours d'eau dérivé d'une rivière, où le courant est presque nul et l'eau peu profonde, est d'origine chacta, langue des Indiens Choctaw[360], autrefois l'une des langues les plus importantes d'Amérique du Nord. C'est le long de ces bayous que s'étaient installés au XVIIIᵉ siècle les Acadiens chassés de leur territoire par les Anglais.

Quelques particularités lexicales

Certains mots français ont pris un sens différent en Louisiane, comme par exemple *pistache*, qui ne désigne pas la petite amande un peu verdâtre, venue d'Asie Mineure, très appréciée en France en pâtisserie ou pour accompagner l'apéritif, mais l'arachide – autrement dit la *cacahuète* –, plus fréquente en Amérique. Le *beurre de pistache*, sur le modèle de l'anglais *peanut butter,* y est donc aussi du beurre de cacahuète.

Voici quelques autres particularités :

– dans la rue, une *banquette* est un « trottoir » et un *îlot*, un « pâté de maisons »[361]

– au restaurant, une *mêlée créole* est une « soupe de poisson » et un *café brûlot,* un « café au whisky flambé »

– dans les campagnes, un *tit pape* est un « petit oiseau » et une *caille pivelée* est une « caille tachetée »

– en ville, la *maison de cour* est le « palais de justice » (calque de l'anglais *courthouse*) et le *fais-dodo* est le « bal populaire », une allusion à la nécessité d'endormir son bébé avant d'aller danser

– à la maison, une *barre à maringouins* désigne une « moustiquaire ».

Enfin, quand on dit d'une femme qu'elle est *gironde*, c'est qu'elle est « jolie »[362].

Quelques particularités grammaticales

Sur le plan des formes dérivées, les suffixes utilisés ne sont pas toujours ceux qui se sont fixés dans les usages européens. Ainsi, un Louisianais dira *créditeur* pour « créancier », *liseur* pour « lecteur », *traînailleur* pour « traînard » et *planeur* pour « planificateur ».

Comme il fallait s'y attendre, les emprunts à l'anglais sont légion. En voici trois exemples parmi beaucoup d'autres :

il a marché à l'office « il est allé à son bureau à pied »

un say-so de crème « un cornet de glace »

improver « améliorer »[363].

Plus récemment, c'est sous une forme plus spectaculaire et bien plus troublante que se font les emprunts à l'anglais, une forme qui ne respecte ni la flexion anglaise, ni la flexion française. Pour « je suis allé à La Nouvelle-Orléans en voiture », il arrive d'entendre l'expression *j'ai drive en ville*, où la forme n'est pas conforme à la grammaire française (on attendrait *drivé* pour le participe passé) et où elle ne l'est pas non plus à la grammaire anglaise (on attendrait *drove* pour le prétérit). Le même phénomène se produit, par exemple, dans *j'ai ride sur le bike* pour « je me suis promené à vélo »[364].

Faut-il voir dans ce nouveau type d'emprunts, non intégrés aux structures de la langue d'accueil, un signe évident de la difficulté du français de Louisiane à assimiler de nouvelles formes sans porter atteinte à ses contraintes grammaticales ?

La « Nouvelle-France »

C'est à l'époque (1635) où se crée l'Académie française « greffière de l'usage », que la langue française

---

**IMPLANTATION DU FRANÇAIS ET DE L'ANGLAIS
EN « NOUVELLE-FRANCE » ET EN LOUISIANE
(quelques dates [365])**

1534   Jacques **Cartier**, parti de Saint-Malo, débarque sur les rives du Saint-Laurent

1605   Fondation par Samuel de **Champlain** de Port-Royal, en Acadie (Nouvelle-Écosse)

1606   Fondation de **Québec** et arrivée des premiers religieux au Canada (Nouvelle-France)

1682   Cavelier de La Salle prend possession de la **Louisiane** au nom du roi de France Louis XIV

1713   La France cède l'**Acadie** à l'Angleterre (traité d'Utrecht)

1755   « Le Grand Dérangement » : **déportation des Acadiens** vers la Louisiane

1759-63 La France renonce à la « Nouvelle-France » (Traité de Paris)

1791   Venus de Nouvelle-Angleterre, 56 000 Anglais loyalistes, fidèles à la couronne d'Angleterre, arrivent en **Acadie**. Ils sont à l'origine du peuplement anglais des Provinces Maritimes actuelles

1801   Après diverses péripéties, la **Louisiane** est cédée à la France

1803   Napoléon vend la **Louisiane** aux Américains pour 15 millions de dollars

1815-40 Arrivée de 500 000 sujets britanniques dans l'ensemble du Canada

1840-60 Émigration de plus de 100 000 Québécois en Nouvelle-Angleterre

1960   La « Révolution tranquille » au Québec : essor économique du Québec et premières lois sur l'aménagement linguistique [366]

1977   **Loi 101** instaurant le français, langue officielle du Québec [367].

s'implante vraiment au Québec, un siècle après la prise de possession de ce territoire en 1534 par Jacques Cartier au nom du roi de France et une trentaine d'années après le premier voyage de Jacques Cartier en Acadie (Nouvelle-Écosse) et la fondation de cette première colonie française du Nouveau Monde (1605). La « Nouvelle-France », qui avait pris naissance en 1534, devait prendre fin avec le traité de Paris en 1763.

Les francophones au Canada

Au Canada, les habitants dont la langue d'usage est le français forment :
- – une majorité écrasante au Québec (83 % en 1991)
- – une minorité qui compte, au Nouveau-Brunswick (38 %)[368]
- – une minorité très faible, en Nouvelle-Écosse (2,9 %)

Dans les autres provinces, il ne s'agit que d'îlots dispersés dans un océan anglophone :

Ontario 3,8 %	Yukon 1 %
Manitoba 3 %	Saskatchéwan 1 %
Terr. du Nord-Ouest 1,4 %	Colombie britannique 0,5 %
Alberta 1,3 %	Terre-Neuve 0,3 %[369]

Les origines du français québécois

Les spécialistes ne s'accordent pas sur les origines du français québécois : les arrivants parlaient-ils la même langue ou chacun parlait-il son patois[370] ?

Au vu des nombreuses expressions propres à la vie en mer, on a pu évoquer l'existence d'un « français maritime » commun qui aurait été en usage dans les ports de la Manche et de l'Atlantique. L'hypothèse est séduisante mais difficile à vérifier, aucun document de l'époque ne permettant de l'étayer. Ce que l'on sait, en revanche, c'est que 80 % des pionniers arrivés avant 1700 étaient originaires de l'ouest et du centre du domaine d'oïl[371].

Si la ville de Québec a bien été fondée en 1608 par

un Saintongeais, Samuel de Champlain, originaire de
Brouage (Charente-Maritime) et si les Poitevins-Sainton-
geais représentaient près de 30 % de la totalité des premiers colons, presque autant provenaient de Normandie,
du Perche, de Bretagne et de l'Île-de-France, et presque
tous étaient d'origine urbaine. La langue française allait
trouver des voies de pénétration supplémentaires avec la
venue massive de ces jeunes orphelines qu'on appelait les
« filles du Roi » et que Louis XIV avait envoyées de l'Île-
de-France au Canada pour favoriser l'accroissement
démographique de la colonie, où il y avait au moins six
hommes pour une femme [372]. Cela explique sans doute
qu'il existe des différences entre le français acadien, dont
les liens ont été plus étroits avec le poitevin-saintongeais [373] et le français parlé au Québec, qui a connu des
apports plus diversifiés. Mais comme, ultérieurement, la
vallée du Saint-Laurent a aussi été peuplée par des Acadiens, qui y ont fait souche [374], on ne peut pas vraiment
tracer une ligne de démarcation très nette entre le français
acadien et le français québécois.

Le français parlé au Québec

Certaines particularités de la prononciation ont déjà été
signalées (cf. PRONONCIATIONS QUÉBÉCOISES, p. 167), mais
il convient de rappeler ici les plus généralisées :
— une légère assibilation des consonnes : *petit*, prononcé *ptsi, du* prononcé *dzu* (assibilation inexistante en
Acadie)
— des voyelles nasales plus fermées que dans la
norme en France : l'articulation de la voyelle de *temps* se
rapproche dangereusement de celle de *teint*, pour une
oreille habituée aux usages de la France non méridionale
— des voyelles *i* et *u* parfois si faibles qu'on ne les
perçoit pas : *densité* entendu comme *densté, musique*
comme *mzique*...
Ce seront surtout les particularités lexicales qui
retiendront maintenant notre attention.

Les étonnements du voyageur québécois en France

De même que c'est toujours « l'autre » qui a un « accent », c'est toujours « l'autre » qui emploie de drôles de mots. Ainsi, pour un Québécois, *c'est marrant* (expression usuelle en France) est une expression exotique, et il s'étonne que *bouffer des briques* signifie « n'avoir rien à manger »[375].

Il mettra un moment à comprendre un automobiliste qui parle d'une *panne sèche* « une panne d'essence », et à se rendre compte qu'une *bretelle* est aussi une voie de raccordement entre une autoroute et le reste du réseau routier, ou encore à saisir ce qu'est spécifiquement une *carte grise*, qui n'est pas seulement une carte de couleur grise mais aussi la pièce d'identité de la voiture[376].

Et dans le domaine de la confiserie, le touriste québécois apprendra peut-être par hasard que les friandises que l'on nomme *pralines* et *dragées* en France correspondent à ce qu'il connaissait déjà au Québec sous le nom d'*amandes brûlées*[377].

LES DIVERGENCES S'ATTÉNUENT

Après le temps des divergences linguistiques (dont les traces actuelles rappellent l'époque où le français du Québec et le français de France avaient peu de contacts), voici venir le temps des convergences. C'est ainsi que l'on peut aujourd'hui entendre au Québec :

placard, en concurrence avec **armoire**, naguère seul terme pouvant désigner les meubles de rangement dans une cuisine, et

séjour, qui semble avoir détrôné **vivoir** ou **salon** pour désigner la pièce la plus importante de la maison. Une maman donne aujourd'hui le

biberon à son bébé, à qui elle donnait naguère la **bouteille**, et elle le promène éventuellement, comme en France, dans une

voiture d'enfants, et non plus dans un **carrosse**[378].

Les étonnements du voyageur français au Québec

Le touriste français aura une expérience du même genre au Québec. Il faut en effet constater que si, depuis un demi-siècle, les usages lexicaux de la France et du Québec semblent se rapprocher (cf. Encadré précédent), certains d'entre eux, comme *mitaine* « moufle » ou *tuque* « bonnet de laine », ne semblent pas près d'être remplacés. Il est donc particulièrement utile de connaître un certain nombre d'équivalences pour de nombreux termes apparemment anodins, qui existent aussi en français de France, mais qui sont néanmoins à utiliser avec précaution car ils n'ont pas du tout le même sens au Québec et en France.

Ainsi, des *mitaines*, au Québec, sont ce qu'on nomme des *moufles* en France, c'est-à-dire des gants à séparation unique entre le pouce et la main, et non pas des gants qui laissent à nu les dernières phalanges des doigts ; un *clip* est un trombone, c'est-à-dire une sorte de petite agrafe réunissant plusieurs feuilles de papier sans les perforer [379] et une *brocheuse* est une agrafeuse, c'est-à-dire un instrument permettant de réunir plusieurs feuilles de papier en les perforant avec une agrafe métallique.

Récréation

COQUEMAR, BOMBE ET CANARD

Un ustensile de cuisine très utile prend le nom de :
      coquemar en Acadie [380]
      bombe à Québec [381]
      canard à Montréal
      siffleux un peu partout. (Canada)
Comment cet ustensile se nomme-t-il en France : 1. poêle à frire ? 2. bouilloire ? 3. cocotte ?
Réponse p. 465.

De plus, un *support* est un cintre pour accrocher les vêtements, une *tourtière,* une tourte à la viande de porc et non pas le moule dans lequel on la fait cuire, et les *lumières rouges* sont les feux rouges de la circulation. Il faut aussi savoir qu'on va acheter des *films* (et non des *pellicules*) pour sa *caméra* (et non pour son *appareil photo*).

Au restaurant, après avoir consulté la *liste des vins* (et non la *carte des vins*) et dégusté le *spécial du jour* (en France, ce serait le *plat du jour*), on demande la *note* (et non pas l'*addition*). Mais le client aura sans doute été prié auparavant d'indiquer ce qu'il désire comme *breuvage* (café, thé... que l'on sert avec le repas) et, s'il a choisi une boisson gazeuse non alcoolisée, c'est une *liqueur* qu'il lui faudra commander. S'il a besoin d'aller aux *toilettes*, la question à poser sera : « Où se trouve la *salle de bains* ? »

Enfin, si vous venez d'arriver au Québec, il ne faudra pas vous étonner de vous entendre répondre *bienvenue !* chaque fois que vous direz *merci*, et de constater qu'en se quittant on se dit toujours *bonjour* et non pas *au revoir* [382].

ATTENTION AUX QUIPROQUOS
Petit pense-bête à l'usage des voyageurs de part et d'autre de l'Atlantique [383]

AU QUÉBEC	EN FRANCE
des **chaussettes**	des **pantoufles**
des **bas**	des **chaussettes**
des **bas-culottes**	des **collants** [384]
une **veste** (sans manches)	un **gilet** (sans manches)
un **gilet** (avec des manches)	une **veste** (avec des manches)
une **gomme** (à mâcher)	un **chewing-gum**
une **efface**	une **gomme** (pour effacer)
une **chaudière**	un **seau** en métal
une **fournaise**	une **chaudière** (générateur de chaleur)
une **sacoche d'école**	un **cartable**
un **cartable**	un **classeur**, une **reliure**

Prolifération des expressions imagées

Ce qui frappe aussi l'observateur, c'est la variété des images illustrant les sentiments ou les émotions. Pour exprimer la colère, par exemple, les formules sont particulièrement nombreuses au Québec, où l'on a le choix au moins entre une bonne douzaine d'expressions différentes pour dire *se mettre* (ou *être*) *en colère* :

> *en furie*
> *en (beau) maudit*
> *en beau fusil*
> *en beau titi*
> *en gribouille*
> *en baptême*
se mettre (ou *être*) *en calvaire*
> *en hostie*
> *en sacre*
> *en sorcier*
> *en joual vert*
> *en Hérode*
> *en Mosusse* (de l'anglais *Moses* « Moïse »)

Et ce n'est pas tout : on peut aussi dire d'une personne en colère qu'elle a *mangé du serpent cru*, qu'elle commence à *coucher* (ou à *canter*) *les oreilles*, ou encore qu'elle *a pris les mouches* (en France, on *prend* seulement « *la* » *mouche*) [385].

On ne compte pas vraiment de la même façon...

...de part et d'autre de l'Atlantique, et la diversité des formules est bien plus grande au Québec. Jugez-en : alors qu'en France, quand on veut « bien s'habiller », on se met seulement *sur son 31*, on pourrait, au Québec,
> *se mettre sur son 18,*
> *son 33,*
> *son 35,*

> *son 36* (qui semble être la formule la
> plus courante)[386],
> *son 41,*
> *son 45* (et même, mais en anglais, sur
> *son forty-five*),

ou encore *sur son 46,* et jusque *sur son 56.*

Devant cette abondance, on reste pantois et curieux de comprendre la raison de cette multiplicité de choix[387].

POURQUOI TRENTE ET UN ?

L'origine de l'expression **se mettre sur son 31** semble remonter à la vieille expression **se mettre sur son trentain,** un drap de luxe très fin, dont la chaîne était faite de trente fois cent fils[388].

La surenchère au Québec semble avoir pris de l'ampleur avec **sur son 36, 41, 45, 46 et 56,** mais une autre expression, beaucoup plus modeste, s'y maintient aussi : **se mettre sur son 18,** expression attestée en France à l'époque de la Révolution[389].

On ne saura jamais non plus pourquoi on parle de la *semaine des trois jeudis* au Québec et de la *semaine des quatre jeudis* en France et, à en juger par l'expression québécoise *haut comme deux pommes* comparée à l'expression française *haut comme trois pommes*, faut-il en conclure que c'est parce que les pommes sont plus grosses outre-Atlantique qu'en France ?

On ne favorise pas non plus les mêmes anglicismes

L'anglais, qui s'infiltre aujourd'hui sans modération dans toutes les langues du monde, le fait abondamment dans la langue française, mais de façon différente de part et d'autre de l'Atlantique, où, des deux côtés, les puristes déplorent l'afflux de ces anglicismes de plus en plus

décriés. Voici quelques exemples typiques de ces anglicismes différents, dont la liste pourrait s'allonger de façon
considérable de part et d'autre sans que l'on puisse décider, avant d'en connaître l'inventaire complet, de quel
côté penche la balance [390].

Anglicismes introduits en FRANCE	**Anglicismes introduits au** QUÉBEC
ferry (mais *traversier* au Qué- bec)	**canceller** « annuler » (*inconnu en France*)
week-end (mais *fin de semaine* au Québec)	**charger** « demander (en paie- ment) » (*inconnu en France*)
puzzle (mais *casse-tête* au Québec)	**matcher** « assortir » (*inconnu en France*)
parking (mais *parc de station- nement au Québec*	**engagé** « occupé » (*inconnu en France*)
pull-over (mais *chandail* au Québec	**une fanne** « un ventilateur » (*inconnu en France*)
charter (mais *vol nolisé* au Québec)	**poli à ongles** « vernis à on- gles » (*inconnu en France*)
square (mais *carré* au Québec)	**pâte à dents** « dentifrice » (*in- connu en France*)
pop-corn (mais *maïs soufflé* au Québec)	**céduler** « mettre au program- me » (*inconnu en France*)

Les apports amérindiens [391]

Bien que les apports des langues amérindiennes soient
limités, on ne peut manquer de les rencontrer lors d'un
voyage au Québec. En voici quelques-uns, parmi les plus
communs :

le *caribou*, qui est une sorte de renne, dont le nom est
d'origine micmac, une langue algonquienne ;

le *carcajou*, dont le nom est emprunté au montagnais.

C'est un mammifère carnivore très rusé, apparenté au blaireau et que l'on nomme aussi le *glouton* ;

le *cacaoui*, au nom d'origine algonquienne, est un petit canard sauvage, originaire de Terre-Neuve, où on le nomme *canard à longue queue* ;

le *ouaouaron*, nom d'une grenouille géante dont le coassement aux tons graves évoque le son de la contrebasse ;

le *ouananiche*, dont le nom vient du montagnais ou de l'algonquin *ouanano*, avec un suffixe diminutif, est un saumon d'eau douce, à la chair très estimée, de taille moyenne (d'où le suffixe diminutif) mais pouvant tout de même atteindre cinq à six kilos ;

Récréation

OÙ EST L'ANIMAL DISPARU ?

Voici quelques expressions québécoises mettant en scène des animaux.

1. Un seul de ces animaux fait partie d'une espèce disparue. Lequel ? 2. À quoi ressemblait cet animal ?

pauvre comme une **souris** d'église	« très, très pauvre »
prendre les **mouches**	« se mettre en colère »
passer en **belette**	« passer en coup de vent »
en criant : **lapin !**	« en un rien de temps »
le temps de crier : **moineau !**	« en un rien de temps »
se coucher en **mouton**	« se coucher tout habillé »
dormir comme un **ours**	« dormir profondément »
dormir comme une **taupe**	« dormir profondément »
tomber comme une **tourte**	« s'écraser, s'effondrer »
faire sa **pintade**	« se pavaner »
faire le **renard***	« faire l'école buissonnière »

* Cette expression est aujourd'hui remplacée par **foxer** l'école [392]

Réponses p. 465.

le *maskinongé* est le nom d'un grand poisson préda-
teur d'eau douce, apparenté au brochet mais beaucoup
plus grand puisqu'il peut mesurer près de deux mètres. Il
ne se laisse pas capturer sans livrer bataille et son nom
est souvent déformé en *masque allongé*, ce qui décrit bien
la forme curieuse de sa tête et ce qui se justifie lorsqu'on
connaît le mot amérindien d'origine : *muskelunge*, forme
dérivée de *mâsk* « laid, difforme » et de *kinongé* « poisson ».

Dans le domaine végétal, l'*atoca* est une variété
d'airelle, dite *airelle canneberge*, de la grosseur d'une
cerise. Le mot vient de l'iroquois ou du huron et on utilise
traditionnellement cette baie comestible pour accompagner la dinde de Noël. On peut aussi rappeler l'existence
du *mascou* ou *mascouabina*, nom qui désigne le sorbier
ou cormier d'Amérique, dont le fruit rouge est également
comestible.

Signalons enfin le *pemmican*, préparation de viande
séchée, broyée et mélangée à des baies ou à des fruits
secs, qui rappelle l'époque des premiers trappeurs et des
aventuriers de l'ouest du Canada, pour qui le *pemmican*
était un élément essentiel pour leur survie.

Récréation (pour les géographes)

UN VILLAGE PRIS POUR UN PAYS [393]

Les noms du **Canada**, de la ville de **Québec** et de la
Gaspésie ont pour origine des mots amérindiens dont le
sens est (dans le désordre) :
– « le bout de la terre » dans la langue des Micmacs
(algonquin)
– « là où c'est resserré » en algonquin
– « village » en huron (iroquois).
Pour deux d'entre eux, la connaissance de la géographie du Canada devrait vous permettre de trouver à quel
nom rattacher la signification adéquate. Le troisième se
déduira des deux premiers.
Réponses p. 465.

Les apports des régions d'oïl de l'Ouest

Tout cet exotisme ne devrait pas nous faire oublier les nombreuses traces de régionalismes lexicaux originaires de l'ouest de la France que l'on retrouve tout naturellement au détour d'une conversation québécoise : *mouiller* pour « pleuvoir » et *mouillasser* pour « pleuvoir légèrement », *place* pour « sol de la maison » ou encore *beurrée* pour « tartine »[394], mais aussi *marcou* pour « matou », *motton* pour « grumeau » et même *chaudière (à vache)* pour « seau »[395].

Retour en France

L'évocation de ces mots régionaux venus de France, mais qui n'ont pas franchi la barrière des dictionnaires du français commun – aucun d'entre eux, par exemple, ne figure dans le *Petit Larousse 1998* –, tout en étant pourtant les témoins vivants de l'histoire du peuplement du Canada, nous ramène très naturellement en France, et plus particulièrement dans ce domaine d'oïl de l'Ouest que nous avions quitté pour nous rendre en Acadie.

Le retour en France sera tout d'abord marqué par une escale riche en dépaysement dans une île de la côte bretonne, où le français prend des allures vraiment différentes en raison de l'influence du breton, langue celtique.

Belle-Île-en-Mer

Belle-Île-en-Mer, aux accents bretons

Cette île située au sud de la Bretagne, face à Lorient, a aujourd'hui la particularité de recevoir, en période de vacances d'été, un grand afflux de visiteurs, ce qui modifie profondément la proportion des autochtones. Pourtant, ces derniers ont conservé dans leur façon de parler de nombreuses particularités, dues au bilinguisme partiel de ses habitants, comme par exemple être *glaze* (ou *glass*) « être bleui par le froid » (à partir du breton *glaz* « bleu-vert »), ou *chouquer* « s'asseoir ». Un fruit meurtri en tombant y est un fruit *blossé* (du breton *blossein* « meurtrir »), le crabe dormeur y est appelé un *cancre*, les petits poissons y sont de la *bigaille* (du breton *migaill*), mot qui sert aussi à désigner de petits morceaux de n'importe quoi. S'il pleut abondamment, on parle d'une *cahée* (du breton *kaouad* « averse ») ou d'une *saganée*, ce dernier mot ayant aussi le sens de « averse de coups, correction »[396].

Les noms de famille à Belle-Île-en-Mer

Le breton est également présent dans les noms de famille de Belle-Île, avec des noms comme :

Le Braz	« grand »	*Le Moal*	« chauve »
Le Bihan	« petit »	*Le Dû*	« noir »
Le Hir	« long »	*Le Fur*	« sage »
Le Floch	« écuyer »	*Marec*	« cavalier »
Le Goff	« forgeron »	*Quéré*	« cordonnier »
Penru	« tête rouge »	*Blavec*	« chevelu »
Painvin « tête blanche » (de *penn* + *gwyn*)			

Belle-Île-en-Mer, aux accents d'oïl de l'Ouest

D'autres particularités de l'île semblent se rapprocher davantage de celles de la Haute-Bretagne, ainsi que de celles du Maine et de la Normandie, où l'on n'a jamais parlé breton :

cette histoire me fait endêver : cette histoire me tourmente

acheter de rencontre : acheter d'occasion

tant pire : tant pis

bisquencoin (adj.) : anguleux, de travers

crouiller la porte : verrouiller la porte

le temps est beau abominable : le temps est superbe

il a gâté la sauce : il a renversé la sauce

une tralée de gens : une grande quantité de personnes

laver la place : laver le carrelage

fricot : repas de noces (et non pas « ragoût »)

côte de lard : côte de porc

lard doux : saindoux

tourteau : gâteau brioché

La Bretagne

La Bretagne à moitié celtique, à moitié romane

On sait que lorsque, vers le ve siècle de notre ère, des Celtes partis du sud de la Britannia (la Grande-Bretagne actuelle) se sont installés définitivement en Armorique (la Bretagne actuelle), ils apportaient avec eux leur langue et leurs traditions sur une terre faiblement romanisée, où la population était peu nombreuse et où le gaulois n'avait sans doute pas encore complètement disparu. À la fin du VIᵉ siècle, Grégoire de Tours parle en effet du gaulois au présent de l'indicatif, ce qui permet de penser que cette langue était alors encore vivante, au moins dans les campagnes.

LE PAYS PRÈS DE LA MER

Grâce à Jules César, nous savons que, dans l'Antiquité, le pays qui s'étendait à l'extrême ouest de la Gaule se nommait **Aremorica** « (le pays) près de la mer », du gaulois **are** « près de » et de **morica**, dérivé de **more** « mer ».

À cette époque, **Britannia** était uniquement le nom des Îles Britanniques, et ce n'est qu'après l'installation sur le continent de populations celtiques venues du pays de Galles et du Cornwall, vers le VIᵉ siècle, que l'Armorique a été nommée **Britannia Minor**, par opposition à **Britannia Maior**, ou Grande-Bretagne.

Pourtant, au moment de la chute de l'Empire romain, les habitants de la Gaule étaient depuis plus de cinq siècles en contact avec le latin, mais dans cette partie reculée du territoire, le latin ne s'était vraiment implanté que dans les villes, si bien que la langue celtique venue de Britannia n'avait pas eu beaucoup de mal à reprendre racine sur cette terre où le souvenir des anciennes tribus gauloises se maintient encore de nos jours sous le nom des villes de

Rennes, du nom de la tribu gauloise des *Redones,*

Corseul, du nom de celle des *Curiosolites,*

Vannes, du nom de celle des *Vénètes,*

Nantes, du nom de celle des *Namnètes.*

Ce qu'il restait de gaulois dans les campagnes avait sans doute fourni un terrain favorable à l'acquisition de la langue celtique des nouveaux arrivants venus du sud de la Grande-Bretagne.

C'est à cette époque qu'est lentement né le breton,

cette autre langue celtique dont on peut établir l'extension géographique maximale en observant la répartition des toponymes, et en particulier celle des toponymes comportant le suffixe gaulois *-acos*, devenu *-acum* en latin, et qui a ensuite évolué diversement selon les régions[397]. (Cf. CARTE DES NOMS DE LIEUX EN -AC ET EN PLOU-, p. 264.)

Des toponymes en *-ac*, témoins de l'histoire

Ce suffixe *-acum* avait été l'un des moyens les plus productifs pour former des noms de lieux dans l'ensemble de la Gaule.

En Bretagne, ce suffixe est représenté par deux formes différentes : *-ac* (ou *-ec*, *-euc*), par exemple dans *Brignac* (Morbihan), *Carantec* (Finistère), *Pleugueneuc* (Ille-et-Vilaine), et *-é* dans la partie orientale de la Bretagne, comme dans *Acigné, Liffré, Janzé* (Ille-et-Vilaine).

L'évolution en *-é* étant caractéristique des autres parlers d'oïl de l'Ouest, on ne peut comprendre le maintien du suffixe *-ac* (encore proche de la forme latine *-acum*) que comme une résistance à cette évolution typiquement romane sous la pression de la langue bretonne. On aboutit ainsi à la conclusion qu'on n'a sans doute jamais parlé breton à *Hédé*, à *Pacé*, à *Acigné* ou à *Janzé* (Ille-et-Vilaine) alors qu'on a dû le parler à *Médréac, Pipriac* ou à *Messac* (tous trois également en Ille-et-Vilaine), ou à *Herbignac* (Loire-Atlantique) – tout comme on le parle encore à *Malanzac* ou à *Mordéac* (Morbihan) ainsi qu'à *Mellac* ou à *Scrignac* (Finistère).

Étant donné le recul du breton vers l'ouest entre le xe et le xxe siècle, la toponymie devient ainsi un auxiliaire précieux pour établir sur la carte une région dite « mixte », où le breton a été parlé autrefois mais où il ne se parle plus. C'est dans cette région que se trouvent les plus nombreux toponymes en *-ac*, avec une densité particulièrement importante autour de Redon, dans une région qui englobe aussi la forêt de Paimpont, ce lieu mythique

où l'on croit reconnaître la légendaire forêt de Brocéliande.

CARTE DES NOMS DE LIEUX EN -AC ET EN PLOU-

Limite
des toponymes
en *Plou-*...

Limite
des toponymes
en *-ac*

St-Brieuc

breton

• Quimper

Rennes

gallo

Redon

Limite
actuelle
du breton

Région à forte
densité des toponymes
en *Plou-*

Région à forte
densité des toponymes
en *-ac*

Limite
du breton
au Xe siècle

Les toponymes en *Plou-*

D'autres toponymes attirent l'attention par leur
grande abondance, et tout particulièrement les noms de
lieux en *Plou-* « paroisse » (du latin PLEBEM « plèbe, petit
peuple », avec extension de sens à « groupe d'habitations
où s'exerce le ministère d'un curé »). Ce radical se présente sous cinq formes différentes, *Plou-, Plo-, Plu-, Plé-,
Pleu-* :

Plou- *Ploubalay* (Côtes-d'Armor), *Plougastel* (Finistère), *Plouha* (Côtes-d'Armor), *Ploumoguer* (Finistère),
Plourin (Finistère)...

Plo- *Ploaré* (Finistère), *Ploërmel* (Morbihan), *Plonéis* (Finistère), *Plonévez* (Finistère)...

Plu- *Pluguffan* (Finistère), *Pluméliau* (Morbihan), *Plussulien* (Côtes-d'Armor), *Pluvigner* (Finistère)...

Plé- *Pléchâtel* (Ille-et-Vilaine), *Plédéliac* (Côtes-d'Armor), *Plélan* (Côtes-d'Armor), *Pléneuf* (Côtes-d'Armor)...

Pleu- *Pleubian* (Côtes-d'Armor), *Pleucadeuc* (Morbihan), *Pleugueneuc* (Ille-et-Vilaine), *Pleumeur* (Côtes-d'Armor).

Les formes en *Plou-* sont pratiquement toutes rassemblées dans le Nord-Finistère et l'ouest des Côtes-d'Armor tandis que les formes en *Plo-* se trouvent surtout dans le sud-ouest du Finistère, celles en *Pleu-* et *Plu-* étant localisées dans le reste des Côtes-d'Armor et dans le Morbihan. On ne trouve aucun toponyme de ce type à l'est de l'Ille-et-Vilaine ou de la Loire-Atlantique.

L'interprétation de leur répartition a fait l'objet de nombreuses discussions et controverses mais les étymologistes s'accordent généralement pour considérer cette forme comme un emprunt au latin PLEBEM, tout d'abord avec le sens de « ensemble des habitants d'une paroisse », puis « paroisse » et enfin « village ».

Bien que leur dispersion soit grande et qu'ils soient entremêlés aux noms de lieux en *-ac*, on peut remarquer une présence particulièrement serrée de ces toponymes en *Plou-*... au nord-ouest d'une ligne Saint-Brieuc-Quimper. Or, si l'on compare les régions de grande densité des *Plou-* à celles des noms en *-ac*, on constate que là où les *-ac* sont en grand nombre, ceux en *Plou-* sont au contraire très clairsemés. Tel est le cas par exemple de la région autour de Redon. Plus généralement, les noms en *Plou-*, *Plo-*, *Plu-*, *Plé-*, *Pleu-*... se trouvent en grand nombre près des côtes et ceux en *-ac*, le plus souvent à l'intérieur du pays.

Les toponymes en *Lan-* et en *Tré-*

Cette constatation conforte l'hypothèse selon laquelle, venus par mer, les nouveaux arrivants avaient pu s'installer dans des lieux désertés par les Gallo-Romains, souvent dans la solitude de la lande, comme le confirment les nombreux toponymes en *Lan-*, du celtique *lann* « étendue plate, lande » : *Landerneau* (Finistère), *Landivisiau* (Finistère), *Landunvez* (Finistère), *Langoat* (Côtes-d'Armor), *Langolen* (Finistère) ou *Langouat* (Ille-et-Vilaine).

Les toponymes en *Tré-*, comme *Trébeurden* (Côtes-d'Armor), *Treffieux* (Loire-Atlantique), *Tréffléan* (Morbihan), *Trégarantec* (Finistère), *Trégastel* (Côtes-d'Armor), *Trévérien* (Ille-et-Vilaine), du celtique *treb* « petite habitation », témoignent de leur côté de l'installation des saints évangélisateurs dans de modestes ermitages isolés et s'ajoutent ainsi aux toponymes en *Plou-*. Cela rappelle que l'occupation du terrain par les nouveaux venus s'est faite par petites unités dispersées, dans les espaces disponibles entre les anciennes exploitations gallo-romaines en *-ac* [398].

Le gallo, langue romane

Dès la fin du Ve siècle, la population de l'Armorique parlait, dans les villes, un latin déjà un peu modifié et tendant à devenir une langue romane, mais la prise de conscience de cette évolution ne devait être effective qu'avec le Concile de Tours en 813, lorsqu'il avait été recommandé aux prêtres de dire leurs homélies « en langue romane rustique ». C'est cette forme évoluée du latin qui poursuivra son existence dans la langue romane de Haute-Bretagne (partie orientale de la Bretagne), que l'on connaît aujourd'hui sous le nom de *gallo*.

LE GALLO

Diversement orthographié : **gallo** ou **gallot** – mais la graphie sans -*t* l'emporte dans les usages contemporains – ce nom est à l'origine un mot breton qui signifie « français », ou plutôt « non breton ». C'est probablement ainsi qu'on nommait autrefois ceux qui ne parlaient pas breton.

Ils ne parlaient évidemment pas encore le français, mais la forme particulière qu'avait prise le latin dans cette région de France : le **gallo**.

Entre français et breton

Le gallo a eu une double malchance : celle de se trouver pris entre deux voisins très encombrants et qui l'ont progressivement étouffé [399].

D'un côté, il y a le français, une langue composite qui, partie de la région parisienne, a fini par être imposée au reste du pays pour devenir langue officielle.

De l'autre côté, il y a le breton, seule survivance en Europe continentale du souvenir de « nos ancêtres les Gaulois ». Or, cette langue celtique bénéficie du fait d'être reconnue, en Bretagne et hors de Bretagne, comme une langue régionale à part entière et comme le symbole d'une identité bretonne. Si bien que, même en Bretagne, on n'est pas loin de penser que, pour être un vrai Breton, il faut parler breton. L'autre langue régionale de Bretagne, le gallo, diversement nommée par la population [400], (Cf. LE CAS PARTICULIER DU PATOIS ROMAN DE HAUTE-BRETAGNE et LE TERME *GALLO* CHEZ LES HABITANTS DE LA HAUTE-BRETAGNE, p. 111 et 112) est ainsi rejetée dans l'oubli, à la fois parce que le français est aujourd'hui la langue parlée quotidiennement par tous les Bretons et parce qu'une autre langue régionale – le breton – lui fait de l'ombre.

Cette langue gallèse survit aujourd'hui, côte à côte

avec le français, en Haute-Bretagne, à l'est d'une ligne qui traverse, du nord au sud, les départements des Côtes-d'Armor et du Morbihan (de Plouha, au nord, à la presqu'île de Rhuys, au sud) et on l'entend aussi dans les départements d'Ille-et-Vilaine et de Loire-Atlantique. Le français régional de Haute-Bretagne lui est redevable d'un grand nombre de mots et d'expressions, ainsi que de prononciations particulières.

Mots entendus en pays gallo

Parmi les expressions le plus souvent entendues en pays gallo, il en est une qui peut passer inaperçue au visiteur temporaire mais qui peut aussi devenir une sorte de marqueur permettant de reconnaître un habitant de Bretagne, et surtout de Haute-Bretagne. Il s'agit du mot *comment...*, qui s'intercale au beau milieu d'une phrase lorsque celui qui parle hésite sur un mot : une autre façon de dire *euh...* Toujours dans les échanges au cours d'une conversation familière, on entendra aussi sans doute *dame oui !* pour acquiescer, *dame non !* pour dire « bien sûr que non ! », et *à tantôt* pour « à cet après-midi ».

Dans des contextes plus spécifiques, on entendra parler d'un enfant qui *pigne* (« qui pleurniche ») ou d'une maman qui demande à son fils de ne pas mettre son pantalon *en bouchon* (« en tas ») car il risquerait d'être tout *chiffé* (« froissé ») le lendemain matin. On peut se voir proposer un *mic* (« un café ») accompagné de *pierres de sucre* (« sucre en morceaux ») ou de la *goutte* (« eau-de-vie de pommes ») après avoir apprécié une *galette*, c'est-à-dire, très spécifiquement, une crêpe de sarrasin, qu'il n'est pas question d'appeler une *crêpe*, car, en Bretagne, une crêpe est toujours faite avec de la farine de froment. Enfin, dans une boutique, on ne vous offrira pas un sac pour transporter vos achats, mais sûrement un *pochon*[401].

Une distinction phonique en état de survie

Il y a en outre, comme on l'a déjà signalé à propos des Mauges (cf. UNE VOYELLE PEU COMMUNE et INSTABILITÉ DE CES PRONONCIATIONS, p. 166), un trait phonique, caractéristique du gallo, mais qu'il partage avec la plus grande partie des dialectes de l'Ouest et qui s'est même parfois maintenu (mais qui perd de sa vitalité) dans certains usages du français régional de Haute-Bretagne : la distinction entre *fumé*, comme dans *il a fumé*, avec une voyelle centrale /ĕ/, et *fumée* (de cigarette), avec la voyelle fermée /e/, deux voyelles qui ne se confondent ni avec celle de (*un discours*) *fumeux* /ø/, ni avec le /ɛ/ ouvert de (*tous les hommes*) *fumaient*[402].

Signalons encore, parmi les caractéristiques du gallo, la présence, dès le XIe siècle, de *ou* dans les mots contenant un *o* long en latin et correspondant au français *chaleur*, *meilleur* ou *gueule* : en gallo, on trouve *chalou* « chaleur », *meillou* « meilleur » et *goule* « bouche ».

De la Bretagne vers le Maine : une transition en douceur

Comme on a pu le voir sur la CARTE DES NOMS DE LIEUX EN -AC ET ET EN PLOU- (p. 264), une partie du domaine du gallo a été progressivement gagnée sur le breton, dont la limite orientale a reculé depuis le IXe siècle de près de 100 km au nord et de 40 km au sud du pays. Le domaine où l'on parle donc aujourd'hui le gallo est divisé en une partie autrefois bretonnante et une partie qui ne l'a jamais été. En particulier, le breton n'a jamais été parlé, ni à Rennes, ni à Nantes.

Mais si, à l'ouest, la frontière actuelle avec le breton semble stabilisée, elle est beaucoup plus difficile à tracer avec les parlers voisins, bas-normands, mayennais ou angevins[403].

Le Maine

Le Maine, une voie de passage

Charnière entre l'Anjou et la Normandie, le Maine a connu diverses incursions, dont on peut en particulier retenir celle des Bretons qui avaient été chassés de Grande-Bretagne vers le Vᵉ siècle et qui s'étaient installés en Armorique. Des traces de ces époques tourmentées sont encore visibles dans le grand nombre de communes ayant conservé dans leur nom le souvenir de la résistance des Francs dans des lieux fortifiés. Il y a par exemple une trentaine de *Guerche* ou *La Guerche* dans l'ensemble de la région. Ce nom remonte à une racine germanique *werki* « fortification »⁴⁰⁴. Un peu plus tard, aux IXᵉ et Xᵉ siècles, c'est pour se protéger des pillards normands (les Vikings) que seront édifiés de nombreux châteaux, parmi lesquels celui de La Chartre, aujourd'hui disparu, et ceux de Château-du-Loir ou de Malicorne⁴⁰⁵.

Le Maine sera ensuite englobé dans les possessions d'Henri II Plantagenêt, né au Mans en 1133, qui était aussi roi d'Angleterre et dont les terres s'étendaient sur l'Aquitaine, la Touraine, l'Anjou et la Normandie. Le Maine allait ainsi se trouver au centre des conflits de la guerre de Cent Ans pendant tout le XIVᵉ siècle et une partie du XVᵉ siècle.

Le Maine et ses mots

La longue présence anglaise dans la région explique sans doute qu'une forme verbale comme *ramaouger*, qui signifie « remuer dans tous les sens », se retrouve dans le verbe anglais *to rummage* « mettre sens dessus dessous ». De même, le verbe *mincer* « briser, abîmer », absent des dictionnaires du français commun, mais qui existait en ancien français sous la forme *mincier* « couper en tranches fines », a connu une nouvelle vie en anglais dans le verbe *to mince* « hacher menu »[406].

Parmi les nombreux autres mots de français régional du Maine, il en est un qui mérite qu'on s'y arrête : le mot *liette* (ou *aliette*) « tiroir » parce qu'il permet de comprendre l'évolution sémantique du mot *layette* du français commun, dont l'étymologie est la même. Il repose sur un mot néerlandais dont la racine se retrouve dans l'anglais *to lay* « poser ». Mais pourquoi le mot *layette* a-t-il pris le sens de « trousseau de bébé » ? Le mot sarthois *liette*, qui désigne le tiroir, permet de faire la liaison : à force de poser les vêtements du bébé dans un tiroir (la *liette* en sarthois, la *layette* en français commun), c'est ce dernier mot qui, par métonymie, en est venu à désigner le contenu du tiroir.

On peut encore entendre dans la Sarthe ou dans la Mayenne le mot *avette* qui n'a pas été complètement éclipsé par *abeille* (cf. LES NOMS DE L'ABEILLE, p. 74-75) et les verbes

couister	pousser des cris stridents
cusser	geindre
couler	maigrir
tournevirer	aller et venir, tourner en rond
décanicher	se lever (le matin)
s'ensauver	s'enfuir, se sauver

ou encore *arriver à la fumée des cierges,* c'est-à-dire arriver trop tard.

Attestation isolée ou forme connue de tous ?

Relever des mots et des expressions typiques d'une région procure un plaisir toujours renouvelé au linguiste, qui y puise des informations sur différents plans.

Il se réjouira, par exemple, de recueillir la forme *chaillou* pour désigner le « caillou » car cela lui rappelle que *chaillou* était la forme régulière en zone d'oïl, le mot français *caillou* étant un emprunt au normanno-picard, qui, lui, n'avait pas connu l'évolution de *ca-* en *cha-*. Il sera frappé aussi par l'abondance des attestations de *mairerie* face à *mairie*, et pas uniquement chez des personnes peu instruites.

La question de la vitalité des différentes formes entendues reste aussi l'un de ses intérêts majeurs. Des enquêtes sur le terrain permettent de s'en faire une idée, comme on peut le constater grâce à un modeste sondage récemment effectué dans le département de la Sarthe[407] sur une partie des mots commençant par la lettre *b-*, auprès d'une population répartie également entre trois générations successives. En voici les résultats.

Sont connus des trois quarts des personnes interrogées (tous âges confondus) :

à la balicotte	« les jambes pendantes »
beurrée (n. f.)	dans les deux sens : « ivresse » et « tartine » (tranche de pain, pas forcément recouverte de beurre).

Sont connus de plus de la moitié des personnes interrogées :

balançouère (n. f.)	« balançoire »
banc (n. m.)	« étal d'un commerçant »
benaise (adj.)	« content »
berlaud (adj.)	« nigaud »
bérouette (n. f.)	« brouette »
un bestiau (n. m.)	« un animal »
bernache (n. f.)	« vin nouveau »

berrouasser (v.)   « bruiner, brouillasser ».

Sont connus de plus du quart des personnes interrogées :

baner (v.)   « pleurer à chaudes larmes »
basset (n. m.)   « buffet bas »
bégaud (adj. et n. m.) « nigaud »
belluette (n. f.)   « étincelle »
berdadaô (n. m. et « vacarme, fracas », « pata-
  interj.)   tras ! »
berdancée (n. f.)   « raclée, correction »
bernouser (v.)   « salir, barbouiller »
bersillé (adv.)   « complètement ».

Mais il était également important de relever les mots que les plus jeunes ne connaissent plus, mais dont certains, tels *belluette* ou *bernouser*, sont tout de même connus du quart de l'ensemble des personnes interrogées :

belluette (n. f.)   « étincelle »
d'une bedée (loc.) « d'un seul coup, brusque-
                        ment »
bernouser (v.)   « salir, barbouiller »
bételer (v.)   « cailler, tourner (en parlant
                        du lait, d'une mayonnaise) »
de bicoin (loc.)   « de travers ».

Récréation

DANS UN BORDAGE

Ce petit texte en français régional du Haut-Maine est à traduire en français commun.

On pouvait voir, cette *ressiée*-là, dans un *bordage* de la Sarthe : une *coche* et son *laiton*, un *marcou* et un *bossu*, des *loches* et des *lumas*, et *vantiers* des *avettes* et des *guibets* tandis que des *agaces* et des *guerzillons* *bagoulaient tobi à toba*.   Réponse p. 465.

La Touraine

La Touraine, jardin du beau langage ?

Dans cette vaste zone d'oïl de l'Ouest, où les variétés régionales du français présentent beaucoup de traits communs (cf. PETITE SÉLECTION DES RÉGIONALISMES (ZONE D'OÏL DE L'OUEST), p. 280), la Touraine est à considérer d'un œil plus attentif car elle y tient une place tout à fait privilégiée. En effet, depuis bientôt quatre siècles, elle garde la réputation d'être le lieu où l'on parle le français le plus pur. Nombreux sont d'ailleurs les Tourangeaux qui gardent en mémoire les propos de leurs professeurs de l'enseignement secondaire leur disant : « Au jardin de la France, on n'a pas le droit de mal parler[408]. » Et la tradition est ancienne puisque Rabelais fait dire à Panurge, à qui Pantagruel demandait s'il savait parler français : « Si faict, très bien, Seigneur », répondit le compagnon, « suis né et ay esté nourry jeune au jardin de France : c'est Tourayne. »

En réalité, le prestige de la langue parlée en Touraine, dans cette terre devenue résidence favorite des rois et de la Cour, avait encore grandi dès le XVIᵉ siècle auprès des étrangers qui visitaient la France (Allemands, Anglais, Hollandais) : pour eux, les bords de la Loire étaient sans conteste l'endroit où l'on devait apprendre le français. Cette réputation séculaire de l'excellence des variétés urbaines du tourangeau se retrouve dans le sentiment de sécurité linguistique qui caractérise encore aujourd'hui les habitants de la région[409].

Cette réputation est-elle justifiée ? Il faudrait tout d'abord distinguer, entre, d'une part, les usages urbains du Val de Loire, qui ont véhiculé le français sous une forme essentiellement écrite, une langue policée qui s'était développée à Paris dès le XIIIe siècle et qui avait été réglementée par les grammairiens à partir du XVIIe siècle, et d'autre part la langue des petites villes et des villages de campagne où, malgré tout, certaines spécificités régionales ont pu survivre.

Les régionalismes de Touraine

Ce qui rend particulièrement difficile la collecte des régionalismes de Touraine tient à ce que la langue tourangelle née du latin, telle qu'elle a évolué dans l'actuel département de l'Indre-et-Loire, est très proche de la langue élaborée en l'Île-de-France qui, reprise, amendée et uniformisée par les grammairiens, s'est finalement plus ou moins confondue avec la langue commune. La collecte ne pourra donc de ce fait qu'être modeste. Voici cependant quelques éléments lexicaux usités en Touraine et ne faisant pas partie de l'usage commun (malgré leur présence dans de nombreuses localités du domaine d'oïl de l'Ouest).

Citons par exemple l'inévitable *asteure* « maintenant », qui tend aujourd'hui à être remplacé par *tout à l'heure*, ou le verbe *haricoter* dont le sens, toujours péjoratif, va de « marchander » à « mal travailler la terre ».

Pour désigner les « groseilles », on utilise le mot *castilles* dans le nord de la Touraine, et *gadelles* encore plus au nord, tandis que l'on favorise le mot *groseilles* à l'ouest et au sud de la région.

La forme *être rendu* pour « être arrivé » est très courante, partout, même en ville, de même que *ce tantôt* pour

« cette après-midi »[410] et, comme dans une grande partie du domaine d'oïl de l'Ouest, on entend *mairerie* pour « mairie ».

Il faut enfin signaler certains stéréotypes que les Tourangeaux eux-mêmes citent comme typiquement régionaux, dans toute la Touraine, mais qui concernent en fait surtout le parler campagnard. Ce sont,

— sur le plan lexical :
la *lisette* « betterave »
le *gagou* « la flaque d'eau »
et le verbe *se bûcher* « se bagarrer »

— sur le plan phonétique : la prononciation du *t* final dans *lit, nuit, tout* (*rien du tout* prononcé *rien du toute*) mais aussi la prononciation d'un *t* adventice à la fin de *aussi* (*aussite*) et de *quoi* (*quoite*)[411].

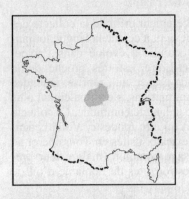

Le Berry

Les « Rois du monde »

Nous voici *rendus* (pour employer un terme dans l'acception qu'il a dans la région) au cœur de la France, dans une région dont le nom garde le souvenir d'une tribu gauloise au nom prestigieux, les *Bituriges*, les « Rois du monde » (où *riges* représente le pluriel de *rix* « roi »). Si l'on se reporte à une carte de la Gaule au temps des

Romains, on peut remarquer que leur territoire était inclus dans l'*Aquitania*, ce qui montre que l'ouverture vers le Midi que l'on observe de nos jours dans une partie du domaine a des racines profondes.

Situé au carrefour de diverses influences, le Berry, qui appartient à la zone d'oïl, révèle effectivement dans sa partie la plus méridionale des traits propres au domaine occitan. Témoin, au sud de l'Indre, le verbe *bader* « être ouvert » dont la forme est celle que l'on trouve dans tout le Midi et non pas celle que l'on attendrait en domaine d'oïl *(béer)*. C'est encore une forme méridionale que l'on retrouve dans *aiguasse* « averse », où l'on reconnaît le latin AQUA devenu *aigue* comme dans *Aigues-Mortes*, commune de Camargue.

Quelques régionalismes berrichons

Parmi les formes lexicales qui suivent, on reconnaîtra aussi sans peine de nombreux mots déjà repérés dans les régions d'oïl de l'Ouest.

amodurer	couper d'eau, en parlant du vin
aveindre	atteindre avec effort, par exemple en haut d'une armoire
bouffer (v.)	souffler (sur la bougie)
bouquet	toute plante fleurie
canettes	billes
chabroter	remuer, agiter
chiques	billes à jouer (en argile)
conséquent (adj.)	important
crier	pleurer (même sans pousser de cris)
donner un coup de fion	mettre la dernière main (à un travail)
fion	jeu de saute-mouton
(é)grafigner	griffer, égratigner (chez Rabelais, on trouve *égraphiner* et, chez Ronsard, *égrafigner*)
enfarges	entraves empêchant un animal de s'échapper

enrayer	commencer (un travail)
femme-sage	sage-femme
giboulée de curé	forte pluie, nuages annonçant l'orage
goulues	billes en verre coloré
goûter (n. m.)	repas de midi
goûter (v.)	prendre le repas de midi

LE BERRY, BERCEAU DU MAZAGRAN

Le **mazagran**, qui est un épais récipient de porcelaine en forme de verre à pied, doit son nom à un régiment de chasseurs berrichons, qui avaient été assiégés en 1840 par les troupes d'Abd El Kader dans le village de Mazagran, à l'ouest d'Alger. Ils avaient pu résister grâce à du café arrosé d'eau-de-vie qu'ils buvaient dans ces récipients particuliers. Revenus au pays, ils avaient continué à apprécier ce café arrosé et l'avaient baptisé **mazagran**. Le terme était ensuite passé du contenu au contenant (auparavant appelé **topette**)[412].

---

haïssable	se dit d'un enfant dissipé, ou difficile en matière de nourriture
luma	escargot (on dit aussi *cagouille*)
se mettre en malice	se mettre en colère[413]
marivole (n. f.)	coccinelle
meindion, maiguion	repas léger du milieu de la journée
mincer	hacher menu
mitan	milieu
papiéter	recouvrir les murs de papier
peilles	vieux chiffons
place	espace libre dans la pièce principale
pochon	sac en papier ou en plastique
à des point d'heure	très tard dans la nuit
de rang	à la suite

rester	demeurer, habiter
rimer	irriter (en parlant de la peau)
secouée	1. averse violente 2. multitude
senti-bon (n. m.)	parfum
tardillon, tardillou	dernier-né (de parents assez âgés)
tertous	tous sans exception
tuer	éteindre (une chandelle)
meindiouner, main-guiouner	prendre le repas du milieu de la journée
c'est de la moutarde après dîner	cela arrive trop tard

Récréation

COMBIEN D'UNITÉS DANS UN QUARTERON ?

Dans le Berry, on peut entendre parler, par exemple, d'un **quarteron**[414] d'œufs.

De combien d'œufs s'agit-il ? 4, 25 ou 40 ?

Réponse p. 465.

Un regroupement qui s'impose

Comme cela a été souvent signalé dans les pages qui précèdent, il semble bien exister des régionalismes communs à l'ensemble du domaine d'oïl de l'Ouest, qu'il convenait de regrouper dans une même liste. Cf. PETITE SÉLECTION DE RÉGIONALISMES (Zone d'oïl de l'Ouest), page suivante.

PETITE SÉLECTION DE RÉGIONALISMES[415]
(Zone d'oïl de l'Ouest)

Les mots et expressions de cette liste ont été sélectionnés (pour leur forme ou pour leur sens) dans des recueils publiés par des linguistes, des dialectologues ou des érudits locaux ou encore dans des enquêtes personnelles inédites (en ce qui concerne la Haute-Bretagne et le Maine)[416] qui attestent leur présence dans un lieu particulier de cette vaste région d'oïl de l'Ouest, qui couvre : le Poitou-Saintonge, la Touraine et une partie du Berry, l'Anjou, la Haute-Bretagne, la Normandie.

Ont été privilégiées les formes qui se trouvent signalées dans au moins trois des études lexicales citées en note (cf. note 415).

s'abernaudir « s'assombrir ». Ce verbe est couramment employé pour dire que le temps se gâte. Malgré l'évolution phonétique divergente, on peut y reconnaître la même racine que dans *brun*, adjectif d'origine germanique (cf. *embrunir* en ancien français)

achaler « agacer, ennuyer ». Le premier sens de ce verbe est « chauffer » comme sa forme peut le laisser deviner. L'adjectif *achalant* « agaçant » est très vivant dans le français du Canada

s'affaler « tomber face à terre » ou plus exactement sur la *fale*, mot qui existait en vieux français, avec le sens de « gorge ». Alors que le premier sens « tomber en avant » s'est complètement perdu ailleurs, la Haute-Bretagne est une des rares régions où ce verbe soit employé en conformité avec l'étymologie

agace « pie »

amitieux « affectueux ». Ce terme d'amitié est également attesté en Belgique et au Canada

anuit « aujourd'hui ». Cette formule, usuelle dans les régions d'oïl de l'Ouest, y prend aussi la forme *aneu* ou *aneit*. Elle insiste sur la nuit et non sur le jour, alors que le français commun, déjà répétitif avec *jour* et *hui* « jour » dans *aujourd'hui*, devient souvent inutilement tautologique dans *au jour d'aujourd'hui*

approprier, approprir « rendre propre, nettoyer »

être après (+ infinitif) « être en train de ». Cette tournure se trouve déjà chez George Sand : « Vous êtes toujours après laver et peigner[417] »

arrocher « lancer violemment ». On trouve également la forme *garrocher*, sous laquelle on reconnaît le mot *rocher*, le premier sens du verbe étant « lancer des pierres »

s'arsouiller « s'adonner à la boisson ». Ce verbe, et surtout le nom (*arsouille* « homme dévoyé ») sont passés en argot[418]

assemblée « fête annuelle du village »

L'ASSEMBLÉE EST UNE FÊTE ANNUELLE

Chaque village organise une fête annuelle, qui prend des noms différents selon les régions :

assemblée	Basse-Normandie, Poitou-Charentes, Saintonge, Sarthe, Touraine, Bourbonnais, Pays aquitains
apport	Bourgogne, Berry
ballade	Poitou-Charentes
bravade	Saint-Tropez
ducasse	Nord-Pas-de-Calais
frairie	Poitou-Charentes
préveil	Poitou-Charentes
sacre	Sarthe
vogue	Beaujolais, zone francoprovençale

---

avette « abeille »

bader « béer ; attendre ». Ce verbe, très fréquent dans le Midi, confirme, par sa forme même, son origine d'oc. En effet, la consonne **d** ne s'est pas maintenue dans les parlers d'oïl, là où le latin NUDUS, NUDA a évolué en *nu*, *nue*, VIDERE en *voir*, CODA en *queue*. Cette consonne s'est maintenue sous différentes formes dans les parlers du Midi : BADARE est, par exemple, devenu *bada* en provençal et *bader* dans les variétés méridionales du français. Il faut remarquer que le verbe *bader* ne figure pas dans les dictionnaires du français commun, alors que *badaud*, emprunté au XVIe siècle, se trouve déjà chez Rabelais, mais avec le sens de « sot ». Le sens de « personne qui s'attarde à regarder le spectacle de la rue » est plus tardif

bagouler « bavarder »

barrer « fermer à clef, au verrou ». La forme de ce verbe rappelle l'époque où, pour assurer une fermeture efficace des portes et des fenêtres, on utilisait des barres de bois ou de fer

bavasser « bavarder, cancaner ». Ce mot est considéré comme d'emploi familier dans les dictionnaires actuels où il figure (*Petit Larousse* 98, *Petit Robert* 1993). Il ne semble pas l'avoir été au XVIe siècle (attesté chez Montaigne en 1584)

belluette « étincelle »

berdasser « bavarder ». Ne semble pas avoir dépassé les limites régionales (attesté dans le pays nantais, la Sarthe et le Berry)

bernache « vin bourru, vin nouveau, pas encore fermenté »

beurrée « tartine ». Contrairement à ce que l'on pourrait croire, une beurrée est une tranche de pain qui peut très bien ne pas être recouverte de beurre, mais de rillettes, de confiture, etc. C'est uniquement le sens de « ivresse » qui est passé en argot contemporain

bordage « métairie »

bossu « lièvre »

bouillasse « gadoue »

bouiner « faire qqch sans avancer » Ex. : *Qu'est-ce que tu bouines ?* « Qu'est-ce que tu fabriques ? » (avec une pointe de critique)

bourrier « poussière, détritus »

brocher « tricoter »

buffer « souffler »

cache-cutte (jouer à) « jouer à cache-cache »

castille « groseille rouge ». On dit ausi *gadelle*

casuel (adj.) « fragile », d'où « risqué, difficile à réaliser »

chaire « chaise ». Le mot latin *cathedra* (du grec *kathedra* « siège ») avait normalement évolué en *chaire* en français, mais au XVIe siècle s'était développée une tendance — certains disent qu'il s'agissait d'une mode — à prononcer les *r* en *z*. Les deux seuls mots qui pérennisent cette ancienne prononciation sont *chaise* et *bésicles*. Les parlers d'oïl de l'Ouest ont toujours conservé le mot *chaire*, que l'on entend encore parfois, pour désigner une chaise quelconque

chancre (n. m.) « crabe »

chiner « collecter ou vendre de porte à porte ». Le français général ne connaît que le sens de « courir les brocantes »

chinou « mendiant »

claver, cléver « fermer à clef, au verrou »

clouter « clouer »

coche (n. f.) « truie »

courtil, courti « jardin »

crouiller « fermer »

cuter (se) « se cacher »

dormeur (n. m.) « tourteau, gros crabe à pinces noires »

failli (adj.) « misérable ». L'adjectif *failli* est généralement antéposé : *c'est un failli gars* « c'est un mauvais garçon »

fouace « sorte de brioche traditionnelle de Pâques »

galvauder « vagabonder » (sens plutôt péjoratif)

guerzillon « grillon »

guibet « moucheron »

hardes (n. f. pl.) « vêtements » et non pas « vieux vêtements »

haricoter « travailler dur » (pour un faible profit)

hucher « appeler en criant »

jaille (n. f.) « poubelle »

laiton « cochon de lait »

lard « viande de porc », et non pas seulement la partie

grasse de cette viande. Pour avoir un « rôti de porc », on demande donc un *rôti de lard*

loche « limace »

luma (n. m.) « escargot, petit gris » (usuel en Poitou alors qu'en Charente, on emploie plutôt le mot *cagouille*)[419]

mairerie « mairie »

marcou « chat mâle »

marienne, mérienne « sieste ». *Faire mérienne* : « faire la sieste »

mitan « milieu ». Forme que l'on trouve en ancien français (cf. la chanson « Dans le mitan du lit, la rivière est profonde ») dès la fin du XIIe s. mais qui est aujourd'hui considérée comme purement argotique

moche de beurre « motte de beurre »

le monde « les gens ». *Le monde* s'accorde généralement au pluriel : « le monde sont curieux »

motton « grumeau » (également au Canada)

mouver « remuer, agiter »

mouvette « cuiller en bois »

mulon « tas de foin, petite meule »

musser « cacher »

parlement « paroles, discours ». *Avoir du parlement*, c'est « parler beaucoup ». Dans ce même sens, le mot est attesté chez Rabelais. Dans le sens de « assemblée parlementaire », il s'agit d'un emprunt à l'anglais, mais ce n'est plus alors un mot régional

peuillot « chiffon »

pigner « pleurnicher »

piler « piétiner, fouler aux pieds »

pochon « sac en papier ou en plastique » (pour transporter les objets achetés)

pouche « sac » (à engrais, à blé, à farine)

prée (n. f.) « pré communal »

prier « inviter (à un mariage, à un enterrement, etc.) »

rapiamus « bavardages, cancans »

ravouiller « remuer l'eau et la vase ». On trouve la forme *rabouiller*, mais avec un *b,* propre aux régions des

parlers d'oc, également en Touraine et dans le Berry
(cf. aussi *La Rabouilleuse,* roman de Balzac)

rendu. 1. « arrivé » 2. « fatigué, épuisé » (également au
Canada)

ressiée « après-midi »

rester « habiter, demeurer ». Ce verbe, comme le verbe
suivant, connaît régionalement une vitalité qu'il n'a
pas dans l'usage général (également au Canada).

serrer « ranger, mettre à sa place » (également au
Canada)

subler « siffler »

tantôt « cet après-midi » ; « moment proche (passé ou
futur) »

tapon « morceau de tissu servant à rapiécer les habits »

tobi à toba « à tort et à travers »

vantiers « peut-être, probablement »

vergne (n. m.) « aulne »

vermine (n. f. ou m.) « tout animal inspirant crainte ou
dégoût ».

Petite pause méthodologique

Avant de poursuivre notre tour de France et du français dans les régions du Nord et de l'Est, il est utile de
s'arrêter quelques instants sur les questions que soulève
la recherche des régionalismes en français [420].

L'abondance des documents récemment publiés sur
les régionalismes lexicaux du français permet aujourd'hui
d'avoir une vue d'ensemble de leur étendue. Il existe en
effet, pour les dix dernières années, en plus de nombreux
articles, une bonne trentaine de dictionnaires qui recensent chacun plusieurs centaines de formes lexicales
recueillies dans une région de taille variable : cela va
d'une seule commune (par exemple Vourey, dans l'Isère,
à 25 km de Grenoble [421] ou encore Gap [422]) jusqu'à neuf
départements (pour le Midi toulousain et pyrénéen [423]) en
passant par un demi-département (pour le Beaujolais [424],
la moitié nord du département du Rhône), un département

(par exemple celui des Ardennes [425]), deux départements (ceux de Savoie et de Haute-Savoie [426]) ou encore quatre départements (Franche-Comté [427]).

À consulter tous ces ouvrages [428], une évidence s'impose : bien que les éléments lexicaux répertoriés dans ces ouvrages apparaissent, dans leur forme ou dans leur sens, comme inconnus des *horzains* (régionalisme normand pour « étrangers à la région »), ces derniers sont néanmoins souvent frappés d'y trouver un certain nombre de mots ou d'expressions qui leur sont non seulement connus, mais vraiment familiers et faisant depuis toujours partie de leur usage quotidien. Or, les dictionnaires généraux recensent rarement ces mots et ces expressions, ou, lorsqu'ils les incluent dans leur nomenclature, n'indiquent le plus souvent que la mention « régional », sans plus de précision. En réunissant toutes les informations actuellement disponibles, on sera bientôt en mesure de mieux connaître les limites géographiques de chacune des formes ou de chacun des sens initialement attestés dans une région donnée.

On peut déjà constater que *anuit* « aujourd'hui », *belluette* « étincelle » ou *champlure*, signalés en Normandie par René Lepelley, se retrouvent dans le Berry [429], *mucre* « humide » dans le Nord-Pas de Calais [430], que *galvauder* signifie « vagabonder » aussi bien en Normandie que dans les Ardennes [431], que le terme *lard* désigne la viande de porc à la fois en Normandie et dans le Poitou [432], que *rendant-service* « serviable » est une expression connue en Normandie et en Lorraine [433] ou que le verbe *dater de vieux* « être ancien » s'emploie de façon semblable en Normandie et dans le Beaujolais [434].

Quant à *dîner* pour désigner le repas de midi, le mot utilisé avec ce sens est attesté pratiquement partout (Normandie, Beaujolais, Nord-Pas-de-Calais, Pilat, Aquitaine, Toulouse, Provence, Lorraine, Velay, Bourgogne, Champagne, Franche-Comté, Ardennes...) [435]. On ne l'entend cependant jamais à Paris.

On constate parfois de petites différences d'usage montrant par exemple comment l'usage parisien de *déjeu-*

ner pour le repas de midi s'introduit lentement : on dira par exemple, dans un premier temps, *déjeuner* au restaurant mais *dîner* chez soi (à midi).

Ce très superficiel sondage dans les répertoires existants n'est évidemment qu'un très modeste échantillon de ce qu'une véritable enquête systématique auprès de la population des différentes régions pourrait révéler.

Basse-Normandie

Pour une enquête interrégionale

Dans l'impossibilité d'effectuer une enquête à grande échelle qui nécessiterait des moyens considérables, un premier pas pourrait néanmoins être franchi en restreignant le champ d'action au vocabulaire provenant d'une seule région, et en le testant ensuite auprès de locuteurs « horzains ». C'est ainsi qu'est née l'idée d'utiliser comme point de départ une partie des données recueillies par René Lepelley pour son *Dictionnaire régional de Basse-Normandie*[436].

Le corpus de cet ouvrage est particulièrement adapté à ce type de recherche parce qu'il contient aussi des précisions sur le degré d'utilisation des formes recensées, ce qui permet d'opérer une sélection des termes à soumettre à enquête en ne retenant que les unités lexicales dont la vitalité a été confirmée.

L'établissement de la liste de départ

Afin de réduire de façon sensible le nombre des unités lexicales à soumettre à l'enquête, un questionnaire a été élaboré en ne retenant que les seuls mots recensés comme « usuels » dans le dictionnaire de Lepelley (c'est-à-dire ceux qui étaient utilisés couramment par plus de 75 % des informateurs de Basse-Normandie), et dans au moins deux des trois départements qui constituent la Basse-Normandie (la Manche, le Calvados et l'Orne). La liste définitive des éléments lexicaux à proposer au jugement et aux commentaires des informateurs a ainsi été réduite à 127 unités.

On trouvera ci-dessous les 127 régionalismes normands classés selon leur degré de compréhension ou d'utilisation.

Liste des 127 mots

Nombre d'enquêtés (sur 171) ayant déclaré le mot comme « compris ou utilisé », en allant des mots les plus connus aux mots les moins connus.

165	*ce midi*	prép.	aujourd'hui vers midi
165	*goutte*	n. f.	eau-de-vie de cidre, ou calvados
165	*fréquenter*	v.	avoir un ami (ou une amie)
164	*souper*	n. m.	repas du soir, dîner
161	*galette*	n. f.	crêpe de sarrasin
158	*pile*	n. f.	lampe de poche
157	*déjeuner*	n. m.	repas du matin, petit déjeuner
155	*car*	n. m.	autobus de ville
154	*occasion*	n. f.	possibilité fortuite
151	*déjeuner*	v.	prendre le petit déjeuner
151	*change*	n. m.	vêtement de rechange

149	*pigner*	v.	pleurnicher
149	*lard*	n. m.	viande de porc
147	*piquer*	v.	planter
146	*goule*	n. f.	bouche, visage
146	*clouter*	v.	clouer
139	*pierre de sucre*	loc.	morceau de sucre
138	*salle*	n. f.	salle à manger
137	*comment il a fait son compte*	loc.	comment il s'y est pris
137	*beurrée*	n. f.	tartine
135	*fourcher de la langue*	loc.	ne plus être maître de ses paroles
135	*dîner*	n. m.	repas de midi, déjeuner
131	*épine*	n. f.	écharde
131	*dîner*	v.	prendre le repas de midi
130	*cotte*	n. f.	salopette
130	*clenche*	n. f.	poignée de porte
127	*dater de vieux*	loc.	être ancien
127	*aller à la traverse*	loc.	prendre un raccourci
127	*logeable*	adj.	où l'on peut mettre facilement des meubles
125	*pièce*	n. f.	champ
125	*espérer*	v.	attendre
125	*coche*	n. f.	truie
125	*clencher*	v.	actionner une poignée de porte
124	*choupette*	n. f.	touffe de cheveux sur le devant de la tête
124	*bouillir*	v.	distiller le cidre
123	*tout de suite*	loc.	en ce moment
123	*s'arsouiller*	v.	s'adonner à la boisson
122	*guetter*	v.	faire attention à
118	*berne*	n. f.	bas-côté d'une route
117	*calipette*	n. f.	galipette
115	*vermine (la)*	n. f.	les rats
108	*pur jus*	loc.	cidre pur, non mêlé d'eau
108	*bouiner*	v.	faire
107	*fossé*	n. m.	talus du fossé
106	*piler*	v.	écraser les pommes pour faire du cidre
104	*courtil*	n. m.	jardin attenant à une maison
104	*chambranler*	v.	ne pas être stable (pour un meuble)

103 *saumonette*	n. f.	roussette (poisson de mer)
99 *côte-côte*	loc.	côte à côte
99 *boudin blanc*	n. m.	mets fait avec des intestins de porc
96 *équerre*	n. f.	angle (de deux rues ou de deux murs)
95 *bouillote (sic)*	n. f.	alambic
92 *rendant-service*	adj.	serviable
88 *galvauder*	v.	vagabonder
88 *éclairer*	v.	faire des éclairs
87 *pichetée*	n. f.	petite quantité de liquide
85 *tirer*	v.	retirer (un vêtement)
84 *piler*	v.	marcher sur (qqch)
84 *galvaudeur*	n. m.	vagabond
83 *dépiausser*	v.	dépiauter, enlever la peau d'un animal
77 *carte*	n. f.	cartable
74 *botton*	n. m.	chausson de bébé
72 *dérisoire*	adj.	excessif
69 *toile*	n. f.	serpillière
69 *écaler*	v.	enlever la coquille d'un œuf
67 *cochon de Barbarie*	loc.	cochon d'Inde
66 *verser*	v.	pleuvoir à verse
65 *belluette*	n. f.	étincelle
64 *faire gentil à*	loc.	être aimable avec
58 *mouver*	v.	remuer
57 *goûtu*	adj.	qui a du goût
56 *empommer (s')*	v.	s'étouffer en avalant une pomme (pour une vache)
56 *bateau*	n. m.	bréchet (d'une volaille)
54 *redoubler*	v.	revenir sur ses pas
49 *anuit*	adv.	aujourd'hui
48 *carabot*	n. m.	personnage peu recommandable
47 *hâle*	n. m.	vent d'est desséchant
47 *carre*	n. f.	angle, coin (de deux rues ou de deux murs)
45 *houetter*	v.	utiliser une petite houe, biner
44 *plant*	n. m.	champ de pommiers
44 *gaffer*	v.	mordre d'un rapide coup de dent
41 *lait bouilli*	n. m.	soupe au lait

41	*amont*	prép.	contre
39	*couler*	v.	enfiler (un vêtement)
38	*vendue*	n. f.	vente aux enchères
38	*faisant-valoir*	n. m.	exploitation agricole
38	*courée*	n. f.	fressure (foie, rate, cœur, poumons)
37	*soui*	n. m.	poussière
37	*paré*	adj.	bon à boire (pour du cidre qui a déposé sa lie)
36	*pousse-pousse*	loc.	manège dit « fauteuils électriques »
35	*saucer*	v.	prononcer les « s » comme des « f »
35	*ébrai*	n. m.	cri
34	*mi*	n. m.	baiser
32	*tout pendant que*	loc.	du moment que
32	*pain recuit*	n. m.	pain recuit que l'on casse dans la soupe
31	*porette*	n. f.	semis de poireaux
31	*s'écaler*	v.	se fendre (pour un objet)
29	*taupette*	n. f.	petite bouteille d'eau-de-vie
28	*trimardeux*	n. m.	clochard
28	*toiler*	v.	passer la serpillière
28	*ensaucer*	v.	préparer la salade
26	*volier*	n. m.	volée (d'oiseaux)
26	*champlure*	n. f.	chante-pleure, robinet de tonneau
25	*emballage*	n. m.	serpillière
24	*sapinette*	n. f.	cône de sapin
24	*blanc-geler*	v.	geler blanc
22	*toile d'emballage*	n. f.	serpillière
22	*mouvette*	n. f.	cuillère en bois pour remuer la sauce
22	*guibet*	n. m.	moucheron
22	*barretée*	n. f.	mesure de contenance (env. 50 litres)
18	*souette*	n. f.	soue, étable à porc
17	*muler*	v.	bouder
15	*margate*	n. f.	seiche (mollusque)
15	*charterie*	n. f.	hangar à charrettes
14	*grichu*	adj.	qui a un visage peu avenant
14	*belin*	n. m.	bélier
13	*poignasser*	v.	tripoter

13 *boure*	n. f.	cane, femelle du canard
12 *empâturer*	v.	entraver
12 *brié*	p. p.	se dit d'un pain à mie serrée
10 *déjuquer*	v.	faire lever
9 *gode*	n. f.	tacaud (poisson de mer)
9 *emballager*	v.	passer la serpillière
8 *malaucœureux*	adj.	qui a facilement mal au cœur
7 *ha*	n. m.	milandre, ou chien de mer (poisson de mer)
6 *mucre*	adj.	moisi, humide
3 *bibet*	n. m.	moucheron

Une région proche et une région lointaine

Ce questionnaire, qui comportait pour chaque mot, outre son identité grammaticale, le sens particulier qu'il a en Basse-Normandie, avait été soumis à 171 informateurs, avec l'aide de plusieurs enquêteurs [437].

Afin de ne pas disperser les informations, il avait été décidé d'enquêter dans un premier temps principalement sur un terrain immédiatement voisin – la Haute-Bretagne –, où l'on avait des chances d'obtenir des indications sur l'extension géographique de proximité. À l'extrême opposé, on a voulu chercher à vérifier les réactions de certains informateurs plus lointains, et en particulier dans le creuset parisien, en principe dénominateur commun et grand uniformisateur des particularités régionales.

L'enquête, menée en 1994, a permis de réunir les réponses de 79 hommes et de 92 femmes, dont la majorité (139 sur 171) résidaient en Haute-Bretagne, région voisine de la Basse-Normandie et lieu d'enquête privilégié pour cette recherche. Vingt informateurs résidaient dans la région parisienne.

En ce qui concerne l'âge, il s'échelonnait de 6 ans à plus de 70 ans, avec un nombre élevé de personnes de moins de 50 ans (119 sur un total de 171).

Quelques résultats globaux

Les résultats de cette enquête, informatisés par Gérard Walter sur Macintosh avec le logiciel File Maker Pro, avaient permis d'aboutir aux résultats d'ensemble suivants, qui regroupent les mots « compris » ainsi que les mots « compris et utilisés » par chaque informateur.

Sur les 127 mots, près de la moitié des informateurs (73 sur 171) comprenait au moins la moitié des mots proposés. Il faut ajouter que, sur ces 73 personnes, 71 résidaient en Haute-Bretagne, dont la moyenne s'élevait à 62 mots compris ou utilisés.

Sur les 20 informateurs résidant dans la région parisienne, il n'y en avait que deux qui comprenaient plus de la moitié des mots proposés, et la moyenne des mots compris tombait à 32.

Nous avons donc ici une première indication de la quantité de régionalismes normands pouvant être considérés également comme des régionalismes de Haute-Bretagne (environ la moitié des 127 mots testés) ainsi que la confirmation du contraste que cette situation bretonne présente avec la région parisienne.

Les régionalismes connus hors de leur région

L'autre but de cette recherche était de caractériser chacun des termes de la liste en tant que régional au sens étroit (Basse-Normandie), régional au sens large (Basse-Normandie et Haute-Bretagne), ou non-régional (par exemple Basse-Normandie, Haute-Bretagne et région parisienne).

Les moins connus et les plus connus

On remarquera sur la liste des 127 mots (cf. p. 288) qu'aucun de ces mots n'est complètement inconnu : le moins connu (*bibet* « moucheron ») est tout de même compris par trois informateurs. À l'autre extrémité, les dix mots les plus connus : *ce midi* « à midi aujourd'hui », *goutte* « eau-de-vie (de cidre) », *fréquenter* « avoir un ami (ou une amie) », *souper* « dîner », *galette* « crêpe de sarrasin », *pile* « lampe de poche », *déjeuner* « petit déjeuner », *car* « autobus de ville », *occasion* « possibilité fortuite », *déjeuner* « prendre le petit déjeuner », le sont par au moins 150 personnes (sur 171), soit par près de 90 % des enquêtés.

La région parisienne

Tout en tenant compte du fait que la majorité des enquêtés étaient de Haute-Bretagne (119 sur 171, c'est-à-dire près de 70 % du total), il faut souligner qu'un certain nombre de ces régionalismes bas-normands sont au moins compris, quelquefois compris et également utilisés dans la région parisienne. Tel est le cas des mots suivants, qui sont « compris ou utilisés » par au moins 10 des 20 informateurs de résidence parisienne :

goutte	19 inf.	*saumonette*	12 inf.
souper	18 inf.	*pile*	12 inf.
pain recuit	18 inf.	*logeable*	12 inf.
occasion	18 inf.	*dîner (v.)*	12 inf.
fréquenter	18 inf.	*dîner (n.)*	12 inf.
déjeuner (v.)	17 inf.	*change*	12 inf.
déjeuner (n.)	16 inf.	*salle*	11 inf.
ce midi	15 inf.	*lard*	11 inf.
galette	15 inf.	*comment il a fait*	
épine	15 inf.	*son compte*	11 inf.
espérer	13 inf.	*toile*	10 inf.
écaler	13 inf.	*fourcher de*	
clouter	13 inf.	*la langue*	10 inf.
clenche	13 inf.	*car*	10 inf.

Mais il y a aussi 17 mots totalement inconnus à Paris :

amont	*barretée*	*bibet*	*botton*
boure	*charterie*	*couler*	*courée*
ébrai	*emballager*	*empâturer*	*gode*
guibet	*poignasser*	*porette*	*sapinette*
volier			

Critique de ces résultats

Avant de conclure, il faut attirer l'attention sur la valeur toute relative de ces résultats. En effet, bien que mis en garde, les informateurs ont souvent omis de prendre en compte la signification particulière du mot sur lequel on leur demandait de se prononcer : tel a été le cas par exemple pour *amont,* qu'ils connaissaient déjà dans la locution adverbiale française *en amont*, ou pour *boudin blanc*, qui est fait en Normandie avec des intestins de porc (par opposition au *boudin de Noël*), ou encore pour *fossé* dans le sens de « talus », ce que nous nommons un *fossé* en français commun étant appelé le *creux du fossé* en Normandie. Enfin, il n'est pas sûr que *dérisoire* « excessif » et *galvauder* « vagabonder » aient bien été considérés dans le sens particulier que ces termes ont en Normandie. Les réponses ne sont pas toujours fiables.

Où commencent et où s'arrêtent les régionalismes ?

Pourtant cette très modeste enquête, qui n'a évidemment aucune valeur statistique, constitue néanmoins une première tentative pour identifier, dans la partie la plus vitale du vocabulaire régional de Normandie, les éléments lexicaux qui prospèrent également en Haute-Bretagne (environ la moitié selon nos résultats) et ceux, beaucoup moins nombreux, qui se retrouvent aussi ailleurs, et en particulier dans la région parisienne (environ le quart). Une remarque à ce propos : le *pain brié* est connu d'une partie des informateurs parisiens (5 sur les 20 personnes enquêtées) mais il n'est cité dans aucun des 23 dictionnaires de régionalismes consultés, en dehors du dictionnaire des régionalismes de Normandie. Doit-on en conclure que le creuset parisien généralement considéré comme le grand destructeur des régionalismes peut aussi quelquefois servir à les diffuser ? Seule une enquête plus importante pourrait confirmer cette hypothèse.

La prochaine étape de la recherche présentée ici pourrait consister à étendre le corpus à l'ensemble des régionalismes de Normandie, car une partie des éléments lexicaux qui sont seulement attestés en Normandie pourraient bien se révéler « bien connus » ou « usuels » en Haute-Bretagne, ou ailleurs. Il faudrait en outre faire l'opération inverse en partant cette fois des régionalismes de Haute-Bretagne. De proche en proche, on pourrait ultérieurement couvrir l'ensemble des régions. Une entreprise d'une telle ampleur fait partie des utopies auxquelles les linguistes se plaisent à rêver.

CÔTÉ NORD

Les gens du Nord

C'est insensiblement que l'on passe de la Normandie à la Picardie, puis, de proche en proche, de la France du Nord à la Belgique.

Il faut en effet tout d'abord se rappeler que le normand et le picard étaient à l'époque médiévale deux dialectes si proches et si peu différenciés qu'on a pris l'habitude de les traiter sous une dénomination commune : le normanno-picard. En outre, non seulement le picard est également une langue régionale de la Belgique, mais, de part et d'autre de la frontière, cette langue romane voisine avec une langue germanique : le flamand. Cela explique les ressemblances que l'on constate à la fois dans le français parlé dans le nord de la France et en Belgique.

Le flamand sous le français régional

C'est à l'influence du flamand que sont dues des formes de français régional comme :

brindezingue (adj.)	légèrement ivre (cf. le flamand *brinde* « excès de boisson »)
wassingue (n. f.)	serpillière (où l'on reconnaît la racine de l'allemand *Wasser* « eau »)
knuche (n. f.)	sucre d'orge
spéculos (n. m.)	biscuit au sucre candi
couquebaque (n. f.)	crêpe (de *koeke* « gâteau » et *bake* « cuire »)
cramique (n. m. ou f.)	pain au lait. Désigne en Flandre maritime un gâteau aux raisins ou au sucre[438]
drache (n. f.)	violente averse
drève (n. f.)	allée bordée d'arbres
dringuelle (n. f.)	pourboire (cf. l'allemand *Drinkgeld*)
chercher misère	chercher dispute, chercher noise (calque de l'expression flamande *miserie zoecken*)

C'est aussi le flamand que l'on retrouve sous divers toponymes, en France et en Belgique.

En France, par exemple :
>   *Dunkerque* « église des dunes »,
>   *Hazebrouck* « marécage aux lièvres »,
>   *Esquelbeck* « ruisseau des frênes »,
>   *Bergues* « montagne »,
>   *Steenvoorde* « gué aux pierres »

En Belgique :
>   *Bruxelles* « château du marais »,
>   *Hasselt* « coudraie »,
>   *Malines* « petit lieu de réunion »

Récréation
PATRONYMES ET NOMS DE MÉTIER [439]

Ces noms de famille de la région du Nord **Lesur, Sueur, Choumaque, Desouter, Dezoutre** correspondent tous au même nom de métier. Lequel ?
Réponse p. 465.

En zone romane

Lorsque l'on passe en zone romane, la forme de toponymes *-inghem ou -inghen* comme *Ledinghem*, ou *Hocquinghen*, sont des traces de la présence très ancienne d'Anglo-Saxons qui, au moment de leur départ pour l'Angleterre, ont été remplacés par des gens de langue francique (flamand). Cette langue a ensuite été recouverte par le français au cours du Moyen Âge dans la région que l'on identifie aujourd'hui comme la Picardie [440].

La Picardie, c'est avant tout le nom d'une ancienne province française, mais cette province n'a jamais correspondu à des limites féodales ou administratives. Seules les caractéristiques linguistiques permettent d'en fixer le territoire : au département de la Somme s'ajoutent, en

France, des parties de l'Oise, de l'Aisne et du Pas-de-Calais[441], avec, en Belgique romane, une extension dans le Hainaut occidental.

CARTE DES LANGUES DE LA FRANCE DU NORD ET DE LA BELGIQUE

Entre la France et la Belgique, les frontières d'état ne correspondent jamais aux frontières linguistiques. En allant d'ouest en est, on peut constater qu'une petite **zone flamande** subsiste en France (Dunkerque), que le **picard** déborde sur une partie de la Belgique et que le **wallon** (autour de Givet) est, avec le **champenois** et le **lorrain**, une des composantes du département des Ardennes, alors que le lorrain se trouve également représenté en Belgique (**gaumais**).

Bruxelles constitue un îlot majoritairement francophone à l'intérieur de la zone flamande.

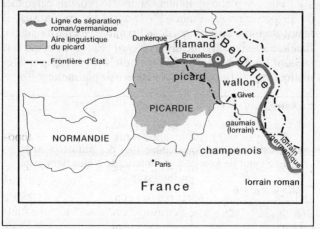

Qui est chtimi ?

En revanche, le terme *chtimi*, qui correspond vaguement dans l'esprit des étrangers à la région à un « mélange d'accent du Nord, de patois plus ou moins déformé, d'argot et de français régional »[442], est un sobriquet sans signification linguistique précise, et son extension géographique reste tout aussi floue : si l'on fait parfaitement la différence entre flamand, langue germanique et picard, langue d'oïl, il faut savoir que le mot *chtimi* ne peut s'appliquer qu'à des gens des départements du Nord et du Pas-de-Calais, par opposition à la fois à *flamand* (Flandre maritime) et à *franc picard*, terme que revendiquent pour eux seuls les Picards du sud de la Somme[443].

Quant à *chtimi*, le mot lui-même s'explique plus ou moins bien à partir du pronom démonstratif picard *chti* « celui que, celui qui » (Ex. : *chti qui s'y frotte s'y pique* « qui s'y frotte s'y pique ») auquel s'ajoute le pronom personnel de 1re personne *mi* « moi »[444]. D'après les spécialistes, il aurait été forgé au moment de la Première Guerre mondiale. Il existe aussi une forme abrégée *chti,* plus récente, qui sert aujourd'hui à désigner les habitants du Nord de façon emblématique, après l'avoir été par manière de plaisanterie[445].

Récréation

LE ROUCHI[446]

C'est ainsi que l'on nomme l'un des **patois picards**. Est-ce celui de la région d'**Amien**s, de **Valenciennes** ou de **Boulogne** ?

Réponse p. 466.

L'exception picarde

Très tôt, et pendant tout le Moyen Âge, le picard a été une langue écrite codifiée, largement attestée non seulement dans des chartes communales et des actes juridiques officiels, mais aussi dans des textes littéraires dont le rayonnement dépassait largement les limites linguistiques du dialecte[447].

En effet, la littérature de langue d'oïl la plus ancienne est picarde ou du moins écrite dans une langue fortement teintée de picard mais les milieux aristocratiques ont parlé français en Picardie au moins depuis le XIIIe siècle[448].

De plus, comme la Picardie linguistique s'étendait jusqu'aux portes de Paris, cela a sans doute favorisé de nombreux emprunts du français au picard : des mots aussi courants que *peu* et *bleu* ont effectivement un phonétisme emprunté au picard (où « trou » se dit *treu*), alors qu'en ancien français les seules formes attestées étaient *pou* « peu » et *blou* « bleu »[449].

On pourrait ajouter des mots comme *cajoler, canevas, coron, dariole, fabliau, usine*[450]...

Une devinette pour initiés

Dans le département du Pas-de-Calais, il y a, entre Boulogne-sur-Mer et Saint-Omer, quatre communes qui sont à l'origine d'une devinette traditionnelle dans la région, une devinette dont on ne peut comprendre la solution qu'en prenant conscience du fait que *huit* est prononcé *ouit* par les autochtones (comme on le constate aussi en Belgique)[451].

Ces quatre communes sont *Wimille, Wissant, Wittes* et *Marquise* et voici la devinette :

« Dans quel département français y a-t-il le plus de femmes nobles ? »

Réponse : dans le Pas-de-Calais, car on y trouve

8 808 marquises

huit mille	huit cent	huit	marquises
(*Wimille*	*Wissant*	*Wittes*	*Marquise*)[452].

Bien sûr, c'est un peu tiré par les cheveux, mais ce petit jeu linguistique un peu enfantin a la vertu d'évoquer une caractéristique de l'accent du Nord et de la Belgique :

le *w* des noms de lieux et des noms de famille s'y prononce toujours [w] (comme dans *Waterloo*) et non pas [v].

De part et d'autre de la frontière

Comme on l'a déjà signalé à plusieurs reprises, les traits de la prononciation du français sont nombreux à être semblables en France du Nord et en Belgique, tout comme sont nombreuses les formes lexicales communes.

PETITE SÉLECTION DE RÉGIONALISMES
(France du Nord et Belgique)

La liste ci-dessous regroupe des formes lexicales pouvant être entendues de part et d'autre de la frontière (mais il existe aussi des particularismes locaux [453]).

ajoute (n. f.) ce qu'on ajoute (annexe à un document, pièce de plus dans une maison, etc.). On dit aussi *rajoute* dans la France du Nord

amiteux, amitieux (adj.) affectueux, cajoleur. Il semble que la forme *amiteux* soit préférée en France (dépt. du Nord) et la forme *amitieux* en Belgique

assez (adv.) souvent placé après l'adjectif ou l'adverbe qu'il modifie : *on y voit clair assez, le fil est long assez* [454]

aubette (n. f.) abri de bus, kiosque à journaux

est-ce que tu viens avec ? pour « est-ce que tu viens avec nous ? ». S'entend surtout en Belgique, mais également en France (département du Nord)

avoir facile (de faire qqch) avoir de la facilité (à faire qqch)

bac à ordures poubelle

bac à papier corbeille à papiers

bas (adj.) plat, sans dénivellation. « La Flandre maritime est le *Bas pays* et non le *Plat pays* » [455]

tomber dans le beurre avoir de la chance

être dans le beurre être dans l'aisance

bistouille (n. f.) café additionné d'alcool

boutique (n. m.) petit magasin de détail. Le genre féminin semble être devenu plus usuel en Belgique

raconter des carabistouilles raconter des histoires, des fariboles

carbonades petits morceaux de bœuf cuits dans une marinade au vin ou à la bière, espèce de bœuf bourguignon

chicon endive

clapette personne bavarde

il veut comme pleuvoir on dirait qu'il va pleuvoir

couque (n. f.) terme général pour désigner toutes sortes de gâteaux

il fait cru il fait froid et humide

drache pluie drue, forte averse

ducasse fête patronale

franc (adj.) courageux

goûter (v.) plaire au goût (« est-ce que ce plat vous goûte ? »)

ligne raie dans les cheveux. En Belgique, désigne aussi une tablette de chocolat

loque torchon, chiffon, serpillière. En Belgique on dit aussi *loque à reloqueter*

chercher misère à qqun faire des misères, chercher noise à qqun

place pièce d'une habitation

ruses difficultés

faire son samedi faire le nettoyage à fond de la maison (nettoyage qui peut se faire n'importe quel jour)

savoir pouvoir. Le sujet peut aussi être inanimé : *Cette table ne sait pas passer par cette porte* « Cette table ne peut pas passer par cette porte »

tourner sot tourner à vide, tourner fou (pour un robinet, un écrou)

tout partout partout.

Quelques particularités d'outre-Quiévrain

Alors que les mots et expressions ci-dessus, tout en n'étant pas du français commun, peuvent s'entendre de part et d'autre de la frontière, on ne peut manquer de passer le Quiévrain, petit cours d'eau qui sépare la France de la Belgique, pour se rendre en Belgique sans remarquer qu'on y *sonne* quelqu'un (au lieu de l'appeler au téléphone), que les communes y sont administrées par un *bourgmestre* (et non par un maire), que le *percepteur des impôts* (c'est ainsi qu'on le nomme en France) est appelé en Belgique *receveur des contributions*, tandis que le receveur des postes y porte le nom de *percepteur des postes* ; qu'un professeur *ordinaire* dans une université belge occupe un poste hiérarchiquement plus élevé qu'un professeur *extraordinaire* (privilège qu'il partage avec ses homologues suisses ou luxembourgeois) ; enfin que c'est dans une boulangerie qu'une ménagère belge ira acheter des *pistolets* (qui sont des petits pains ronds ou allongés) ou un *pain français*, terme qui désigne exclusivement le pain allongé qu'en France on nomme ordinairement une *baguette*. Il arrive que l'on fasse *la file* (et non la queue) chez le *légumier* (marchand de légumes) et, en général, on utilise une *main* (gant de toilette) pour se laver et un *essuie* (essuie-mains) pour se sécher.

Dans la cuisine, quand un ustensile de cuisson a deux anses, c'est une *casserole* (en France, ce serait une *cocotte* ou un *faitout*) et quand il est pourvu d'un manche, c'est un *poêlon* (mais en France, ce serait cette fois une *casserole*).

Le vocabulaire scolaire et universitaire présente aussi quelques différences :

le « cartable d'écolier » est un *calepin* à Bruxelles, une *carnassière* en Wallonie, une *mallette* un peu partout ;

l'écolier ou l'étudiant qui n'a pas réussi à passer dans la classe supérieure est un *doublant* (en France, un *redoublant*) et tous les Belges classent leurs documents dans des *fardes* (en France dans des *chemises* ou des *classeurs*).

Enfin, en Belgique comme en France, les anglicismes prospèrent, mais les choix divergent quelquefois :

En **Belgique**   *En France*

Dans une voiture
choke   *starter*
Dans la rue
taximan (à Bruxelles)   *chauffeur de taxi*
Dans le travail
part time   *temps partiel*
full time   *plein temps*
Au football
back (n. m.)   *arrière* (n. m.)
half (n. m.)   *demi* (n. m.)
goal, goal keeper, keeper   *gardien, gardien de but*

CÔTÉ EST

Les Ardennes à la croisée des chemins

Tout comme la Saintonge, partagée entre oc et oïl, ou la Bretagne romane, entre langues d'oïl et langues celtiques, ou encore le département du Nord, entre oïl et flamand, le département des Ardennes se trouve en quelque sorte tiraillé dans trois directions :

– le *wallon* au nord, où l'on trouve encore, dans la pointe de Givet, une belle résistance de cette langue, sans doute aidée par le voisinage de la Belgique ;
– le *lorrain* à l'est, et surtout
– le *champenois* à l'ouest et au centre, c'est-à-dire dans la plus grande partie du département.

La plupart des particularités attestées dans les Ardennes[456] se retrouvent donc souvent dans les régions voisines.

Le genre des noms

En voici tout d'abord quelques-unes, qui concernent le genre des noms : *âge, air, hiver, orage, ouvrage* y sont le plus souvent du genre féminin. On entend ainsi : *la belle âge* pour « la jeunesse », *la bonne air,* une *grosse hiver* pour « un hiver rigoureux », *une orage, de la belle ouvrage*, cette dernière forme dépassant très largement les limites du département.

En revanche, *noix* peut souvent être du genre masculin, et également *télé* « poste de télévision ».

Et puis voici des verbes, des adjectifs et des noms

Certains verbes retiennent l'attention, tels *bassiner*, dans le sens de « ennuyer, importuner », que l'on retrouve en oïl de l'Ouest et en Suisse romande.

Il semble que ce sens remonte à l'époque où le garde champêtre *bassinait*, c'est-à-dire frappait sur un bassin de cuivre pour attirer l'attention de la population avant de rendre publiques des annonces d'intérêt général. On peut aussi remarquer l'emploi particulier du verbe *braire* dans le sens de « pleurer » (quand il s'agit d'un enfant) ainsi que celui du verbe *rester* « demeurer, habiter », déjà cité dans d'autres régions. Les verbes *clicher* « actionner la poignée d'une porte » ou *s'em-pierger* « se prendre les pieds dans un obstacle » font respectivement penser à leurs équivalents *clencher* (déjà signalé en Normandie ou à Saint-Pierre-et-Miquelon) et *s'enfarger* (que l'on retrouve jusqu'au Canada).

Parmi les adjectifs, on a déjà rencontré *cru*, par exemple en Belgique ou en Normandie, dans le sens de « froid et humide » et il faut aussi y ajouter le terme *mor-fondant*, qui en est en quelque sorte le superlatif. Certains adjectifs ont un sens particulier, ainsi *fier* (pour un fruit) « acide, âpre au goût » ou *nice* (pour un être humain) « niais, maladroit ». Ce dernier mot a gardé quelque chose de son étymologie puisqu'il vient du latin NESCIUS « celui qui ne sait pas » [457].

Parmi les noms des objets et des lieux de la vie domestique, il faut savoir qu'une *couverte* est une « couverture » et un *couvert* un « couvercle », que *papinette* désigne « l'écumoire », *passette* ou *passotte*, la « passoire » et que la pièce principale d'une maison est encore appelée le *poêle*.

DESCARTES DANS SON POÊLE

Le mot **poêle** désigne encore parfois en Lorraine, en Franche-Comté et en Champagne la pièce la plus belle de la maison, celle qui était chauffée par un poêle. C'est un mot qui s'employait encore dans ce sens à l'époque classique, comme l'attestent ces quelques lignes du **Discours de la méthode** relatant le séjour de Descartes en Allemagne durant l'hiver 1620 :

« [...] le commencement de l'hiver m'arrêta en un quartier où, ne trouvant aucune conversation qui me divertît, et n'ayant, par bonheur, aucuns soins ni passions qui me troublassent, je demeurais tout le jour enfermé dans un poêle, où j'avais tout le loisir de m'entretenir de mes pensées [...] [458] »

Un trait de prononciation parmi beaucoup d'autres

Dans le domaine de la prononciation, remarquons celle du mot *cafè (sic)*, où l'accent grave placé sur la voyelle finale n'est pas une faute de frappe, mais l'indication que ce mot se prononce avec une voyelle ouverte. Le *cafè blanc*, comme son nom ne l'indique pas tout à fait, est le « café au lait » et le *cafè bronzé*, comme son nom ne l'indique pas du tout, du « mauvais café ».

Récréation

CONNAISSEZ-VOUS LE *SPIROU* ?

Voici quelques noms d'animaux attestés dans les Ardennes :

agace, capucin, caracole, catherinette, coupiche, mouche (à miel), spirou

Ils désignent (dans le désordre) :

le lièvre, la pie, la coccinelle, la fourmi, l'abeille, l'écureuil, l'escargot.

Pouvez-vous les remettre dans l'ordre ?

Réponse p. 466.

Enfin, attention aux « faux amis » : si on vous offre des *framboises*, il s'agira de « myrtilles », et si vous désirez vraiment des *framboises*, il vous faudra demander des *ambres* (où l'on reconnaît la forme allemande *Himbeere*). Signalons aussi la multiplicité des mots pour désigner la pomme de terre : *crombîre* (à l'est de la région), *tartoufe* et *sauve-canaille* (dans la vallée de la Meuse), et même *canada*, du nom du pays dont on croyait la pomme de terre importée. Sous *crombîre* et *tartoufe*, on peut reconnaître l'allemand *Grund Birne*, mot à mot « poire de terre » et *Kartoffel*.

Ces formes de type germanique annoncent ce que l'on va trouver dans la Lorraine voisine, qui se partage entre une Lorraine germanique dans le nord-est et une Lorraine romane, dans la partie méridionale (cf. CARTE DES DEUX LORRAINES, p. 310).

La Lorraine

Le nom de la mirabelle

Lorsqu'on veut associer la Lorraine à des produits du terroir, c'est la mirabelle qui vient tout de suite à l'esprit, ce fruit dont la présence en Lorraine remonte à la période gallo-romaine. Des noyaux de cette petite prune jaune (PRUNUS DOMESTICA) ont en effet été trouvés dans des sites gallo-romains des Vosges, mais les dernières recherches montrent qu'on n'en trouve plus trace ensuite avant le XVe siècle, date à laquelle le roi René fait venir en Lorraine des prunes de sa propriété de Mirabeau, dans le Vaucluse [459].

De ce fait, on hésite sur l'étymologie de son nom, dont on a longtemps pensé qu'il remontait, par le latin, au grec *myrobolanos*, nom d'une noix aromatique aux vertus curatives « mirobolantes », d'où notre adjectif *mirobolant* [460].

On pencherait davantage aujourd'hui vers une autre étymologie, à partir de l'éponyme *Mirabeau*, ville de Provence perchée à 300 mètres d'altitude et ainsi nommée (à

CARTE DES DEUX LORRAINES

La **Lorraine germanique** (francique) occupe en
France une petite partie du département du Bas-Rhin
(Alsace bossue), et recouvre la partie nord du département de la Moselle. Le reste de ce département, avec
celui de la Meuse, des Vosges et de la presque totalité de
celui de la Meurthe-et-Moselle, forme la **Lorraine
romane.**

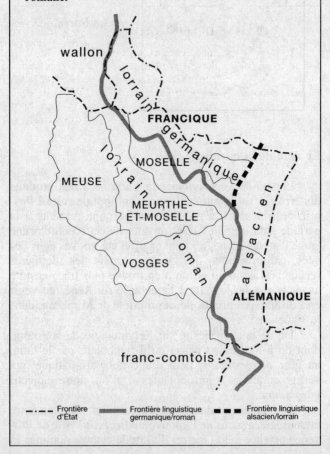

—·—·— Frontière d'État	▬▬▬ Frontière linguistique germanique/roman	▬ ▬ ▬ Frontière linguistique alsacien/lorrain

partir du provençal *mira* « regarder » et *bel, beu*
« beau »), en raison du beau point de vue qu'elle
offrait[461].

Emblème de la Lorraine

Si le nom de la mirabelle pose un problème d'étymologie, il n'en pose aucun sur le plan de l'identification

---

LA MADELEINE DE PROUST[462]

La légende veut que cette petite pâtisserie en forme de
coquillage bombé doive son nom à une jeune femme qui
servait à la cour de Stanislas Leszczynski et qui, en 1775,
avait confectionné ces petits gâteaux selon une recette de sa
ville natale, Commercy (Meuse). Le succès fut immédiat et,
grâce à Proust, cette pâtisserie est aussi devenue une référence littéraire[463] :

*« ...un jour d'hiver, comme je rentrais à la maison, ma
mère, voyant que j'avais froid, me proposa de me faire
prendre, contre mon habitude un peu de thé [...] Elle envoya
chercher un de ces gâteaux courts et dodus appelés Petites
Madeleines qui semblent avoir été moulés dans la vulve rai-
nurée d'une coquille de Saint-Jacques. [...] à l'instant même
où la gorgée mêlée des miettes du gâteau toucha mon palais,
je tressaillis, attentif à ce qui se passait d'extraordinaire en
moi. Un plaisir délicieux m'avait envahi, isolé, sans la
notion de sa cause [...] J'avais cessé de me sentir médiocre,
contingent, mortel [...]*

*Et tout d'un coup le souvenir m'est apparu. Ce goût était
celui du petit morceau de madeleine que le dimanche matin
à Combray [...] quand j'allais lui dire bonjour dans sa
chambre, ma tante Léonie m'offrait après l'avoir trempé
dans son infusion de thé ou de tilleul [...].*

*Et dès que j'eus reconnu le goût du morceau de madeleine
trempé dans le tilleul que me donnait ma tante [...] aussitôt
la vieille maison grise sur la rue, où était sa chambre, vint
comme un décor de théâtre s'appliquer au petit pavillon
donnant sur le jardin. »*

car, qu'il s'agisse des plus petites, de couleur jaune avec parfois quelques pigments rouges sur la face exposée au soleil ou des plus grosses, cette petite prune dorée s'appelle toujours *mirabelle* et elle est devenue un emblème de la Lorraine – les Lorrains vont jusqu'à prétendre que ce fruit n'a vraiment de goût que dans leur « pays » – à côté de la *quiche*, dont on trouve des traces écrites dès 1586, ou encore de la *madeleine*, chère à Marcel Proust.

Les noms de la myrtille et les raffinements de la confiture de groseilles

Contrairement à la *mirabelle* au nom, semble-t-il, unique, on connaît la myrtille sous au moins deux noms en Lorraine : *myrtille* dans le Nord et *brimbelle* dans le département des Vosges (tout comme en Franche-Comté, la province voisine[464]), alors qu'on vient de voir qu'on l'appelle *framboise* dans les Ardennes.

Quant à la groseille, on la connaît sous le nom de *castille* ou de *gadelle* dans l'ouest de la France[465] mais seulement sous celui de *groseille* en Lorraine, où ce petit fruit acide, rouge ou blanc, jouit d'un prestige particulier grâce à la ville de Bar-le-Duc. On y pousse en effet le raffinement jusqu'à épépiner à la main avec une plume d'oie chacune des groseilles, afin d'obtenir une confiture d'une transparence exceptionnelle que l'on conserve dans des *verrines* (c'est le mot lorrain pour désigner les pots en verre).

L'influence germanique

Même en Lorraine romane, on peut entendre des expressions dues à l'influence germanique comme *aller schloff* « aller se coucher, aller au lit », *tête de holtz* « tête de bois », *tringuel(d)* « pourboire » ou encore *brandvin* « eau-de-vie ». On emploie la plupart du temps le verbe *savoir* avec le sens de « pouvoir » et on place souvent l'adjectif devant le nom. C'est ce que l'on constate, par exemple, dans l'expression *il fait noire nuit* ou encore dans *blanc-fromage* « fromage blanc », un laitage qui est en fait un munster géromé tout juste égoutté et salé sur une seule face, et qui entre dans la confection d'une tarte au fromage connue en Lorraine depuis au moins 1526 [466].

Des préfixes presque inutiles

Le sens des préfixes *dé-* et *re-* semble obéir à des usages particuliers car on dit :

décesser	pour	cesser
déconnaître	pour	reconnaître
découler	pour	couler (source, fontaine)
décrever	pour	crever, abîmer
déridé (adj.)	pour	très ridé, flétri (pour un fruit)
se déméfier	pour	se méfier

Tout se passe comme si ce préfixe *dé-* avait perdu sa valeur de négation et le préfixe *re-* sa valeur de répétition :

raiguiser	pour	aiguiser
raimer	pour	aimer
rattirer	pour	attirer
relaver	pour	laver
ressuyer	pour	essuyer

Quelques expressions courantes

à point d'endroit	nulle part
à point de place	nulle part
à point d'heure	très tard

On relèvera aussi quelques expressions peu communes comme :
entre midi   entre midi et deux heures

dans les temps	autrefois
tomber faible	s'évanouir
fait-à-fait	petit à petit, au fur et à mesure
tirer au renard	être paresseux
être dabo	être le dindon de la farce
faire canse	faire semblant
de quart en coin	en biais, en zigzag
bon rat de bon rat !	bon sang de bon sang !
tout ça va comme des oignons	tout se passe pour le mieux
faire ses olivettes	s'occuper de ses petites affaires

L'expression *faire les quat' z'olivettes de qqun* a été relevée à Nancy avec le sens de « faire les quatre volontés de qqun »[467].

Et enfin, parmi d'autres traits phonétiques remarquables, signalons la prononciation effective de la consonne **t** dans tous les contextes (même en finale devant pause), en particulier dans le mot *vingt*. Cette prononciation se retrouve aussi en Belgique et en Alsace.

L'Alsace

Alsace et Lorraine, un même destin

L'Alsace et la Lorraine ont d'ailleurs d'autres points en commun, du fait que depuis 1871, date de leur annexion à l'Allemagne, elles ont eu à subir tour à tour l'emprise de leurs deux puissants voisins, avec d'importantes conséquences sur le plan linguistique. La germanisation a été totale pendant près d'un demi-siècle – de 1871 à 1918 –, mais elle a été suivie par une période de francisation entre les deux guerres, elle-même remplacée par une nouvelle germanisation entre 1940 et 1945, avant le retour de la langue française il y a plus d'un demi-siècle. Le français parlé en Alsace a ainsi baigné dans une atmosphère doublement germanique : celle de l'allemand enseigné à l'école, et celle de l'alsacien parlé à la maison.

L'héritage des Alamans

La langue germanique parlée en Alsace n'est pas, comme en Lorraine, la langue des Francs mais celle qui avait été apportée par d'autres populations germaniques, celle des Alamans, au moment des grandes invasions, vers le IVe siècle après J.-C. C'est cette langue qui est devenue l'alsacien, une langue régionale qui reste vivante dans la population. On reconnaîtra dans l'échantillon de français régional d'Alsace qui suit, à côté de formes lexicales et de tournures déjà rencontrées en Lorraine ou dans les régions du Nord et de l'Est, un certain nombre de calques de l'alsacien [468].

QUELQUES RÉGIONALISMES ALSACIENS [469]

Quelques formes lexicales déjà rencontrées ailleurs

chiques	billes
cornet	sachet en papier
réclame	publicité
carte à vue	carte postale (cf. *carte-vue* en Belgique)
pensionné	à la retraite
thé	infusion (cf. l'allemand *Tee*)

Des tournures d'origine germanique

comme dit	comme on dit, comme je vous l'ai dit
ça pleut	il pleut
ça veut pleuvoir	il va pleuvoir
j'ai mal au cou	j'ai mal à la gorge
l'eau cuit	l'eau bout
elle peut très bien cuire	elle sait très bien faire la cuisine
un et un donnent deux	un et un font deux
c'est (ou *il est*) *froid aujourd'hui*	il fait froid aujourd'hui
c'est gentil de toi	c'est gentil à toi
ce n'est rien pour toi	cela ne te concerne pas
ce n'est pas en ordre	ce n'est pas en règle
devenir malade	tomber malade
il s'est laissé couper les cheveux	il s'est fait couper les cheveux
aider à qqun	aider qqun. Cette construction n'est pas propre à l'Alsace (cf. encadré DES MOTS D'AUJOURD'HUI CHEZ MARGUERITE D'ANGOULÊME, p. 233).

Des métaphores inhabituelles

une fois toutes les années bissextiles	une fois tous les trente-six du mois, autrement dit jamais
connu comme un chien fauve	connu comme le loup blanc
être sur des épingles et des aiguilles	être sur des charbons ardents, éprouver de l'impatience, voire de l'anxiété
la chatte a eu des jeunes	la chatte a eu des petits
il pleut des crapauds et des chats	il pleut à verse
parler dans le vent	parler dans le désert
parler pointu	pour les Alsaciens, c'est parler comme les Lorrains (qui parlent francique) et non pas alémanique
il a une grande bouche	il parle beaucoup (pour ne rien dire)
pour moi, c'est de l'espagnol	pour moi, c'est du chinois
avoir un crapaud dans la gorge	avoir un chat dans la gorge
tout est dans le beurre	tout baigne (dans l'huile)

La Franche-Comté : pourquoi « La » ?

Si le nom de l'Alsace ne soulève de questions que parmi les passionnés d'étymologie, qui s'accordent d'ailleurs généralement pour y voir une forme remontant à l'indo-européen et signifiant « qui réside ailleurs, étranger » (sous *Al-*, la même racine que celle du latin ALIUS « autre » et sous *-sace* celle du latin SEDERE « s'asseoir »), en revanche le nom de la Franche-Comté devrait piquer la curiosité de tous ceux qui parlent français.

La Franche-Comté

En effet, le mot *comté*, du latin COMITATUS, à l'origine « territoire administré par un comte », est aujourd'hui du genre masculin, et on peut s'étonner qu'il soit du féminin dans **la** *Franche-Comté* et du masculin partout ailleurs, comme par exemple dans **le** *Comté de Foix*. En fait, le genre de ce nom a longtemps été hésitant, peut-être en raison de l'abondance des noms féminins en *-té* (*beauté, bonté, fierté, netteté*, etc.). Il s'est même écrit *contée* en ancien français, et la *Franche-Comté* figure aujourd'hui comme le seul vestige de cette ancienne forme.

Et pourquoi « Franche » ?

Cette fois, il faut en chercher la raison dans l'histoire de la province : depuis l'arrivée des Burgondes, au Ve siècle après J.-C., ce territoire faisait partie de la Bourgogne, qui en 1361 sera divisée en duché de Bourgogne, soumis au roi de France, et en comté de Bourgogne, appartenant à Marguerite de Flandre et désormais franche, c'est-à-dire libérée de l'hommage dû au roi. Le nom de *Franche-Comté*, qui apparaît la première fois en 1366, a conservé son genre féminin lors de son rattachement définitif à la France par le traité de Nimègue en 1678.

Des influences diverses

Les attaches de la Franche-Comté ont été tour à tour germaniques (domaine de Lothaire dans l'héritage de Charlemagne), françaises, espagnoles (branche espagnole des Habsbourg à la mort de Charles-Quint en 1558) et véritable plaque tournante au XVIe siècle, à mi-chemin entre les possessions espagnoles des Pays-Bas et de l'Italie.

Le voisinage du bourguignon, des langues de la zone francoprovençale et de l'alsacien a encore contribué à faire de la Franche-Comté une terre d'accueil pour des mots et des expressions en perpétuel mouvement.

Un suffixe diminutif qui se remarque

Alors que le suffixe diminutif le plus répandu dans tous les usages du français est le suffixe *-et* (*jardinet*) ou *-ette* (*maisonnette*), c'est la forme *-ot, -otte* qui domine en Franche-Comté, comme on peut le constater dans

cuchot	petit tas de foin
à l'aveuglotte	à l'aveuglette
devinotte	devinette
mignotte	petite fille
graissotte	mâche
mignot	petit garçon
michotte	petite miche de pain
routiotte	brioche ronde ou rondelle de saucisson[470]
mouillotte	mouillette (morceau de pain qu'on trempe)
racontotte	récit paysan, raconté le soir dans les veillées

à la retirotte   de façon parcimonieuse (mais on dit
                aussi *à la retirette*).

Le suffixe *-ot, -otte* dans les toponymes de l'Est

Cette forme *-ot* (ou *-otte*) semble avoir existé dans
les régions de l'Est de longue date : de nombreux noms
de lieux en font foi, aussi bien dans le Doubs que dans
les départements voisins. La liste ci-dessous n'en constitue qu'un modeste échantillon[471] :

DANS LE DOUBS
Chazot, Chazelot, Chouzelot « petite maison » (cf.
en contraste, *Chazelet* dans l'Indre)
Fontenotte « petite fontaine »
Trépot « petite taupinière »
Villerot « petite ferme »
Le Moutherot « petit monastère »
DANS LA CÔTE-D'OR
Villotte-Saint-Seine, Villotte-sur-Ource, Villenotte
(cf. *Villette*, dans les Yvelines), *Quetignerot,
Fraignot, Montot, Allériot, Arcelot, Blanot,
Quincerot, Beurizot, Bouzot, Bagnot, Molinot*
DANS L'YONNE
La Villotte, Villeperrot, Vincelottes, Chaumot
DANS LA NIÈVRE
Vincelottes, diminutif de *Vincelles* « petite vigne »,
Chaumot
DANS LA SAÔNE-ET-LOIRE
Le Châtelot « petit château » (cf. *Les Châtelets,* dans
l'Orne), *Le Creusot, Créot, Cersot, Chemenot.*

De nouveau un préfixe superflu

Nous retrouvons ici le préfixe *re-*, dépourvu (comme
en Lorraine) de son sens habituel indiquant une répétition :

se rechanger	a le sens de	se changer
se réclaircir	-	s'éclaircir
reguérir	-	guérir
ressuyer	-	(essuyer), sécher
relaver	-	laver (et la *relavure* est « l'eau de vaisselle »)

Des façons de dire déjà rencontrées

Nous retrouvons aussi, toujours en Franche-Comté, certains mots et expressions ne figurant pas dans le français commun et que nous avons déjà vus :

EN ZONE FRANCOPROVENÇALE

en faire façon	pour	en venir à bout
pochon	-	louche

EN SUISSE ROMANDE

cheni, ch'ni	pour	poussières, ordures
cornet	-	sac en papier
fruitier	pour	fromager
fruiterie	-	fromagerie

EN LORRAINE

brimbelle	pour	myrtille

ET JUSQU'AU CANADA

couverte	pour	couverture

Du vocabulaire moins largement répandu

fier (adj.)	acide (pour un fruit)
douillon	source
oreillard	lièvre
une panière	un panier
à journée faite	toute la journée
il y a bel âge	il y a longtemps
il fait touffe	il fait étouffant
car en coin	de travers, de guingois
il ne fait pas gras	il ne fait pas chaud

d'un point de temps	en un rien de temps
il ne fait point de temps	il ne fait ni beau ni mauvais
chouiner	pleurer (en parlant des enfants)
couiner	pousser des cris perçants (pour les souris)
acaillener	lapider, où l'on peut reconnaître la même racine que dans le mot *caillou*

Enfin, un mot qui pourrait bien remonter à l'occupation espagnole : l'adjectif *pequignot* « petit », qui ressemble étrangement à l'espagnol *pequeño* « petit ».

La Bourgogne

La Bourgogne aux multiples facettes

Province à la géographie incertaine – car elle ne constitue pas une région naturelle mais un ensemble de « pays » très divers – la Bourgogne a un nom qui en évoque bien d'autres. Et tout d'abord celui des Burgondes, ces populations germaniques venues au IVe siècle de la lointaine île scandinave de *Bornholm*, auxquelles la Bourgogne doit son nom.

Mais la Bourgogne est aussi le point de départ de l'un des plus grands mouvements religieux du second millénaire : l'abbaye de Cluny fut fondée au Xe siècle et celle de Cîteaux, un siècle plus tard.

Enfin, plus prosaïquement, ce sont les prestigieux vins de Bourgogne que l'on ne peut pas ne pas évoquer — mais *bourgogne* perd alors sa majuscule.

La Bourgogne actuelle

La région administrative actuelle *Bourgogne* est composée de quatre départements, mais deux seulement sont vraiment bourguignons car ils le sont de longue date : la Côte-d'Or et la Saône-et-Loire. À un détail près cependant, car le sud de ce dernier département appartient déjà linguistiquement au domaine francoprovençal, alors qu'il faisait bien partie du duché de Bourgogne. À l'autre extrémité, le nord du département de l'Yonne appartenait autrefois à la Champagne. Enfin, le quatrième département, la Nièvre, semble se laisser attirer par Paris plutôt que par Dijon.

C'est donc plutôt dans les départements dont les pôles sont Dijon et Mâcon que l'on aura des chances de recueillir les régionalismes bourguignons les plus traditionnels.

Récréation

UNE QUESTION POUR ŒNOLOGUE DÉBUTANT	UNE QUESTION POUR ŒNOLOGUE AVERTI
Pommard et **pomerol** sont deux vins réputés. Lequel est un bourgogne ? Quelle est la provenance de l'autre vin ?	Le **chassagne-montra-chet** est un bourgogne de la Côte-d'Or très apprécié. Prononce-t-on le premier **t** de ce nom ou ne le pro-nonce-t-on pas ?

Réponse p. 466.

Des régionalismes bourguignons

Certains d'entre eux, qui semblaient tombés dans l'oubli, refont surface, comme par exemple *nadouiller* « jouer avec l'eau », entendu récemment dans la bouche d'un jeune homme de l'Auxois, ou *fleurer la meurette*, que l'on peut entendre autour de Dijon, de Chalon et dans le Morvan, avec le sens de « chercher à se faire inviter à dîner », la meurette étant une matelote au vin rouge. Les verbes *grigner (des dents)* « montrer les dents » et *se regrigner*, que l'on emploie pour indiquer que le temps se fait menaçant, sont encore bien vivants en Bourgogne, alors que *grigner*, qui existait en ancien français, ne s'est pas maintenu en français commun[472].

Certains ustensiles de cuisine méritent qu'on s'y arrête car une « poêle à frire » est appelée une *casse* ou un *poêlon* (tandis que le *poêle* est la « pièce principale de la maison ») et la « poêle à trous » pour griller les marrons est une *frigoloire*. Mais pour faire le bœuf bourguignon, c'est une *coquille* « un faitout en fonte » qu'on utilise.

Attention aussi au mot *blé* qui, dans le Morvan, désigne le « seigle » tandis que c'est le mot *froment* qui désigne le « blé » (c'est également le cas dans la Bresse).

Il ne faudra pas confondre non plus la *carotte*, nom générique pour toutes les variétés de « betteraves » et la *racine*, ou *pastonade*, qui sont les noms de la « carotte ».

Enfin, on peut s'étonner de la dénomination particulière de la betterave en Côte-d'Or : la *disette*. Tout s'explique si l'on sait qu'on avait introduit cette culture pour essayer de compenser les maigres récoltes à une époque de pénurie.

La Champagne aux limites changeantes

Comme la Bourgogne, la Champagne a connu au cours des siècles des variations d'extension territoriale qui rendent malaisée sa représentation géographique. Un

La Champagne

point de repère permet néanmoins d'en préciser le centre, car c'est cette partie centrale qui a imposé son nom à l'ensemble.

Le nom de cette province remonte au latin CAMPANIA, formé sur CAMPUS « champs situés en plaine », ce qui correspond sur le terrain à la plaine de craie, autrefois nommée *Champagne pouilleuse* parce que la végétation naturelle y était plus pauvre, et aujourd'hui, plus objectivement, *Champagne crayeuse*. Cette zone de la Champagne sèche, qui a été la seule à porter ce nom jusqu'à l'annexion à la Couronne de France (1285), constitue une terre de contrastes entre la Champagne du Nord (côte de l'Île-de-France) avec Reims et Épernay, et la Champagne du Sud, avec Bar-sur-Aube et Bar-sur-Seine, également dotée de riches vignobles.

Un nom parti de rien

Prodigieux destin que celui de ce nom de *Champagne pouilleuse*, d'abord modeste appellation d'une terre dénudée et qui résonne de nos jours aux quatre coins du monde comme le symbole pétillant de la fête et le prestigieux témoin des événements heureux.

Des bouteilles aux noms bibliques

Son succès est tel que le champagne ne se vend pas uniquement dans des bouteilles traditionnelles de 80 cl mais aussi dans des formats beaucoup plus considérables, dont les noms, à l'exception d'un seul, ont la particularité de figurer dans la Bible :

le *jéroboam* rappelle le nom du fondateur du royaume d'Israël et contient l'équivalent de 4 bouteilles

le *réhoboam*, celui du fils de Salomon, et roi de Juda (6 bouteilles)

le *mathusalem*, celui d'un patriarche qui vécut jusqu'à 969 ans (8 bouteilles)

le *salmanazar*, celui d'un roi d'Assyrie (12 bouteilles)

le *balthazar*, celui d'un roi de Babylone, fils de Nabuchodonosor (16 bouteilles)

le *nabuchodonosor*, roi de Babylone (32 bouteilles).

Reste le *magnum*, qui fait figure d'exception avec son nom latin, évocateur de libations abondantes, mais sans auréole royale.

Récréation

COMBIEN DE CHAMPAGNE DANS UN MAGNUM ?

On sait qu'un **magnum** est bien plus gros qu'une bouteille traditionnelle : combien de champagne contient-il ?

1,60 litre, 2 litres ou 2,40 litres ?   Réponse p. 466.

La Champagne et le royaume de France

Aussi bien sur le plan politique que sur le plan artistique et littéraire, les liens entre la Champagne et le pays qui allait devenir la France ont été précoces et constants. Tout a commencé avec Clovis, qui décide de se faire baptiser en Champagne, à Reims, vers 496. Il semble en outre significatif qu'à partir de Louis VII, époux d'Aliénor d'Aquitaine et père de Philippe Auguste, les rois de France aient établi la coutume de se faire sacrer à Reims.

À REIMS, LES PREMIERS

Le nom des villes agit-il en sourdine sur leur histoire ? C'est ce qu'on pourrait imaginer pour la ville de Reims, ville du sacre des rois de France.

Le nom de cette ville remonte à celui de la tribu gauloise des **Remi**. Or on sait que le gaulois se caractérise par l'absence de la consonne **p**[473], là où le latin en avait une : **lano** gaulois correspond à **planum** latin. Le rapprochement du gaulois **Remi** avec le latin **Primi** incite donc à penser que les **Remi** étaient les « Premiers ». Leur ville était-elle ainsi prédestinée à être le lieu du sacre des rois ?

Et même si le centre de la vie culturelle devait progressivement se rapprocher de Paris, il faut rappeler l'importance, pendant tout le Moyen Âge, des grands monastères champenois et de leur rayonnement spirituel. Dès le IXᵉ siècle, des ateliers de copistes y produisaient en abondance des manuscrits aux enluminures exceptionnelles et la cour des Comtes de Champagne était dès le XIIᵉ siècle le cadre où s'est épanouie une littérature lyrique raffinée : la comtesse Marie de Champagne, fille de Louis VII et d'Aliénor d'Aquitaine, avait pris Chrestien de Troyes sous sa protection et l'avait encouragé à écrire des romans de chevalerie inspirés de la poésie des troubadours méridionaux. Son petit-fils Thibaut IV de Champagne perpétuera au XIIIᵉ siècle cette tradition en étant lui-même à la fois protecteur des arts et des lettres et trouvère[474].

La Champagne, centre d'échanges

Les XIIᵉ et XIIIᵉ siècles sont aussi ceux où les foires de Champagne, celles de Lagny, de Provins, de Bar-sur-Aube et de Troyes, acquièrent une importance considérable : y affluent des marchands de toute la France, mais aussi de Flandre, d'Allemagne, d'Espagne, et surtout d'Italie, voie naturelle de passage des produits venus d'Orient.

C'est dire que l'annexion de la Champagne au royaume de France en 1285 n'avait fait que resserrer des liens culturels et commerciaux déjà fréquents.

Champenois et langue française

La proximité de l'Île-de-France n'avait pas empêché la formation du champenois, forme de langue particulière née de l'évolution du latin dans cette région, et qui a donné ses couleurs originales au français qui avait commencé à se répandre en Champagne dès le milieu du XIVe siècle (cf. L'EXPANSION DU FRANÇAIS EN ZONE D'OÏL, p. 97).

Quelques particularités champenoises [475]

Comme souvent, les régionalismes portent volontiers sur les éléments de la vie quotidienne, surtout à la campagne. C'est ainsi que l'on relèvera :

DES MOTS DE LA CAMPAGNE

agace	pie
alond(r)e	hirondelle
marcou	chat mâle
baloce	prune
caillot, caillon	noix. Le mot *noix* est également employé, mais il a la particularité de l'être indifféremment au genre féminin ou masculin
légume	connaît la même hésitation sur le genre
dinde	peut être du genre masculin, ce qui peut se comprendre si l'on se sou-

vient qu'à l'origine il s'agit de la
poule (ou du coq) *d'Inde*

fayard   hêtre. Il s'agit de la forme issue du
latin FAGUS, alors que le français a
adopté la forme germanique

DES MOTS DE LA MAISON

coquemar   bouilloire à anse, qu'on laisse chauffer en permanence sur la cuisinière
bâche ou *loque* serpillière
poêle (n. m.)   pièce principale, généralement la
seule à être chauffée (cf. Encadré
DESCARTES DANS SON POÊLE, p. 307)

Récréation

LES RÉGIONALISMES ET LES ÉCRIVAINS

Aux formes régionales qu'ils laissent parfois filtrer
dans leurs œuvres, on peut deviner le lieu d'origine des
écrivains[476]. On trouve ainsi

vergne « aulne », chez Giraudoux

crochon de pain « morceau de pain », chez Stendhal

tourde « grive », également chez Stendhal

potiron, dans le sens de « champignon », chez Chateaubriand

en raie d'oignons, chez Taine

Grâce à ces informations, pouvez-vous dire lequel de
ces auteurs vient de **Haute-Bretagne**, du **Limousin**, des
Ardennes, du **Dauphiné ?**

Réponse p. 466

Quelques verbes remarquables

tomber de l'armoire   tomber des nues
pleuvoir à bouteilles pleuvoir à verse
se chagriner   se couvrir (pour le temps)
galvauder   errer sans but
graffiner   égratigner

mouziner	bruiner
faire le midi	faire la sieste
souffler la lampe	éteindre l'électricité
s'empierger	se prendre les pieds dans un obstacle
rapproprier	remettre en état de propreté

Et pour finir, des sobriquets dont on ne peut comprendre l'ironie ou le piquant que si l'on est un enfant du pays :

les *Cornichons*, sobriquet des   Reims
habitants de
   les *Hâbleurs* .... Vitry-le-François
   les *Ribauds* .... Troyes
   les *Gantiers* ou les *Maraudeux* ... Chaumont

LA ZONE CENTRALE

Une zone centrale tentaculaire [477]

En quittant la Champagne en direction de la région parisienne, on pénètre dans une nouvelle – et dernière –

zone aux contours extensibles, celle qui recouvre l'Île-de-France, le Perche, l'Orléanais et qui se prolonge d'un côté vers la Touraine et de l'autre vers le Berry. Le français régional que l'on y observe ne peut l'être qu'en milieu rural stable [478] car les influences de la langue de la capitale y sont séculaires.

Le français et le patois dans l'Orléanais

Les populations de la zone centrale avaient bien entendu été les premières à apprendre le français et à l'écrire. Cela avait été le choix de Guillaume de Lorris et de Jean de Meung, tous deux originaires de l'Orléanais, pour *Le Roman de la Rose*, écrit en deux étapes au XIIIe siècle. Mais le patois s'était perpétué et la tradition orale a apporté jusqu'à nous des formes autrefois présentes en français mais rejetées plus tard par la norme : *asparge, sarpent, pardu* (« asperge », « serpent », « perdu »), *arrouser* ou *chouse* (« arroser » et « chose » [479]).

Grâce à une publication récente en patois beauceron, on peut non seulement mesurer le degré de proximité de cette langue avec le français mais encore y trouver des éléments permettant d'illustrer les apports réciproques de ces deux langues.

En voici un exemple, explicité par l'auteur lui-même :

« En Beauce, y a lé *menteurs*, ceux-là, tout le monde les connaît, et pis lé *menteus*, ça cé pas dé *menteurs*, cé comme qui diré dé Marseillais d'la Beauce, y l'enjolivent tout [480] ! »

Dans *menteus*, on reconnaît bien la forme normale en patois beauceron, – forme qui l'était d'ailleurs aussi en français, à l'époque où les consonnes finales avaient été éliminées – et dans *menteur*, la forme française, avec le *r* rétabli, comme il l'a été en français à partir du XVIe siècle.

Ayant ainsi deux langues à sa disposition, le vocabulaire de l'auteur s'en trouve enrichi : d'un côté le vrai *menteur* (avec un *r*), celui qui ment, de l'autre le *menteu* (sans *r*), le conteur inspiré, celui qui transforme la réalité pour la rendre plus aimable et plus jolie.

L'Île-de-France et la langue française

Alors que toutes les langues régionales ont très tôt fait l'objet de nombreuses études, la documentation recueillie sur les variétés linguistiques traditionnelles de cette région est récente, donc lacunaire : aussi bien l'enquête de l'abbé Grégoire (1790) sur la vitalité des patois que celle des Coquebert de Montbret (1806-1812) présentent des lacunes autour de Paris [481].

La proximité de ces patois régionaux et de la langue française commune – celle qui avait été forgée, uniformisée, réglementée, surtout sous sa forme écrite, dans le creuset parisien – avait eu pour résultat pervers de laisser s'insinuer l'idée que la langue qu'on parlait dans cette zone centrale était l'expression d'écarts fautifs, que ce n'était en fait que du « français mal parlé ». D'où le peu d'intérêt pour la description objective de ces patois qui entouraient Paris. Ce n'est que vers le milieu du XIXe siècle qu'on a commencé à s'y intéresser vraiment [482].

Un petit ouvrage de Charles Nisard, publié à la fin du XIXe siècle et republié en 1980 [483], apporte quelques éclairages sur certaines expressions parisiennes du XIXe siècle, mais également sur celles des deux siècles précédents. On y apprend par exemple qu'à la fin du siècle dernier on appelait encore « *dix-huit*, en langage de savetier parisien, un soulier ressemelé, parce qu'il était deux fois neuf » (2 fois 9).

On apprend en outre que ce genre de plaisanteries sur les chiffres n'était pas un cas isolé dans la région parisienne puisque l'expression *je te dis et je te douze*, dans le sens de « je te dis et je te répète », figurait déjà dans un ouvrage de 1649 [484]. On la trouve d'ailleurs aussi chez Molière, qui, dans *Le Médecin malgré lui* (Acte II, scène 1), fait dire à Jacqueline, une paysanne de la banlieue de Paris : « Je vous dis et je vous douze que tous ces médecins n'y feront rian que de l'iau claire[485]. »

On remarquera au passage la prononciation *iau* pour *eau*, une prononciation qui était encore vivante à la fin du XIXe siècle, ainsi que la prononciation très ouverte *rian* du mot *rien*, typique encore aujourd'hui des caractéristiques parisiennes (cf. le « *tu vas bian ?* » caricaturant les jeunes des beaux quartiers il y a quelques années).

Un penchant parisien pour la féminisation

Le peuple parisien, contrairement aux puristes, a toujours eu un goût prononcé pour les innovations lexicales osées et n'a pas hésité devant, par exemple, la féminisation pour le moins inattendue du nom masculin *portrait* en *portraise*, lorsque le portrait était celui d'une femme. Cette forme est attestée au milieu du XVIIIe siècle chez les marchandes de la région parisienne, et c'est à la fin du XIXe siècle que l'on pouvait encore lire dans *Le Figaro* du 25 mars 1872 :

« Vous ne savez sans doute pas de combien de façons on peut écrire *De Profundis* ? Un marbrier[486] a bien voulu me renseigner à cet égard, et voici les différentes variantes qui lui sont passées sous les yeux :

Deprofundis (en un seul mot)
De profondis
Des profundis (pour les hommes)
Des profundises (pour les dames). »

Doit-on relier ces libertés prises avec la langue française traditionnelle au goût pour les jeux de mots et les calembours déjà évoqués ? En tout cas, ce sont là des fantaisies parisiennes qui n'ont plus cours.

Récréation

LES NOMS DES RUES DE PARIS

Les noms des rues de Paris[487] ont souvent changé de forme au cours des siècles, ainsi :

1. la rue **Serpente** (6ᵉ)
2. la rue **Censier** (5ᵉ)
3. la rue du **Petit Musc** (4ᵉ)
4. la rue des **Jeûneurs** (2ᵉ)
5. la rue des **Ours** (3ᵉ)
6. la rue du **Pélican** (1ᵉʳ)

Voici leurs anciens noms, dans le désordre :

    A. rue aux Oies
    B. rue des Jeux neufs
    C. rue Sans-chief
    D. Vicus tortuosus
    E. rue Poil au con
    F. rue Pute y muce

Réponse p. 466.

Des parisianismes qui n'en sont plus

D'autres innovations au contraire ont survécu, mais on ne peut plus les reconnaître comme des régionalismes parisiens car ces mots sont depuis longtemps passés dans la langue commune. À partir du second Empire, on a en effet vu se répandre une vogue du parisianisme lié à la mode, repris et largement diffusé grâce au succès du théâtre de boulevard. Des mots nés à Paris vont être adoptés hors de la capitale, comme par exemple :

viveur « personnage libertin »

raseur « personnage ennuyeux »

énervant, dans le sens actuel « qui provoque l'énervement » (alors que jusque-là le verbe *énerver* signifiait « affaiblir, ôter l'influx nerveux »)

épatant, d'abord « déconcertant », puis « extrêmement bon ou bien » (mais cet adjectif est devenu tristement ringard depuis qu'il a été détrôné par *super* ou *génial*)

dégouliner « couler » semble aussi être né à Paris, ainsi que l'expression

à l'œil, qui avait à l'origine le sens de « à la simple vue de celui à qui on fait crédit ». Aujourd'hui, il ne s'agit plus de paiement différé mais de ne pas payer du tout[488].

IV

LA DIVERSITÉ SOUS UN AUTRE ANGLE

Un dernier coup d'œil circulaire

Ce voyage au pays des mots d'ici, de là et de là-bas qui, de Paris, nous a ramenés à Paris après de nombreux détours et chemins de traverse, ne peut pas se terminer sans envisager à nouveau, mais sous un nouvel angle, la diversité des usages du français déjà examinée région par région. Au lieu de prendre pour cadre une région particulière, ce sont les mots eux-mêmes qui, cette fois, serviront de point de départ, mais seulement dans trois domaines différents : les noms de la **pluie**, les noms de **famille** et les noms du **pain.**

La première étape se déroulera autour des diverses expressions que certaines régions ont favorisées pour parler de la **pluie**. (cf. IL PLEUT, IL PLEUT, BERGÈRE..., p. 338).

L'exemple d'un seul nom de **famille** donnera ensuite l'occasion d'illustrer la diversité des formes qu'il peut prendre selon la région dans laquelle il est né (cf. PROFESSION : ARTISAN, p. 343).

Enfin, on s'attardera plus longuement sur les innombrables noms du **pain**, d'hier et d'aujourd'hui, d'ici et d'ailleurs : un domaine particulièrement foisonnant et qui ne cesse pas de se diversifier (cf. NOTRE PAIN QUOTIDIEN, p. 346).

Il pleut, il pleut, bergère...

Les mots de la pluie

Si les façons de décrire la pluie n'atteignent pas le nombre impressionnant des diverses dénominations du pain, il faut leur reconnaître une valeur expressive beaucoup plus vigoureuse, même si parfois on se sent un peu frustré de ne pas voir le rapport qui peut bien exister entre l'image évoquée et une pluie abondante.

IL PLEUT, IL PLEUT, BERGÈRE...

Il pleut, il pleut, bergère
Rentre tes blancs moutons ;
Allons à ma chaumière,
Bergère, vite allons.
J'entends sur le feuillage,
L'eau qui coule à grand bruit ;
Voici venir l'orage,
Voilà l'éclair qui luit....

On l'a très joliment dit en chanson

Une des plus célèbres chansons françaises, « Il pleut, il pleut, bergère », a été écrite par Fabre d'Églantine en 1780, et on pourrait s'en étonner, attendu que Fabre, comme la forme de son nom l'indique (cf. L'ARTISAN PAR

EXCELLENCE, p. 343) était du pays où il ne pleut pas. Il était né à Carcassonne en 1750 et n'était arrivé à Paris qu'à l'âge de trente-sept ans. Député à la Convention, il était aussi l'auteur des noms anachroniquement écologiques du calendrier révolutionnaire, qui vit le jour en octobre 1793 (pardon, en Vendémiaire de l'an II).

L'Ouest en tête

Lorsqu'on examine la liste des nombreux noms et locutions pouvant exprimer les différents genres de pluie, on se rend compte que le Midi – et pour cause – a été le moins inventif à ce sujet. En revanche, quelle abondance d'expressions dans les zones de l'Ouest !

Pour une petite pluie fine

Il existe tout d'abord des expressions neutres, comme *mouiller* (Poitou, Charentes, Pays gallo, Acadie, Québec) ou simplement *jeter de l'eau* (Pays gallo).

Mais si l'on veut décrire une petite pluie fine, les dictionnaires usuels généraux nous proposent les verbes *crachiner, bruiner, brouillasser* ainsi que des dérivés de *pleuvoir* : *pleuvasser, pleuvoter, pleuviner*.

Avec seulement quelques régionalismes, cette liste peut s'enrichir de :

bergnasser	Berry-Bourbonnais
bérouiner	Pays gallo
braziner	Berry-Bourbonnais
brimer	Poitou-Charentes
brouasser	Berry-Bourbonnais
brouer	Berry-Bourbonnais
brouillasser	Champagne
broussiner	Lorraine
chagriner	Normandie
fariner	île de la Réunion

mouillasser	Québec
mouziner	Champagne
rousiner	Sarthe
seriner	Pays gallo

Si la pluie est fine, le verbe employé en Pays gallo est *seriner,* et le *serin* est le nom de la pluie fine, du crachin, de la bruine. Si on se déplace vers le Maine, on constate que la petite pluie fine est plutôt une *berouée* (ou *bérouée*), mot dont la racine est la même que celle du verbe *brouer* « bruiner » que l'on rencontre dans le Berry. En Normandie, on dira *chagriner,* dans la Sarthe *rousiner* et dans le Poitou, *brimer.* Le verbe *brouillasser,* fréquent dans l'Ouest, est également attesté au Québec.

Quand la pluie se déchaîne

La pluie abondante et forte, la pluie d'orage, l'averse violente, la giboulée s'expriment au moyen des mots les plus divers, dont certains sont communs à plusieurs régions :

abat d'eau	Poitou-Charentes, Touraine, Bordelais
aca (d'iau)	Bas-Berry
agas	Bourgogne, Bas-Berry
aiguasse	Berry-Bourbonnais
arée	Bretagne, Maine
batrasse	Bourgogne, Doubs
berlée	Ardennes
bouillard	Pays gallo
cahée	Belle-Île-en-Mer, Pays gallo
calende	Lorraine
châouée	Lorraine
chavane	Provence
dâlée	Sarthe
drache	Ardennes, Belgique, Rwanda, Zaïre

enternoupeye	Pays gallo
gueunée	Pays nantais
housée	Pays gallo. En ancien français, le mot *houssee* « ondée »[489] existait déjà et on retrouve cette forme chez Rabelais (Liv. 2, 32)[490]
rabasse	Bourgogne, Doubs
radache	Ardennes
radée	Beaujolais
ragas	Marne
rassouillée	Allier
rayas	Gapençais
relopée	Normandie. Il s'agit d'une formation dérivée du verbe *loper* « cracher », lui-même formé sur un radical évoquant un objet qui tombe, d'où le sens de « morceau ». C'est de là que vient le mot français *lopin*.
renapée	Pays gallo
renaupée	Pays gallo
saganée	Belle-Île (s'emploie aussi par métaphore pour une « averse de coups »)
saucée	Sarthe, Pays gallo
secouée	Bas-Berry

Notons encore qu'en Bourgogne et dans le Morvan on fait une nuance entre le *garot*, pour une averse normale et la *beurée*, qui est une averse très forte.

Enfin, à cette quarantaine de noms et de verbes, viennent s'ajouter quelques locutions régionales imagées moins banales que *il tombe des cordes* ou *il pleut des hallebardes*.

IL PLEUT DES CORDES, DES HALLEBARDES...

... mais aussi :

> **il pleut à bouteilles, il pleut à bouilles** en Champagne
> **il pleut à boire debout, ça tombe dru comme paille** au Québec
> **il se prépare une giboulée de curé** dans le Berry
> **il pleut des têtes de capucin** en zone francoprovençale
> **il tombe des rabanelles** en Languedoc
> **il pleut des crapauds et des chats** en Alsace

et, pour la neige tombant à gros flocons, on dit, à Saint-Pierre-et-Miquelon :

> **il tombe des bérets basques** ou **il tombe des plumes d'oie.**

Les noms de famille

Qu'ils soient d'origine latine, germanique ou venus de plus loin, les noms de famille sont souvent issus d'un nom de métier :

Meunier, dans le Nord, ou *Molinier*, dans le Midi,
Boulanger, qui a supplanté l'ancien *Talemelier*,
Mire, dans le Nord, ou *Meige*, dans le Midi, « médecin »,
ou encore *Tisserand* et ses nombreuses variantes :
Teissier, dans le Cantal et la Lozère,
Tissier, dans le Puy-de-Dôme,
Texier, en Saintonge,
Teissèdre ou *Tissandier,* dans le Midi,
Tessereau, dans le Poitou[491].

L'artisan par excellence

Le nom générique de métier en latin était FABER, un nom qui servait à désigner n'importe quel ouvrier ou artisan. C'est sur cette même racine qu'a été formé *forgeron* ultérieurement, mais c'est la forme FABER qui est à l'origine de la longue lignée de patronymes français que l'on connaît, à commencer par la forme de l'ancien français *fèvre* « artisan », puis « forgeron ».

Sur la carte p. 344, on reconnaîtra aisément les différentes formes prises par le latin FABER. On y constate le maintien du *b* dans les régions méridionales (*Fabre* en

CARTE « LEFÈVRE »

zone d'oc, *Fabri* ou *Fabbri* en Corse), et son évolution normale en *v* dans les régions d'oïl (*Lefèvre, Lefebvre*...). Le nom *Lefebure* n'est pas autre chose que *Lefebvre* et s'explique par une mauvaise lecture de *Lefebvre*, ancienne graphie d'avant le XVIe siècle, où la distinction ne se faisait pas, à l'écrit, entre *u* et *v*, et où le *b* avait pour unique fonction d'indiquer que le signe suivant était bien la consonne *v*.

On remarquera la présence d'un *H* au lieu d'un *F* dans *Haure, Haury, Hauresse, Haurillon* en Gascogne, où le F latin a été régulièrement remplacé par *h* (comme dans FARINA devenu *haria*).

Les diminutifs *Favreau, Favrel, Favret, Favrey, Favrin, Favrot, Fabrichou*, moins fréquents, n'ont pas été reportés sur la carte mais on se doute bien que les six premiers auraient figuré dans la partie nord de la carte et le dernier dans la partie sud (en raison du maintien du *b* latin).

Il ne faudra pas être surpris en revanche d'y trouver aussi des noms très différents des formes précédentes, comme *Schmid* et *Schmitt*, qui sont les formes alémaniques correspondant à *Lefèvre,* en Alsace. Il en est de même pour les noms flamands *Smid* ou *Desmid*, dans le départerment du Nord.

Enfin, en regardant du côté de la Bretagne, on comprendra immédiatement que *Le Goff* est aussi un « artisan », mais en breton.

NOTRE PAIN QUOTIDIEN

Baguette et béret basque

L'un des clichés les plus tenaces à l'étranger pour représenter un habitant de la France est sans conteste de lui faire porter un béret sur la tête et une baguette sous le bras. Et si l'image du béret basque ne fait aujourd'hui sourire que les nostalgiques d'une époque révolue, la baguette reste bien le plus symbolique des produits français hors de France.

baguette

Le pain de ménage et les autres

La baguette est pourtant une création récente. Jusqu'au XIXᵉ siècle, c'est la grosse *miche* d'au moins trois kilos qui constituait l'essentiel de la consommation du pain en France. On la confectionnait chez soi et on la faisait cuire dans le four du village. C'était ce qu'on appelait le *pain de ménage*.

Pourtant, dès le XIIIᵉ siècle, des pains plus raffinés avaient aussi vu le jour, le plus souvent à Paris et dans sa région. Les plus connus étaient le *pain de Chailly* (aujourd'hui Chilly-Mazarin[492]) qui était très blanc, et surtout le *pain de Gonesse*, qui était fait d'une pâte de pur froment, longuement pétrie. Ce dernier a connu un succès sans précédent jusqu'à la Révolution[493].

HENRI IV, ROI DE GONESSE ET D'AŸ

On raconte qu'Henri IV aimait bien se faire appeler « roi de Gonesse et d'Aÿ », autrement dit « roi du pain », car le pain de Gonesse était réputé comme le meilleur, et « roi du vin », car Aÿ était une ville de Champagne déjà très célèbre pour l'excellence de son vin [494].

Au XVIIIe siècle, l'*Encyclopédie* de Diderot recense une trentaine de noms de pains, des plus humbles (*pain bis, pain de blé noir*) aux plus raffinés. Certains pains étaient enrichis de beurre ou de lait, souvent montés à la levure de bière, comme le *pain à la Reine*, ainsi dénommé en l'honneur de Marie de Médicis, qui raffolait de ce pain blanc d'une grande légèreté. Parmi les pains cités dans l'*Encyclopédie*, on peut relever le *pain de Brane*, qui était très gros (près de 6 kilos), le *pain chaland*, très blanc, qu'on faisait porter dans les maisons bourgeoises, le *pain à la sigovie*, présentant au milieu un renflement, le *pain cornu*, « qui a quatre cornes », *le pain chapelé*, « dont on a enlevé la croûte avec un couteau », ou encore le *pain de festin*, qui est doré à l'œuf. Tous ces pains, y compris le *pain à la Reine*, étaient désignés sous le terme générique de *petits pains* [495].

La baguette est née à Paris

La *baguette* est une invention récente. Née à Paris vers 1930, on l'appelait alors *pain de fantaisie*, mais c'est une fantaisie qui a longtemps fait figure d'une mode parisienne superflue face au « vrai pain ». Et si elle avait ses amateurs, elle avait aussi ses détracteurs.

SUR LA *BAGUETTE*, LES AVIS DIVERGENT

CONTRE	POUR
Jean Giono : « ...infâme colle de pâte qui ne tient pas à l'estomac. » (milieu du XXe s.)	**Georges Lecomte**, de l'Académie française, rapportant les propos d'un étranger : « Savez-vous ce qui, de tout temps, m'a le plus émerveillé et enchanté ? Tout simplement le pain de France [...] la mince baguette de luxe, couleur d'acajou ou de blé mûr. » (vers 1939) [496]
Lionel Poilâne : « fantaisie banale, très parisienne, dans le mauvais sens du terme. » (fin du XXe s.)	**Jérôme Assire** : « La vraie baguette, la bonne baguette, est en réalité un petit délice [...] De sa mie blanc crème, dense mais bien alvéolée, se dégagent tous les purs parfums du froment. » (1996)

Pourtant, malgré les qualificatifs méprisants dont elle peut encore parfois faire l'objet, pas moins de dix millions de baguettes sont produites et consommées chaque jour en France, soit un tiers de la consommation totale du pain [497].

De la même famille, parce que leur méthode de fabrication est identique, la *flûte*, le *pain*, le *bâtard* et la *ficelle* se retrouvent un peu partout.

pain

bâtard

ficelle

Alors que la *flûte* est une variante régionale de la *baguette*, ce que l'on nomme un *pain* à Paris est aussi long que la *baguette* mais deux fois plus épais. À Aix-en-Provence, on le nomme *gros pain*, ou encore *restaurant*. Le *bâtard* doit son nom à ce qu'il tient à la fois du *pain* (par sa section) et de la *baguette* (par son poids). La *ficelle* est à la fois plus fine et souvent un peu plus courte que la baguette et elle pèse deux fois moins lourd. Une personne de Saint-Germain-lès-Arpajon en a donné une très juste description : « un pain long, si mince qu'il n'a que la croûte ».

Récréation

QUEL RAPPORT ENTRE **BETHLÉEM**[498], **LORD** ET **LADY**[499] ?

À première vue, aucun, et pourtant il y en a un, très proche du sujet de ce chapitre : cet indice devrait vous aider à trouver la solution.   Réponse p. 467.

Les variétés régionales du pain et leurs noms

Grâce à deux enquêtes récentes sur le terrain, près de quatre cents noms ont été recensés. La première enquête a été réalisée en 1995 avec la collaboration de jeunes adolescents lauréats d'un concours sur la langue française organisé par la Délégation générale à la langue française, « Les mots en fête ». Les 50 lauréats, ensuite réunis à Paris, puis à Toulouse, ont choisi comme nom de leur groupe l'acronyme P.L.U.M.E.S. (**P**arrains de la **L**angue française **U**nis pour **M**arier l'**É**criture avec le **S**oleil des mots) pour rappeler leur amour du français et des mots qui composent son lexique. Originaires de toutes les régions de France, ils avaient recueilli des informations auprès des boulangers de leur ville ou de leur lieu de vacances et les plus motivés m'avaient transmis avec beaucoup de sérieux les résultats de leurs investigations sur le terrain[500].

La deuxième enquête a été réalisée par mes étudiants de gallo de l'université de Haute-Bretagne en 1995-1996. Elle portait plus particulièrement, mais non exclusivement, sur les dénominations du pain en Haute-Bretagne[501].

C'est à partir de ces deux enquêtes, qui ont permis de vérifier le maintien actuel de certaines dénominations sur le terrain, que la carte de la p. 351 a pu être établie. Pour des raisons de lisibilité, elle ne comporte qu'une petite partie des termes désignant le pain dans les différentes régions. Elle permet seulement de situer la région d'origine de certains pains[502]. Des précisions géographiques figurent entre parenthèses dans les commentaires suivants.

Quelques commentaires illustrés[503]

La **faluche** : on la connaît en Flandre depuis le xviiie siècle. Il s'agit d'un petit pain plat, peu cuit, qui, en cuisant, se creuse en son centre, ce qui permet d'y introduire du beurre et du sirop de mélasse[504]. La forme de ce pain ressemble à celle du béret plat traditionnel des étudiants lillois, et sa spécificité vient de ce qu'on l'enferme à la sortie du four dans un sac de toile de jute, ce qui le ramollit considérablement. On l'appelle parfois *vaquette*.

Le **pain épi**, créé à Rouen, est une sorte de baguette qui permet de satisfaire les amateurs de croûte.

pain épi

Le **pain bûcheron**, où se mêlent plusieurs céréales, présente une croûte assez rugueuse (Rennes 35, Vitré 35, Dives-sur-Mer 14).

Le **boulot** est un gros pain que l'on trouve surtout dans le nord et l'ouest de la France.

CARTE RÉGIONALE DES PAINS

Cette carte comporte une cinquantaine de sortes de pains, dont les noms évoquent parfois leur forme (**chapeau, pain plié...**), parfois leur mode de fabrication (**souflâme...**), leur lieu d'origine (**main de Nice, pain d'Aix...**) ou encore un personnage (**choine...**).

pain
baguette
bâtard
ficelle

faluche
pistolet

pain Napoléon
pain épi
gâche
chapeau
miraud
pain plié
pain brié
boulot
tresse
bretzel
pain polka
pain
chemin de fer
cholande
tourton
fer à cheval
cordon
fouée

pain collier
pain tordu
souflâme
couronne de Bugey
tabatière
pain bouilli
couronne
bordelaise
pain fendu
pain
choine
fougasse
pain tordu
pain de Beaucaire
main de Nice
tignolet
pain de Lodève
pain
ravaille
charleston
pain d'Aix
pain coiffé

coupiette
cagitia

La **gâche** est un petit pain fait avec des restes de pâte qu'on enrichit avec du beurre, du lait ou des œufs (Cotentin, Manche, Ille-et-Vilaine).

Le **pain Napoléon** (**pain empereur** ou **pain de Cherbourg**) : il a la forme du chapeau de l'Empereur et il doit sa renommée au fait que les boulangers de Cherbourg avaient le droit de faire leur pain avec de l'eau de mer, à une époque où le sel était une denrée rare – et chère – puisqu'il devait supporter l'impôt de la gabelle.

pain Napoléon

Le **pain brié** : très blanc, il a une mie serrée car la pâte est pétrie avec une *broie* (ou *brie*) permettant d'en expulser le plus d'air possible (Dives-sur-Mer 14). Il est très apprécié des marins en raison de sa longue conservation. On l'appelle aussi **pain broyé** ou **pain chaland**.

Le **benoiton** est un petit pain rond de seigle agrémenté de raisins de Corinthe.

Le **pain polka** : aplati et profondément lacéré, il présente une apparence de damier. Il est traditionnel dans les pays de Loire.

pain polka

Le **pain plié** (ou **pain de Morlaix**), encore appelé **pain de forain** : la pâte, rabattue sur le dessus du pain, lui confère une forme facilement reconnaissable (Côtes-d'Armor).

Le **chapeau** est fait de deux boules superposées (Finistère).

Le **pain auvergnat** est une sorte de petit pain chapeau très aplati, à la manière d'une casquette.

Le **pain miraud** : on le trouve dans les Côtes-d'Armor. Fabriqué à l'origine dans le village de Carestiemble (Côtes-d'Armor), il est fait d'une grosse boule de 400 g ou de huit petites boules accolées. On l'appelle parfois **pain de Carestiemble**.

petit pain miraud

Tout comme la **gâche** normande, le **tourton** est fait de restes de pâte, et il est enrichi de sucre, de beurre et d'œufs (Loire-Atlantique). Une variété de ce pain est connue à Saint-Dié (Vosges) sous le nom de **cholande**.

Le **pain collier** est une grande couronne ovale (Charente-Maritime). Ce pain est connu dans les Alpes-de-Haute-Provence sous le nom de **coulas**.

Le **pain saumon** (ou **pain boîte**) est un pain cuit dans un moule, dont la forme était autrefois celle d'une barque, aujourd'hui celle d'une boîte à base rectangulaire (Bretagne).

Le **souflâme** (ou **sous-flamme**) : petite masse de pâte aplatie et que l'on faisait autrefois cuire en premier pour tester la température du four. On en fait encore aujourd'hui pour son léger goût fumé (La Rochelle).

La **fouée** est une spécialité de Touraine. C'est un pain rond et plat, cuit dans un four très chaud, ce qui lui donne une croûte particulièrement craquante et une mie fondante.

Le **pain chemin de fer** est rayé de cinq rayures dans le sens de la longueur (Orléans) et se différencie du **pain saucisson**, qui est rayé en travers.

pain chemin de fer

pain saucisson

La **tabatière** ou **petite boule auvergnate** a la forme d'une boule surmontée d'une espèce de chapeau plat.

tabatière

Le **fer à cheval** (ou pain **porte-bonheur**) se fait surtout en Franche-Comté, dans les Vosges et les Ardennes.

La **tresse** (ou **pain tressé**) est une spécialité alsacienne.

tresse

Le **bretzel** traditionnel est un pain blanc à la mie dense et à la croûte brillante, dont la forme évoque des bras croisés, d'où son nom.

Le **cordon** est un pain bourguignon d'un kilo, décoré d'un lacet de pâte sur le dessus.

La **couronne de Bugey** (ou **couronne de Savoie**) : pour les confectionner, le boulanger fait pénétrer son coude dans le centre du pâton, puis y introduit les mains pour écarter la pâte. Sa croûte est très foncée, presque noire.

Le **pain fendu** (ou **boule fendue**) est connu sous plusieurs noms différents. On le trouve dans l'ensemble du Midi, où il porte le nom de **pain fendu** à Marseille,

pain marseillais dans le Vaucluse, **navette** dans le Sud-Ouest et **cagitia** en Corse.

boule fendue

pain long fendu

couronne fendue

petit pain fendu

Le **pain bouli** (ou **pain bouilli**) est une spécialité des Alpes. Son nom rappelle que l'eau est préalablement bouillie et incorporée brûlante à la farine. Selon les habitants de Villar-d'Arêne (Hautes-Alpes), on le pétrit 7 heures, on le laisse reposer 7 heures, et on le cuit 7 heures.

Le **pistolet** est un petit pain fendu que l'on trouve dans les boulangeries de Liège et dans toute la Belgique, mais aussi dans le nord et l'est de la France.

pistolet

La **main de Nice**. Comme son nom l'indique, ce pain a la forme d'une main, mais qui ne comporte que quatre gros doigts. D'origine italienne, il est constitué de farine de froment, pétrie avec de l'eau et de l'huile.

Le **monte-dessus** est fait de la même pâte que la main de Nice, mais sa forme est différente.

Le **pain de Lodève** se présente comme des lambeaux de pâte de formes irrégulières (Hérault). On l'appelle parfois **pain de paillasse** et la tradition veut qu'on inscrive au crayon le prix du morceau directement sur la croûte.

Le **pain d'Aix** : sa particularité réside dans le fait que le boulanger manipule la pâte en mettant sur ses mains de l'eau et non de la farine.

Le **pain de Beaucaire** est une boule au levain.

Le **charleston** est fendu en biais et plié (Hérault et Aude).

Le **pain coiffé** ressemble à un torchon noué sur le dessus (Pyrénées-Orientales).

Le **tignolet** est plié de façon à ressembler à un coquillage.

Le **pain ravaille** est fait de restes de pâte, de forme quelconque, d'où son nom qui, en patois, signifie « mal fichu » (Ariège).

Le **pain tordu** : il est torsadé à la manière d'un torchon qu'on aurait essoré (Limousin).

pain tordu

La **couronne bordelaise** est constituée de 7 à 8 boules réunies en chapelet (Gironde).

couronne bordelaise

Le pain **choine** (ou **pain de chanoine**), originaire du Lot-et-Garonne, était autrefois considéré comme un pain de festin car il était salé et que le sel était une denrée de luxe.

petit pain choine

Le **pain agenais** se distingue du **pain gascon** par une petite subtilité : pour le premier, la petite languette qui termine ce pain est retournée vers le dessous, tandis que pour le pain gascon, elle se trouve sur le dessus.

La **fougasse** est originaire du Midi. C'est le premier pain qu'on met à cuire, ce qui permet au boulanger d'apprécier la température de son four, comme c'est le cas pour la **souflâme** charentaise. La pâte contient de l'huile d'olive, et cette **fougasse** (ou **gibassié**) fait partie des treize desserts du jour de Noël en Provence. Vu sa forme évidée, on la nomme parfois **échelle** (Digne-les-Bains 04)

La **coupiette** est un pain corse composé de deux lobes facilement détachables et dont la croûte est assez épaisse.

Des pains disparus

On pourrait encore évoquer d'autres pains, ceux qui n'existent plus que dans le souvenir des personnes âgées ou dans des textes anciens. Tels sont :

l'**artichaut**, cité dans l'*Encyclopédie* de Diderot et qui était fait avec « la ratissure du pétrin », disposée comme des feuilles d'artichaut et améliorée de beurre, comme le **pain à la Reine** ;

le **pain à caffé** *(sic)* est aussi une sorte de **pain à la Reine** ;

le **bara michen** est le nom d'un pain de Bretagne,

où l'on reconnaît le breton *bara* « pain » et le mot *miche*
dans *michen* ;

le **pain de rive** était ainsi nommé parce qu'il était
cuit sur le rebord du four. Molière le décrit ainsi : « un
pain de rive, à biseau doré, relevé de croûte partout et
croquant tendrement sous la dent » (*Le Bourgeois gentil-
homme*, Acte IV, scène 1).

Le pain de chapitre : une métaphore oubliée

On lit dans l'*Encyclopédie* de Diderot qu'on nommait ainsi le pain « qu'on distribue tous les jours aux
chanoines dans quelques églises. Il était autrefois si excellent, qu'on appelait *pain du chapitre* les meilleures choses » [505].

Le **régence** était un pain de luxe constitué de petites
boules disposées en longueur et qui se collent à la
cuisson.

Le **pain seda**, originaire du Cantal, était un gros pain
marqué d'une croix sur le dessus fariné.

Le **pain méture** : c'était un pain des Landes et du
Béarn, à mie jaune, car il contenait de la farine de maïs,
mais que l'on ne trouve plus dans le commerce. Il était
cuit dans un moule rond et haut, chemisé avec des feuilles
de chou ou de châtaignier.

Le pain **porte-manteau**, originaire de Haute-
Garonne, ressemblait à une baguette dont les deux extrémités étaient roulées sur le dessus, ce qui donnait à ce
pain deux textures complètement différentes au centre et
aux extrémités.

Le **pain bateau** était confectionné spécialement pour
les marins pêcheurs de Bretagne et de Vendée. Il recevait
une seconde cuisson, ce qui lui donnait une plus longue
conservation. En Corse, on le nommait d'ailleurs du **pain
biscuit**.

On distinguait aussi autrefois entre la **tourte,** gros
pain rond que l'on faisait une fois par semaine à la campagne (parfois une fois par mois) et qui n'était jamais du

pain blanc, de la **miche**, qui était généralement longue et considérée comme le pain blanc des jours de fête [506].

PETITE HISTOIRE DU PAIN EN FRANCE

Ce sont les Phocéens de Marseille qui introduisent le pain en Gaule, avant qu'il ne soit connu à Rome. Les Gaulois fabriquaient déjà du pain avec de la mousse de cervoise comme levure.

Très tôt, la coutume avait été prise de se servir d'une grosse tranche de pain en guise d'assiette. À table, deux personnes voisines partageaient la même tranche de pain (ou *tranchoir*). De là vient le terme *compagnon*, où l'on reconnaît le latin *cum* « avec » et *panionem*, dérivé de *panis* « pain ».

Jusqu'au XIIe siècle, chacun fait son pain à la maison, mais va le faire cuire dans le four banal du village, tenu par le **fournier**.

Au XIIIe siècle, les **talemeliers** tamisent la farine brute et parfois pétrissent la pâte. On est friand de mie et on aime bien **chapeler** le pain, c'est-à-dire enlever la croûte (d'où la *chapelure*).

Au XIVe siècle, les talemeliers sont remplacés par les **boulangers,** dont le nom rappelle que les pains d'alors étaient en forme de boule. Saint Honoré devient leur saint patron.

Au XVIe siècle, on prend goût au pain fermenté à la levure de bière, plus léger et moins acide que le pain au levain.

Au XVIIIe siècle, la croûte devient à la mode. On fabrique moins de boules. Les pains s'allongent et on y pratique des fentes – des *grignes* – afin d'augmenter la surface de la croûte.

Au XIXe siècle, les pains sont de plus en plus longs. Le record du monde est alors remporté par un pain qui ne pèse que 800 g mais qui mesure 1,10 mètre. On apprécie les **pains viennois**, surtout en raison de leur blancheur.

Au XXe siècle, vers 1930, est créé à Paris un pain léger, à la mie irrégulièrement alvéolée et dont le croustillant tient à ce qu'il ne contient ni sucre, ni poudre de lait, ni matière grasse, ni conservateur : la **baguette**.

D'autres mots pour le dire

Les trois exemples décrits dans les pages précédentes et qui illustrent la grande variété des formes pour une même signification pourraient faire penser que les mots de la pluie, les noms de famille et les dénominations du pain ont été choisis en raison de l'abondance exceptionnelle de leurs variantes, mais il n'en est rien, comme

---

BAVARDER, C'EST AUSSI...

... bacouetter	Normandie, Berry-Bourbonnais
bagouiller	Sarthe
bagouler	Sarthe
bagousser	Sarthe, Berry-Bourbonnais
bavasser	Pays nantais, Sarthe, Acadie
berdasser	Sarthe, Pays nantais
berlauder	Sarthe
beurdasser	Pays gallo
blaguer	Marseille, Saint-Pierre-et-Miquelon
cancaner	Pays gallo
jaboter	Sarthe
marner	Lorraine
petasser	Pays nantais
placoter	Acadie et Québec
ramager	Auvergne
tatasser	Pays gallo

on peut le constater en prenant connaissance de quelques verbes signifiant « bavarder » (p. 360) et des expressions, souvent inattendues, pour « manquer l'école ».

Faire l'école buissonnière est une expression que l'on répète aujoud'hui sans trop réfléchir à l'image dont elle est porteuse, alors qu'on hésitera peut-être à donner le sens de « manquer l'école » à :

miéger, verbe employé à Toulon

gâter l'école, en Suisse romande

tailler l'école, à Gap

mouiller l'école, en Afrique

faire l'école bis, aux Antilles

faire le renard ou *foxer l'école*, au Québec

faire la fouine, dans le Berry

faire le plantier ou *faire la cancosse*, en Auvergne

faire mancaora, en Algérie (sans doute un calque de l'espagnol).

La géographie des régionalismes

L'existence, pour exprimer une même signification, de mots différents selon le lieu où on les emploie semble bien être la marque de toute langue de grande diffusion. Pour la langue française, cette réalité est de mieux en mieux connue, grâce à de nombreuses enquêtes, parfois ponctuelles et parfois sur de vastes étendues.

Ce sont elles qui ont permis à cet ouvrage d'exister, mais il ne faudrait pas perdre de vue que les données qu'il présente ne sont qu'un minuscule échantillon de l'ensemble de la variété des usages à découvrir.

Au fil des pages, on a sans doute pu se rendre compte que certaines images, certaines tournures, certains mots inconnus du français commun et ne figurant dans aucun dictionnaire usuel général, se retrouvent malgré tout en différents points du territoire, parfois très éloignés les uns des autres.

Après avoir insisté sur les différences, il reste donc

maintenant à montrer que des mouvements de convergence sont également à l'œuvre et que ce qui, à première
vue, peut sembler une particularité très bien circonscrite,
peut se révéler géographiquement beaucoup plus vaste
qu'on ne l'imaginait.

Le statut mouvant des régionalismes

Il reste aussi à rechercher quelles sont les formes
particulières à un lieu donné qui manifestent un dynamisme tel qu'elles semblent vouloir s'étendre aux régions
voisines. Se répandant de proche en proche, il se pourrait
bien qu'elles perdent un jour leur statut de régionalisme,
surtout si le passage par le creuset parisien leur assure
une plus large diffusion.

En attendant, la situation est mouvante et l'on peut seulement essayer de mieux identifier les zones géographiques
favorisées par certains mots ou certaines expressions.

Remarquons par exemple que l'adverbe *asteure*
« maintenant », que l'on pourrait croire connu et employé
couramment uniquement dans les régions d'oïl de l'Ouest
et au Québec, est également attesté dans les Ardennes ;
que le verbe *haricoter*, qui signifie « travailler beaucoup
pour peu de résultat, bricoler », mais aussi « marchander », se retrouve aussi bien dans les régions d'oïl de
l'Ouest qu'en Champagne ; que *bader* « bayer aux corneilles », d'où « flâner », très fréquent dans le Midi, apparaît aussi dans le Berry-Bourbonnais ; que le *ramasse-
bourrier* pour désigner la « pelle à poussière » semble être
largement répandu sur l'ensemble de la façade Atlantique, de la Bretagne jusqu'au Pays basque ; quant au
verbe *ensuquer* « abrutir, endormir », il est particulièrement vivant dans l'ensemble des usages du Midi, mais on
le trouve aussi en Lorraine.

Cette dispersion des formes cadre mal avec la notion
de régionalismes linguistiques bien délimités. S'agit-il
d'un signe avant-coureur de leur élimination ou au
contraire celui d'une progression vers leur intégration
dans la langue commune ? Rien ne permet pour le

moment de choisir entre ces deux éventualités car les régionalismes, comme tout ce qui touche à la langue, ne sont pas des réalités statiques définies une fois pour toutes. Qu'ils soient d'ici, de là ou de plus loin, c'est justement en tenant compte des mouvements qui les animent qu'on réussira à mieux les appréhender.

Le trait d'union parisien

Si l'on porte maintenant un regard sur le chemin parcouru à la recherche des variétés régionales du français, on peut s'étonner du peu de pages consacrées spécifiquement à la région parisienne, dont pourtant l'apport historique a été souligné à de nombreuses reprises.

Il est bon à ce propos de rappeler ce qu'est le Parisien-type : une personne qui n'est pas forcément née à Paris et qui a en tout cas de fortes attaches provinciales ou hors de France, qui est venue passer sa vie active à Paris avant de rejoindre plus tard sa province natale pour vivre entre ses « pays » le reste de son âge. La géographie humaine de la région parisienne a depuis longtemps montré que le *Parisien-type*, de façon assez paradoxale, n'est pas le *Parisien de souche* mais le *Parisien d'adoption*, autrement dit le Parisien de province ou même de l'étranger. C'est grâce à lui que seront importés des quatre coins du monde des régionalismes qui pourront sans doute un jour s'insinuer dans les usages parisiens.

Lorsque l'on aura pu établir un relevé aussi complet que possible des « spécialités » régionales, il faudra se demander quelles sont celles qui ont tendance à s'imposer hors de leur lieu de naissance. Cela permettra alors d'identifier les mots que l'on ne pourra plus qualifier de régionaux : ils auront été intégrés au français commun après être passés par le creuset parisien, signe que Paris n'est pas une région comme les autres. En tant que creuset, Paris est à la fois le point de convergence des apports venus d'ailleurs et le centre de diffusion de la langue française en mouvement.

NOTES

1. Tournoux, J.R., *La tragédie du Général,* Paris, Plon, 1967, p.111.
2. Walter, Henriette, *La dynamique des phonèmes dans le lexique français contemporain,* Paris, France-Expansion, 1976, 481 p. (Distribué depuis 1987 par Droz à Genève et Paris), p. 319 et tout le chapitre X, p. 319-338.
3. *Aquitaine, produits du terroir et recettes traditionnelles,* Paris, Albin Michel, 1997, 383 p., p. 45.
4. Combet, Claude & Lefèvre, Thierry, *Le tour de France des bonbons,* Paris, Robert Laffont, 1995, 247 p., p. 96-102.
5. Corominas, Joan, *Breve diccionario etimológico de la lengua castellana,* Madrid, Grados, (1re éd. 1961) 3e éd. 1987, 627 p.
   Pfeifer, Wolfgang, *Etymologisches Wörterbuch des Deutschen,* Berlin, Akademie Verlag, 1989, 3 tomes, 2 093 p.
6. Carbone, Geneviève, *La peur du loup,* Paris, Gallimard, « La découverte », n° 124, 1991, 176 p., p. 31-33. Cf. auss
   Walter, Henriette, « Les noms du loup en Europe », dans Risterucci, Jean-Pierre (sous la dir.), *Le loup,* Association pour le Muséum d'histoire naturelle, Toulon, s.d. [1996], s.p.
7. *Grand Larousse encyclopédique,* Paris, 1961, article « Demoiselles d'Avignon ».
8. Cité par Louis, Patrice, *Du bruit dans Landerneau, Les noms propres dans le parler commun,* Paris, Arléa, 1995, 325 p., p. 167-169.
9. Cité par Louis, *Du bruit...* (réf. 8) p. 165-166.
10. *Guide vert de l'Île-de-France,* Paris, Michelin, 1997, p. 166.
11. Chaurand, Jacques, *Introduction à la dialectologie française,* Paris, Bordas, 1972, 288 p., p. 44.
12. Weber, Eugen, *La fin des terroirs. La modernisation de la France rurale 1870-1914* (Stanford University Press, 1976), Paris, Fayard, 1983, 839 p., p. 689.
13. Fierro-Domenech, Alfred, *Le pré carré, géographie historique de la France,* Paris, Robert Laffont, 1986, 325 p., p. 95.
14. Weber, *La fin des terroirs...* (réf. 12) p. 77 et 147.
15. Allard, Michel, *Carte des terroirs et des pays de France,* Paris, I.G.N. (Institut Géographique National), 1996.
16. Cette liste reprend uniquement les pays figurant en capitales sur

la *Carte des noms des Terroirs et Pays de France* établie par Michel Allard (réf. 15).

17. Les informations que contient cette liste, réunie grâce à la patience de Gérard Walter, résultent du dépouillement systématique du *Dictionnaire national des Communes de France*, Paris, Albin Michel, 1977, 1150 p.

18. LEPELLEY, René, *Dictionnaire étymologique des noms de communes de Normandie*, Caen, Presses Universitaires, 1995, 278 p., p. 23.

19. DEROY, Louis & MULON, Marianne, *Dictionnaire de noms de lieux,* Paris, éd. Le Robert, 1992, 531 p.

20. LEPELLEY, *Dictionnaire étymologique...* (réf. 18) p. 25-26.

21. *Guide vert Pyrénées*, Paris, Michelin, 1990 (?), p. 180.

22. GUINET, Louis, *Les emprunts gallo-romans au germanique (du Ier à la fin du Ve siècle),* Paris, Klincksieck, 1982, 212 p., p. 26.

23. GALLOIS, L., *Régions naturelles et noms de pays. Étude sur la région parisienne*, Paris, 1908, 256 p., p. 188-192 [Sorb. Hyg 283 in 8°].

24. DEROY & MULON, *Dictionnaire...* (réf. 19).

25. LEPELLEY, *Dictionnaire étymologique...* (réf. 18).

26. GROSCLAUDE, Michel, *Dictionnaire toponymique des communes du Béarn*, Pau, Escola-Gaston Febus, 1991, 416 p., p. 270.

27. TANET, Chantal & HORDÉ, Tristan, *Dictionnaire des noms de lieux du Périgord,* Périgueux, Fanlac, 1994, 428 p., p. 257-260.

28. *Quid 1995*, Paris, Robert Laffont, p. 900.

29. DEROY & MULON, *Dictionnaire...* (réf. 19).

30. FIERRO-DOMENECH, *Le pré carré...* (réf. 13), p. 30 et p. 163.

31. Tableau des provinces invitées à nommer des commissaires pour le découpage en départements, établi par FIERRO-DOMENECH, *Le pré carré...* (réf. 13), p. 100-104 et p. 312-316.

32. DOISY, *Le royaume de France et les États de Lorraine disposés en forme de dictionnaire contenant les noms de toutes les provinces*, 1753, établi par FIERRO-DOMENECH, *Le pré carré...* (réf. 13), p. 100-104 et p. 312-316.

33. *Lettres patentes du roi*, citées par FIERRO-DOMENECH, *Le pré carré...* (réf. 13), p. 100-104 et p. 312-316.

34. FIERRO-DOMENECH, *Le pré carré...* (réf. 13), p. 312-314.

35. Cette liste a été constituée à partir du tableau présenté par FIERRO-DOMENECH, Alfred, *Le pré carré...* (réf. 13), Annexe, Tableau 4, p. 312-316.

36. Cette carte a été établie d'après la *Carte du royaume de France en 1789*, publiée en 1989 par l'Institut Géographique National pour commémorer le bicentenaire de la Révolution.

37. WALTER, Henriette, *L'aventure des mots français venus d'ailleurs*, Paris, Robert Laffont, 1997, 344 p., p. 45-48.

38. DEROY & MULON, *Dictionnaire...* (réf. 19).

39. Cette carte s'inspire de celle qui figure en marge de la *Carte des terroirs...* (réf. 15).

40. WALTER, Henriette, *Des mots sans-culottes,* Paris, Robert Laffont, 1989, 244 p., p. 30.

41. DORNIC, François, *Histoire du Maine,* Paris, P.U.F., « Que sais-je ? », n° 860, (1re éd. 1960) 1973, 127 p., p. 99.

42. WALTER, Henriette, « Patois et français régional dans la Sarthe », *Quand ceux qui cherchent rencontrent ceux qui savent,* Table ouverte sur le parler sarthois (Vivoin, 21/10/1995), Le Mans, Les trésors des parlers cénomans, 1996, p. 21-32, p. 23 et carte p. 24.

43. WALTER, Henriette, *Des mots...* (réf. 40), p. 30.

44. DEROY & MULON, *Dictionnaire...* (réf. 19).

45. TAVERDET, Gérard, *Noms de lieux de Bourgogne. Introduction à la toponymie,* Paris, Bonneton, 1994, 231 p.

46. Parmi les publications qui rappellent l'historique et l'avancement de ces travaux, on peut citer *Langue française, Les parlers régionaux,* n° 18, mai 1973 et en particulier l'article de Jean SÉGUY « Les atlas linguistiques par régions », p. 65-90. Cf. aussi SIMONI-AUREMBOU, Marie-Rose, « Les nouveaux atlas linguistiques français : tradition et innovation », dans Otto WINKELMAN (sous la dir.) *Stand und Perspektiven der romanischen Sprachgeographie,* Gottfried Egert Verlag, 1993, p. 39-56. Cet article porte particulièrement sur les publications depuis 1980.

47. SIMONI-AUREMBOU, Marie-Rose, « Quelques tendances actuelles de la géolinguistique romane », ZDL Beiheft 74, *Verhandlungen des Internationalen Dialektologenkongresses Bamberg,* 1990, Band 1, Wolfgang VIERECK, Stuttgart, Steiner, 1993, p. 92-103. Cet article porte plus particulièrement sur les publications depuis 1980.

48. Liste des 25 atlas linguistiques et ethnographiques de la France

1. Atlas linguistique et ethnographique picard (ALP) par Gaston TUAILLON et Claude DEPARIS

2. Atlas linguistique et ethnographique de la Normandie (ALEN) par René LEPELLEY et Patrice BRASSEUR

3. Atlas linguistique et ethnographique de la Bretagne romane, de l'Anjou et du Maine (ALBRAM) par Gabriel GUILLAUME et Jean-Pierre CHAUVEAU

4. Atlas linguistique et ethnographique de l'Île-de-France et de l'Orléanais (ALIFO) par Marie-Rose SIMONI-AUREMBOU

5. Atlas linguistique et ethnographique de la Champagne et de la Brie (ALCB) par Henri BOURCELOT

6. Atlas linguistique et ethnographique de la Lorraine romane par Jean LANHER, Alain LITHAIZE et Jean RICHARD.

7. Atlas linguistique et ethnographique de l'Ouest (ALO) par Geneviève MASSIGNON et Brigitte HORIOT

8. Atlas linguistique et ethnographique du Centre (ALCe) par Pierrette DUBUISSON

9. Atlas linguistique et ethnographique de la Bourgogne par Gérard TAVERDET

10. *Atlas linguistique et ethnographique de la* **Franche-Comté** par Colette Dondaine

11. *Atlas linguistique et ethnographique du* **Lyonnais** *(ALLy) par* Pierre Gardette

12. *Atlas linguistique et ethnographique du* **Jura et des Alpes du Nord** *(ALJA) par Jean-Baptiste* Martin *et Gaston* Tuaillon

13. *Atlas linguistique et ethnographique de l'* **Auvergne et du Limousin** *par Jean-Claude* Potte

14. *Atlas linguistique et ethnographique de la* **Gascogne** *(ALG) par Jean* Séguy

15. *Atlas linguistique et ethnographique du* **Languedoc occidental** *par Xavier* Ravier

16. *Atlas linguistique et ethnographique du* **Massif Central** *(ALMC) par Pierre* Nauton

17. *Atlas linguistique et ethnographique du* **Languedoc méditerranéen** *par Jacques* Boisgonthier

18. *Atlas linguistique et ethnographique de* **Provence** *par Jean-Claude* Bouvier *et Claude* Martel

19. *Atlas linguistique et ethnographique des* **Pyrénées Orientales** *(ALPO) par Henri* Guiter

20. *Atlas linguistique et ethnographique de l'* **Alsace** *(ALA) par* Ernest Beyer *et Raymond* Matzen

21. *Atlas linguistique et ethnographique de la* **Lorraine germanophone** *par Marthe* Philipp

22. *Atlas linguistique et ethnographique* **basque** *par Jacques* Allières *et Jean* Haritschelhar

23. *Atlas linguistique et ethnographique de la* **Bretagne occidentale** *(ou Bretagne celtique) par Jean* Le Dû

24. *Atlas linguistique et ethnographique de la* **Corse** *par Mathée* Marcellesi

25. *Atlas linguistique et ethnographique de la* **Réunion** *par* Robert Chaudenson *et Michel* Carayol

49. Rossillon, Philippe (sous la dir.), *Atlas de la langue française*, Paris, Bordas, 1995, 127 p., p. 22.

50. Cette carte générale des atlas linguistiques par région a été établie à partir de celle qui a été présentée et commentée par Gaston Tuaillon (Cf. *Courrier du CNRS*, n° 37, juil. 1980, p. 11). Plus récente, elle est légèrement différente de celle présentée par Mgr Gardette (*Revue de l'Enseignement Supérieur*, n° 3-4, 1967, p. 48), de celle de Georges Straka (Cf. *Les dialectes romans de France à la lumière des atlas régionaux*, Paris, édit. du CNRS, 1973, p. 11) et de celle de Jean Séguy en 1973 (Cf. *Langue française*, n° 18, p. 70).

51. Martinet, André, *La prononciation du français contemporain, témoignages recueillis en 1941 dans un camp d'officiers prisonniers*, Paris-Genève, Droz, 1945. Réédit. Genève, Droz, 1971, 249 p.

52. Walter, Henriette, *Enquête phonologique et variétés régionales*

du français, Paris, P.U.F., « Le linguiste », 1982, 253 p. (Préface d'André Martinet).

53. Walter, Henriette, « Problèmes de la délimitation géographique dans l'étude des variétés régionales du français », Communication aux Journées d'Étude sur les régions de la France : leurs limites historiques, culturelles et linguistiques, organisées par la Société d'Ethnologie française (Grenoble, 7-8 déc. 1978), *Revue régionale d'Ethnologie,* Centre Alpin et Rhodanien d'Ethnologie, Grenoble, 1981, 1, p. 103-107.

54. Walter, Henriette, *L'aventure des mots...* (réf. 37) ainsi que Walter, Henriette & Walter, Gérard, *Dictionnaire des mots d'origine étrangère*, Paris, Larousse, 1991, 413 p. (2ᵉ édition revue et augmentée, 1998, 427 p.)

55. Brunot, Ferdinand, *Histoire de la langue française des origines à nos jours,* Paris, Armand Colin, 1905-1937, rééd. 1966, tome II, « Le xviᵉ siècle », 1967, 512 p., p. 30, note 1.

56. L'exposé qui suit reprend une communication de Walter, Henriette, « Avant et après Villers-Cotterêts, 1539 », *Les rencontres de Villers-Cotterêts, Parlers régionaux, la Picardie*, Villers-Cotterêts, 1994, p. 7-16.

57. Cité par Maurice Druon dans sa préface au *Dictionnaire de l'Académie française*, 9ᵉ édition, 1986.

58. Réponse de Chabot, habitant du Rouergue, à l'abbé Grégoire, cité par Brun, Auguste, *Recherches historiques sur l'introduction du français dans les provinces du Midi*, Paris, 1923, rééd. Genève, Slatkine Reprints, 1973, 505 p., p. 485.

59. *Dictionnaire des termes officiels de la langue française*, Journal Officiel de la République française, 1994, 462 p.

60. Rossillon, (sous la dir.), *Atlas...* (réf. 50), p. 118-119.

61. Marchello-Nizia, Christiane, *Histoire de la langue française aux xivᵉ et xvᵉ siècles*, Paris, Bordas, 1979, 378 p., p. 31.

62. Chaurand, Jacques, « Pour l'histoire du mot « francien » », dans Deparis, C., Dumas, F. et Taverdet, G., *Mélanges de dialectologie d'oïl à la mémoire de Robert Loriot*, Dijon, 1983, p. 91-99 ainsi que Simoni-Aurembou, Marie-Rose, « Le français et ses patois », dans Chaurand, Jacques (sous la dir.), *Nouvelle histoire de la langue française,* Paris, Seuil, 1999.

63. Cerquiglini, Bernard, *La naissance du français*, Paris, P.U.F., « Que sais-je ? », nᵒ 2576, 1991, 127 p., notamment p. 42 et p. 114-125.

64. Fierro, Alfred, *Histoire et dictionnaire de Paris,* Paris, Robert Laffont, 1996, 1580 p., p. 30.

65. Cerquiglini, *La naissance...* (réf. 63), p. 117.

66. Veljovic, Evelyne, *Le musée de la monnaie. Histoire d'un peuple,* Paris, Musée de la monnaie, 1992, 72 p.

67. *Quid 1995*, (réf. 28), p. 1879.

68. Ce texte reproduit celui qui figure dans Rossillon (sous la dir.),

Atlas... (réf. 50), p. 18, avec quelques aménagements de la traduction.

69. BIEDERMANN-PASQUES, Liselotte, « Écrire en langue d'oïl dans la deuxième moitié du IXᵉ siècle, à propos de la "Séquence de sainte Eulalie" », organisé par le Conseil des langues d'oïl dans le cadre de « La fureur de lire », 1997 (Marcinelle, 27-28 sept. 1997), *Actes* du Colloque « Écrire les langues d'oïl », Charleroi, 1998.

70. CHAURAND, *Introduction à la dialectologie...* (réf. 11), p. 54.

71. FIERRO, *Histoire...* (réf. 64), p. 486-487.

72. ROLLAND, Henri et BOYER, Laurent, *Locutions latines du droit français,* Paris, Litec, 1993, 513 p., p. 3 et 51.

73. ROLLAND, Henri & BOYER, Laurent, *Adages du droit français*, Paris, Litec, 1992, 1 028 p., en particulier p. 17, 190, 324, 501, 506, 760.

74. CONDEESCU, N. N., *Traité d'histoire de la langue française*, Bucarest, Editura didactica si pedagogica, 1975, 454, p. 168-169.

75. MARCHELLO-NIZIA, *Histoire...* (réf. 61), p. 26-29.

76. BRUNOT, *Histoire de la langue française...* (réf. 55), tome I, « De l'époque latine à la Renaissance », p. 368.

77. MARCHELLO-NIZIA, *Histoire...* (réf. 61), p. 29-30.

78. DREYFUS, Paul, *Histoire du Dauphiné,* Paris, P.U.F., « Que sais-je ? », nᵒ 228, 1972, 128 p., p. 57.

79. TUAILLON, Gaston, « Comment parlaient et écrivaient les Savoyards au cours des siècles », *Nouvelles du Centre d'Études francoprovençales René Willien*, St Nicolas, nᵒ 36, 1997, p. 67-82, notamment p. 73-74.

80. MARCHELLO-NIZIA, *Histoire...* (réf. 61), p. 26.

81. BRUN, Auguste, *Recherches historiques sur l'introduction du français dans les provinces du Midi*, Paris, 1923, rééd. Genève, Slatkine Reprints, 1973, 505 p., p. 27 et 31.

82. *Grand Dictionnaire Larousse encyclopédique en dix volumes*, vol. 6, sous *jeu*, p. 361-362.

83. BRUN, *Recherches historiques...* (réf. 81), p. 382, ainsi que BRUN, Auguste, *La langue française en Provence, de Louis XIV au Félibrige*, Marseille, 1927, rééd. Genève, Slatkine Reprints, 1972, 167 p.

84. BLANCHET, Philippe & GENSOLLEN, Roger, *Vivre en pays toulonnais au XVIIᵉ siècle : Textes provençaux de Pierre Chabert, de La Valette*, Marseille, Autres Temps, 1997, 342 p., p. 56.

85. BLANCHET, Philippe, *Le provençal. Essai de description sociolinguistique et différentielle,* Louvain, Peeters, 1992, SPILL, nᵒ 15, 224 p., p. 55-56.

86. BLANCHET & GENSOLLEN, *Vivre...* (réf. 84), p. 57.

87. BLANCHET & GENSOLLEN, *Vivre...* (réf. 84), p. 59.

88. Réponse d'un correspondant à l'abbé Grégoire, cité par BRUN, *Recherches historiques...* (réf. 81), p. 387.

89. BLANCHET, *Le provençal...* (réf. 85), p. 66.

90. GERMI, Claudette & LUCCI, Vincent, *Mots de Gap, Les régiona-*

lismes du français parlé dans le Gapençais, Grenoble, Ellug, 1985, 225 p., p.13.

91. BRUN, *Recherches...* (réf. 81) p. 184-188.

92. BRUN, *Recherches...* (réf. 81) p. 43-44.

93. BRUN, *Recherches...* (réf. 81) p. 99.

94. Cette carte prend pour point de départ celle de C. Th. GOSSEN, « Die Einheit der französischen Schriftsprache », *Zeitschrift für Romanische Philologie*, 1957, t. 73, p. 429, adaptée par MAR-CHELLO-NIZIA, *Histoire ...* (réf. 61), p.16. Les dates qui y figurent ont été regroupées par siècles afin d'en faciliter la lecture.

95. WALTER, Henriette, « Patois ou français régional ? », *Le Français Moderne*, Paris, oct. 1984, 3-4, p. 183-190.

96. WALTER, Henriette, *L'aventure des langues en Occident. Leur origine, leur histoire, leur géographie* (Préface d'André Martinet), Paris, Robert Laffont, 1994, 498 p., p. 232 et carte « Un suffixe gaulois très polymorphe », p. 233.

97. BLANCHET, Philippe, « Les Provençaux et le provençal : résultat d'une enquête », SILF, *Actes* du XVIIᵉ Colloque International de Linguistique Fonctionnelle (Colloque de León, 1990), Université de León, 1992, p. 203-206.

98. BLANCHET, Philippe, *Le provençal...* (réf. 85), p. 92.

99. WALTER, Henriette, *Le français dans tous les sens*, Paris, Robert Laffont (Préface d'André Martinet). 1988, 384 p., p. 114-119.

100. WALTER, *Enquête phonologique...* (réf. 52).

101. WALTER, « Patois et français... »... (réf. 42), p. 21-32.

102. WALTER, Henriette, « Entre le breton et le français, la situation inconfortable du gallo », *Actes* du XIIᵉ Colloque international de linguistique fonctionnelle (Alexandrie, 17-22 août 1985), Paris, S.I.L.F., 1986, p. 73-78.

103. WALTER, « Patois ou français régional ? »... (réf 95).

104. WALTER, *Enquête phonologique...* (réf. 52).

105. Cet exposé sur le bilinguisme patois/français reprend les données publiées dans WALTER, « Patois ou français régional ? »... (réf. 95).

106. WALTER, *Enquête phonologique...* (réf. 52). Cette enquête a également été décrite dans WALTER, Henriette, *La phonologie du français*, Paris, P.U.F., 1977, 162 p., ch.V, p. 124-148.

107. REY-DEBOVE, Josette & REY, Alain, *Le nouveau Petit-Robert, dictionnaire alphabétique et analogique de la langue française*, 1993, 2 467 p., p. 1610.

108. *Recueil des Actes de Jean IV, duc de Bretagne*, Publication de l'Institut Armoricain de Recherches Économiques et Humaines, Paris, Klincksieck, 1980, p. 198 et 199, cité par Claude CAPELLE, « L'origine du terme *gallo* », *Le Lian*, nᵒ 24, fév-avril 1983, p. 11.

109. WALTER, Henriette, « Nommer sa langue en Haute-Bretagne », dans *Les Français et leurs langues*, sous la. dir. de Jean-Claude BOUVIER, *Actes* rassemblés par Claude MARTEL, du Colloque tenu

à Montpellier (5-7 sept. 1988), Publications de l'Université de Provence, 1991, p. 533-537.

110. WALTER, « Patois et français... (réf. 42).

111. FRANCARD, Michel et LATIN, Daniel, *Le régionalisme lexical*, Bruxelles, Duculot, 1995, 244 p. ; CHAMBON, Jean-Piere, RÉZEAU Pierre et SCHNEIDER, Éliane, *Mélanges sur les variétés du français de France, d'hier et d'aujourd'hui*, Paris, CNRS, Klincksieck, 1997, 266 p.

112. COUPIER, Jules, *Dictionnaire français-provençal*, Edisud, 1995, 1 511 p. et ALEXANDRE, Bernard, *Le Horsain. Vivre et survivre en pays de Caux*, Paris, Plon, 1988, 554 p.

113. WALTER, Henriette (sous la dir.), *Les Mauges. Présentation de la région et étude de la prononciation*, Centre de recherches en littérature et en linguistique sur l'Anjou et le Bocage, Angers, 1980, 238 p.

114. WALTER, « Patois et français... (réf. 42).

115. Cette anecdote m'a été rapportée par André Martinet, qui a bien voulu la rédiger lui-même.

116. HOLLYMAN, K.J. & BUTLER A.S.G., *Le lexique du Bagne à la Nouvelle*, Observatoire du français dans le Pacifique, nᵒ 8, Paris, Didier, 1994, 195 p., p. 57, 163, 128 et 81.

117. ROSSILLON (sous la dir.), *Atlas...* (réf. 50), p. 37.

118. CORNE, J.C., « Le français à Tahiti », dans VALDMAN, Albert (sous la dir.), *Le français hors de France*, Paris, Champion, 1979, 688 p., p. 631-661.

119. CHAUDENSON, Robert, *Les créoles*, Paris, P.U.F., « Que sais-je ? » nᵒ 2970, 1995, 127 p., p. 52.

120. MARTINET, André, *Éléments de linguistique générale*, Paris, Colin, (1ʳᵉ éd. 1960) 1967, 216 p., § 5-16 p. 158 et § 5-24 p. 165.

121. TELCHID, Sylviane, *Dictionnaire du français régional des Antilles*, Paris, Bonneton, 1997, 223 p., p. 35 et 134.

122. TELCHID, *Dictionnaire...* (réf. 121), p. 125.

123. CÉROL, Marie-Josée, *Une introduction au créole guadeloupéen*, Paris, Jasor, 1992, 115 p., p. 71.

124. *Guadeloupe...* (réf. 126), p. 102 et *Martinique...* (réf. 124), p. 109-110.

125. *Martinique*, Produits du terroir et recettes traditionnelles, Paris, Albin Michel, 1997, 319 p., p. 240.

126. DEPECKER, Loïc, *Les mots de la francophonie*, Paris, Belin, 1988, 235 p., p. 214.

127. *Guadeloupe, produits du terroir et recettes traditionnelles*, Paris, Albin Michel, 1998, 379 p., p. 322.

128. *Guadeloupe...* (réf. 126), p. 360.

129. Sauf indication contraire, toutes les informations sur ces termes ont été recueillies dans TELCHID, *Dictionnaire...* (réf. 121).

130. CÉROL, *Une introduction...* (réf. 123), p. 60.

131. BONNEVIE, Paul, *Dictionnaire de l'écolier haïtien*, Port-au-Prince, Hachette-Deschamps, 1996, 648 p.

132. POMPILUS, Pradel, « La langue française en Haïti », dans VALD-MAN, *Le français hors de France...* (réf. 118), p. 119-143.

133. Je remercie Danielle SAADA de sa fructueuse collaboration pour l'établissement de cette liste.

134. CHAUDENSON, *Les créoles...* (réf. 119), p. 28.

135. SAINT JAcques-FAUQUENOY, Marguerite, *Analyse structurale du créole guyanais,* Études linguistiques 13, Paris, Klincksieck, 1972, 142 p., p. 13-14 et p. 37.

136. SAINT JACQUES-FAUQUENOY, *Analyse...* (réf. 135), p.134.

137. TELCHID, *Dictionnaire...* (réf. 121), p. 138.

138. CHAUDENSON, Robert, « Le français dans les îles de l'océan Indien », dans VALDMAN, *Le français hors de France...* (réf. 118), p. 544-545.

139. STAUDACHER-VALLIAMÉE, Gillette, *Phonologie du créole réunionnais : unité et diversité*, Paris, Peeters, 1992, 190 p., p. 5-7.

140. CHAUDENSON, « Le français... » (réf. 138), p. 556.

141. CHAUDENSON, Robert, *Le lexique du parler créole de la Réunion*, Paris, Champion, 1974, 1 249 p. en 2 tomes, p. 755.

142. NALLATAMBY, Pravina, *Mille mots du français mauricien*, Paris, Conseil international de la langue française, 1995, 299 p., p. 15.

143. CHAUDENSON, « Le français... (réf. 138), p. 580 et 584.

144. NALLATAMBY, *Mille mots...* (réf. 142).

145. Collectif, *La francophonie de A à Z*, Paris, Ministère de la Culture, 1990, p. 8, 29-30, 53-54.

146. Collectif, *Les correspondances du ministère des Affaires étrangères*, tiré à part du n° 38, nov. déc. 1997-janv. 1998, p. 10-11.

147. Collectif, *État de la francophonie dans le monde, Rapport 1990,* Haut Conseil de la fancophonie, Paris, La Documentation française, 1990, p. 25-30.

148. Collectif, *État de la francophonie dans le monde, Données 1995-96*, Haut Conseil de la francophonie, Paris, La Documentation française, 1997, p. 569.

149. Datations recueillies dans le *Dictionnaire universel des noms propres*, Paris, Le Robert.

150. Réponse au questionnaire organisé par le Haut Conseil de la Francophonie en 1996, *État de la francophonie dans le monde, Données 1995-96,* p. 544.

151. *État de la francophonie dans le monde, Données 1995-96* (réf. 148) p. 82-83.

152. MAZELLA, Léon, *Le parler pied-noir*, Paris, Rivages, 1989, 116 p., p. 89, ainsi que DUCLOS, Jeanne, *Dictionnaire du français d'Algérie, français colonial, pataouète, français des Pieds-noirs*, Paris, Bonneton, 1992, 160 p., p. 115.

153. ESNAULT, Gaston, *Dictionnaire historique des argots français*, Paris, Larousse, 1965, 644 p., p. 488.

154. MAZELLA, *Le parler...* (réf. 152), p. 69.

155. NAAMAN, Abdallah, *Le français au Liban — Essai sociolinguistique*, Paris-Beyrouth, éd. Naaman, 1979, 278 p., p. 56 et 64.

156. NAAMAN, *Le français...* (réf. 155), p. 143-147.

157. MANESSY, Gabriel, « Le français en Afrique noire », dans VALD-MAN, *Le français hors de France...* (réf. 118), p. 344.

158. Équipe IFA, *Inventaire des particularités lexicales du français en Afrique noire*, Paris, EDICEF-AUPELF, 1988, 442 p., sous les entrées correspondant à ces verbes.

159. MENDO ZÉ, Gervais, *Le français en Afrique noire francophone. Le cas du Cameroun*, Paris, ABC, 1990, 165 p., p. 82.

160. Équipe IFA, *Inventaire...* (réf. 158), sous les entrées correspondant à ces termes.

161. KROP, Pascal, *Tu fais l'avion par terre – Dico franco-africain*, Paris, Lattès, 1995, 181 p., p. 59.

162. Équipe IFA, *Inventaire...* (réf. 158), sous les entrées *bleus*, *blonde* et *rouge*.

163. KROP, *Tu fais...* (réf. 161), p. 75.

164. Toutes ces informations proviennent de deux ouvrages : Équipe IFA, *Inventaire...* (réf. 158) et KROP, *Tu fais...* (réf. 161), p. 59. Elles concernent l'Afrique en général. Dans le cas où l'une d'entre elles n'a été recueillie que dans un pays, le nom de ce pays a été indiqué entre parenthèses, sans que cela implique son absence dans d'autres pays d'Afrique noire.

165. Cette expression et les suivantes ont été relevées dans KROP, *Tu fais...* (réf. 161), p. 69, 66-67, 30, 168, 86, 100, 143.

166. DEROY & MULON, *Dictionnaire...* (réf. 19), sous *Madagascar*.

167. RANAIVO, Flavien, « La situation du français à Madagascar », dans VALDMAN, *Le français hors de France...* (réf. 118), p. 509-511.

168. ROSSILLON (sous la dir.), *Atlas...* (réf. 50), p. 94.

169. WALTER & WALTER, *Dictionnaire...* (réf. 54).

170. RANAIVO, « La situation »... (réf. 168), p. 511.

171. *Guadeloupe...* (réf. 126), p. 238.

172. ZAMACOÏS, Miguel (1866-1955), *La fleur merveilleuse*, pièce en quatre actes et en vers, Paris, Charpentier et Fasquelle, 1910, p. 93-95.

173. LEFEBVRE, Anne, *Le français dans la région lilloise*, Paris, Publications de la Sorbonne, 1991, 184 p.

174. WALTER, *Enquête phonologique...* (réf. 52), p. 127-128 pour Châtellerault et p. 152 pour Bar-sur-Aube.

175. Ce qui précède reprend en partie un article d'Henriette WALTER, paru dans le *Magazine de Libération*, sous le titre « C'est toujours l'autre qui a l'accent », le 10/12/94, p. 56.

176. WALTER, *La phonologie du français...* (réf. 106), p. 7-8.

177. MARTINET, *La prononciation...* (réf. 51).

178. Parmi d'autres enquêtes, plus spécifiquement centrées sur une région donnée, on peut citer une enquête couvrant la France, la Belgique, la Suisse, le Luxembourg et le Val d'Aoste : WALTER, *Enquête phonologique...* (réf. 52). Citons aussi un ouvrage qui tient compte à la fois de la diversité des usages et de l'effet unificateur de Paris :

MARTINET, André & WALTER, Henriette, *Dictionnaire de la pro-nonciation française dans son usage réel*, Paris, Champion-Genève, Droz, 1973, 932 p.

179. WALTER, *Enquête phonologique...* (réf. 52), p. 163 et 164 (région 18). Cf. les informateurs de La Tremblade et de Saint-Félix (Charente) chez lesquels l'opposition entre un *é* fermé et un *è* ouvert est instable.

180. LÉON, Pierre, « L'accent méridional : problème d'idiomatologie », *Essais de phonostylistique, Studia Phonetica, 4,* Paris-Montréal, Didier, 1971, p. 83-97.

181. MARTINET et WALTER, *Dictionnaire de la prononciation...* (réf. 178). L'analyse des données brutes présentées dans ce dictionnaire a fait l'objet d'un ouvrage qui reprend une thèse de doctorat d'État :
WALTER, Henriette, *La dynamique des phonèmes dans le lexique français contemporain* (thèse de Doctorat d'État soutenue à l'Université René Descartes (Paris V) en 1975), Paris, France-Expansion, 1976, 481 p. (Préface d'André Martinet). Distribué depuis 1987 par Droz, à Genève et Paris.

182. WALTER, Henriette, « Diachronie, synchronie et dynamique en phonologie », *Linguistique fonctionnelle : débats et perspectives, Hommage à André MARTINET,* sous la direction de Mortéza MAHMOUDIAN, Paris, P.U.F., 1979, p. 121-128.

183. WALTER, Henriette, « La voyelle centrale et son évolution. Une étude systématique de la fluctuation » dans WALTER, *Les Mauges...* (réf. 113), p. 79-136 ainsi que
LEGUIL, Hervé, « Sifflantes et chuintantes entre Anjou et Segréen » dans WALTER (sous la dir.), *Les Mauges...* (réf. 113), p. 137-150.

184. WALTER, *Enquête phonologique...* (réf. 52). p. 163-164 et
WALTER, *La phonologie du français...* (réf. 106), p. 142-143.

185. GENDRON, Jean-Denis & STRAKA, Georges, *Études de linguistique franco-canadienne*, Paris, Klincksieck, 1967, 174 p. et
CHARBONNEAU, René, « La spirantisation du *j* », *Revue de l'Association canadienne de linguistique,* 1957/3, p. 14-19 et 71-77 ainsi que
CHIDAINE, Jean G., « *CH* et J en saintongeais et en français canadien », dans GENDRON, Jean-Denis et STRAKA, Georges (sous la dir.), *Études de linguistique franco-canadienne*, Paris, Klincksieck et Presses de l'Université Laval, Québec, 1967, p. 143-151.

186. MARTINET, André « R, du latin au français d'aujourd'hui », *Le français sans fard*, Paris, P.U.F. [1re éd. 1969]1974, 219 p., p. 132-143, notamment p. 141, ainsi que
WALTER, *La dynamique...* (réf. 181) p. 46 et
WALTER, « Diachronie... » (réf. 182), p. 121-128.

187. WALTER, *Enquête phonologique...* (réf. 52). Cf. l'enquête auprès d'un habitant de Chaudoux-Verdigny, près de Sancerre, décrite p. 156-159.

188. WALTER, *Enquête phonologique...* (réf. 52) p. 192.

189. WALTER, *Enquête phonologique...* (réf. 52) p. 172-175.

190. WALTER, Henriette, « Comment interpréter ce qui entoure la communication linguistique ? », *Actes* du IXᵉ Colloque international de linguistique fonctionnelle (Fribourg-en-Brisgau, 19-24 juil 1982), Paris, S.I.L.F., 1984, 240 p., p. 65-67 et p. 91.

191. WALTER, *Enquête phonologique...* (réf. 52), p. 192.

192. WALTER, *Enquête phonologique...* (réf. 52), p. 193.

193. LITTRÉ, Émile, *Dictionnaire de la langue française*, Paris, rééd. par Pauvert, 1956, 7 tomes, tome I, p. 232.

194. WALTER, *Les Mauges...* (réf. 113) notamment 2ᵉ partie, ch. 3 « La voyelle centrale et son évolution : une étude systématique de la fluctuation », p. 79-136.

195. WALTER, Henriette, « Entre la phonologie et la morphologie : variantes libres et fluctuations », Communication au XVᵉ Congrès de la Societas Linguistica Europaea (Athènes, 6-11 sept. 1982), *Folia Linguistica*, 18, 1/2, La Haye, Mouton, 1984, p. 65-72.
     WALTER, Henriette, « Les fluctuations mettent-elles en danger une opposition phonologique ? » *La Linguistique*, 28/1, 1992, p. 59-68.

196. DURAFFOUR, Antonin, « Trois phénomènes de nivellement phonétique en francoprovençal », *Bulletin de la Société de Linguistique de Paris*, XXVII, 1926-1927, p. 68-80.

197. MARTIN, Pierre, *Manuel de phonologie fonctionnelle*, Québec, Université Laval, 1997, 252 p., p. 22.

198. OSTIGUY, Luc & TOUSIGNANT, Claude, *Le français québécois. Normes et usages*, Montréal (Québec), Guérin, 1993, 247 p., p. 26, note 9.

199. OSTIGUY, & TOUSIGNANT, *Le français québécois...* (réf. 198), p. 94-95.

200. OSTIGUY, & TOUSIGNANT, *Le français québécois...* (réf. 198), p. 130.

201. POHL, Jacques, « Quelques caractéristiques de la phonologie du français parlé en Belgique », dans WALTER, Henriette (sous la dir.), *Phonologie des usages du français, Langue française,* nº 60, Paris, Larousse, 1983, p. 30-41.

202. SCHOCH, Marianne avec la collaboration de FURRER, Otto, LAHUSEN, Thomas & MAHMOUDIAN-RENARD (Maryse), (sous la dir. de Mortéza MAHMOUDIAN), *Résultats d'une enquête phonologique en Suisse romande* (avec un questionnaire de Rémi Jolivet), *Bulletin de la Section de Linguistique de la faculté des Lettres de Lausanne*, 1980, 2, 47 p.

203. MÉTRAL, Jean-Pierre, « Le vocalisme du français en Suisse romande, considérations phonologiques », *Cahiers Ferdinand de Saussure*, 31, avril 1979, p. 145-172.

204. Ces prononciations particulières ont été relevées dans
     ARÈS, Georges, *Parler suisse, parler français,* Vevey, éd. L'Aire, 1994, 148 p., sous chacune des entrées citées dans l'encadré.

205. TUAILLON, Gaston, « La prononciation de ce que nous écrivons "un" : la disparition du "un" au profit du "in". "Il fait un temps de chien" », *Autour de l'impersonnel* (ouvrage collectif en collaboration avec Chocheyras, Davène, etc.), Grenoble, Ellug, 1985, p.151-159, ainsi que
WALTER, *La dynamique...* (réf. 181) ch. X, p. 319-338.

206. TUAILLON, « Comment parlaient... » (réf. 79), p. 67-82.

207. GUICHONNET, Paul, *Le parler savoyard, mots et expressions du terroir*, Paris, Rivages, 1986, 107 p., p. 9.

208. AYRES BENNETT, Wendy, *Vaugelas and the Development of the French Language*, London, The Modern Humanities Research Association, 1987, 279 p., p. xiii.

209. Je remercie Paul Guichonnet, président de l'Académie florimontane, de tous les documents qu'il m'a généreusement communiqués pour me permettre d'écrire l'essentiel de ce qui concerne la langue française de Savoie.

210. Guide vert Michelin *Alpes du Nord, Savoie-Dauphiné*, Paris, 1996, 316 p., p. 62.

211. GUICHONNET, Paul, « L'Académie florimontane », dans *L'histoire en Savoie*, Revue trimestrielle historique, nᵒ 101, mars 1991, p. 21-30.

212. MARTINET, André, *La description phonologique, avec application au parler francoprovençal d'Hauteville (Savoie)*, Paris, Minard-Genève, Droz, 1956, 108 p., p. 95.

213. Cette hypothèse m'a été suggérée par André Martinet, lui-même né en Savoie.

214. MARTINET, André, « Description phonologique du parler franco-provençal d'Hauteville (Savoie) », *Revue de linguistique romane*, 15, (1939), (publié en 1945), p. 1-86.

215. La plupart des informations de cette liste proviennent de
ARÈS, *Parler suisse...* (réf. 204).
NICOLLIER, Alain, *Dictionnaire des mots suisses de la langue française,* Genève, GVA, 1990, 171 p.
PIDOUX, Edmond, *Le langage des Romands*, Lausanne, Ensemble, 1984, 173 p.

216. ROBEZ-FERRARIS, Jacqueline, *Particularités du français parlé dans la région de Morez, Haut-Jura*, 1995, 362 p., cf. *dent de lion.*

217. PIDOUX, *Le langage...* (réf. 215), p. 71.

218. BESSAT, Hubert & GERMI, Claudette, *Les mots de la montagne autour du Mont-Blanc*, Grenoble, Ellug, 1992, 274 p., p. 51.
NICOLLIER, *Dictionnaire...* (réf. 215).
ARÈS, *Parler suisse...* (réf. 204), p. 29 et 127.

221. ARÈS, *Parler suisse...* (réf. 204), p. 20, ainsi que
PIDOUX, *Le langage...* (réf. 215), p. 98.

222. Toutes les informations de cette liste ont été recueillies dans
MARTIN, Jean-Pierre, *Description lexicale du français parlé dans les vallées d'Aoste*, Aoste, Musumeci, 1984, 203 p. Sorb. LP 933, 8ᵒ.

223. MARTIN, Jean-Pierre, *Description lexicale...* (réf. 222), p. 77.

224. SALMON, Gilbert-Lucien, *Dictionnaire du français régional du Lyonnais,* Paris, Bonneton, 1995, 159 p. et
VURPAS, Anne-Marie, *Le parler lyonnais. Lexique*, Paris, Rivages, 1993, 287 p.

225. *La plaisante sagesse lyonnaise, Maximes et réflexions morales* recueillies par Catherin BUGNARD, secrétaire perpétuel de l'Académie des Pierres Plantées, Lyon, Tixier, s.d., 59 p., p. 54.

226. Les informations sur le Beaujolais ont été recueillies dans
VURPAS, Anne-Marie & MICHEL, Claude, *Dictionnaire du français régional du Beaujolais,* Paris, Bonneton, 1992, 191 p.

227. Les éléments de cette liste ont été sélectionnés à partir de
ARÈS, *Parler suisse...* (réf. 204).
BESSAT & GERMI, *Les mots de la montagne...* (réf. 218).
CUENDET, Jean-Pierre, *Parlons vaudois,* Chavannes-de-Bogis, Slatkine, 1991, 189 p.
DÉSORMAUX, M.J., « Le français parlé en Savoie (notes de philologie savoisienne) », XVIIe congrès des Sociétés Savantes (Aix-les-Bains, 25-27 sept. 1905), Chambéry, 1906, p. 211-227.
GAGNY, Anita, *Dictionnaire du français régional de Savoie,* Paris, Bonneton, 1993, 159 p.
GUICHONNET, *Le parler savoyard...* (réf. 207).
MARTIN, Jean-Baptiste, *Dictionnaire du français régional du Pilat,* Paris, Bonneton, 1989, 173 p.
NICOLLIER, *Dictionnaire...* (réf. 215).
PIDOUX, *Le langage...* (réf. 215).
RAYMOND, Georges-Marie, chronique « Fautes locales contre la langue », *Journal de Savoie*, année 1817.
SALMON, *Dictionnaire...* (réf. 224).
TUAILLON, Gaston, « Survivances du parler savoyard », *Nouvelles du Centre d'Études Francoprovençales René Willien,* 23, 1991, p. 52-65.
VURPAS, *Le parler lyonnais...* (réf. 224).
VURPAS & MICHEL, *Dictionnaire...* (réf. 226).
Je remercie Paul Guichonnet et Grégoire Dunant d'avoir mis généreusement une partie de cette documentation à ma disposition.

228. BOISGONTIER, Jacques, *Dictionnaire du français régional des Pays aquitains*, Paris, Bonneton, 1991, 157 p., sous la rubrique *adieu*.
BOISGONTIER, Jacques, *Dictionnaire du français régional du Midi toulousain et pyrénéen*, Paris, Bonneton, 1992, 157 p., sous la rubrique *adieu*.

229. RAYMOND, *Journal de Savoie, Feuille politique, religieuse, littéraire et contenant ce qui intéresse la littérature et les arts*, 1817, n° 18, p. 11.

230. VURPAS & MICHEL, *Dictionnaire...* (réf. 226), sous la rubrique *appondre*.

231. DUCHET-SUCHAUX, Monique & Gaston, *Dictionnaire du français régional de Franche-Comté,* Paris, Bonneton, 1993, 159 p.

COLIN, Jean-Paul (sous la dir.), *Trésors des parlers comtois*, Besançon, Cêtre, 1992, 365 p.

232. TAMINE, Michel, *Dictionnaire du français régional des Ardennes*, Paris, Bonneton, 1992, 157 p.
CARTON, Fernand & POULET, Denise, *Dictionnaire du français régional du Nord-Pas-de-Calais*, Paris, Bonneton, 1991, 125 p.

233. CAMPS, Christian, *Dictionnaire du français régional du Langue-doc*, Paris, Bonneton, 1991, 157 p., sous la rubrique *débarouller*.

234. BOUVIER, Robert, *Le parler marseillais*, Marseille, Jeanne Laffitte, 1985, 181 p., sous *fatigué*.
BLANCHET, Philippe, *Dictionnaire du français régional de Provence*, Paris, Bonneton, 1991, 157 p.,
LANGLOIS, Guy, *Lexique du francitan parlé à Sète*, Sète, Médiathèque, 1991, 86 p.

235. VURPAS & MICHEL, *Dictionnaire...* (réf. 226), sous *faraud*.

236. VURPAS & MICHEL, *Dictionnaire...* (réf. 226), sous *fion*.

237. VURPAS & MICHEL, *Dictionnaire...* (réf. 226), sous *franc*.

238. VURPAS & MICHEL, *Dictionnaire...* (réf. 226), sous *gadin*.
SALMON, *Dictionnaire...* (réf. 224).
VURPAS, *Le parler lyonnais...* (réf. 224).

239. FRÉCHET, Claudine & MARTIN, Jean-Baptiste, *Dictionnaire du français régional du Velay*, Paris, Bonneton, 1993, 159 p.

240. VURPAS & MICHEL, *Dictionnaire...* (réf. 226), sous *gauné*.

241. BESSAT et GERMI, *Les mots de la montagne...* (réf. 218), p. 72.

242. WALTER, *Le français dans tous les sens...* (réf. 99), p.168, et carte des différents termes pour noter cet objet, p. 169.

243. VURPAS & MICHEL, *Dictionnaire...* (réf. 226), sous *herbes*.

244. TUAILLON, Gaston, *Les régionalismes du français parlé à Vourey, village dauphinois*, Paris, Klincksieck, « Matériaux pour l'étude des régionalismes du français, n° 1 », 1983, 383 p.

245. VURPAS & MICHEL, *Dictionnaire...* (réf. 226), sous *pois* et *coche*.

246. Cette liste résulte pour la plus grande partie du dépouillement des *Dictionnaires du français régional* publiés à ce jour aux éditions Bonneton (Paris) et, pour le Val d'Aoste :
MARTIN, Jean-Pierre, *Description...* (réf. 222).

247. VAUGELAS, Claude FAVRE de, *Remarques sur la langue française utiles à ceux qui veulent bien parler et bien écrire*, (1ʳᵉ édit. Paris 1647), Paris, édit. du Champ libre, 1981, 363 p., p. 112.

248. FILIPPI, Paul, *Le français régional de Corse. Étude linguistique et sociolinguistique. Pratiques langagières du français en Corse. Approche descriptive et problème glottopolitique*, Lille, Université Lille 3, 1992, 492 p., p. 154.

249. ROBEZ-FERRARIS, *Particularités...* (réf. 216).

250. DAUZAT, Albert, *Tableau de la langue française*, Paris, Payot, 1967, 295 p., p. 266.

251. WEBER, *La fin des terroirs...* (réf. 12), cartes p. 109.

252. Cité par DUCHÉ, Jean, *Mémoires de Madame la langue francaise*, Paris, Olivier Orban, 1985, p. 107.

253. LA FONTAINE, *Œuvres complètes*, tome II, « La Pléiade », Paris, Gallimard, 1958, 1 146 p., p. 567.

254. BRUN-TRIGAUD, Guylaine, *Le croissant : le concept et le mot. Contribution à l'histoire de la dialectologie française au XIXe siècle*, Lyon, Université de Lyon III, Centre d'Études linguistiques Jacques Goudet, Série dialectologie 1, 1990, 446 p.

255. Cette carte, établie par Gérard Walter, tient compte des données de Pierre BEC, *La langue occitane*, Paris, P.U.F., « Que sais-je ? », n° 1059, 1995, 128 p., p. 8-12, ainsi que des travaux plus récents dont la synthèse a été réalisée par BRUN-TRIGAUD (réf. 254), carte p. 20.

256. DANTE, *De vulgari eloquentia,* traduction et commentaires en italien par Claudio MARAZZINI et Concetto DEL POPOLO, Milan, Mondadori, 1990, LIV p. +154 p., p. 28. Trad. franç. par H. WALTER.

257. GROSCLAUDE, *Dictionnaire toponymique...* (réf. 26), p. 376-378.

258. GROSCLAUDE, *Dictionnaire toponymique...* (réf. 26), p. 22-23.

259. BEC, Pierre, *La langue occitane*, Paris, P.U.F., « Que sais-je ? », n° 1059, (1re éd. 1963) 1995, 128 p., p. 14-15.

260. ROUSSET, Paul-Louis, *Les Alpes & leurs noms de lieux, 6 000 ans d'histoire*, éd. par l'auteur, Meylan, 1988 (diffusion Didier et Richard, Grenoble), 444 p., p. 235-236.

261. WALTER, *L'aventure des langues...* (réf. 96), p. 225.

262. ROSTAING, Charles, *Les noms de lieux,* Paris, P.U.F., « Que sais-je ? » n° 176, 1969, p. 131.

263. MASSOURE, Jean-Louis, *Le pays Toy*, Villeneuve-sur-Lot, Presses du Villeneuvois, 1996, 189 p., p. 156-157.

264. ROUSSET, *Les Alpes...* (réf. 260), p. 235-236.

265. VURPAS, *Le parler lyonnais...* (réf. 224), en ce qui concerne *Chaillotte*, ainsi que GERMI, Claudette, *Mots du Champsaur, Hautes-Alpes*, Grenoble, Elluy, Univ. Stendhal, 1996, 285 p.

266. ROUSSET, *Les Alpes...* (réf. 260), p. 140.

267. *Le loup*, chap. « Le retour des loups en France dans le Mercantour », Toulon, Museum d'Histoire naturelle, non paginé, non daté [après 1995].

268. ROUSSET, *Les Alpes...* (réf. 260), p. 143.

269. GERMI & LUCCI, *Mots de Gap...* (réf. 90), p. 127.

270. REY, Jean-Claude, *Les mots de chez nous étrangers aux « estrangiés » de la Provence*, Marseille, éd. Autres Temps, 1997, 265 p., p. 93, ainsi que LANGLOIS, Guy, *Lexique du francitan parlé à Sète*, Sète, Médiathèque, 1991, 86 p., p. 35.

271. Extrait des Archives de la Mairie d'Aups et de *l'École buissonnière* d'Edouard GIBELIN (Brignoles 1885).

272. BLANCHET, *Le provençal...* (réf. 85) cf. Carte des divisions de la Provence au XIIe siècle, p. 44.

273. *Alpes-Maritimes*, Encyclopédie régionale, Paris, Bonneton, 1993, 431 p., p. 253.

274. BLANCHET, *Le provençal...* (réf. 85), p. 49-50.

275. BARNICAUD, Sabine et GROSSAUD, René, « Se nourrir », dans *Vau-*

cluse, Encyclopédie régionale, Paris, Bonneton, 1995, 431 p., p. 165. Malheureusement cette rencontre n'a pas pu avoir lieu car *Tartuffe* a été joué pour la première fois le 12 mai 1664 et la fille de Madame de Sévigné n'est devenue Madame de Grignan qu'en 1669.

276. REY, Jean-Claude, *Les mots de chez nous...* (réf. 270), p. 42-43.

277. BLANCHET, Philippe, MAURON, Claude & MAGRINI, Céline, 431 p., dans *Vaucluse*, (réf. 275) chap. « Langue et littératures », p. 241.

278. BRUNEL-LOBRICHON, Geneviève & DUHAMEL-AMADO, Claudie, *Au temps des troubadours (XIIe-XIIIe siècles),* Paris, Hachette, 1997, 268 p., p.14.

279. Cité par LESFARGUES, Bernard & ROUX, Jean, « Les troubadours », *Dordogne-Périgord,* Encyclopédie régionale, Paris, Bonneton, 1993, 432 p., p. 255.

280. DECROSSE, Anne, « Gavot, nissart et français régional », dans *Diversité du français,* WALTER, Henriette (sous la dir.), Journée d'Étude du 5 juin 1982, Paris, SILF, EPHE, 1982, 74 p., p. 31-32.

281 BLANCHET, Philippe, *Dictionnaire du français régional de Provence...* (réf. 234).

282 CAMPS, *Dictionnaire du français régional du Languedoc...* (réf. 233), sous *gavot*.

283. BOISGONTIER, *Dictionnaire du français régional du Midi toulousain et pyrénéen...* (réf. 228), sous *gavache*, p. 74.

284. ROUSSET, *Les Alpes...* (réf. 260) p. 109, note 15.

285. BOISGONTIER, Jacques & MONFÉRIER, *Encyclopédie régionale Bordelais-Gironde,* Paris, Bonneton, article « Langue », p. 231.

286. Les pages qui suivent s'appuient essentiellement sur les informations recueillies dans les ouvrages suivants :
BLANCHET, Philippe, *Dictionnaire du français régional de Provence...* (réf. 234).
BLANCHET, Philippe, *Les mots d'ici. Petit guide des vérités bonnes à dire sur les langues de Provence et d'ailleurs,* Aix-en-Provence, Edisud, 1995, 91 p.
REY, *Les mots de chez nous...* (réf. 270).
BOUVIER, Robert, *Le parler marseillais...* (réf. 234).
BOISGONTIER, *Dictionnaire du français régional des Pays aquitains...* (réf. 228).
BOISGONTIER, *Dictionnaire du français régional du Midi toulousain et pyrénéen...* (réf. 228).
CAMPS, *Dictionnaire du français régional du Languedoc...* (réf. 233).
CAMPS, Christian, *Dictionnaire du français régional du Roussillon,* Paris, Bonneton, 1991, 93 p.
LANGLOIS, *Lexique du francitan...* (réf. 234).
MAZA-PUSHPAM, Fernande, *Regard sur le français parlé à Pont-de-Fromontières (Ardèche)*, Grenoble, Centre de dialectologie, 1992, 287 p.

Potte, Jean-Claude, *Le parler auvergnat*, Paris, Payot-Rivages, 1993, 182 p.

Suire, Guy, *Le parler bordelais, mots et expressions du terroir,* Paris, Rivages, 1988, 158 p.

287. Camps, *Dictionnaire du français régional du Roussillon...* (réf. 286).

288. Bouvier, Robert, *Le parler marseillais...* (réf. 234), p. 29.

289. Bouvier, Robert, *Le parler marseillais...* (réf. 234), p. 88.

290. Blanchet, *Dictionnaire du français régional de Provence...* (réf. 234), p. 25.

291. Blanchet, *Dictionnaire du français régional de Provence...* (réf. 234), p. 26-27.

292. Bouvier, Robert, *Le parler marseillais...* (réf. 234), p. 37.

293. Bouvier, Robert, *Le parler marseillais...* (réf. 234), p. 71.

294. Langlois, *Lexique du francitan...* (réf. 270), p. 72.

295. Blanchet, *Dictionnaire du français régional de Provence...* (réf. 234), p. 97.

296. Boisgontier, *Dictionnaire du français régional du Midi toulousain...* (réf. 228), p. 24.

297. Boisgontier, *Dictionnaire du français régional du Midi toulousain...* (réf. 228), p. 93.

298. Camps, *Dictionnaire du français régional du Languedoc...* (réf. 233), p. 28.

299. Bouvier, Robert, *Le parler marseillais...* (réf. 234), p. 127.

300. Boisgontier, *Dictionnaire du français régional des Pays aquitains...* (réf. 228), p. 101.

301. Potte, Jean-Claude, *Le parler auvergnat...* (réf. 286), p. 141.

302. Langlois, *Lexique du francitan...* (réf. 270), p. 11.

303. Langlois, *Lexique du francitan...* (réf. 270), p. 70.

304. Blanchet, *Dictionnaire du français régional de Provence...* (réf. 234), p. 108.

305. Bouvier, Robert, *Le parler marseillais...* (réf. 234), p. 161.

306. Rey, Jean-Claude, *Les mots de chez nous...* (réf. 270), p. 251.

307. Boisgontier, *Dictionnaire du français régional des Pays aquitains...* (réf. 228), p. 143.

308. Boisgontier, *Dictionnaire du français régional du Midi toulousain...* (réf. 228), p. 93.

309. Suire, *Le parler bordelais...* (réf. 286), p. 147.

310. Camps, *Dictionnaire du français régional du Roussillon...* (réf. 286), p. 90.

311. Boisgontier, *Dictionnaire du français régional du Midi toulousain...* (réf. 228), p. 135.

312. Bouvier, Robert, *Le parler marseillais...* (réf. 234), p. 79 ; Rey, *Les mots de chez nous...* (réf. 270), p. 130-131 ; Blanchet, *Dictionnaire du français régional de Provence...* (réf. 234), p. 53 ; Camps, *Dictionnaire du français régional du Languedoc...* (réf. 233), p. 51.

313. *Le nouveau dictionnaire des œuvres de tous les pays et de tous les temps*, Paris, Robert Laffont, 1994, tome V, p. 5 501 et *Dictionnaire des personnages*, Paris, Robert Laffont, 1994, 1 040 p., p. 366.

314. Suire, *Le parler bordelais...* (réf. 286).

315. *Libération*, 12/05/98.

316. Potte, *Le parler auvergnat...* (réf. 286).

317. Boisgontier, *Dictionnaire du français régional des Pays aquitains...* (réf. 228).

318. Rey, Jean-Claude, *Les mots de chez nous...* (réf. 270), p. 232-273 ;
Langlois, *Lexique du francitan...* (réf. 270), p. 74.

319. Boisgontier, *Dictionnaire du français régional des Pays aquitains...* (réf. 228), p. 121 ;
Boisgontier, *Dictionnaire du français régional du Midi toulousain...* (réf. 228), p. 119.

320. Camps, *Dictionnaire du français régional du Roussillon...* (réf. 286), 93 p.

321. Camps, Christian, « Quelques aspects du français parlé dans la basse vallée de l'Hérault », dans Taverdet & Straka (sous la dir.), *Les français régionaux*, Colloque sur le français parlé dans les villages de vignerons, (1976), Paris, Klincksieck, 1977, 259 p., p. 203-208.

322. Guiter, Henri, « Quelques traits du français parlé à Perpignan », dans Taverdet & Straka (sous la dir.), *Les français régionaux* (réf. 321), p. 211-213.

323. Nouvel, Alain, « Le français parlé en Rouergue », dans Taverdet & Straka, *Les français régionaux* (réf. 321), p. 207.

324. Potte, *Le parler auvergnat...* (réf. 286), p. 113.

325. Catach, Nina (sous la dir.) *Dictionnaire historique de l'orthographe française*, Paris, CNRS, 1987, 291 p., p. 83.

326. Vaugelas, *Remarques...* (réf. 247), p. 175 et 108-109.

327. Ronsard, *Œuvres complètes*, Paris, Gallimard, « La Pléiade », 1950, p. 331, vers 5 et 6.

328. Potte, *Le parler auvergnat...* (réf. 286).

329. Blanchet, *Dictionnaire du français régional de Provence...* (réf. 234).

330. Bouvier, Robert, *Le parler marseillais...* (réf. 234).

331. Camps, *Dictionnaire du français régional du Languedoc...* (réf. 233).

332. Camps, *Dictionnaire du français régional du Roussillon...* (réf. 286).

333. Boisgontier, *Dictionnaire du français régional du Midi toulousain...* (réf. 228).

334. Langlois, *Lexique du francitan...* (réf. 270).

335. Suire, *Le parler bordelais...* (réf. 286).

336. Villat, Louis & Ambrosi, Christian, « Histoire de la Corse »,

Visages de la Corse, Paris, Horizons de France, 1967, 203 p., p. 60-102, notamment p. 66-76.

337. ETTORI, Fernand, « Toponymie et anthroponymie », *Corse*, Encyclopédie régionale, Paris, Bonneton, 1992, 431 p., p. 228.
     BERTHOLET, Denis, *Paul Valéry*, Paris, Plon, 1995, 430 p., p. 12.

338. Toutes les données qui suivent ont été recueillies dans FILIPPI, Paul, *Le français régional de Corse. Étude linguistique et socio-linguistique. Pratiques langagières du français en Corse. Approche descriptive et problème glottopolitique*, Lille, Université Lille 3, 1992, 492 p.

339. JAGUENEAU, Liliane, « Langue », dans *Charente*, Encyclopédie régionale, Paris, Bonneton, 1992, 431 p., p. 214.

340. HORIOT, Brigitte, « Les parlers du Sud-Ouest », dans GAUTHIER, Pierre & LAVOIE, Thomas (sous la dir.), *Français de France et français du Canada*, Université de Lyon 3, Centre d'Études linguistiques Jacques Goudet, diffusé par Klincksieck, Paris, 1995, 439 p., p. 194-195.

341. MIGAUD, Jean-François, « Littérature », *La Charente*, Encyclopédie régionale, Paris, Bonneton, 1992, 431 p., p. 230.

342. ROYER, Claude, « Vignobles, vins et eaux-de-vie de Poitou-Charentes » dans *Poitou-Charentes, Produits du terroir et recettes traditionnelles*, Paris, Albin Michel, 1994, 380 p., p. 21-23.

343. ROYER, « Vignobles »... (réf. 342), p. 72-73.

344. GALLEN, Pierre, *Anthologie des expressions belliloises*, Le Palais, Belle-Île-en-Mer, 1994, 117 p., p. 52.

345. *Poitou-Charentes, Produits de terroir et recettes traditionnelles*, Paris, Albin Michel, 1994, 380 p., p. 46-48 et 55-56.

346. GUITTENY, Éloi, *Chroniques inédites d'un vieux Paydret, Textes en parler du pays de Retz*, 1991.

347. SIMON, Jean-Pascal & SIMONI-AUREMBOU, Marie-Rose, *Dictionnaire du français régional de Touraine*, Paris, Bonneton, 1995, 158 p.

348. LEPELLEY, René, *Dictionnaire du français régional de Normandie*, Paris, Bonneton, 1993, 157 p.

349. PÉNARD, Jean, *Parlers de ma famille. Souvenirs d'une enfance dans les deux Charentes*, Paris, Bruno Sépulchre, 1993, 116 p.

350. JAGUENEAU, « Langue », dans *Charente*... (réf. 339), p. 209-210.

351. VERNEX, Jean-Claude, *Les Acadiens,* Paris, Entente, 1979, 190 p., p. 24-25 et 30.

352. CHARPENTIER, Jean-Michel, « Le(s) parler(s) acadien(s) et le substrat du Haut-Poitou », *Actes* du XVe Colloque de la Société internationale de linguistique fonctionnelle (Moncton, 1988), Moncton, 1989, p. 169-186.

353. CHARPENTIER, Jean-Michel, « Le(s) parler(s) acadien(s) »... (réf. 352) p. 169-171.

354. Cité par POIRIER, Pascal, *Le glossaire acadien*, édition critique établie par Pierre-M. GÉRIN, Moncton (N.-B., Canada), éd. d'Acadie, 1993, 443 p., sous l'entrée *mouiller*, p. 273.

355. Péronnet, Louise, « Le français acadien », dans Gauthier, Pierre & Lavoie, Thomas, *Français de France et français du Canada*, Université de Lyon 3, Centre d'Études linguistiques Jacques Goudet, diffusé par Klincksieck, Paris, 1995, 439 p., p. 415 et 436.

356. Vernex, *Les Acadiens...* (réf. 351), p. 180-187.

357. Brasseur, Patrice & Chauveau, Jean-Paul, *Dictionnaire des régionalismes de Saint-Pierre et Miquelon*, Tübingen, Niemeyer, 1990, 745 p., p. 5-7 ; un dictionnaire des régionalismes de Terre Neuve est en préparation, annoncé par Brasseur, Patrice & Chauveau, Jean-Paul, dans *Parlers et culture, Le français régional*, p. 44.

358. Brasseur, & Chauveau, *Dictionnaire des régionalismes...* (réf. 357), sous les différentes entrées.

359. Walter , *L'aventure des langues...* (réf. 96), p. 254 ainsi que Walter, *Le français dans tous les sens...* (réf. 99), p. 208.

360. Meillet, Antoine & Cohen, Marcel (sous la dir.), *Les langues du monde,* Paris, C.N.R.S. Champion, 1952, 2 tomes, 1 294 p. et 21 cartes, vol. 2, p. 1009.

361. Smith-Thibodeaux, John, *Les francophones de Louisiane*, Paris, Entente, 1977, 134 p., p. 48.

362. Smith-Thibodeaux, *Les francophones...* (réf. 361), p. 49.

363. Tous les exemples cités ci-dessus ont été relevés dans Picone, Michael D., « Stratégies lexicogéniques franco-louisianaises », *Plurilinguismes*, UER de linguistique générale et appliquée, Université René Descartes, Paris, n° 11, 1996, p. 63-99.

364. Picone, Michael D., « Code Switching and Loss of Inflection in Louisiana French », *Language Variety in the South Revisited*, Tuscaloosa and London, The University of Alabama Press, 1997, p. 152-162.

365. Forest, Jean, *Chronologie du québécois*, Montréal, Tryptique, 1998, 378 p., p. 57.

366. Bourhis, Richard & Lepicq, Dominique, « Aménagement linguistique, statut et usage du français au Québec », *Présence francophone*, n° 33, 1988, p. 10-11.

367. Bouchard & Tremblay, « Le peuplement français au Canada », dans Gauthier & Lavoie, *Français de France...* (réf. 355), p. 323

368. Lavoie, Thomas, « Le français québécois », dans Gauthier & Lavoie, *Français de France...* (réf. 355), p. 351.

369. En dehors du Québec (où le pourcentage cité est celui de 1991) et du Nouveau-Brunswick (1986), les chiffres sont ceux de 1981, cf. Walter, *Le français dans tous les sens...* (réf. 99), p. 202.

370. Morin, Yves-Charles, « Les sources historiques de la prononciation du français du Québec », dans Mougeon, Raymond & Beniak, Edouard (sous la dir.), *Les origines du français québécois*, Sainte-Foy, Les Presses de l'Université Laval, 1994, p. 199-236.

371. Lavoie, Thomas, « Le français québécois » dans Gautier & Lavoie ... (réf. 355), p. 346.

372. GAUTHIER, Pierre, « Le poitevin-saintongeais au Canada », dans *La langue poitevine-saintongeaise. Identités et ouverture*, Table ronde du 10/08/94, Poitiers, Geste éditions, 1995, 91 p., p. 21.

373. GAUTHIER, « Le poitevin-saintongeais »... (réf. 372), p. 22.

374. BOUCHARD & TREMBLAY, « Le peuplement français au Canada », dans GAUTHIER & LAVOIE, *Français de France*... (réf. 355), p. 312.

375. STANKÉ, Alain, *Je parle plus mieux française que vous et j'te merde, ou les joies de la francophonie*, Québec, Éd. Internationales, Alain Stanké, 1995, 225 p., p. 94.

376. LAVOIE, « Le français québécois » dans GAUTIER & LAVOIE... (réf. 355), p. 371.

377. FOREST, Jean, *Chronologie*... (réf. 365), p. 319.

378. BÉLANGER, Mario, *Petit guide du parler québécois*, Montréal, Stanké, 1997, 236 p., p. 228 ;
FOREST, *Chronologie*... (réf. 365), p. 359-360.

379. PAQUOT, Annette, *Les Québécois et leurs mots. Étude sémiologique et sociolinguistique des régionalismes au Québec*, Québec, les Presses de l'Université Laval, Conseil de la langue française, 1988, 130 p., p. 29.

380. BÉLANGER, *Petit guide*... (réf. 378), p. 210.

381. POIRIER, Claude (sous la dir.), *Dictionnaire du français plus à l'usage des francophones d'Amérique*, Montréal, Centre éducatif et culturel, 1988, 1 856 p., sous *bombe*.

382. BÉLANGER, *Petit guide*... (réf. 378).

383. BERGERON, Léandre, *Dictionnaire de la langue québécoise*, Montréal, éd. VLB, 1980, 572 p.

384. BÉLANGER, *Petit guide*... (réf. 378), p. 34.

385. Toutes ces expressions sont attestées dans DESRUISSEAUX, Pierre, *Dictionnaire des expressions québécoises*, Montréal, Biblothèque québécoise, 1990, 446 p.

386. BERGERON, *Dictionnaire de la langue québécoise*... (réf. 383).

387. Toutes ces formes sont attestées dans DESRUISSEAUX, Pierre, *Dictionnaire*... (réf. 385).

388. BOLOGNE, Jean-Claude, *Les sept merveilles. Les expressions chiffrées,* Paris, Larousse, 1994, 274 p., p. 257.

389. BRUNOT, Ferdinand, *Histoire de la langue française des origines à nos jours,* tome X, *La langue classique dans la tourmente,* 935 p. 1re partie, Paris, Armand Colin, 1905-1937, rééd. 1966-1967, p. 219.

390. DARBELNET, Jean, « Le maintien du français face à l'anglais au Québec », dans VALDMAN, *Le français hors de France*, (réf. 118), p. 61-74 pour une présentation générale de la situation des anglicismes au Québec.

391. LAVOIE, Thomas, « Le français québécois » dans GAUTHIER & LAVOIE (réf. 355), p. 313 ;
FOREST, Jean, *Anatomie du québécois*, Montréal, Tryptique, 1996, 342 p., p. 100-102 ;
CÔTÉ, Louise, TARDIVEL, Louis & VAUGEOIS, Denis, *L'Indien*

généreux. Ce que le monde doit aux Amériques, Paris, Boréal-Seuil, 1995, 287 p.

392. Proteau, Lorenzo, *La parlure québécoise*, Boucherville, Proteau, 1982, 230 p., p. 116.

393. Deroy & Mulon, *Dictionnaire de noms de lieux...* (réf. 19), sous *Canada*, *Québec* et *Gaspésie* ;
Poirier, *Dictionnaire du français* plus... (réf. 381) sous *algonquin*, *huron*, *iroquois* et *micmac*.

394. Lavoie, « Le français québécois »... (réf. 368), p. 372.

395. Forest, *Anatomie du québécois...* (réf. 391), p. 153.

396. Gallen, *Anthologie des expressions belliloises...* (réf. 344).

397. Walter, *L'aventure des langues...* (réf. 96), p. 231-233.

398. L'ensemble de cet exposé sur les toponymes de Bretagne a été rédigé grâce à la consultation des ouvrages suivants :
Abalain, Henri, *Destin des langues celtiques*, Paris, Ophrys, 1989, 253 p.
Vallerie, Erwan, *Traité de toponymie historique de la Bretagne*, Kergleuz, An Here, 1995, tome I, Diazezoù studi istorel an anvioù-parez, 542 p. ; tome II, Corpus, 256 p. ; tome III, traduction française, 560 p.
Fleuriot, Léon, *Les origines de la Bretagne*, Paris, Payot, 1980, 353 p.
Falc'hun, François, *Perspectives nouvelles sur l'histoire de la langue bretonne*, Paris, Union Générale d'Édition, 1981, 662 p.
Gourvil, Francis, *Langue et littérature bretonnes*, Paris, P.U.F, « Que sais-je ? » (n° 527, 1re éd. 1952), 1968, 126 p.
Markale, Jean, *Identité de Bretagne*, Paris, Entente, 1985, 214 p.

399. Walter, Henriette, « Entre le breton et le français, la situation inconfortable du gallo », *Actes* du XIIe Colloque international de linguistique fonctionnelle (Alexandrie, 17-22 août 1985), Paris, S.I.L.F., 1986, p. 73-78.

400. Walter, Henriette, « Nommer sa langue en Haute-Bretagne », Colloque de Montpellier (5-7 sept 1988) dans *Les Français et leurs langues*, *Actes du Colloque de Montpellier* (5-7 sept 1988) (sous la dir. de Jean-Claude Bouvier), Université de Provence, Aix-Marseille 1, Aix-en-Provence, 1991, p. 533-537.

401. Blanchet, Philippe & Walter, Henriette, *Dictionnaire du français régional de Haute-Bretagne*, Paris, Bonneton, à paraître en 1999.

402. Une étude diachronique de la voyelle centrale en gallo a été présentée par
Chauveau (Jean-Paul), *Évolutions phonétiques en gallo*, Paris, C.N.R.S., 1989, 293 p., p. 9-48.
Une étude de synchronie dynamique de cette même voyelle a été effectuée par Walter, « La voyelle centrale... » (réf. 183). Cf. également :
Walter, Henriette, « L'évolution de la prononciation dans les Mauges : un cas de fluctuation », Communication au Colloque de Dialectologie et de littérature dialectale (Caen, 12-14 fév 1981),

Dialectologie et littérature du domaine d'oïl occidental, Cahiers des annales de Normandie, 5, Caen, C.N.R.S., 1983, p. 257-262.
WALTER, Henriette, « Témoignage de prononciations en voie de disparition », Communication aux Journées d'Étude « Pour une ethnologie d'urgence », organisées par la Société d'Ethnologie française (Limoges, 20-27 oct. 1979), *Ethnologia,* Revue d'Ethnologie et des sciences sociales des pays du Massif Central 17-18-19-20, 1981, p. 187-192.

403. CHAUVEAU (Jean-Paul), *Le gallo : une présentation,* Rennes, Université de Bretagne Occidentale, Faculté des Lettres de Brest, Section de celtique, C.R.D.P. de Rennes, 1984, 2 vol, Studi n° 26 et 27, 252 p., p. 6.
GUILLAUME, Gabriel, « Recherches d'aires dialectales en Haute-Bretagne, dans le Maine et en Anjou », dans *Les dialectes romans de France à la lumière des atlas régionaux,* Actes du Colloque de Strasbourg (24-28 mai 1971), Paris, C.N.R.S., 1973, 486 p., p. 401-422.
GUILLAUME, Gabriel & CHAUVEAU, Jean-Paul, *Atlas linguistique et ethnographique de la Bretagne romane, de l'Anjou et du Maine,* Paris, C.N.R.S., 1976-tome I, 1983-tome II.

404. FELLOWS-JENSEN, Gillian, « Les noms de lieux d'origine scandinave et la colonisation viking en Normandie », *Proxima Thulé,* Revue d'Études nordiques, n° 1, Paris, 1994, p. 63-103, notamment carte p. 67.

405. DORNIC, *Histoire du Maine...* (réf. 41), p. 32.

406. WALTER, « Patois et français... » (réf. 42), p. 21-24.

407. WALTER, « Patois et français... » (réf. 42), p. 21-32.

408. Propos recueillis par Nicole GUEUNIER à l'occasion d'une enquête il y a une vingtaine d'années, cf.
GUEUNIER, Nicole, GENOUVRIER, Émile & KHOMSI, Abdelhamid, *Les Français devant la norme. Contribution à une étude de la norme du français parlé,* Paris, Champion, 1978, 203 p., p. 107.

409. GUEUNIER, GENOUVRIER, & KHOMSI, *Les Français...* (réf. 408), p. 169-173 ainsi que
GUEUNIER, Nicole, « Quelques points de repère pour une étude du français régional de Touraine », *Littérature et nation,* Tours, Université François Rabelais, Bulletin n° 4, juin 1984, p. 45-68 et
GUEUNIER, Nicole, « La conscience linguistique en Touraine : marges et béoties », dans *Les Français et leurs langues* (réf. 400), p. 39-58, notamment p. 39-42.

410. SIMON, & SIMONI-AUREMBOU, *Dictionnaire du français régional de Touraine...* (réf. 347).

411. GUEUNIER, « La conscience linguistique... (réf. 409), p. 39-58, notamment p. 49 et 51.

412. MISKOVSKY, Jean-Claude, « Ethnographie », dans *Encyclopédie régionale Berry,* Paris, Bonneton, 1994, 431 p., p. 209.

413. DELAIGUE, P., *Le patois et les parlures du Bas-Berry (Brenne, Champagne, Pays de Valençay, Confins de la Touraine de*

l'Indre, Boischaut-Nord), Châteauroux, 1971, 195 p. (avec un glossaire).

414. BERTHIER, Pierre-Valentin, *Glossaire de la Champagne berrichonne,* Paris, Royer, 1996, 297 p.

415. Les informations contenues dans ce petit lexique ont été recueillies dans :

BRASSEUR, Patrice, *Le parler nantais de Julien et Valentine,* Université de Nantes, 1993, 283 p.

CHEVEREAU Gaston, GODARD, Patrick & VÉRY, Geneviève, *Parler sarthois,* Le Mans, Éd. Cénomane, 1987, tome I, 125 p. et tome II, 142 p.

Collectif, *Le patois mayennais,* Parlers et traditions du Bas-Maine et du Haut-Anjou, Cercle Jules Ferry, Laval, 1991, 148 p.

Collectif, *Lexique du patois vivant,* Parlers et traditions du Bas-Maine et du Haut-Anjou, Cercle Jules Ferry, Laval, 1987, 368 p.

DUBOS, Roger, *Dictionnaire du patois normand. Le petit Roger,* Condé-sur-Noireau, Corlet, 1994, 215 p.

DUBUISSON, Pierrette & BONIN, Marcel, *Dictionnaire du français régional de Berry-Bourbonnais,* Paris, Bonneton, 1993, 142 p.

GUITTENY, Éloi, *Chroniques inédites d'un vieux Paydret, Textes en parler du pays de Retz,* 1991.

JACQUENEAUX, Edith, *L'histoire du potit gâs Louis et autres diries de la maîtresse d'école,* Le Mans, Éd. Cénomane, 1993, 94 p.

JOUSSE, Jean, *Du français au patois,* chez l'auteur, s. d., 132 p.

JOUSSE, Jean, *La grand mère e' disait ça,* chez l'auteur, s. d., 60 p.

LEPELLEY, René, *Dictionnaire du français régional de Normandie...* (réf. 348).

MAHUET, Roger, *Lexique du parler malicornais,* Malicorne, Les Aînés ruraux, 1997, 63 p.

RÉZEAU, Pierre, *Dictionnaire du français régional de Poitou-Charente et de Vendée,* Paris, Bonneton, 1990, 159 p.

SIMON, Jean-Pascal & SIMONI-AUREMBOU, Marie-Rose, *Dictionnaire du français régional de Touraine...* (réf. 347).

VERDIER, Roger, *Dictionnaire phonétique, étymologique et comparé du patois du Haut-Maine,* Le Mans, éd. Racaud, lib. Graffin, 1951 (?), 320 p.

BERTHIER, Pierre-Valentin, *Glossaire...* (réf. 414).

DELAIGUE, P., *Le patois et les parlures...* (réf. 413).

416. Recherches personnelles dirigées par Henriette WALTER.

417. Cité par HANSE, Joseph, *Nouveau dictionnaire des difficultés du français moderne,* Paris-Gembloux, Duculot, 1983, sous *après,* p. 85.

418. COLIN, Jean-Paul (sous la dir.), *Dictionnaire de l'argot,* Paris, Larousse, 1990, 763 p.

419. CHAIGNE, Edgar, *Trésors du parler des pays de l'Ouest, Poitou, Charente, Vendée,* Bordeaux, Aubéron, 1997, 254 p., p. 39 et 73.

420. Les pages qui suivent reprennent l'essentiel de WALTER, Henriette, « Régionalismes lexicaux : pour une recherche de leur

extension géographique », dans *Mélanges René Lepelley*, sous la dir. de Catherine Bougy, Pierre Boissel et Bernard Garnier, Caen, Musée de Normandie, 1995, 598 p., p. 161-170.

421. Tuaillon, Gaston, *Les régionalismes du français parlé à Vourey...* (réf. 244).

422. Germi et Lucci, *Mots de Gap...* (réf. 90).

423. Boisgontier, *Dictionnaire du français régional du Midi toulousain...* (réf. 228).

424. Vurpas, & Michel, *Dictionnaire du français régional du Beaujolais...* (réf. 226).

425. Tamine, Michel, *Dictionnaire du français régional des Ardennes...* (réf. 232).

426. Gagny, *Dictionnaire du français régional de Savoie...* (réf. 227).
Colin, Jean-Paul (sous la dir.), *Trésors des parlers comtois...* (réf. 231).
Duchet-Suchaux, Monique & Gaston, *Dictionnaire du français régional de Franche-Comté...* (réf. 231).
Dubuisson & Bonin, *Dictionnaire du français régional de Berry-Bourbonnais...* (réf. 415).

430. Carton & Poulet, *Dictionnaire du français régional du Nord-Pas-de-Calais...* (réf. 232).

431. Tamine, Michel, *Dictionnaire du français régional des Ardennes...* (réf. 232).

432. Rézeau, *Dictionnaire du français régional de Poitou-Charentes...* (réf. 415).

433. Lanher, Jean & Litaize, Alain, *Dictionnaire du français régional de Lorraine,* Paris, Bonneton, 1990, 159 p.

434. Vurpas & Michel, *Dictionnaire du français régional du Beaujolais...* (réf. 226).

435. La vérification a été faite dans les dictionnaires cités ci-dessus ainsi que dans :
Taverdet, Gérard & Navette-Taverdet, Danièle, *Dictionnaire du français régional de Bourgogne,* Paris, Bonneton, 1991, 159 p.
Tamine, Michel, *Dictionnaire du français régional de Champagne,* Paris, Bonneton, 1993, 157 p.
Blanchet, *Dictionnaire du français régional de Provence...* (réf. 234).
Boisgontier, *Dictionnaire du français régional des Pays aquitains...* (réf. 228).
Camps, *Dictionnaire du français régional du Languedoc...* (réf. 233).
Martin, Jean-Baptiste, *Dictionnaire du français régional du Pilat...* (réf. 227).
Camps, *Dictionnaire du français régional du Roussillon...* (réf. 286).
Fréchet & Martin, *Dictionnaire du français régional du Velay...* (réf. 239).

436. Lepelley, René, *Dictionnaire du français régional de Basse-Nor-*

mandie, Paris, Bonneton, 1989, 159 p. Les données de cet ouvrage ont été complétées depuis peu par son auteur pour la Haute-Normandie dans la nouvelle éditon parue en 1993, qui porte sur l'ensemble de la Normandie sous le titre *Dictionnaire du français régional de Normandie,* Paris, Bonneton, 1993, 157 p.

437. Je remercie de leur aide : Andy Arleo, Didier Auffray, Andrew Tagoe, Abdelfattah Nissabouri, Christophe Le Poulen, Élisabeth Raffi-Spain, Régine Vandevyver-Rollo, Katell Le Gallou, Maureen Lemoine, Sonia Bannier, Jean Scrivener, Jacqueline Reumont, Anne Balais, Antoine Dinahet, Florence Buck, Christine Hulin, Yves Emeri et Isabelle Walter.

438. CARTON & POULET, *Dictionnaire*... (réf. 232), sous *cramique*.

439. ROUSSEL, Henri, « Langue et littérature », *Les pays du Nord*, Encyclopédie régionale, Paris, Bonneton, 1994, 431 p., p. 189.

440. MARTINET, André, « Comment les Anglo-Saxons ont-ils accédé à la Grande-Bretagne ? », *La linguistique*, Paris, P.U.F., 32, 1996/2, p. 3-10. Voir également :
WALTER, Henriette, *L'aventure des langues*... (réf. 96) Carte des toponymes flamands en *-ghem,* p. 361.

441. LESTOCQUOY, Jean, *Histoire de la Picardie,* Paris, P.U.F., « Que sais-je ? » n° 955, (1re éd. 1962) 1970, 126 p., p. 5.

442. CARTON & POULET, *Dictionnaire*... (réf. 232).

443. CARTON, dans CARTON & POULET, *Dictionnaire*... (réf. 232), p. 113-115.

444. ROUSSEL, « Langue et littérature », *Les pays du Nord*... (réf. 439), p. 190-191.

445. CARTON, dans CARTON & POULET, *Dictionnaire*... (réf. 232). Annexe *chtimi,* p. 113-115.

446. CARTON & POULET, *Dictionnaire*... (réf. 232), p. 95.

447. BEC, Pierre, *Manuel pratique de philologie romane,* Paris, Picard, 1970, tome I, 558 p. et 11 cartes et tome II, 1971, 643 p. et 14 cartes, tome II, p. 25.

448. CHAURAND, Jacques, « Le département de l'Aisne et la langue française », *Actes* de la rencontre de Villers-Cotterêts du 9 novembre 1994, Villers-Cotterêts, Maison des Fontainiers, 1995, 27 p., p. 17-27, notamment p. 17.

449. LORIOT, Robert, « Langues », *Picardie*, Paris, Bonneton, Encyclopédies régionales, 1980, 367 p., p. 166.

450. Cf. l'exposé sur l'histoire des emprunts du français aux autres langues dans « Les couches lexicales à travers les siècles : le vocabulaire venu des parlers du Nord et de l'Ouest », dans WALTER & WALTER, *Dictionnaire des mots d'origine étrangère*... (réf. 54), p. 332-333.

451. POHL, « Quelques caractéristiques... » (réf. 201), p. 30-41, notamment p. 38.

452. ROUSSEL, Henri, « Langue et littérature », *Les pays du Nord*... (réf. 439), p. 192.

453. Cette liste a été élaborée essentiellement à partir des deux ouvrages suivants :
BAL, Willy, DOPPAGNE, Albert, GOOSSE, André, HANSE, Joseph, LENOBLE-PINSON, Michèle, POHL, Jacques & WARNANT, Léon, *Belgicismes, inventaire des particularités lexicales du français en Belgique,* Louvain, Duculot, 1994, 143 p.
CARTON & POULET, *Dictionnaire...* (réf. 232).
N'ont été retenus que les mots figurant à la fois dans les deux dictionnaires, mais ont également été consultés des ouvrages lexicographiques sur les patois, ces derniers étant le plus souvent la source des formes régionales du français :
DUBOIS, Guy, *2 000 mots du patois de chez nous*, 62190 Lillers, 1981, 247 p.
DICKÈS, Jean-Pierre, *Le patois boulonnais*, Mémoires de la Société Académique du Boulonnais, tome 12, 1992, 665 p.
VINDAL, Louis, *Lexique du parler picard d'Irchonwelz*, Bruxelles, Mic romania, 1995, 269 p.
　　Je remercie enfin Maha Tissot de m'avoir fourni la liste d'un lexique dunkerquois et d'un lexique *chtimi* disponibles sur *Internet*.
454. CHAURAND, Jacques, « Le département de l'Aisne... » (réf. 448), notamment p. 25.
455. CARTON & POULET, *Dictionnaire...* (réf. 232), sous *bas*.
456. TAMINE, *Dictionnaire du français régional des Ardennes...* (réf. 232).
457. ROQUES, Gilles, « Commentaires philologiques sur quelques régionalismes de Nancy », dans SALMON, Gilbert-Lucien (sous la dir.), *Variété et variantes du français des villes états de l'est de la France,* Paris-Genève, Champion-Slatkine, 1991, 346 p., p. 159-169, notamment p. 161.
458. DESCARTES, René, « Discours de la méthode », *Œuvres et lettres*, Paris, Gallimard « La Pléiade », 1949, 1 102 p., p. 98.
459. *Lorraine. Produits du terroir et recettes traditionnelles*, Paris, Albin Michel/CNAC, 1998, 310 p., p. 155.
460. WARTBURG, Walther et BLOCH, Oscar, *Dictionnaire étymologique de la langue française*, Paris, P.U.F., 1950, 651 p., sous *mirabelle* et *mirobolant*.
461. DEROY & MULON, *Dictionnaire de noms de lieux...* (réf. 19), sous *Mirabeau*.
462. *Lorraine. Produits du terroir...* (réf. 459), p. 77-79.
463. PROUST, Marcel, *À la recherche du temps perdu, Du côté de chez Swann,* Paris, Gallimard, « La Pléiade » (1re éd. 1954), 1968, p. 44-47.
464. DUCHET-SUCHAUX, Monique et Gaston, *Dictionnaire du français régional de Franche-Comté...* (réf. 231), sous *brimbelle*.
465. SIMON & SIMONI-AUREMBOU, *Dictionnaire du français régional de Touraine...* (réf. 347), sous *castille*.
466. *Lorraine. Produits du terroir...* (réf. 459), p. 85.
467. ROQUES, Gilles, « Commentaires philologiques... » (réf. 457), p. 159-169, notamment p. 162-166.

468. FISCHER, Paul, « Considérations sur les calques dans le lexique du français en Alsace », dans SALMON, Gilbert-Lucien (sous la dir.), *Le français en Alsace,* Paris-Genève, Champion-Slatkine, 1985, 430 p., p. 93-100.

469. Cette liste reprend une partie des données recueillies par WOLF, Lothar, *Le français régional d'Alsace*, Paris, Klincksieck, 1983, 199 p.

    MATZEN, Raymond, « Le français alsacien d'aujourd'hui », *Ethnologie française*, nouvelle série, tome III, nº 3-4, Paris, 1973, p. 367-376.

    ROQUES, Gilles, « Commentaires philologiques... » (réf. 457).

    SALMON, Gilbert-Lucien (sous la dir.), *Variété et variantes du français des villes états de l'est de la France,* Paris-Genève, Champion-Slatkine, 1991, 346 p., p. 317-344.

470. MARTINET, André « Recherches linguistiques en phonologie, syntaxe et synthématique par un groupe de chercheurs japonais », *La linguistique*, 34, 1998/1, p. 39-49, notamment p. 48 où il rend hommage à Yuji Kawaguchi pour son article « EI > OI > WA en français. Pour *reconoistre* la diffusion du *langaige* », dans *Recherches linguistiques – en hommage à André Martinet à l'occasion de son 80ᵉ anniversaire – en phonologie, syntaxe et synthématique*, présentés par Norioshi MIYAKE, Jun-ichi SATO, Harumi TANAKA & Yoshiro WATASE, Tokyo, Université de langes étrangères, 4-51-21 Nishigahara, Kita-Ku, Tokyo, 1990.

471.   Pour les régionalismes lexicaux :
    COLIN (sous la dir.), *Trésors des parlers comtois...* (réf. 231), Besançon, Cêtre, 1992, 365 p.
    DUCHET-SUCHAUX, Monique & Gaston, *Dictionnaire du français régional de Franche-Comté...* (réf. 231).
       Pour les toponymes :
    TAVERDET, Gérard, *Noms de lieux de Bourgogne. Introduction à la toponymie*, Paris, Bonneton, 1994, 231 p.
    NÈGRE, Ernest, *Toponymie générale de la France*, Genève, Droz, 1990, tome I, 704 p., 1991, tome II, p.714-1381 & tome III, p. 1452-1852.

472. TAVERDET, Gérard & DUMAS, Françoise, *Anthologie des expressions de Bourgogne*, Paris, Rivages, 1996, 177 p., p. 62, 95 et 26.

473. WALTER, *L'aventure des langues...* (réf. 96), p. 73-75.

474. TAITTINGER, Claude, *Thibaut le chansonnier, Comte de Champagne*, Paris, Perrin, 1987, 325 p.

475. TAMINE, Michel, *Dictionnaire du français régional de Champagne...* (réf. 435).

476. LECOY, Félix, « Note sur le vocabulaire régional dans les œuvres littéraires au Moyen Âge », dans STRAKA, Georges (sous la dir.), *Les dialectes de France au Moyen Âge et aujourd'hui*, Paris, Klincksieck, 1972, 478 p., p. 59-83, notamment p. 61-65.

477. SIMONI-AUREMBOU, Marie-Rose, « L'aire linguistique centrale »,

dans Gauthier & Lavoie, *Français de France...* (réf. 355), p. 251-306.

478. Fondet, Claire, *Dialectologie de l'Essonne et de ses environs immédiats*, Lille-Université de Lille et Paris-Champion, 1980, 2 vol.
Simoni-Aurembou, Marie-Rose, *Atlas linguistique et ethnographique de l'Île-de-France et de l'Orléanais, Perche, Touraine*, ALIFO, 1973, 2 vol.

479. Simoni-Aurembou, Marie-Rose, « Le parler de l'Orléanais », Introduction à Gilbert, André, *L'haritage pardu ou l'amour de la terre*, Paris, ABDO, 1995, 175 p., p. XVI.

480. Gilbert, André, *L'haritage pardu ou l'amour de la terre*, Paris, ABDO, 1995, 175 p., p. 104.

481. Simoni-Aurembou, Marie-Rose, « Le français et ses patois », dans Chaurand, Jacques (sous la dir.), *Nouvelle histoire...* (réf. 62).

482. Passy, Paul, « Patois de Sainte-Jamme (Seine-et-Oise) », *Revue des patois gallo-romans*, 1891, 4, p. 7-16.
Agnel, Émile, *Observations sur la prononcaition et le langage rustiques des environs de Paris*, Paris, Schlesinger/Dumoulin, 1855.
Nisard, Charles, *Étude sur le langage populaire ou patois de Paris et sa banlieue*, Paris, Franck, 1872.

483. Nisard, Charles, *De quelques parisianismes populaires et autres locutions non encore ou plus ou moins imparfaitement expliquées des XVIIe, XVIIIe et XIXe siècles*, Paris, La Butte aux Cailles, 1980, 232 p.

484. *L'agréable conférence de deux païsans de Saint-Ouen et de Montmorency*, 1649, p. 5.

485. Nisard, *De quelques parisianismes...* (réf. 483), p. 90-91.

486. Nisard, *De quelques parisianismes...* (réf. 483), p.180-181.

487. Hillairet, Jacques, *Dictionnaire historique des rues de Paris*, Paris, éd. de Minuit, 1964 (1re éd 1961), 2 tomes.

488. Fierro, Alfred, *Histoire et dictionnaire...* (réf. 64), p. 1051-1052.

489. Godefroy, Frédéric, *Lexique de l'ancien français*, Paris, Champion, 1965, 544 p., sous *houssee*.

490. Lachiver, Marcel, *Dictionnaire du monde rural*, Paris, Fayard, 1997, 1 766 p., sous *housée*.

491. Fabre, Paul, *Les noms de personnes en France*, Paris, P.U.F., « Que sais-je ? », n° 235, 1998, 127 p., p. 81-84.

492. Morel, Ambroise, *Histoire illustrée de la boulangerie en France*, Paris, Syndicat de la Boulangerie, 1924, 511 p., p. 53.

493. Assire, Jérôme, *Le livre du pain*, Paris, Flammarion, 1996, 160 p., p. 28

494. Morel, *Histoire illustrée de la boulangerie...* (réf. 492), p. 54, ainsi que Viron, Philippe, *Vive la baguette*, Le Chesnay, éd. de l'Epi gourmand, 1995, 119 p., p. 62.

495. Diderot, *Encyclopédie*, 1751, p. 749-750.

496. Cité par Viron, *Vive la baguette...* (réf. 494), p. 11.

497. Assire, *Le livre du pain...* (réf. 493), p. 94-95.

498. Deroy & Mulon, *Dictionnaire de noms de lieux* (réf. 19), sous *Bethléem*.

499. Onions, C. T. (sous la dir. de), *The Oxford Dictionary of English Etymology,* avec la collaboration de Friederichsen, G.W.S. & Burchfield, R.W., Oxford, Clarendon Press, (1re ed. 1966) 1985, 1 024 p., sous *lady, lord* et *loaf.*

500. Je remercie chaleureusement Fernande Amblard, Matthieu Bourg, Marie Boutroy, Isabelle Braun, Isabelle Casamayor-Mongay, Vanessa Catherine, Tifenn Chareire, Marie Chastaing, Lucille Colliat, Françoise Crouzier, Josquin Denis, Hélène Depoorter, Anne-Hélène Dérian, Céline Éraud, Natacha Gualbert, Caroline Henry, Camille Jan, Camille Jeanneney, Laurence Jorieux, Soraya Kahloul, Jean-Étienne Ladsous, Christine Leroy, Marie-Lydie Magnouat, Charlotte Marembert, Delphine Margot, Gabriel Martin, Marjorie Missemer, Sylvain Muzé, Laura Pallas, Héloïse Pham, Anne-Sophie Plattner, Hélène Rossignol, Ronan Roué, Aurore-Emmanuelle Rubio, Michaël Schaffar, Gwendolenn Sharp, Delphine Sifré, Jessica Smart, Roseline Teilland, Clarisse Thill, Pierrick Vallat-Matra, Noémie Villaceque, Nicolas Vrillaud.

501. Je remercie pour leur aide efficace Philippe Agaësse, Élodie Aubertot-Charrier, Bertrand Aubrée, Séverine Finot, Karine Fumeron, Sophie Hoguet, Gaëlle Le Goaster, Isabelle Lepage, Rose-Anne Malabœuf, Hervé Menou, Christelle Souklanis.

502. Sauf indication contraire, toutes les informations encyclopédiques de ce chapitre ont été recueillies dans Assire, *Le livre du pain...* (réf. 493).

Poilâne, Lionel, *Guide de l'amateur de pain,* Paris, Robert Laffont, 1981, 237 p.

Viron, *Vive la baguette...* (réf. 494).

Durrens, Janine, *Le pain, symbole de la vie*, éd Esper (Association pour l'essor du Périgord noir), n° spécial, mars 1984, 104 p.

Chiron, Hubert, *L'histoire du pain de l'antiquité à nos jours*, n° spécial, Les dossiers INRA, n° 1, 1990, 15 p.

Anonyme, Revue *Pour la science*, dossier hors série *Science et gastronomie*, mars 1995, article « le pain », p. 16-25.

503. Les indications de lieux entre parenthèses correspondent aux résultats des enquêtes de 1995 et 1996. Les numéros qui suivent les noms de ville sont ceux des départements.

504. Lachiver, *Dictionnaire du monde rural...* (réf. 490) sous *faluche*.

Carton & Poulet, *Dictionnaire...* (réf. 232)*,* sous *faluche, faluiche.*

505. Diderot, *Encyclopédie* ; B.N. usuels, p. 753.

506. Lachiver, *Dictionnaire du monde rural...* (réf. 490), p. 1623 et 1133.

INDEX NOMS PROPRES

INDEX DES LIEUX, PEUPLES, LANGUES

INDEX DES NOTIONS

LEXIQUE ET INDEX DES FORMES CITÉES

Ont été indiquées entre parenthèses, sous forme abrégée, les lieux dans lesquels ces formes ont été attestées (en romain dans le cas d'un ensemble régional). Les italiques indiquent, à l'intérieur de ce même ensemble, les lieux plus précis où elles ont été particulièrement fréquentes (ex. : francoprov., *Savoie*).

achaler (oïl de l'O.) agacer, ennuyer 280.

acheter de rencontre (Belle-Ile) acheter d'occasion 261.

adieu (francoprov., *Savoie*, Char., Midi) bonjour 187, 236.

affaler (s') (oïl de l'O.) tomber face contre terre 280.

affiche (Maurice) annonce dans un journal 133.

agace (oïl de l'O., *Maine*, Ardennes, Champ.) pie 273, 280, 308, 328.

agacin, agassin (Savoie) cor aux pieds 173, 207.

agas (Bourg., Bas-Berry) averse 340.

âge (une) (Ardennes) un âge 306.

aider à qqun (Als.) aider qqun 233, 316.

aigasse, aiguasse (Berry-Bourb.) grosse pluie 277, 340.

aigre (Tahiti) acide et amer 122.

aillet (Char., Midi) jeune ail 217, 237.

aïoli (Midi) aïoli 217.

air (une) (Ardennes) air (« une bonne air ») 306.

airelle canneberge (Québec) variété d'airelle 258.

ajoute (Nord-Pic., Belg.) ce qu'on ajoute 302.

aliette (Maine) tiroir 271.

aller à diable (V. d'Aoste) être à l'abandon 182.

aller à la mer et la trouver sèche (Afr. du N.) ne pas voir un objet qui crève la vue 141.

aller à la traverse (Norm.) prendre un raccourci 289.

aller schloff (Lorr.) aller se coucher 312.

almanach (Antil.) calendrier 125.

alond(r)e (Champ.) hirondelle 328.

amandes brûlées (Québec) pralines 251.

amarrer (St-P.-et-M.) attacher, nouer (un vêtement) 243.

ambre (Ardennes) framboise 308.

ambresaille, ambrosale (francoprov.) myrtille 187.

ambrune, ambrugne (francoprov.) myrtille 187.

amender (Afr.) infliger une amende 143.

aménités (Maurice) ensemble des équipements de confort 132.

amiteux, amitieux (Nord) affectueux, cajoleur 280, 302.

amitieux (oïl de l'O., Nord., Belg.) affectueux 280.

amodurer (Berry) couper d'eau (en parlant du vin) 277.

amont (Norm.) contre 291, 295.

anchois (une) (Rouss., *Perpignan*) anchois 226.

âne rouge (francoprov.) individu obstiné Ex. : « têtu comme un âne rouge » 187.

ange gardien (N.-Cal.) bagnard 129.

anneaux (Maurice) boucles d'oreille 133.

anuit (oïl de l'O., *Norm., Berry*) aujourd'hui 232, 266, 280, 290.

application (Maurice) demande d'emploi, candidature 132.

appliquer (Acadie) faire une demande 242.

appondre (francoprov., *Savoie*) ajouter, allonger 173, 187.

apport (Berry, Bourg.) fête patronale 281.

approprier, appropri (oïl de l'O.) rendre propre, nettoyer 281.

arachide (Afr.) cacahuète 145.

arée (Bret., Maine) grosse pluie 340.

armoire (un) (Roussill.) armoire 226.

arrapède, arapède (Midi) patelle 220.

arrapète (Midi, *Sète*) patelle 220.

arrimer (Antil.) ranger 123.

arriver à la fumée des cierges (Maine) arriver trop tard 271.

arrocher (oïl de l'O.) lancer violemment 281.

arsouille (oïl de l'O.) homme dévoyé 281.

arsouiller (s') (oïl de l'O., *Norm.*) s'adonner à la boisson 281, 289.

artichaut (une) (Auv., Roussill., *Perpignan*) artichaut 226.

asperge (un) (Roussill.) asperge 226.

assager (V. d'Aoste) goûter 181.

assemblée (oïl de l'O.) fête annuelle du village 281.

assez (Nord-Pic., Belg.) assez (souvent postposé) 302.

asteure (Tour., Char., Acadie) maintenant 241, 275, 362.

atoca (Québec) variété d'airelle 258.

attraper un saumon (St-P.-et-M.) se faire tremper par la pluie, tomber à l'eau 243.

aubette (Nord-Pic., Belg.) abri de bus, kiosque à journaux 302.

au pipiri(te) chantant (Guyane, Antil.) au point du jour 128-129.

avec cf. **est-ce que tu viens...**

aveille (Savoie) abeille 75.

aveindre (Berry) atteindre avec effort (par ex. en haut d'une armoire) 277.

avette (oïl de l'O., *Loire-Atl., Maine*) abeille 75, 271, 273, 281.

avoir de la misère à faire qqch (St-P-et M., oïl de l'O.) avoir du mal à faire qqch 244.

avoir facile de faire qqch (Nord-Pic., Belg.) avoir de la facilité à faire qqch 302.

avoir la bouche chaude (Afr., *Burkina Faso*) parler vite 146.

avoir la bouche sucrée (Afr.,

Côte d'Ivoire) être un beau parleur 146.

avoir la tête dure (Antil.) être stupide 124.

avoir le biais pour faire qqch (Midi) avoir le chic pour faire qqch 228.

avoir le ventre amer (Afr.) être rancunier 146.

avoir les trois sueurs (Provence) avoir peur 229.

avoir mal au cou (franco-prov., Als.) avoir mal à la gorge 188, 316.

avoir un crapaud dans la gorge (Als.) avoir un chat dans la gorge 317.

avoir un sadoul de (Midi toul. pyr.) en avoir assez de 229.

avoir une grande bouche (Als.) parler beaucoup (pour ne rien dire) 317.

babao (Algérie) idiot, demeuré 140.

babaou (Tunisie) croquemitaine, loup-garou 140.

bac à ordures (Nord-Pic., Belg.) poubelle 302.

bac à papier (Nord-Pic., Belg.) corbeille à papiers 302.

bâche (Champ.) serpillière 329.

back (Belg.) arrière (au football) 305.

bacouetter (Norm., Berry) bavarder 360.

bader (Midi, Berry) bayer aux corneilles, flâner 224, 281, 462.

bader (oïl de l'O.) béer, attendre 277, 281.

bagages à main (Suisse rom.) consigne (dans une gare) 178.

bagouiller (Sarthe) bavarder 360.

bagouler (oïl de l'O., *Maine, Sarthe*) bavarder 273, 282, 360.

bagousser (Sarthe, Berry) bavarder 360.

bague (Maurice) anneau de rideau 133.

baisser les pieds (Afr.) baisser les bras, renoncer 146.

balançouère (Maine) balançoire 272.

balek ! (Afr. du N.) attention ! 139.

balicotte cf. **à la balicotte**.

ballade (Poitou-Char.) fête annuelle du village 281.

balme (V. d'Aoste) abri (sous un rocher) 181.

baloce (Champ.) prune 328.

balthazar (Champ.) équivalent à 16 bouteilles 326.

banane (Haïti) banane verte 127.

banc (Maine) étal d'un commerçant 272.

bandit (Haïti) enfant turbulent 127.

baner (Maine) pleurer à chaudes larmes 273.

banian (Maurice) figuier 132.

banquette (Louisiane) trottoir 246.

baptême (se mettre en) (Québec) se mettre en colère 254.

bargain (un) (St-P.-et-M.) soldes 244.

barigoule cf. **à la barigoule**.

barigoulo, berigoulo (mot prov.) champignon 212.

barre à maringouins (Louisiane) moustiquaire 247.

barrer (oïl de l'O., *Char.,* Acadie) fermer au verrou 241, 282.

barretée (Norm.) mesure de contenance (env. 50 l) 295.

bas (des) (Québec) chaussettes 253.

bas (Nord-Pic., Belg.) plat 302.

bas-culottes (Québec) collants 253.

basir (Char.) disparaître, mourir 241.

basset (Maine) buffet bas 273.

bassiner (oïl de l'O., Suisse rom., Ardennes) importuner 306.

bateau (Norm.) bréchet (d'une volaille) 290.

batel (Afr. du N.) gratis 139.

batrasse (Bourg., Doubs) grosse pluie 340.

batterie (St-P.-et-M.) pile électrique 243.

bavard (Midi) vaniteux, orgueilleux 219.

bavasser (oïl de l'O., *Char., Pays nant., Sarthe,* Acadie) bavarder 241, 282, 360.

bayou (Louisiane) canal, petit cours d'eau 246.

bazar (Réun.) marché 130.

beau fusil (se mettre en) (Québec) se mettre en colère 254.

beau maudit (se mettre en) (Québec) se mettre en colère 254.

beau titi (se mettre en) (Québec) se mettre en colère 254.

bégaud (Maine) nigaud 273.

béké (Antil.) Blanc né aux Antilles 123.

bel, beu (mot prov.) beau 311.

bélangère (Antil.) aubergine 125.

belin (Norm.) bélier 291.

belle âge (la) (Ardennes) la jeunesse 306.

belluette (oïl de l'O., *Norm., Berry, Maine*) étincelle 273, 282, 284, 290.

benaise (Maine) content 272.

berceuse (Afr., *Burkina Faso*) bonne d'enfant, nounou 145.

berdadaô (Maine) vacarme, fracas (« patatras ! ») 273.

berdancée (Maine) raclée, correction 273.

berdasser (oïl de l'O., *Sarthe, Pays nantais*) bavarder 282, 360.

bérets basques cf. **il tombe des bérets...**

bergnasser (Berry) pleuvoir légèrement 339.

berlaud (Maine) nigaud 272.

berlauder (Sarthe) bavarder 360.

berlée (Ardennes) grosse pluie 340.

bernache (oïl de l'O., *Maine*)

vin bourru, vin nouveau 272, 282.

berne (Norm.) bas-côté d'une route 289.

bernique, bernicle (Midi, Bretagne) patelle 220.

bernouser (Maine) salir, barbouiller 273.

bérouée (Maine) pluie fine 340.

bérouette (Maine) brouette 272.

bérouiner (Pays gallo) pleuvoir légèrement 339.

berrouasser (Maine) bruiner 273.

bersillé (Maine) complètement 273.

bessif (Afr. du N.) par force 139.

bestiau (Maine) animal 272.

bételer (Maine) cailler, tourner 273.

beurdasser (Pays gallo) bavarder 360.

beurée (Bourg., Morvan) averse très violente 341.

beurre cf. **tomber dans...** et **être dans...**

beurrée 1 (oïl de l'O., *Norm., Maine*, Québec) tartine 259, 272, 282.

beurrée 2 (oïl de l'O., *Maine*) ivresse, cuite 272, 282.

bezef (Afr. du N.) beaucoup 139.

biais cf. **avoir le...**

bibet (Norm.) moucheron 292, 294, 295.

bicoin cf. **de bicoin.**

bienvenue (Québec) il n'y a pas de quoi 253.

bigaille (Belle-Ile) petits poissons, petits morceaux 260.

bilan (Afr.) rumeur (souvent fausse) 145.

bilaner (Afr.) faire courir des bruits 145.

bisquencoin (Belle-Ile) anguleux, de travers 261.

bistouille (Nord-Pic., Belg.) café additionné d'alcool 303.

blaff (Antil.) soupe d'oursins 125.

blaguer (Midi, *Marseille*) bavarder 207, 218, 360.

Blanc pays (Antil.) Blanc né aux Antilles 123.

blanc-fromage (Lorr.) fromage blanc (salé sur une seule face) 313.

blanc-geler (Norm.) geler blanc 292.

blanchette (un peu partout) mâche 191.

Blavec (Belle-Ile) n. de famille « chevelu » 260.

blé (Bourg.) seigle 324.

bleu (Afr.) à la peau très noire 144.

blocus (Haïti) embouteillage 127.

blonde (Zaïre) belle jeune fille 144.

blossé (Belle-Ile) talé, meurtri (pour un fruit) 260.

bocon (francoprov.) petit morceau 188.

bœuf (c'est) (Suisse rom.) c'est stupide 180.

boîte condamnée (Maurice) tirelire 134.

bolée (St-P.-et-M., oïl de l'O.)

contenu d'un bol ou d'un verre 244.

bombe (Québec) bouilloire 252.

bomber (Midi) aller très vite (surtout en voiture) 224.

bomber qqun (Afr., *Burkina Faso*) casser la figure à qqun 145.

bon rat de bon rat ! (Lorr.) bon sang de bon sang ! 314.

bonjour (Québec) au revoir 253.

bonne cf. **à la bonne.**

bonne heure (se coucher) (Midi) se coucher tôt 219.

bonne main (une) (franco-prov.) pourboire 188.

bordage (oïl de l'O., *Maine*) métairie 273, 282.

boss (Haïti) ouvrier qualifié 127.

bossu (oïl de l'O., *Maine*) lièvre 273, 282.

botton (Norm.) chausson de bébé 290, 295.

boucan (Char., Québec, *Acadie*) fumée 241.

boucane (Louisiane, St-P.-et-M.) fumée 244, 246.

bouche cf. **avoir une grande....**

bouche bée cf. **rester bouche bée.**

bouche chaude cf. **avoir la...**

bouche sucrée cf. **avoir la...**

bouchon cf. **à bouchon.**

bouchon (en) (Pays gallo) en tas 268.

boudin blanc (Norm.) mets fait à partir d'intestins de porc 290, 295.

boudin de Noël (Norm.) boudin blanc 295.

boufe cf. **ça boufe.**

bouffer (Berry) souffler sur la bougie 277.

bougeon (Beauj.) remuant 186.

bougre (Réun. Maurice) individu, homme (sens non péjoratif) 130.

bouillard (Pays gallo) grosse pluie 340.

bouillasse (oïl de l'O.) gadoue 282.

bouillir (Norm.) distiller le cidre 289.

bouillote (Norm.) alambic 290.

bouiner (Norm.) faire 282.

bouiner (oïl de l'O.) faire qqch qui n'avance pas 282.

bouléguer (Midi) remuer, agiter 224.

boulotter (Afr.) travailler, avoir un boulot 143.

bouquet (Berry) toute plante fleurie 277.

boure (Norm.) cane, femelle du canard 292, 295.

bourgmestre (Belg.) maire 304.

bourrier (oïl de l'O.) poussière, détritus 282.

boursette (Berry-Bourb., Poitou-Char.) mâche 191.

bouteille (Québec) biberon 251.

boutique (un) (Nord-Pic., Belg.) petit magasin de détail 303.

brailler (Char., Québec, *Acadie*) pleurer 241.

brailles (Gap) pantalon 207.

ça tombe dru comme paille (Québec) il pleut à verse 342.

ça veut pleuvoir (Als.) il va pleuvoir 316.

cabochon (Beauj.) entêté 185.

cabusser (Midi) tomber la tête la première 224.

cacaoui (Québec) canard sauvage 257.

cache-cutte (oïl de l'O.) cache-cache 283.

cadeau cf. **faire cadeau.**

cadeauter (Afr.) faire un cadeau 143.

café brûlot (Louisiane) café au whisky flambé 246.

cafè (*sic*) (Ardennes) café 308.

cafè blanc (Ardennes) café au lait 308.

cafè bronzé (Ardennes) mauvais café 308.

cagnot cf. **faire le cagnot.**

cagouille (Char.) escargot 236, 284.

cahée (Belle-Ile, Pays gallo) averse 260, 340.

caillot, caillon (Champ.) noix 328.

caïman cf. **faire caïman.**

caïmanteur (Afr.) bûcheur 145.

calculer (Midi) réfléchir 224.

calèche (Maurice) voiture d'enfant 133.

calende (Lorr.) grosse pluie 340.

calepin (Bruxelles) cartable d'écolier 304.

calipette (Norm.) galipette 289.

calu (Midi) doux dingue 222.

calvaire (se mettre en) (Québec) se mettre en colère 254.

camaron (Maurice) grosse crevette 132.

caméra (Québec) appareil photo 253.

canada (Ardennes) pomme de terre 309.

canard (Montréal) bouilloire 252.

canard à longue queue (Terre neuve) canard sauvage 257.

cancaner (Pays gallo) bavarder 360.

canceller (Québec) annuler 256.

cancosse cf. **faire la cancosse.**

cancre (Belle-Ile) crabe 260.

canettes (Berry) billes 277.

cange (Réun.) amidon (de riz) 131.

canger (Réun., Maurice) empeser, amidonner 131, 132.

canter les oreilles (Québec) être en colère 254.

capiter (V. d'Aoste) arriver 181.

capucin (Ardennes) lièvre 308.

car (Norm.) autobus de ville 288, 294.

car en coin (Fr.-Comté) de travers, de guingois 321.

carabistouilles cf. **raconter des...**

carabot (Norm.) personnage peu recommandable 290.

caracole (Ardennes) escargot 308.

carbet (Guyane) hutte, case 128.

carbonades (Nord-Pic., Belg.) sorte de bœuf bourguignon 303.

carcajou (Québec) glouton (mammifère carnivore) 256.

cari (Réun.) cari 131.

cari volaille (Maurice) cari de volaille 133.

caribou (Québec) sorte de renne 256.

carnassière (Wallonie) cartable d'écolier 304.

carotte (Bourg.) betterave 324.

carotte rouge (francoprov.) betterave rouge à salade 188

carre (Norm.) angle, coin (de deux rues, de deux murs) 290.

carré (Québec) square (place avec jardin) 256.

carreau de sucre (Afr.) morceau de sucre 145.

carreauté (Char., Québec, Acadie) à carreaux (en parlant d'un tissu) 241.

carrosse (Québec) voiture d'enfant 251.

cartable (Québec) classeur, dossier 253.

carte (Norm.) cartable 290.

carte à vue (Als.) carte postale 316.

carte-vue (Belg.) carte postale 316.

casse (Bourg.) poêle à frire 324.

cassé (Maurice) déprimé, vieilli 133.

casse-tête (Québec) puzzle 256.

casser (Maurice) cueillir 133.

casserole (Belg.) cocotte, faitout 304.

casseur (Afr., *Camer.*) brillant élève 145.

castille (oïl de l'O., *Tour.*, Lorr.) groseille 275, 283, 312.

casualties (Maurice) service des urgences (à l'hôpital) 132.

casuel (oïl de l'O.) fragile, d'où risqué, difficile à réaliser 283.

catherinette (Ardennes) coccinelle 308.

ce n'est pas en ordre (Als.) ce n'est pas en règle 316.

ce n'est rien pour toi (Als.) cela ne te concerne pas 316.

cèbe (Midi) oignon 191, 198.

cébette (Midi) petit oignon sans bulbe 221.

céduler (Québec) mettre au programme 256.

cèpes fous (Midi, *Aquit.*) champignons vénéneux 223.

cervelle de canut (Lyonnais) fromage blanc 183.

cette histoire me fait endêver (Belle-Ile) cette histoire me tourmente 261.

chabin (Antil.) métis 124.

chabrol, chabrot cf. **faire chabrol...**

chabroter (Berry) remuer, agiter 277.

chadèque (Antil. franç., Haïti) pamplemousse 127.

chagriner (Champ.) se couvrir (pour le temps) 329, 339, 340.

chaillotte (Lyonnais) dent 204.

chaillou (Maine) caillou 272.

chaire (oïl de l'O.) chaise 283.

chakchouka (Tunisie) sorte de ratatouille 140.

chalou (Pays gallo) chaleur 269.

chambette cf. **faire chambette.**

chambranler (Norm.) ne pas être stable (pour un meuble) 289.

chambre à manger (Suisse rom.) salle à manger 178.

chambre de bains (Suisse rom.) salle de bains 178.

chameau (Afr.) faute de français 143.

chameauser (Afr.) faire une faute de français 143.

champlure (Norm., Berry) robinet de tonneau 286, 291.

chancre (oïl de l'O., *Char.*, Québec, Acadie) crabe 242, 283.

chandail (Québec) pull-over 256.

change (Norm.) vêtement de rechange 288, 294.

chanter Ramona (Auv.) réprimander 228.

chanu (Midi) excellent 223.

châouée (Lorr.) grosse pluie 340.

Chaplin cf. **faire Chaplin.**

charber (se) (Corse) se planter, échouer 231.

charger (Québec) demander en paiement 256.

charité cf. **par charité.**

charterie (Norm.) hangar à charrettes 291, 295.

chatini (Maurice) chutney 131.

chaudière (à vache) (Québec) seau 253, 259.

chaussettes (Québec) pantoufles 253.

chausson (Suisse rom.) socquette 178.

chautemps (francoprov.) été (calque du francoprov.) 188.

chavane (Midi) gros orage, grosse pluie 221, 340.

chavirer (St-P.-et-M.) renverser (par exemple son verre) 243.

cheni, ch'ni (francoprov., *Fr.-Comté*, Suisse rom.) désordre, poussière 188, 321.

chercher misère à qqun (flamand, *Nord-Pic., Belg.*) chercher noise à qqun 297, 303.

chèvre (faire venir) (Marseille) tourner en bourrique 229.

chicon (Nord-Pic., Belg.) endive 303.

chiffé (Pays gallo) froissé, chiffonné 268.

chiffon (Maurice) mousseline de soie très fine 132.

chinché (Midi) frotté d'ail 217.

chiner (oïl de l'O.) collecter ou vendre de porte à porte 283.

chinou (oïl de l'O.) mendiant 283.

chiques (Berry, Als.) billes à jouer (en argile) 277, 316.

chitane (Afr. du N.) diable 139.

choisis (vêtements) (Afr.) vêtements d'occasion 145.

choke (Nord-Pic., Belg.) starter (pour une voiture) 305.

chotte cf. **à la chotte.**

chougner, chourer (francoprov.) pleurnicher 188.

chouiner (Fr.-Comté) pleurer (en parlant des enfants) 188, 322.

Choumaque (Flandre) n. de famille « cordonnier » 298.

choupette (Norm.) touffe de cheveux 289.

chouquer (Belle-Ile) s'asseoir 260.

choute cf. **à la chotte.**

chtamper (Corse) copier 231.

chti (Nord-Pic., Belg.) celui que, celui qui 300.

chtimi (Nord-Pic., Belg.) du Nord 300.

cigaretter (Afr.) donner une cigarette 143.

cigogner (francoprov.) secouer avec un mouvement de va-et-vient 188.

cinq dans ton œil (Afr. du N.) formule pour conjurer le mauvais œil 140.

cinq-cinq (Afr.) très bien (cf. cinq sur cinq) 144.

clairette (Berry-Bourb., Bourg.) mâche 191.

clairiette (Berry-Bourb.) mâche 191.

clairin (Haïti) rhum 127.

clapette (Nord-Pic., Belg.) personne bavarde 303.

claver, cléver (oïl de l'O.) fermer à clé, au verrou 283.

clenche (Norm.) poignée de porte 289, 294.

clencher (St-P.-et-M., Norm.) fermer à clef, actionner la poignée d'une porte 244, 289, 307.

clicher (Ardennes) actionner la poignée d'une porte 307.

clip (Québec) trombone (pour attacher deux feuilles) 252.

clouter (oïl de l'O., *Norm.*) clouer 283, 289, 294.

coche (oïl de l'O., *Norm. Maine*) truie 273, 283, 289.

cochon de Barbarie (Norm.) cochon d'Inde 290.

cocoler (V. d'Aoste) dorloter, choyer 181.

colonne à essence (Suisse rom.) pompe à essence 178.

comitive (une) (V. d'Aoste) groupe 181.

comme (Midi) comment 218.

comme dit (Als.) comme on dit, comme je vous l'ai dit 316.

comme que comme (francoprov.) de toute façon 188.

comment... (H.-Bretagne) euh... 268.

commodité (Maurice) produit, denrée de base 132.

comparaison cf. **être comparaison.**

Compère lapin (Ant.) personnage rusé 126.

Compère Zamba (Ant.) personnage lourdaud 126.

compliments cf. **faire des...**

confiturer (Afr.) tartiner avec de la confiture 143.

connu comme un chien fauve (Als.) connu comme le loup blanc 317.

conséquent (Berry) important 277.

conservez-vous ! (Marseille) portez-vous bien ! 229.

contracteur (Maurice) entrepreneur 132.

coquemar (Champ., Acadie) bouilloire 252, 329.

coquille (Bourg.) faitout en fonte 324.

cornet (francoprov., *Fr.-Comté*, Als.) sac en papier ou en plastique 188, 316.

cornettes (Suisse rom.) coquillettes (sorte de pâtes) 178.

Cornichons (Champ.) habitants de Reims (sobriquet) 330.

côte de lard (Belle-Ile) côte de porc 261.

côte-côte (Norm.) côte-à-côte 290.

cotte (Norm.) salopette 289.

cou (avoir mal au) (francoprov., Als.) avoir mal à la gorge 188, 316.

coucher à toutes les heures (se) (Midi) se coucher tard (après les 12 coups de minuit) 219.

coucher content (se) (Auv.) rentrer ivre 228.

coucher en mouton (se) (Québec) se coucher tout habillé 257.

coucher les oreilles (Québec) être en colère 254.

couiner (Fr.-Comté) pousser des cris perçants 322.

couister (Maine) pousser des cris stridents 271.

couler (Maine) maigrir 271.

couler (Norm.) enfiler (un vêtement) 291, 295.

couloir (V. d'Aoste) passoire 181.

couper (Sète) casser. Ex. : « se couper une jambe » 224.

coupiche (Ardennes) fourmi 308.

couque (Nord-Pic., Belg.) gâteau 303.

couquebaque (mot flamand) crêpe 295.

courée (Norm.) fressure (foie, rate, cœur, poumons) 291, 295.

courti(l) (oïl de l'O., *Norm.*) jardin potager 283, 289.

couvert (Ardennes, Canada) couvercle 307.

couverte (Fr.-Comté, Ardennes, Canada) couverture 307, 321.

crabe (être) (Antil.) être timide 124.

cramique (flamand) pain au lait 295.

crapaud cf. **avoir un crapaud...**

créditeur (Louisiane) créancier 247.

crème glacée (St-P.-et-M.) glace 244.

créole tchololo (Antil.) créole mêlé de français 124.

créponné (n. m.) (Algérie) sorte de sorbet au citron 140.

crier (Berry) pleurer (même sans cris) 277.

cristophine (Antil.) espèce de cucurbitacée 125.

crochon (francoprov., *Savoie*) croûton de pain 173, 188, 330.

crombîre (Ardennes) pomme de terre 308.

crouiller la porte (Belle-Ile) verrouiller la porte 261, 283.

cru (francoprov., Belg., Ardennes, Nord, P.-de-Cal., Norm.) froid et humide 188, 303, 307.

cruche (Suisse rom.) bouillotte 178.

cuchon (francoprov.) tas, grande quantité 188, 207, 220.

cuchot (Fr.-Comté) petit tas de foin 319.

cuiller (un) (Agde) une cuiller 226

cuire (Liban, Als.) faire la cuisine Ex. « elle peut très bien... » 141, 316.

cusser (Maine) geindre 271.

cuter (se) (oïl de l'O.) se cacher 283.

d'un temps (V. d'Aoste) autrefois 182.

d'un point de temps (Fr.-Comté) en un rien de temps 322.

d'une bédée (Maine) brusquement, d'un seul coup 273.

dâlée (Sarthe) averse 340.

dallasser (Afr.) rouler les mécaniques 145.

dalle (Antil.) rigole, caniveau 123.

dalle (St-P.-et-M., oïl de l'O.) évier 244.

dame oui ! (Pays gallo) bien sûr que oui ! 268.

dame non ! (Pays gallo) bien sûr que non ! 268.

dans les temps (Lorr.) autrefois 314.

daru (Midi) têtu 223.

dater de vieux (Norm., Beauj.) être ancien 286, 289.

daube (Beauj.) nourriture de mauvaise qualité 185.

de bicoin (Maine) de travers 273.

de l'autre bord (St-P.-et-M.) de l'autre côté (par exemple de la table) 243.

de quart en coin (Lorr.) en biais, en zig-zag 314.

de rang (Midi, Berry, St-P.-et-M.) à la suite, d'affilée 228, 244, 278.

débarouler (francoprov.) tomber en roulant 188, 207.

débaucher (Char.) sortir du travail à une heure donnée 238.

décanicher (Maine) se lever (le matin) 271.

décesser (Lorr.) cesser 313.

déchouquer (Haïti) destituer (qqun de son poste) 127.

déconnaître (Lorr.) reconnaître 313.

découdre (Antil.) perdre la tête, devenir sénile 124.

découler (Lorr.) couler (source, fontaine) 313.

décrever (Lorr.) crever, abîmer 313.

déçu en bien (Suisse rom.) favorablement impressionné 179.

dégouliner (Paris) couler 334.

degré (Maurice) diplôme universitaire 132.

déjeuner (Midi, Norm., etc.) petit déjeuner 225, 287, 288, 294.

déjeuner (Norm., Midi, etc.) prendre le petit déjeuner 287, 288, 294.

déjuquer (Norm., Midi, etc.) faire lever 292.

déméfier (se) (Lorr.) se méfier 313.

demi (Tahiti) métis 122.

demi (un) (Suisse rom.) 50 cl de vin (et non 25 cl de bière) 180.

dent-de-lion (Suisse rom., H.-Jura) pissenlit 178.

déparler (Midi) dire des bêtises 218.

dépiausser (Norm.) dépiauter, enlever la peau d'un animal 290.

déridé (Lorr.) très ridé, flétri (pour un fruit) 313.

dérisoire (Norm.) excessif 290, 295.

dérocher (francoprov.) tomber d'un lieu élevé 188.

dérocher (se) (V. d'Aoste) tomber au cours d'une escalade 181.

désoccupation (V. d'Aoste) chômage 181.

Desouter (Flandre) n. de famille « cordonnier » 298.

deux heures de la nuit (Afr.) deux heures du matin 146.

deux-doigts (Afr.) voleur 144.

dévaloir 1 (Suisse rom.) ravine pour faire descendre les arbres coupés 178.

dévaloir 2 (Suisse rom.) vide-ordures 178.

dévarié (Sète) décontenancé 230.

déveiller (Midi) réveiller 218.

devenir malade (Als.) tomber malade 316.

devinotte (Fr.-Comté) devinette 320.

dévirer (Gap) renverser 207.

Dezoutre (Flandre) n. de famille « cordonnier » 298.

dinde (une ou un) (Champ.) une dinde 329.

dîner (Norm.) prendre le repas de midi 287, 289, 294.

dîner (Partout, *Midi, Norm.*) repas de midi, déjeuner 225, 287, 289, 294.

disette (Bourg. C.-d'Or) betterave 314.

divise (une) (V. d'Aoste) un uniforme 181.

dix-huit (Paris) soulier ressemelé (deux fois neuf) 332.

doigter (Afr.) montrer du doigt 143.

empéguer (s') (Midi, *Gap*) s'engluer ; s'enivrer 209.

empierger (s') (Champ. Ardennes) se prendre les pieds dans un obstacle 307, 330.

empommer (s') (Norm.) s'étouffer en avalant une pomme (pour une vache) 290.

en avoir par-dessus les cheveux (St-P.-et-M.) en avoir assez 243.

en criant : lapin ! (Québec) en un rien de temps 257.

en croire (s') (Sète) être prétentieux 230.

en faire façon (Fr.-Comté) en venir à bout 189, 321.

enclume (un) (Rouss.) enclume 226.

encoubler (francoprov.) faire un croc-en-jambes 189.

encoubler (s') (francoprov.) se prendre les pieds dans un obstacle, trébucher 189.

endêver cf. **cette histoire me fait...**

endeviner (Midi) deviner 218.

énerver (Paris) affaiblir, ôter l'influx nerveux 334.

enfarges (Berry) entraves d'un animal 277.

enfarger (s') (Ardennes, Canada) se prendre les pieds dans un obstacle 307.

enfle (Midi) enflé 218.

engagé (Québec, Maurice) occupé (au téléphone) 132, 256.

en raie d'oignons (Ardennes) en rang d'oignons 330.

enrayer (Berry) commencer (un travail) 278.

ensaucer (Norm.) préparer la salade 291.

ensauver (s') (Maine) s'enfuir, se sauver 271.

ensuquer (Midi, *Gap*, Lorr.) abrutir, endormir 209, 224, 362.

enternoupeye (Pays gallo) grosse averse 341.

entrant (Midi) sympathique, avenant 219.

entre midi (Lorr.) entre midi et deux heures 314.

entrepris (Beauj.) embarrassé 185.

entrez que ! (Auv.) entrez donc ! 228.

envoi postal (inscrire un) (Suisse rom.) envoyer une lettre recommandée 179.

épatant (Paris) déconcertant, très bon ou bien 334.

épine (Norm.) écharde 289, 294.

équerre (Norm.) angle (de deux rues ou de deux murs) 290.

escagasser (Midi) abîmer, agacer 224.

escaner (Midi) étrangler, voler 224.

escaner (s') (Midi) s'étrangler 224.

espagnol cf. **c'est de l'espagnol**.

espérer (Midi, Char., Norm.) attendre 224, 237, 242, 289, 294.

esquicher (Midi, *Gap*) aplatir, écraser 207, 224.

faire Chaplin (Tahiti) faire crédit 122.

faire des compliments (V. d'Aoste) faire des politesses, des manières 182.

faire façon (francoprov.) maîtriser, dominer 189, 321.

faire flique (Beauj.) agacer, importuner 185.

faire gentil à (Norm.) être aimable avec 290.

faire l'école bis (Antil.) faire l'école buissonnière 361.

faire l'Indien (V. d'Aoste) faire l'innocent 182.

faire la cancosse (Auv.) faire l'école buissonnière 229, 361.

faire la file (Belg.) faire la queue 304.

faire la fouine (Berry) faire l'école buissonnière 361.

faire la moune (Midi) faire la tête 228.

faire la peau (Tahiti) faire la noce 122.

faire le cagnot (Midi, *Languedoc*) faire la sieste 219.

faire le midi (Champ.) faire la sieste 330.

faire le museau (V. d'Aoste) bouder, faire la tête 182.

faire le pénéquet (Midi, *Prov.*) faire un somme 219.

faire le plantier (Auv.) faire l'école buissonnière 229, 361.

faire le rang (Afr.) faire la queue 146.

faire le renard (Québec) faire l'école buissonnière 257, 361.

faire les 119 coups (St-P.-et-M.) faire les 400 coups 243.

faire les quat' z'olivettes de qqun (Lorr.) faire les quatre volontés de qqun 314.

faire long (V. d'Aoste) traîner, s'attarder 182.

faire mancaora (Algérie) faire l'école buissonnière 361.

faire mérienne (oïl de l'O.) faire la sieste 284.

faire nono (Midi, Provence) faire dodo 219.

faire peine (Marseille) apitoyer 229.

faire sa pintade (Québec) se pavaner 257.

faire ses olivettes (Lorr.) faire ses petites affaires 314.

faire son samedi (Nord-Pic., Belg.) faire le nettoyage à fond de la maison 303.

fais-dodo (Louisiane) bal populaire (après avoir endormi son bébé) 246.

faisant-valoir (Norm.) exploitation agricole 291.

fait-à-fait (Lorr.) petit à petit, au fur et à mesure 314.

fancy fair (Maurice) fête foraine, kermesse 132.

fanne (une) (Québec) ventilateur 256.

faraud (francoprov., Beauj.) bien habillé 189.

farde (Belg.) classeur, chemise 305.

fargué (mal) (Midi, *Rousill.*) (mal) habillé, (mal) fagoté 223.

farigoule (Midi) thym 212.

fariner (Réunion) pleuvoir légèrement 340.

fatigué (francoprov., *Midi*) très malade 189, 223.

favouille (Midi) étrille 212.

fayard (francoprov., Champ.) hêtre 189.

femme en voie de famille (Réun.) femme enceinte 130.

femme-sage (Char., Berry, Réun., Maurice) sage-femme 237, 278.

fenouil de la mer (Char.) criste-marine 235.

fermer sa figure (Afr., *C. d'Ivoire*) faire la tête 146.

ficelle (la) (Lyon) funiculaire (de la Croix-Rousse) 184.

fichant (Suisse rom.) vexant 179.

fier (Fr.-Comté, Ardennes) acide, âpre au goût 307, 321.

figue (Antil.) banane jaune 127.

figue-France (Haïti) figue 127.

figue-pomme (Haïti) banane verte 127.

figuier d'Adam (Antil.) bananier 127.

file (la) (Belg.) la queue 304.

file [fajl] (Maurice) dossier 132.

film (Québec) pellicule photographique 253.

film en blanc et noir (Réun. Maurice) film en noir et blanc 130.

fin de semaine (Québec) week-end 256.

fine prête (francoprov.) tout à fait prête (et non pas **fin prête**) 189.

fine [fajn] (Tahiti) bien, excellent 121.

fion (Berry) jeu de saute-mouton 277.

fions (lancer des fions) (francoprov.) faire des remarques blessantes 189.

flat (Maurice) appartement 132.

fleurer la meurette (Bourg.) chercher à se faire inviter à dîner 324.

foehn (Suisse rom.) sèche-cheveux 179.

fois (une) (V. d'Aoste) autrefois 182.

forestier (V. d'Aoste) étranger 181.

fossé (Norm.) talus du fossé 289, 295.

fou guéri (Afr.) (injure grave) 146.

fouine cf. **faire la fouine.**

fouace (oïl de l'O.) sorte de brioche traditionnelle de Pâques 283.

four (Tahiti) fourneau 122.

fourcher de la langue (Norm.) ne plus être maître de ses mots 289, 294.

fournaise (Québec) chaudière (générateur de chaleur) 253.

fourrer (Afr., *C. d'Ivoire*) porter sa chemise à l'intérieur de son pantalon 145.

fous cf. **cèpes fous.**

foutraque (Beauj.) fou sympathique 285.

foxer l'école (Québec) faire l'école buissonnière 361.

frairie (Poitou-Char.) fête annuelle du village 281.

framboise (Ardennes) myrtille 308, 312.

franc (francoprov.) complètement (il est franc fou) 189.

franc (Nord-Pic., Belg.) courageux 303.

françouillon (Suisse rom.) français 179.

fréquenter (Afr.) aller à l'école 145.

fréquenter (Norm.) avoir un(e) ami(e) 288, 294.

frère de famille (Camer.) demi-frère 142.

frère du village (Camer.) cousin 142.

frère même mère (Camer.) frère utérin, demi-frère par la mère 142.

frère même père (Camer.) frère consanguin, demi-frère par le père 142.

friand (Midi) gourmet 223.

fricot (Belle-Ile) repas de noces (et non pas « ragoût ») 261.

frigoloire (Bourg.) poêle à trous pour griller les marrons 324.

froid et chaud (Char.) chaud et froid 237.

froment (Bourg.) blé 324.

fruiterie (Fr.-Comté) fromagerie 287.

fruitier (V. d'Aoste, Fr.-Comté) fromager 181, 321.

full time (Nord-Pic., Belg.) plein temps 305.

fumace (Midi) en colère 223.

furie (se mettre en) (Québec) se mettre en colère 254.

gadelle (Lorr., Tour.) groseille 275, 283, 312.

gadin (francoprov., *Beauj. Lyon*) caillou 189.

gaffer (Norm.) mordre d'un rapide coup de dent 290.

gagner une patate (Haïti) gagner son bifteck 127.

gagou (Tour.) flaque d'eau 276.

galéger (Midi) blaguer 218.

galetas (francoprov., *V. d'Aoste, Velay*) grenier, combles 181, 189.

galette (Norm.) crêpe de sarrasin 268, 288, 294.

galvauder (oïl de l'O. *Norm.*, Ardennes, Champ.) vagabonder (plutôt péjoratif) 283, 286, 290, 295, 329.

galvaudeur (Norm.) vagabond 290.

gandoises (Lyonn.) bêtises, sornettes 183.

Gantiers (Champ.) habitants de Chaumont (sobriquet) 330.

garçon de famille (N.-Cal.) bagnard 129.

garot (Bourg., Morvan) averse 341.

garrocher (oïl de l'O.) lancer violemment 281.

gas (Tahiti) essence 121.

gasoline (St-P.-et-M.) essence 244.

gâter l'école (Suisse rom.) faire l'école buissonnière 179, 361.

gâter la sauce (Belle-Ile) renverser la sauce 261.

gaucher (Midi) gauche, maladroit 223.

gauné (mal) (francoprov., *Beauj., Lyon*) mal habillé 189.

general manager (Maurice) directeur général 132.

gentil cf. **faire gentil.**

giboulée de curé (Berry) forte pluie, nuages annonçant l'orage 278, 342.

gilet (Québec) veste 253.

giraumon (Antil.) potiron 125.

gironde (Louisiane) jolie 247.

glacé (jambon) (Midi, *Rouss.*) jambon d'York 223.

glaze, glass cf. **être glaze...**

glibettes (Tunisie) graines de citrouille séchées et salées 140.

glisser pour quelqu'un (Afr., *Camer.*) avoir un faible pour quelqu'un 146.

glorieux (Midi, Char.) orgueilleux, vaniteux 223, 236.

glouton (Québec) mammifère carnivore (ou carcajou) 257.

gnaquer (Midi) mordre 224.

goal (Nord-Pic., Belg.) gardien (au football) 305.

goal keeper (Belg.) gardien de but (au football) 305.

gode (Norm.) tacaud (poisson de mer) 292, 295.

godiveaux (Lyonnais) petites saucisses 183.

gomme (à mâcher) (Québec) chewing-gum 253.

gone (Lyonnais) enfant 183.

gonfle cf. **temps est gonfle (le).**

gonfle (Midi) gonflé 218.

good (Tahiti) bien, excellent.

goule (Norm., Pays gallo) bouche, visage 269, 289.

goussé (Midi) frotté d'ail 217.

goûté (Maurice) exquis 133.

goûter (Berry) prendre le repas de midi 278.

goûter (employé sans complément) (Beauj.) avoir du goût 186.

goûter (le) (Berry) repas de midi 278.

goûter (Nord-Pic., Belg.) plaire 303.

goûteux, gusteux (V. d'Aoste, Midi) savoureux 181.

goutte (Pays gallo, Norm.) eau-de-vie de pommes 268, 288, 294.

goûtu (Norm.) qui a du goût 290.

graffiner (Champ.) égratigner 329.

grafigner (St-P.-et-M., Antil., oïl de l'O.) griffer, égratigner 123, 244.

graissotte (Fr.-Comté) mâche 191, 319.

grand beau (francoprov.) très beau (en parlant du temps) 189.

grand quelqu'un (Afr.) personnage important 145.

grand-grec (Antil.) savant 124.

grande Péninsule (Maurice) l'Inde 134.

granite (une) (Tunisie) sorte de sorbet au citron 141.

gréer (se) (St-P.-et-M.) s'habiller 242.

gréer (St-P.-et-M.) équiper 243.

grever (Réun., Maurice) faire grève 130.

gréver (Afr.) faire la grève 143.

greveur (Réun., Maurice) gréviste 130.

gribouille (se mettre en) (Québec) se mettre en colère 254.

grichu (Norm.) qui a un visage peu avenant 291.

grigner des dents (Bourg.) montrer les dents 324.

grimpion (Suisse rom.) arriviste 179.

gringe, grinche (francoprov.) grognon, en colère 189.

gros mot (Afr.) mot savant 145.

grosse note (Afr.) bonne note 145.

guenille à gringonner (Bordelais) serpillière 230.

guerzillon (oïl de l'O. *Maine*) grillon 273, 283.

guetter (Maurice) regarder 133.

guetter (Norm.) faire attention à 289.

gueunée (Pays nantais) averse 341.

guibet (oïl de l'O., Tour., Norm., Maine) moucheron, moustique 273, 283, 291, 295.

guider (V. d'Aoste) conduire une voiture 181.

guincher (Midi) cligner de l'œil 225.

gymnase (Suisse rom.) lycée 179.

ha (Norm.) milandre ou chien de mer (poisson) 292

Hâbleurs (Champ.) habitants de Vitry-le-François (sobriquet) 330.

haïssable (Berry) se dit d'un enfant dissipé, ou difficile à nourrir 278.

hâle (Norm.) vent d'est desséchant 290.

half (Nord-Pic., Belg.) demi (au football) 305.

hardes (oïl de l'O.) vêtements (et non pas vieux vêtements) 283.

hardi (Antil.) insolent, effronté 124.

haricot (une) (Roussillon) haricot (un) (Perpignan) 226.

haricoter 1 (oïl de l'O. *Char. Tour., gallo, Champ.*) travailler dur (pour rien) 237, 283.

haricoter 2 (Tour.) marchander 275, 362.

haricoter 3 (Tour.) mal travailler la terre 275, 362.

haut comme deux pommes (Québec) haut comme trois pommes 255.

Hérode (se mettre en) (Québec) se mettre en colère 254.

hiver (une) (Ardennes) hiver (un) 306.

homme galant (Afr.) amateur de beaux vêtements 145.

horloge (un) (Roussillon) horloge 226.

horzain, horsain (Norm.) étranger 287.

hostie (se mettre en) (Québec) se mettre en colère 254.

houetter (Norm.) utiliser une petite houe, biner 290.

housée (Pays gallo) grosse pluie 341.

hucher (oïl de l'O., *Char.*,- Québec, Acadie) appeler en criant, hurler 241, 283.

huile (un) (Roussillon) huile 226.

huitante (Suisse rom., V. d'Aoste)   quatre-vingts 179, 181, 192.

il arrive que ! (Auv.) il vient d'arriver ! 228.

il fait cru (Nord-Pic., Belg.) il fait froid et humide 303.

il fait frette (Char.) il fait froid 241.

il fait noire nuit (Lorr.) il fait nuit noire 313.

il fait touffe (Fr.-Comté) il fait étouffant 321.

il ne fait pas gras (Fr.-Comté) il ne fait pas chaud 321.

il ne fait point de temps (Fr.-Comté) il ne fait ni beau ni mauvais 322.

il pleut à boire debout (Québec) il pleut à verse 342.

il pleut à bouilles (Champ.) il pleut à verse 342.

il pleut à bouteilles (Champ.) il pleut à verse 342.

il pleut des crapauds et des chats (Als.) il pleut à verse 283, 342.

il pleut tafait (Tahiti) il pleut à verse 122.

il tombe des bérets basques (St-P.-et-M.) il neige à gros flocons 243, 342.

il tombe des plumes d'oie (St-P.-et-M.) il neige à gros flocons 243, 342.

il tombe des rabanelles (Midi, *Lang.*) il pleut à verse 221, 230, 342.

il tombe des têtes de capucin (francoprov.) il pleut à verse 193.

il veut comme pleuvoir (Nord-Pic., Belg.) on dirait qu'il va pleuvoir 303.

il y a bel âge (Fr.-Comté) il y a longtemps 321.

il y en avait toute une épitaphe ! (St-P.-et-M.) il y en avait long 243.

îlot (Louisiane) pâté de maisons 246.

impasse (un) (Agde) impasse 226.

imperdable (Suisse rom.) épingle de sûreté 179.

improver (Louisiane) améliorer 247.

Indien cf. faire l'Indien.

individu (Afr.) (injure grave) 146.

insignifiant (Maurice) agaçant 133.

jaboter (Sarthe) bavarder 360.

jagua (Afr.) celui qui roule des épaules 145.

jaille (oïl de l'O.) poubelle 283.

jaser (Char., Québec, Acadie) bavarder (sans nuance péjorative) 241.

je te dis et je te douze (Paris) je te dis et je répète 333.

je vois mystique (Afr., *Zaïre*) ma vue se brouille 146.

jéroboam (Champ.) équivalent à 4 bouteilles 326.

jeter loin (Suisse rom.) mettre à la poubelle 179.

jeunes cf. **la chatte a eu...**

joual vert (se mettre en) (Québec) se mettre en colère 254.

jusqu'à l'heure (Maurice) jusqu'à présent 134.

keeper (Belg.) gardien (au football) 305.

kémia (Afr. du N.) amuse-gueules (à l'apéritif) 140.

kif (Afr. du N.) plaisir 139.

kiffer (Afr. du N.) prendre du plaisir 139.

knuche (mot flamand) sucre d'orge 295.

l'eau cuit (Als.) l'eau bout 316.

l'île sœur (Maurice) la Réunion 134.

la chatte a eu des jeunes (Als.) la chatte a eu des petits 317.

la farine est fériée (Afr., *Burkina Faso*) le stock de farine est épuisé 146.

laboureur (Maurice) travailleur manuel, ouvrier 133.

lady (mot anglais) 349.

laisser couper les cheveux (se) (Als.) se faire couper les cheveux 316.

laisser perdre (V. d'Aoste) laisser tomber 182.

lait (la) (Rouss., *Perpignan*) le lait 226.

lait bouilli (Norm.) soupe au lait 291.

laiton (oïl de l'O., *Maine*) cochon de lait 273, 283.

laitue à lièvres (Beauj.) mâche 191.

laitue de brebis (Champ.) mâche 191.

lancer (Midi) élancer (en parlant d'une douleur) 218.

lard (oïl de l'O., *Poit.-Char., Norm.*) viande de porc 237, 283, 289, 294.

lard doux (Belle-Ile) saindoux 261.

laver la place (Belle-Ile) laver le carrelage 261.

laver les chemises de qqun (V. d'Aoste) critiquer qqun (lui tailler un costume) 182.

lavette (Suisse rom.) petite pièce de tissu éponge pour se laver 179.

Le Bihan (Belle-Ile) n. de famille « le petit » 260.

Le Braz (Belle-Ile) n. de famille « le grand » 260.

Le Dû (Belle-Ile) n. de famille « le noir » 260.

Le Floch (Belle-Ile) n. de famille « l'écuyer » 260.

Le Fur (Belle-Ile) n. de famille « le sage » 260.

Le Goff (Belle-Ile) n. de famille « le forgeron » 260.

Le Hir (Belle-Ile) n. de famille « le long » 260.

Le Moal (Belle-Ile) n. de famille « le chauve » 260.

le temps de crier : moineau ! (Québec) en un rien de temps 257.

le temps est beau abominable (Belle-Ile) le temps est superbe 261.

légitimation cf. **pièce de...**

légume (un ou une) (Champ.) un légume 329.

légumier (Nord-Pic., Belg.) marchand de légumes 304.

Lesur (Flandre) n. de famille « cordonnier » 298.

lever (Midi) enlever 217.

lever la parole (Midi) ne plus adresser la parole 217.

lever la table (Midi) débarrasser la table 217.

levrette (Lyonn., Bourg., Beauj., Ht-Jura) mâche 191.

licence (Maurice) permis de conduire 133.

lichette (Char., Acadie) petite quantité 241.

liette (Maine) tiroir 271.

lièvre (la) (Auv., Rouss., *Perpignan*) lièvre 226.

ligne (Nord-Pic., Belg.) raie (dans les cheveux) 303.

linge (francoprov.) linge, lingerie ou n'importe quel vêtement 189.

liqueur (Québec) boisson gazeuse non alcoolisée 253.

lisette (Tour.) betterave 276.

liseur (Louisiane) lecteur 247.

liste des vins (Québec) carte des vins 253.

loche (Maine) limace 273, 284.

logeable (Norm.) où l'on peut mettre facilement qqch 289, 294.

logopédiste (Suisse rom.) orthophoniste 179.

long (Tahiti) grand 122.

longue (de) (Midi) sans arrêt 228.

loper (Norm.) cracher 341.

loque (Nord-Pic., Belg. Champ.) torchon, chiffon, serpillière 303, 329.

loque (à reloqueter) (Nord-Pic., Belg.) torchon, chiffon, serpillière 303.

lord (mot anglais) 349.

luma (oïl de l'O., *Maine*, Berry) escargot, petit gris (on dit aussi **cagouille**) 273, 278, 284.

lumières rouges (Québec) feux rouges (de la circulation) 253.

macchia (mot corse) maquis 28.

mâchon (Beauj.) petit repas 186.

macoute (Haïti) sac 127.

magagne (V. d'Aoste) infirmité 181.

maganer (Char., Québec, Acadie) abîmer 241.

magnum (Champ.) équivalent à 2 bouteilles 326.

mailloter (Midi) emmailloter 217.

main (Belg.) gant de toilette 304.

main cf. **toucher la... donner la... être à la main.**

mairerie (Maine, Tour.) mairie 272, 276, 284.

mais (francoprov.) de nouveau, encore. Ex. : « Que me veut-il mais ? » 189.

maïs soufflé (Québec) popcorn 256.

maison de cour (Louisiane) palais de justice 246.

maison en arbre (Afr., *Rwanda*) maison en bois 146.

makoud (un) (Tunisie) pâté aux œufs et à la cervelle 140.

Malabar (Réun., Maurice) Indien non musulman 130.

malaucœureux (Norm.) qui a facilement mal au cœur 292

malice (se mettre en) (Berry, Auv.) se mettre en colère 228, 278.

mallette (Belg.) cartable d'écolier 304.

malon (Gap) carreau de terre cuite 209.

malote 1 (francoprov.) boule de neige 189.

malote 2 (francoprov.) motte de beurre 189.

mancaora cf. **faire mancaora.**

manger des coups (Liban, Afr. du N.) recevoir des coups 140.

manger du serpent cru (Québec) être en colère 254.

marathoner (Afr.) s'enfuir à toutes jambes 146.

Maraudeux (Champ.) habitants de Chaumont (sobriquet) 330.

marche cf. **prendre une marche.**

marche la route ! (Afr. du N.) en avant ! 140.

marcher à l'office (Louisiane) aller à pied à son bureau 247.

marcou (oïl de l'O., Maine, Champ., St-P.-et-M., Québec) matou 244, 259, 273, 284, 328.

Marec (Belle-Ile) n. de famille « cavalier » 260.

marée noire (Maurice) nuit sans lune 134.

margate (Norm.) seiche 292.

marienne, mérienne (oïl de l'O.) sieste. Ex. : « faire mérienne » 284.

maringouin (Louisiane) moustique 246.

marivole (Berry) coccinelle 278.

marner (Lorr.) bavarder 360.

mascou(abina) (Québec) sorbier d'Amérique 258.

maskinongé (Québec) grand poisson d'eau douce 258.

matcher (Québec) assortir 256.

matefaim (Lyonnais) crêpe épaisse 183.

mathusalem (Champ.) équivalent à 8 bouteilles 326.

matoutou (Guyane) crabe 128.

maturité (Suisse rom.) baccalauréat 179.

maudit cf. **beau maudit.**

mazagran (Berry) sorte de tasse, puis café arrosé d'alcool 278.

méguina (une) (Algérie) pâté aux œufs et à la cervelle 140.

meillou (Pays gallo) meilleur 269.

meindion, mainguion (Berry) repas léger de la mi-journée 278.

meindiounner, mainguiouler (Berry) prendre le repas de la mi-journée 279.

mêlée créole (Louisiane) soupe de poisson 246.

Métro (Antil.) Français de France 123.

mettre à coin (Beauj.) mettre de côté 185.

mettre sur son 18, 33, 35, 36, 41, 45, 46, 56 (se) (Québec) se mettre sur son 31 254, 255.

meurette (Bourg.) matelote au vin rouge 324 cf. aussi **fleurer la...**

mi (Norm.) baiser 291.

mic (Pays gallo) café 268.

michotte (Fr.-Comté) petite miche de pain 319.

midi (ce) (Norm.) aujourd'hui vers midi 288, 293.

midi (faire) (Midi) faire la sieste 219.

miéger (Toulon) faire l'école buissonnière 361.

mignot(te) (Fr.-Comté) petit garçon, petite fille 319.

mincer (Berry) hacher menu 278.

mincer (Maine) briser, abîmer 271, 278.

mira (mot prov.) regarder 311.

misère cf. **avoir de la misère, chercher misère.**

mitaine (Québec) moufle 252.

mitan (oïl de l'O., Berry) milieu 278, 284.

moche (oïl de l'O.) motte de beurre 284.

moindre (francoprov.) chétif, mal en point 189.

monde (le) (oïl de l'O.) les gens (accord au pluriel « le monde sont curieux ») 284.

morfondant (Ardennes) très froid et très humide 307.

morne (Haïti) colline 127.

mort d'évêque cf. **à chaque mort...**

mortel (Midi) extrêmement surpris 219.

Mosusse (se mettre en) (Québec) se mettre en colère 254.

motamoter (Afr.) traduire mot-à-mot 143.

motton (oïl de l'O., Québec) grumeau 259, 284.

mouche (à miel) (oïl, Ardennes) abeille 75, 308.

mouchette (Alsace) abeille 76.

moufle (Midi, *Rouss.*) souple (pour le pain) 223.

mouillasser (oïl de l'O., Québec) pleuvoir légèrement 259, 340.

mouiller (oïl de l'O., *Char.* Québec, St-P.-et-M., Aca-

orange (un) (Roussillon) une orange 226.

oreillard (Fr.-Comté) lièvre 321.

oreillette, orillette, orillotte (Champ.) mâche 191.

ouananiche (Québec) saumon d'eau douce 257.

ouaouaron (Louisiane, Québec) grosse grenouille verte 257.

ouassou (Antil.) sorte d'écrevisse 125.

ouvrage (une) (Ardennes) un ouvrage 306.

overtime (Maurice) heures supplémentaires 132.

pacane (Louisiane) sorte de noix 246.

pain brié (Norm.) pain à la mie serrée 292, 295.

pain français (Belg.) baguette 304.

pain recuit (Norm.) pain recuit que l'on casse dans la soupe 291.

pains 346-359.

Painvin (Belle-Ile) n. de famille « tête blanche » 260.

paletot (Tahiti) veste 122.

panière (une) (Fr.-Comté) panier 322.

panosse (francoprov.) serpillière 190.

panouille (Midi) épis de maïs 212.

pantouflard (Suisse rom.) homme soumis à son épouse 179.

papier gris (Maurice) papier kraft 134.

papiéter (Berry) recouvrir les murs de papier 278.

papinette (Ardennes) écumoire 307.

par charité (V. d'Aoste) pour l'amour de Dieu 182.

parasol (Maurice) parapluie 134.

parc de stationnement (Québec) parking 256.

paré (St-P.-et-M.) prêt 243.

paré (Norm.) bon à boire (pour du cidre qui a déposé sa lie) 291.

parlement (oïl de l'O.) paroles, discours 284.

parler dans le vent (Als.) parler dans le désert 317.

parler pointu (Als.) pour les Alsaciens, parler comme les Lorrains 317.

part time (Belg.) temps partiel 305.

parterre (le) (Liban, Afr. du N.) sol, carrelage 142.

partir de cinq en cinq (Sète) décliner lentement, mourir à petit feu 230.

passé un temps (Beauj.) à une certaine époque 186.

passer en belette (Québec) passer en coup de vent 257.

passer un examen (Maurice) réussir à un examen 132.

passette, passotte (Ardennes) passoire 307.

passoir (un) (Roussillon) une passoire 226.

pastenade, pastonade (francoprov., Bourg.) carotte 188, 190, 324.

patate cf. **gagner une...**

patate (Haïti) patate douce 127.

patates pilées (Char., Québec, Acadie) pommes de terre écrasées en purée 241.

pâte à dents (Québec) dentifrice 256.

patin (francoprov.) morceau de tissu 190.

patin-couffin (Marseille) et patati et patata 229.

pauvre comme une souris d'église (Québec) très pauvre 257.

peau cf. **faire la peau**.

pebre d'aï (Midi) sarriette 217.

peille (Midi, Berry) chiffon 221, 278.

pemmican (Québec) préparation de viande séchéen 258.

pénéquet cf. **faire le...**

Penru (Belle-Ile) n. de famille « tête rouge » 260.

pensionné (Als.) à la retraite 316.

pépites (Algérie) graines de citrouille séchées et salées 140.

péquignot (Fr.-Comté) petit 322.

perce-pierre, casse-pierre (Char.) criste-marine 235.

percepteur des postes (Belg.) receveur des postes 304.

peser les cerises (Midi, Auv.) tomber de sommeil 219.

peser sur le bouton (Suisse rom.) appuyer sur le bouton 179.

petafiner (francoprov.) abîmer 190.

petasser (Pays nantais) bavarder 360.

pétignot, péquignot (Fr.-Comté) petit enfant 322.

petites herbes (francoprov., *Beauj.*) fines herbes, ciboulette 190.

peuillot (oïl de l'O.) chiffon 284.

peureux (Midi) qui fait peur 223.

pichetée (Norm.) petite quantité de liquide 290.

picholette (francoprov.) pichet 190.

pie [paj] (Tahiti) pâtisserie 121.

pie-banane (Tahiti) tourte aux bananes 122.

pièce (Norm.) champ 289.

pièce de légitimation (Suisse rom.) pièce d'identité 179.

pierre de sucre (Pays gallo, Norm.) morceau de sucre 268, 289.

pigner (oïl de l'O., *Norm., gallo*, St-P.-et-M.) pleurnicher 244, 268, 284, 289.

pignocher (St-P.-et-M.) se plaindre 244.

pile (Norm.) lampe de poche 288, 294.

piler (oïl de l'O.) piétiner, fouler aux pieds 284, 289, 290.

piler 1 (Norm.) écraser les pommes pour faire du cidre 284, 289.

piler 2 (Norm.) marcher sur (qqch) 284.

poêlon (Belg.) casserole 304.

poignasser (Norm.) tripoter 292, 295.

pois (francoprov.) haricot vert (se dit aussi **coche**) 190.

pois tendres (Antil.) sorte de haricots verts 125.

pois verts (Ant.) pois cassés 125.

poison (un ou une) (Champ.) un poison 227.

poivre d'âne (Midi) sarriette 217.

poli (V. d'Aoste) propre 181.

poli à ongles (Québec) vernis à ongles 256.

policière (Maurice) femme agent de police 134.

poltrone (une) (V. d'Aoste) fauteuil 181

pomâche (Bourg.) mâche 191.

pomme d'amour (Réun., Midi) tomate 131, 212, 221.

pommette (Bourg.) mâche 191.

porette (Norm.) semis de poireaux 291, 295.

porter 1 (Midi) emporter 217.

porter 2 (Midi) apporter 217.

pouche (oïl de l'O.) sac (à engrais, à blé, à farine) 284.

poulet-bicyclette (Afr.) poulet fermier, élevé au grand air 146.

pourette (Midi) ciboulette 221.

pousse-pousse (Norm.) manège dit « fauteuils électriques » 291.

poutine râpée (Char.) plat de pommes de terre râpées au lard 241.

poutser (Suisse rom.) nettoyer 179.

prée (oïl de l'O.) pré communal 284.

prendre du souci (Auv., Beauj.) s'apprêter à partir 186, 228.

prendre la ligne, ou **le train onze** (Afr. *Niger*) arriver à pied 144.

prendre les mouches (Québec) se mettre en colère 254, 257.

prendre un examen (Maurice) se présenter à un examen 132.

prendre une marche (Char., Québec, Acadie) aller se promener 242.

prépotence (V. d'Aoste) abus de pouvoir 181.

préveil (Poitou-Char.) fête annuelle du village 281.

prier (oïl de l'O.) inviter (à une cérémonie) 284.

prise de bouche (Maurice) prise de bec 134.

professeur extraordinaire (Lux., Belg.) prof. d'Université (grade moins élevé que prof. ordinaire) 304.

professeur ordinaire (Lux., Belg.) prof. d'Université (grade le plus élevé) 304.

professionnel (Maurice) qui exerce une profession libérale 132.

puis (francoprov.) interjection (Et puis que faites-vous là ?) 190.

redoubler (Norm.) revenir sur ses pas 290.

réduire (francoprov.) ranger 190.

régent (Suisse rom.) instituteur 179.

regrigner (se) (Bourg.) se couvrir (pour le temps) 324.

reguérir (Fr.-Comté) guérir 321.

réhoboham (Champ.) équivalent à 6 bouteilles 326.

relaver (Fr.-Comté, Lorr.) laver 313, 321.

relavure (Fr.-Comté) eau de vaisselle 321.

relopée (Norm.) grosse pluie 341.

remarque vache (Suisse rom.) remarque stupide 180.

remettre (se) (Sète) s'asseoir 226.

renapée, renaupée (Pays gallo) grosse averse 341.

renard cf. faire le...

rendant-service (Norm., Lorr.) serviable 286, 290.

rendu 1 (oïl de l'O.) arrivé 275, 285.

rendu 2 (oïl de l'O.) fatigué, épuisé 285.

renverser (aller se) (Midi) aller faire un petit somme 219.

repapier, repapiller (Midi) radoter 218.

réparer (V. d'Aoste) protéger 181.

reprocher (Midi) provoquer des renvois gastriques 225.

resquiller (Sète) glisser 225, 226.

ressiée (oïl de l'O., *Maine*) après-midi 273, 285.

ressuyer (Fr.-Comté, Lorr.) essuyer, sécher 313, 321.

rester (partout sauf à Paris) demeurer, habiter 190, 225, 244, 279, 285, 306.

rester axe (Algérie) être sidéré, abasourdi 140.

rester bouche bée (Madagascar) être affamé 147.

rester keks (Tunisie) être sidéré, abasourdi 140.

retaillon (Gap) petit morceau 207.

Ribauds (Champ.) habitants de Troyes (sobriquet) 230.

rimer (Berry) irriter (en parlant de la peau) 279.

rimer (Gap) attacher (au fond d'une casserole) 209.

rire comme un choine en vitrine (Bord.) rire la bouche fendue comme un pain choine 230.

rire comme une gargoulette (Afr. du N.) rire en cascade 141.

robinson (Antil., *Martin.*) pâtisserie à la noix de coco 126.

rouchi (Nord-Pic., Belg.) patois picard 300.

roue libre (en) (Haïti) en auto-stop 127.

rougail (Réun.) rougaille 131.

rouge (Afr.) peau claire 144.

rousiner (Sarthe) pleuvoir légèrement 340.

serrer (oïl de l'O.) ranger, mettre à sa place 285.

servant (Afr.) serveur (de restaurant) 145.

service (un) (Suisse rom.) couvert de table 180.

seulement (francoprov.) je vous en prie. Ex. : « Entrez seulement ! » 192.

siffleux (Québec) bouilloire 252.

siler (Char., Québec, Acadie) siffler (en parlant des oreilles) 241.

sonner qqun (Belg., Maurice) appeler qqun au téléphone 133, 304.

sonner un instrument (V. d'Aoste) jouer d'un instrument 182.

sorcier (se mettre en) (Québec) se mettre en colère 254.

souci cf. **prendre du souci.**

souette (Norm.) soue, étable à porc 291.

souffler la lampe (Champ.) éteindre l'électricité 330.

soui (Norm.) poussière 291.

souillarde (Midi, Char.) arrière-cuisine 221, 236.

souper (Midi, Norm.) repas du soir, dîner 225, 288, 294.

souris-chauve (Char.) chauve-souris 237.

sous-tasse (francoprov., Midi, Belg.) soucoupe 192, 222.

spécial du jour (Québec) plat du jour 253.

spéculos (mot flamand) biscuit au sucre candi 295.

spirou (Ardennes) écureuil 308.

store (Tahiti) magasin 122.

strazier (Corse) avoir des difficultés 231.

subler (oïl de l'O.) siffler 285.

subsides (Suisse rom.) crédits, allocations 180.

sucré (Tahiti) délectable 122.

sucrer l'oreille (Afr. *Camer.*) mettre au courant 146.

sucrerie (Afr.) boisson sucrée non alcoolisée 145.

Sueur (Flandre) n. de famille « cordonnier » 298.

support (Québec) cintre (à vêtements) 252.

surveiller la télévision (Char.) regarder la télévision 242.

syllabus (Maurice) programme d'études 132.

syndicat (Antil.) bon ami 126.

tabagie (Maurice) bureau de tabac, où l'on vend de l'alimentation 134.

tâcher moyen de (Bord.) faire en sorte de 230.

tailler l'école (Gap) faire l'école buissonnière 209, 361.

taillon (Gap) morceau 207.

tannant (Char., Québec, Acadie) ennuyeux, agaçant 241.

tant pire (Belle-Ile) tant pis 261.

tantôt (ce) (francoprov.) (cet) après-midi (partout sauf à Paris) 192.

tantôt (oïl de l'O.) cet après-midi, plus tard 268, 276, 285.

tape cinq ! (Afr. du Nord) d'accord, tope là 140.

tapène (Midi) câpre 212, 220.

tapisserie (Suisse rom.) papier peint 180.

tapon (oïl de l'O.) morceau de tissu pour rapiécer les habits 285.

tardillon, tardillou (Berry) dernier-né (de parents âgés) 279.

tarif (Afr., *Burkina Faso*) billet (de train ou d'avion) 145.

tartifle (francoprov., Midi) pomme de terre 192, 212.

tartifle, tartife (V. d'Aoste) pomme de terre 181.

tartiflette (francoprov.) plat de pommes de terre, fromage, oignons et lard 192.

tartoufe (Ardennes) pomme de terre 308.

tatasser (Pays gallo) bavarder 360.

taupette (Norm.) petite bouteille d'eau-de-vie 291.

taximan (Belg.) chauffeur de taxi 305.

tchouktchouka (Algérie) sorte de ratatouille 140.

tèbè (Antil.) débile 124.

télé (Ardennes) poste de télévision, une télé 306.

temps est gonfle (le) (Midi) 221.

tente (Réun.) sac, panier (en vacoa) 131.

tente de bazar (Réun.) panier à provisions 131.

tertous (Berry) tous sans exception 279.

tête d'oignon (V. d'Aoste) tête dure 182.

tête de holtz (Lorr.) tête de bois 312.

tête dure cf. **avoir la...**

tête plate (N.-Cal.) bagnard 119.

têtes de capucin cf. **il tombe des...**

thé (Als.) infusion 316.

tian (Midi) récipient de terre cuite émaillée 221.

tirer (Norm.) retirer (un vêtement) 290.

tirer au renard (Lorr.) être paresseux 324.

tirette (Suisse rom.) fermeture à glissière 180.

tit pape (Louisiane) petit oiseau 246.

tobi à toba (oïl de l'O., *Maine*) à tort et à travers 273, 285.

toile (Norm.) serpillière 290, 291.

toile d'emballage (Norm.) serpillière 291.

toiler (Norm.) passer la serpillière 291.

tombaliste (Maurice) fabricant de cercueils 134.

tomber à bouchon (Savoie) tomber en avant 173.

tomber comme une tourte (Québec) s'écraser, s'effondrer 257.

tomber dans le beurre (Nord-Pic., Belg.) avoir de la chance 302.

tomber de l'armoire (Champ.) tomber des nues 329.

tomber faible (Lorr., Afr., *Rwanda, Zaïre*) s'évanouir 146, 314.

ton père n'est pas vitrier (Afr. du N.) tu me bouches la vue 141.

topette (Berry) sorte de tasse 278.

toucher la main (franco-prov.) serrer la main 193.

toucher le ciel du doigt (V. d'Aoste) être débordant de joie 182.

touffe (Fr.-Comté) étouffant 321.

toupi (Midi) pot en terre ou en grès 221, 222.

toupie (Midi) toupine (au sud de la Garonne) 221.

toupigne (Bord.) pot à trois pieds 221.

toupin (Midi) pot en terre muni de deux oreilles (pour conserver des olives) 221.

toupine (Midi) gros toupin à anses 221.

tourde (Dauphiné) grive 330.

tourment d'amour (Antil., *Guadel.*) pâtisserie à la noix de coco 125.

tourner sot (Nord-Pic., Belg.) tourner à vide, tourner fou 303.

tournevirer (Maine) aller et venir, tourner en rond 271.

tourteau (Belle-Ile) gâteau brioché 261.

tourtière (Québec) pâté à la viande 252.

tout ça va comme des oignons (Lorr.) tout se passe pour le mieux.

tout de suite (Norm.) en ce moment 289.

tout est dans le beurre (Als.) tout baigne (dans l'huile) 317.

tout partout (Nord-Pic., Belg.) partout 303.

tout pendant que (Norm.) du moment que 291.

toutes les heures cf. **coucher à toutes...**

traboule (Lyonnais) passage urbain 183.

traînailleur (Louisiane) traînard 247.

traiteur (Maurice) guérisseur 134.

tralée (une) (St-P.-et-M.) une grande quantité 244.

tralée de gens (une) (Québec, B.-Ile) une grande quantité de personnes 244, 261.

traverse cf. **aller à la...**

traversier (Québec) ferry 256.

trempe (Midi) trempé 218.

treu (mot picard) trou 301.

trimardeux (Norm.) clochard 291.

tringuel(d) (Lorr.) pourboire 312.

trois sœurs cf. **avoir les...**

tros (Gap) mauvais, chétif, de peu de valeur 209.

truck (Tahiti) camion aménagé en transp. en commun 121.

tu viens avec ? (Nord-Pic., Belg.) tu viens avec nous ? 302.

tuber (Gap) fumer 207.

tuer (Berry) éteindre (une chandelle) 279.

tuer (Char.) éteindre (la lumière, la télé, la radio) 238.

tune (Suisse rom.) chambre d'étudiant 180.

tuque (Québec) bonnet de laine 252.

tympaniser (Afr., *Sénégal*) casser les oreilles 146.

un et un donnent deux (Als.) un et un font deux 317.

une fois (V. d'Aoste) autrefois 182.

une fois toutes les années bissextiles (Als.) une fois tous les trente-six du mois 317.

une main devant, une main derrière (Afr. du N.) « avec ses yeux pour pleurer » 141.

union (Char.) syndicat 242.

va que ! (Auv.) continue ! 228.

vache cf. **remarque vache.**

vacoa (Réun. Maurice) espèce de palmier 131.

van (Maurice) camionnette 133.

vantiers (oïl de l'O., *Maine*) peut-être, probablement 273, 285.

vendue (Norm.) vente aux enchères 291.

venir (Midi, Char.) devenir 217, 233, 237.

ventre amer cf. **avoir le...**

ventrêche (Midi) lard de poitrine de porc 212.

verdure (V. d'Aoste) légumes frais 181.

vergne (oïl de l'O.) aulne 181, 285, 330.

vermine (oïl de l'O., *Norm.*) petit animal inspirant crainte ou dégoût 285.

verne (V. d'Aoste) aulne 181.

verrine (Lorr.) pot en verre (pour les confitures) 312.

verser (Beauj.) tomber 186.

verser (Norm.) pleuvoir à verse 290.

veste (Québec) gilet 253.

vez (mot picard) gué 57.

viens que ! (Auv.) viens avec nous ! 228.

vieux cf. **dater de vieux.**

vilipender son argent (Suisse rom.) gaspiller son argent 180.

vin ouvert (Suisse rom.) vin en carafe 180.

virguler (Afr., *Tchad*) bifurquer 146.

viron (Gap) petit tour, promenade 209.

vis (un) (Roussillon) une vis 226.

viveur (Paris) personnage libertin 334.

vogue (francoprov., Beauj.) fête paroissiale 193, 281.

vol nolisé (Québec) charter 256.

volier (Norm.) volée (d'oiseaux) 292, 295.

votation (Suisse rom.) vote 180.

RÉPONSES DES RÉCRÉATIONS

UN LIEU ⟺ UNE NOURRITURE   p. 26

Asperges : ARGENTEUIL (Val d'Oise) — *bergamotes* : NANCY (Meurthe-et-Moselle) — *bêtises* : CAMBRAI (Nord) — *calisson* : AIX-EN-PROVENCE (B.-du-Rhône) — *canard* : CHALLANS (Vendée) — *cassoulet* : CASTELNAUDARY (Aude) — *fraises* : PLOUGASTEL (Finistère) — *haricots blancs* : ARPAJON (Essonne) — *jambon* : BAYONNE (Pyrénées-Atlantiques) — *l'eau-de-vie la plus célèbre* : COGNAC (Charente) — *madeleines* : COMMERCY (Meuse) — *marrons* : ARDÈCHE — *melons* : CAVAILLON (Vaucluse) — *moutarde* : DIJON (Côte-d'Or) — *noix* : GRENOBLE (Isère) — *nougat* : MONTÉLIMAR (Drôme) — *pruneaux* : AGEN (Lot-et-Garonne) — *rillettes* : LE MANS (Sarthe) — *sel* : GUÉRANDE (Loire-Atlantique).

UN LIEU ⟺ UN PRODUIT   p. 29

Alignements de CARNAC (Morbihan) — *couteaux* de LAGUIOLE (Aveyron) — *cristal* de BACCARAT (Meurthe-et-Moselle) — *gants* de MILLAU (Aveyron) — *grotte* de LASCAUX (Dordogne) — *images* d'ÉPINAL (Vosges) — *maquis* (CORSE) — *mouchoirs* de CHOLET (Maine-et-Loire) — *parfums* de GRASSE (Alpes-Maritimes) — *porcelaine* de LIMOGES (Hte-Vienne) — *la « tapisserie » de* BAYEUX *(Calvados)* — *les tapisseries* d'AUBUSSON (Creuse) — *toile* de JOUY (Yvelines) — *violettes* de TOULOUSE (Hte-Garonne).

UN LIEU ⟺ DES PERSONNAGES   p. 31

L'ange de REIMS (Marne) — *la bête* du GÉVAUDAN (Lozère) — *la bonne dame* de NOHANT (Indre) — *les bourgeois* de CALAIS (Pas-de-Calais) — *les demoiselles* d'AVIGNON (Vaucluse) — *les filles* de CAMARET (Finistère) — *l'homme* de CRO-MAGNON (Les Eyzies-de-Tayac, Dordogne) — *Le Roi-Soleil* VERSAILLES (Yvelines) — *la fée Mélusine* LUSIGNAN (Vienne) — *l'enchanteur Merlin* BROCÉLIANDE/PAIMPONT (Ille-et-Vilaine) — *la Pucelle* d'ORLÉANS (Loiret) — *Bernadette* LOURDES (Hautes-Pyrénées).

UN LIEU ⟺ UN BOUT DE PHRASE   p. 33

« Cela fera du bruit... » : LANDERNEAU (Finistère) — « Il
était une fois... » : FOIX (Ariège) — « Il pleuvait... » : BREST
(Finistère)-**Prévert** — « Au marché... » : BRIVE-LA-GAILLARDE
(Corrèze)-**Brassens** — « Sur le pont... » : AVIGNON (Vaucluse)
— « Un quart d'heure avant sa mort... » : LAPALISSE (Allier) —
« ...port de mer... » : FÉCAMP (Seine-Maritime)-**De Gaulle** —
« ...un clair de lune... » : MAUBEUGE (Nord)-**Bourvil** — « ...une
messe » : PARIS (Seine)-**Henri IV** — « ...vieille ville espagnole... » : BESANÇON (Doubs)-**Hugo** — « Sur la route de... » :
LOUVIERS (Eure).

LES HABITANTS D'ASNIÈRES   p. 54
Asnières dans le Cher.

À QUEL AUTRE NOM SE RATTACHE-T-IL ?   p. 60
1. Anjou — 2. Artois — 3. Bessin — 4. Quercy — 5. Diois —
6. Berry — 7. Roumois.

À LA RACINE DES PROVINCES...   p. 64
Auvergne, de *Alverni* (variante de *Arverni*), nom d'une tribu
gauloise, formé sans doute de *are* « près de » et de *verni* « aul-
nes ». Cet arbre a gardé son nom d'origine gauloise (*verne,
vergne*) dans la plupart des usages régionaux.
Limousin, de *Lemovices*, nom de tribu gauloise formé de *vice*
« combattant » et de *lemo* « orme »
Savoie, de *Sapaudia* « lieu planté de sapins ».
Quant aux trois autres noms, leur étymologie n'a rien à voir
avec les arbres car **Berry** vient du nom de la tribu gauloise des
Bituriges « rois du monde », **Champagne** vient du latin *campania* « les champs, la plaine » et **Nivernais**, du préceltique *nava*
« vallée ».

QUEL EST LE NOM DES HABITANTS DE ...   p. 68
1 A. 2 B. 3 B. 4 B. 5 B. 6 B. Les *Cannais* habitent à Caen et
les *Cannois* à Cannes.

QU'ONT-ILS EN COMMUN ?   p. 71
Tous les départements noircis sur la carte ont changé de nom,
car il était interprété de façon désobligeante : **Seine-Inférieure**
est devenu **Seine-Maritime** (1955) ; **Loire-Inférieure, Loire-
Atlantique** (1957) ; **Charente-Inférieure, Charente-Maritime**
(1941) ; **Basses-Pyrénées, Pyrénées-Atlantiques** (1969) ;
Basses-Alpes, Alpes-de-Haute-Provence (1970) ; **Basse-
Corse, Corse-du-Sud** (1975).
C'est pour éviter des confusions avec le département du **Nord**
et rappeler son appartenance bretonne, que les **Côtes-du-Nord**
sont devenues les **Côtes-d'Armor** (hachuré sur la carte).
Seul le **Bas-Rhin**, sans complexe, a conservé son nom.

TROUVER LE NOM DE LA VILLE...   p. 80

1. Bar-sur-Aube (Aube) — 2. Fontainebleau (Seine-et-Marne) — 3. Bourges (Cher) — 4. Béziers (Hérault) — 5. Besançon (Doubs) — 6. Chilly-Mazarin (Essonne) — 7. Créteil (Val-de-Marne) — 8. Dax (Landes) — 9. Foix (Ariège) — 10. Meaux (Seine-et-Marne) — 11. Metz (Moselle) — 12. Millau (Aveyron).

DES DOUBLETS...   p. 84

trop et **troupe**, du germanique — **esquisse**, de l'italien, et **sketch**, de l'italien par le néerlandais, puis par l'anglais — **tulipe** et **turban**, du persan — **moire** et **mohair**, de l'arabe, ce dernier par l'intermédiaire de l'anglais — **chiffre** et **zéro**, de l'arabe, ce dernier par l'intermédiaire de l'italien.

842 ET 1539   p. 87

Avec Strasbourg et Villers-Cotterêts : en raison des « Serments de **Strasbourg** » (842), dont la partie en langue romane est considérée comme le « premier monument » de la langue française, et de l'ordonnance de **Villers-Cotterêts**, qui, en 1539, fait obligation de remplacer, à l'écrit, le latin par le français dans tous les documents administratifs et juridiques.

LE NOM DU PUNCH ANTILLAIS   p. 125

B. En effet le mot *punch* vient du hindi **panch** « cinq » par l'intermédiaire de l'anglais, et la recette de base est la suivante : 1. rhum blanc, 2. sucre, 3. citron vert, 4. glace (ou eau) et 5. un soupçon de muscade râpée.

DES ÎLES QUI ONT...   p. 148

Madagascar 3 — La Réunion 6 — Maurice 4 — Haïti 1 — Vanuatu 2 et la Guadeloupe 5 (les Caraïbes l'appelaient Karukera « l'île aux Belles Eaux »).

LE HAUT-JURA, ACCUEILLANT MAIS...   p. 193

« Revenez nous voir ! » (puisque la maison sera toujours là pour vous accueillir).

JOUER À LA MARELLE   p. 206

1 : **Marelle** est formé sur la racine pré-celtique MAR, qui désigne une pierre ou un monceau de pierres. Le mot a désigné un jeton en ancien français.

MARELLE ET CLAPIER   p. 206

Les deux mots ont étymologiquement le même sens. **Clapier** remonte à la racine pré-celtique CLAP « pierre, tas de pierres » et **marelle** à une autre racine pré-celtique MAR « rocher ».

POURQUOI CES ACCOUPLEMENTS ?   p. 208

1. Tels sont les mots du contrôleur des poids et mesures dans la pièce de Giraudoux *Intermezzo* (Acte III) : « – Vous savez déjà dans quelle ville vous irez en nous quittant ? – Je sais et je ne sais pas. Je sais seulement que ce sera **Gap** ou **Bressuire**... **Gap**, c'est-à-dire les sapins, la neige... et **Bressuire**... où septembre rougit jusqu'aux roseaux des anguillères dans l'eau du marais vendéen... ».

2. Les noms de **Lille** et **Lorient** n'auraient pas dû commencer par un « L ». En effet, **Lille**, c'est d'abord **Lile**, altération de **l'île**. Quant à **Lorient**, c'est un port créé au XVIIᵉ siècle pour construire les navires de la Compagnie des Indes orientales, d'où les chantiers de **l'Orient**, puis le nom de **Lorient**. Par ailleurs, **Orly** est la forme prise dans le nord de la France par le latin **aureliacum** « propriété d'Aurelius » et **Aurillac** est la forme prise par ce même nom dans le Midi.

3. Le légendaire vase de Soissons et le vase gaulois trouvé à Vix, et d'autre part les Serments de **Strasbourg** et l'ordonnance de **Villers-Cotterêts**.

4. L'andouille de **Guéméné** est concentrique et celle de **Vire** ne l'est pas.

LES OBSCURITÉS D'UNE RECETTE   p. 212

Il vous faudra acheter : 1. des « câpres », indispensables pour faire de la *tapenade* — 2. des « pommes de terre » — 3. des « tomates » — 4. du « lard de poitrine et de ventre de porc » — 5. du « thym » — 6. des « oignons » — 7. des « épis de maïs », qu'il ne faudrait pas confondre avec les favouilles qui sont... — 8. ...des « étrilles » (petits crabes).

DE L'AIL PRESQUE PARTOUT   p. 217

Le **pebre d'aï** ou **poivre d'âne**, qui est un autre nom de la sarriette.

En revanche, le **pain chinché** (ou **pain goussé**) est du pain frotté d'ail, l'**aillet** est de l'ail jeune et l'**aïoli**, un plat régional traditionnel, qui fleure bon l'ail.

PLUIE OU BEAU TEMPS ?   p. 221

3 et 5 : « soleil » et 1, 2, 4, 6, 7 : « mauvais temps ».

En effet, le *ruscle* et la *chavane* sont de très gros orages, auxquels on peut s'attendre quand le temps est *gonfle*, autrement dit quand il va pleuvoir des *rabanelles* (« à verse », par métaphore, les *rabanelles* étant, soit des châtaignes grillées, soit la déformation de *ravenelles* ou radis sauvages). Si ça *boufe*, c'est-à-dire s'il fait du vent, ce dernier chassera peut-être les nuages. Alors, gare au *plumet* – c'est l'ardeur du soleil qui vous tombe sur la tête comme un plumet –, car ça *plombe* « le soleil pèse sur vous comme une chape de plomb ».

DES ADJECTIFS MYSTÉRIEUX   p. 223

1. un pain souple — 2. du jambon d'York — 3. des champignons vénéneux — 4. un enfant mal habillé — 5. un repas exceptionnel.

COQUEMAR, BOMBE ET CANARD   p. 252

2. bouilloire.
N.B. Le terme *bombe* est aujourd'hui un peu tombé en désuétude et le terme *coquemar*, très ancien (XIIIe s.), était d'un usage courant partout en Nouvelle-France jusqu'à la fin du XVIIIe siècle.

OÙ EST L'ANIMAL DISPARU ?   p. 257

1. La **tourte** — 2. La tourte était une sorte de pigeon sauvage de la Nouvelle-France, d'une espèce aujourd'hui disparue, et qui, tout au long des XVIIIe et XIXe siècles, a fait l'objet d'une chasse effrénée. Le dernier spécimen est mort au zoo de Cincinnati (Ohio) en 1914.

UN VILLAGE PRIS POUR UN PAYS   p. 258

1. **Gaspésie** est dérivé de **gaspé** « le bout de la terre » en micmac (langue algonquienne). Au-delà, c'est l'océan. 2. La ville de **Québec** se trouve située à l'endroit où le cours du Saint-Laurent se resserre. 3. Pour comprendre pourquoi **Canada** signifiait à l'origine « village », il faut savoir que, lorsque Jacques Cartier avait remonté en 1535 le cours du Saint-Laurent, les guides hurons avaient désigné par **kanáda** « village » l'agglomération qui allait ultérieurement prendre le nom de Québec. Les Français avaient alors cru que ce terme désignait toute la région alentour.

DANS UN BORDAGE   p. 273

On pouvait voir, cette *après-midi*-là, dans une *métairie* de la Sarthe : une *truie* et son *cochon de lait*, un *gros chat* et un *lièvre*, des *limaces* et des *escargots*, et *peut-être* des *abeilles* et des *moucherons* tandis que des *pies* et des *grillons bavardaient à tort et à travers*.

COMBIEN D'UNITÉS DANS...   p. 279

25. Le Berry a en effet conservé l'ancienne acception du mot **quarteron** qui, pour les marchandises pouvant se vendre à la pièce, correspondait à deux douzaines et une unité.

PATRONYMES ET MÉTIERS   p. 298

Il s'agit du **cordonnier**, qui est aussi un patronyme du Nord. **Lesur** et **Sueur** sont d'origine latine (sur SUTOR « cordonnier »). Sous **Choumaque**, on reconnaît le néerlandais **shoenmaker** « celui qui fait des chaussures ». **Desouter** et **Dezoutre** sont

latino-néerlandais, avec l'article néerlandais devant la forme
latine altérée.

LE ROUCHI   p. 300

Celui de la région de **Valenciennes**. Le mot a été forgé au
début du XIXᵉ siècle, à partir de *drochi* « droit ici » (le patois
vraiment d'ici).

CONNAISSEZ-VOUS LE SPIROU ?   p. 308

Agace « pie », **capucin** « lièvre », **caracole** « escargot »,
catherinette « coccinelle », **coupiche** « fourmi », **mouche (à
miel)** « abeille », **spirou** « écureuil ».

QUESTIONS POUR ŒNOLOGUES   p. 323

On ne le prononce pas, comme on ne prononce pas le -t- de
Montréal. Il s'agit ici du **mont rachet** c'est-à-dire d'un terrain
en hauteur où se trouvaient probablement à l'origine de nombreuses souches d'arbres puisqu'en vieux français **racheau**,
c'était la « souche », et plus particulièrement de souches de
chênes puisque **chassagne** vient du gaulois **cassanos** le
« chêne ».

Le **pommard** est un vin de Bourgogne et le **pomerol** un vin
de Bordeaux.

COMBIEN DE CHAMPAGNE...   p. 326

1,60 litre, c'est-à-dire l'équivalent de deux bouteilles.

RÉGIONALISMES ET ÉCRIVAINS   p. 330

Giraudoux (Limousin), Stendhal (Dauphiné), Chateaubriand
(Haute-Bretagne) et Taine (Ardennes).

NOMS DES RUES DE PARIS   p. 334

1 D : traduction pure et simple du latin.

2 C : autrement dit « sans chef, sans tête », parce qu'à une certaine époque, la rue se terminait en **cul-de-sac**.

3 F : en ancien français, le verbe **musser** signifiait « se
cacher ».

4 B : déformation de l'ancienne forme **jeux neufs** (c'étaient
des jeux de boules).

5 A : **ours** a d'abord été **oues**, autre forme de **oies**.

6 E : nouvelle forme, plus convenable, pour nommer cette
rue qui, au XIVᵉ siècle, était une « bouticle à peschié »
(boutique à péché).

BETHLÉEM, LORD ET LADY   p. 349

Le pain. En effet, le nom de la petite ville de Bethléem
repose sur des formes d'hébreu ancien (*bêt* « maison » et *lêhem*

« pain »), et la notion de pain se cache aussi, en anglais, sous *lady* (à l'origine *hlaefdige* « celle qui pétrit le pain ») et sous *lord* (à l'origine *hlaefweard* « le gardien du pain »). L'évolution phonétique de *hlaef* a abouti à *loaf* « pain » en anglais moderne.

TABLE DES CARTES

I

II

III

TABLE DES RÉCRÉATIONS

I

II

III

IV

TABLE DES ENCADRÉS

I

II

III

IV

TABLE DES MATIÈRES

II. La langue française, produit de l'histoire

IV. LA DIVERSITÉ SOUS UN AUTRE ANGLE

Un dernier coup d'œil circulaire, 337

Il pleut, il pleut, bergère... 338

Composition réalisée par NORD COMPO

IMPRIMÉ EN ALLEMAGNE PAR ELSNERDRUCK
Dépôt légal Édit: 6065-10/2000
LIBRAIRIE GÉNÉRALE FRANÇAISE - 43, quai de Grenelle - 75015 Paris

ISBN : 2 - 253 - 14929 - 2   ⊕ 31/4929/1